文学与人类学文库

付海鸿 ◎ 著

中国高校多民族
文学教育的考察研究

中国社会科学出版社

图书在版编目（CIP）数据

中国高校多民族文学教育的考察研究/付海鸿著.—北京：中国社会科学出版社，2017.12
（文学与人类学文库）
ISBN 978-7-5203-1037-6

Ⅰ.①中⋯　Ⅱ.①付⋯　Ⅲ.①高等学校—少数民族文学—教学研究—中国　Ⅳ.①I207.9

中国版本图书馆 CIP 数据核字（2017）第 231871 号

出 版 人	赵剑英
责任编辑	郭晓鸿
特约编辑	席建海
责任校对	赵雪娇
责任印制	戴　宽

出　　版	中国社会科学出版社
社　　址	北京鼓楼西大街甲 158 号
邮　　编	100720
网　　址	http://www.csspw.cn
发 行 部	010-84083685
门 市 部	010-84029450
经　　销	新华书店及其他书店
印刷装订	北京君升印刷有限公司
版　　次	2017 年 12 月第 1 版
印　　次	2017 年 12 月第 1 次印刷
开　　本	710×1000　1/16
印　　张	22.25
插　　页	2
字　　数	276 千字
定　　价	99.00 元

凡购买中国社会科学出版社图书，如有质量问题请与本社营销中心联系调换
电话：010-84083683
版权所有　侵权必究

多元文化中的文学教育

（序）

徐新建[*]

1896年，晚清革新人士引进了《文学兴国策》一书。该书是美国教育名家的文章汇编，原名叫 Education in Japan，照今天译法更接近的书名是"日本的教育"。但当时的译者根据自己的理解和需要而把 education 译为"文学"，并将其与国家兴衰联系起来，强调"非人不立，人非学不成，欲得人而以治国者，必先讲求造就人才之方也"，由此提出"造就人才之方无他，振兴文学而已矣"，理论依据是"夫文学固尽人所当自修者也"[①]。

1896年是光绪二十二年，正值晚清图谋变革之际。这一年，清朝大臣李鸿章出访纽约；严复在天津完成译作《天演论》；四川大学前身——四川中西学堂据说也于该年创建。彼时正逢"西学东渐"，各种域外概念接踵涌入，与本土词汇交错并举，但相互的对应久难确

---

[*] 徐新建：四川大学中国俗文化研究所研究员，文学与新闻学院博士生导师，兼任中国多民族文学研究会会长。

[①] 林乐知、任廷旭合译：《文学兴国策》，上海广学会，1896年印行，上海书店出版社2002年重印本。

立。尽管如今的学界已习惯以"文学"译指 Literature，从而将其与"教育"分开，但从这两个词语在实践中的紧密关联来看，当年《文学兴国策》译者选取的"误用"或"杂糅"，却不能不说体现出另一层意义上的历史创见，那就是：以文学造就人才，为强国而振兴文学。在当时许多人眼里，一部《狂人日记》对警醒国民的功效，不知胜过多少旧式学堂。难怪就连以思想先锋著称的梁启超也会以表率姿态，发表并不那么成功的政治小说——《新中国未来记》。

时隔多年，随着现代国家的建立及育才体制革新，各界又开始关注文学教育问题，《光明日报》和《文艺报》还组织高校文学院长们撰文讨论，发表见解不一的看法。这时，不但历史语境与晚清相去甚远，"文学"和"教育"的含义更是发生了很大改变。由于主持社科重大项目"中国多民族文学的共同发展研究"，笔者和团队成员也设立专题，从多民族关联的角度加入讨论之中。早在 2014 年，付海鸿就作为参与者之一，以"文学教育"为题对我进行过专访。

当时我阐释的观点大致是这样的——

> 以如今通行的界定来看，文学教育应包含两层意思，一是关于文学的教育，一是通过文学而进行的教育。这两个意思并列存在。第一层意思是指把文学作为一个目的，作为一种知识，以教育为手段来传授；就是向社会、向民众，或者向年轻人讲授并培养有关文学的观念、方法和价值，就是把文学作为知识与技能来传授的一种教育类型。另一个层面就是把文学作为工具来传授其他相关知识、改造社会。

由此出发，我强调了文学教育的多民族意涵，关注与之相关的教育场域和方式，并分辨学校与社会两大类型。我认为严格说来，由于研究者需求的局限，目前被谈得较多的只是汉语文学的学校教育，而忽略了浸透在民众生活之中、成为各民族共同体成员生命历程之部分的文学传承，尤其是少数民族以故事、神话、传说乃至史诗、祭辞、招魂歌等多种样态呈现的口头传统。在这一意义上，我们以多民族文学为题对苗族《蝴蝶妈妈》、彝族《勒俄特依》及藏、蒙、柯尔克孜民族的《格萨尔》《江格尔》《玛纳斯》直至当代虚构与非虚构的《心灵史》《尘埃落定》等族别文学的考察关注，聚焦重点显然就不会限于审美层面的阅读鉴赏，而更将涉及关乎民族文化世代相继的教育意义。由此观察，从"十五国风"到"侗族大歌""十二木卡姆"的千古颂唱，其展现的文化意义显然超越了表面的文学象征，透射出更为深广的生命内涵。

这样的观察说明了什么呢？答案并不神秘：与晚清以来汉民族志士借新文学之力发动对"国民性"改造一样，少数民族的口头传统及现代写作同样借助文学的教育功能，起着形塑民族人格、凝聚民族认同并使之在历史长河中代代传递的重要作用。

以上述概述为背景，就不难看出付海鸿博士专著《中国高校多民族文学教育的考察研究》的推进和不足。学术的推进体现为把看待"文学教育"的视野引向了当代中国的多民族。尤其值得欣慰的是，海鸿以此为题，不但完成了博士论文的撰写及答辩，而且以子课题报告的方式，达成了《中国多民族文学的共同发展研究》的分工预期。在此期间，课题成员虽也组织过实证考察并发表了相关论文[①]，但从整体上对中国多民族教育加以审视论述的，当推海鸿此书。略不足处在于讨论的范围仅限于高校而未深入民间。

---

① 参见徐新建、梁昭《多民族文学的高校教育——以四川大学为个案的实证考察》，《中外文化与文论》2013年第2期。

海鸿的这本著作力图讨论两个问题：首先，在当代中国高等院校文学学科设置结构中，文学教育是否呈现了多民族性？其次，从长远影响看，高校现行的文学教育能否让参与的师生充分认识中国的多民族国情、体悟并感受"多民族中国的文学之美"？通过对四川大学、西南民族大学、喀什大学（喀什师范学院）及俄亥俄州立大学等中外院校的对照研究，作者的结论是，新中国成立以来，文学教育中的多民族性已有很大改进，但与世界发达国家相比还有差距，离共和国自身应达到的目标也存在较大距离。具体而言，就是"体现在文学专业的具体设置上，各个民族的文学本来都拥有一张'入场券'，但却因为上述诸种原因未能'真正入席'"。因此，作者期望：

> 打破传统的文学观，培养一大批具有"大文学观"与"多元文化整合教育"理念的、拥有不同民族身份背景的教师队伍，应是高校推行多民族文学教育实践的第一步。①

作为海鸿论文的指导教师和第一读者，我想接续的问题是：如果认可这样的"第一步"，接下来又该如何前行？

回到本题。该怎样理解多元文化中的文学教育呢？照我的看法，文学是教育的一种，需要努力实现的是在多元中理解文学，借文学体认多元。这种努力的意义，借西哲的话来讲，意味着让所有人在交往中学会"诗意的生存"；以侗族歌师的践行观之，则是超越差别，"以歌养心"。

---

① 付海鸿：《中国高校多民族文学教育的考察研究》，收入"文学人类学文库"，即将由中国社会科学出版社出版。

目　录

绪　论 ·· 1
　第一节　研究缘起及学科背景 ······························ 1
　第二节　研究现状综述 ······································· 28
　第三节　特定问题与研究框架 ····························· 41

第一章　学科建设：中国少数民族语言文学的合法性与
　　　　局限性 ·· 43
　第一节　文学学科设置：在"国家"与"民族"之间 ······ 43
　第二节　中国少数民族语言文学学科的创建 ·········· 59
　第三节　中国少数民族语言文学学科的发展 ·········· 69
　本章小结 ··· 97

第二章　专业设置：高校类型与多民族文学分布 ········ 99
　第一节　两种校园：一般院校与民族院校 ············ 100

第二节　专业教学中的语种配置与民族多元 …………… 134
　　本章小结 ……………………………………………………… 162

第三章　课程读本：多民族文学的课堂呈现 …………… 164
　　第一节　"两类教材"：文学史与文学作品选 ……………… 164
　　第二节　"文学史"教材里的"中国" ……………………… 190
　　第三节　文学人类学专业课程的三个读本 ………………… 208
　　本章小结 ……………………………………………………… 216

第四章　师生实践：多民族文学教育的田野考察 ……… 217
　　第一节　高校文学教师访谈 ………………………………… 218
　　第二节　高校文学专业学生问卷调查 ……………………… 244
　　本章小结 ……………………………………………………… 280

结　论 ………………………………………………………… 282

附录1　美国高校课堂里的中国多民族文学教育
　　　——以俄亥俄州立大学为个案的实证考察 ……… 288
附录2　"中国少数民族文学史"部分著作列表 ……………… 311
附录3　"中国少数民族文学作品选"部分书目 ……………… 313
附录4　《关于中国高校多民族文学教育情况的
　　　问卷调查表》……………………………………… 315
参考文献 ………………………………………………………… 318
原博士论文后记 ………………………………………………… 342
出版后记 ………………………………………………………… 346

绪　论

第一节　研究缘起及学科背景

1895年，中日"甲午战争"后的第一年，英国传教士傅兰雅（John Fryer，1839—1928）在《万国公报》上登出了《求著时新小说启》。这则启事试图借助"感动人心，变异风俗"的小说改变彼时中国最为严重的三大积弊，即鸦片、时文与缠足。傅兰雅沉痛地指出"若不设法更改，终非富强之兆"。[1] 从这则启事来看，傅兰雅首推小说的原因，正在于小说能"劝化人心，知所改革，虽妇人孺子亦可观感而化"[2]。傅兰雅对小说的此种认识，某种程度上与梁启超（1873—1929）先生不谋而合。梁启超将小说视为"文学之最上乘"，并强调"欲改良群治，必自小说界始；欲新民，必自新小说始"[3]。

---

[1] 傅兰雅：《求著时新小说启》，《万国公报》1895年第77期。
[2] 傅兰雅：《时新小说出案启》，《中西教会报》1896年第二卷第3号。
[3] 梁启超：《论小说与群治之关系》，《新小说》1902年第1期。

也就是说，无论是外来的传教士，还是中国本土的知识分子，都已然关注到文学在改良时弊与重塑新民方面的积极作用。

1896 年，在傅兰雅对 126 部应征而来的"新小说"进行批阅之际，上海广学会编译出版了《中东战纪本末》一书。编者在书末附了一篇简短的《文学兴国策》。《文学兴国策》由日本思想家森有礼（Mori Arinori，1847—1889）编著。美国传教士林乐知（Young J. Allen，1836—1907）将其翻译为中文。① 以"固日抱振兴中国之志者"自称的林乐知认为，对于有借法自强之志却又苦于无从下手的中国而言，若能效仿《文学兴国策》之为，必能"明愚昧之人心，而成富强之国势"②。需要指出的是，此书中的"文学"并不是我们今天所言的"文学艺术"，而是"文化教育"的旧译。③ 也就是说，除了文学，文化教育亦受到复兴中国的仁人志士们的关注。

实际上，在经历了 1840 年鸦片战争的重创与 1894 年中日甲午战争的耻辱后，清末士人在被迫接受新的世界图式之际，还面临着"救亡图存"路径的思量、选择与实践。彼时，"实业救国论"与"教育救国论"互相争持又彼此推动，"科学技术"成为二者最重要的连接，而"文学"则以"无用之用"成为近现代中国"复兴"与"救国"的又一途径。④ 1949 年以后，"文学教育"在当代"多民族中国"是否还能延续以往的"效用"呢？

---

① ［日］森有礼编著：《文学兴国策》，［美］林乐知、任廷旭译，上海广学会 1896 年初版，上海书店出版社，"近代文献丛刊"之一，2002 年印。
② 林乐知：《〈文学兴国策〉序》，《万国公报》1896 年第 88 期。
③ 刘绪义：《一百年前的"文学兴国梦"》，《二十一世纪》网络版 2002 年 12 月号总第 9 期。参考网址：http://www.cuhk.edu.hk/ics/21c/supplem/essay/0209038g.htm。
④ 相关论述可参见：刘克敌《教育的使命与文学的使命——从〈文学兴国策〉说起》，《书屋》2005 年第 3 期；李忠《近代中国"教育救国"与"实业救国"的互动》，《西南大学学报》（社会科学版）2011 年第 7 期。

绪 论

一 选题缘起：文学教育与民族、国家的关系

就文学的功用而言，孔子曾劝勉其弟子，诗不仅能"兴观群怨"，还具有"迩之事父，远之事君；多识于鸟兽草木之名"的特殊功用（《论语·阳货》）。若孔子侧重诗于人伦、教化和风俗层面的影响，那么，近代以来，欲以文学"救亡图存"的学人则将其视作重要的公共话语参与国家和民族的复兴运动。如陈独秀就曾指出，一国的兴亡都是随着国民性质的好歹而转移的。[①]"文学革命军"大旗之所以要推翻贵族文学、古典文学与山林文学，是因为其与阿谀、夸张、虚伪、迂阔的国民性互为因果。因而，陈独秀认为，要实现革新政治的目的，便不得不"革新盘踞于运用此政治者精神界之文学"[②]。主张"教育救国"的胡适则期望通过文学史的话语书写，以白话代替文言，以便造成一个举国合之的运动。[③] 胡适的理想与陈独秀早年强调"国语教育"能达"同国亲爱"的目的[④]基本相同。此外，鲁迅在"幻灯片"事件后，亦企图以文艺启蒙改造"愚弱的国民"[⑤]，以便"起其国人之新生，而大其国于天下"[⑥]。上述学人的观点，是我们当下认识文学的社会作用时，必须正视的背景、起点与基础。

其实，并非内忧外患的近现代中国才重视文学在国民精神重塑与

[①] 参见陈独秀《亡国篇》，《安徽俗话报》1905年第19期；参见《陈独秀著作选》第一卷，上海人民出版社1993年版，第80页。
[②] 陈独秀：《文学革命论》，《新青年》第二卷第6号（1917）。参见《陈独秀著作选》第一卷，上海人民出版社1993年版，第260—263页。
[③] 参见唐德刚《胡适杂忆》，华文出版社1990年版，第90页。
[④] 参见陈独秀《国语教育》，《安徽俗话报》1904年第3期；参见《陈独秀著作选》第一卷，上海人民出版社1993年版，第53—54页。
[⑤] 鲁迅：《呐喊·自序》，《鲁迅全集》第一卷，人民文学出版社2005年版，第438—439页。
[⑥] 鲁迅：《摩罗诗力说》，《鲁迅全集》第一卷，人民文学出版社2005年版，第101页。关于鲁迅的文艺观，可参考王富仁《中国文化的守夜人》，人民文学出版社2002年版；李怡、郑家建编著《鲁迅研究》，高等教育出版社2010年版。

民族国家复兴方面的意义。在当代中国，即1949年以来的中华人民共和国这个"全国各族人民共同缔造的统一的多民族国家"，亦时刻面临着如何继续加强其已经确立的"平等、团结、互助的社会主义民族关系"[①]等问题。需要明确的是，当共产党创建了新的国家政体后，在其国土内所有民族进入这个统一政体的同时，他们的文学与文化亦一并被纳入新的体制话语之中。[②] 因而，这个新的共和国必然不会忽视文学艺术的社会作用。费孝通先生曾指出，彼时"我国的各少数民族都处于正在成为社会主义民族的阶段。艺术和文学在发展社会主义民族共同心理这个特征上起着重要的作用"[③]。的确，新中国成立以来便采用了一系列文艺措施及实践，以便体现宪法所强调的"平等、团结、互助的社会主义民族关系"。编写一部包括各个民族的中国文学发展史，以"强调各民族人民之间的团结和友谊"[④]，就是其系列举措之一。重新认识中国的文学，期望通过文学艺术突破并超越"民族对立"的旧模式，维系并巩固"民族团结"的新局面，可以说是新的时代背景寄予文学的重任。只是，此夙愿却因"文化大革命"的破坏以及长久以来的"大汉族主义"的影响未能全然实现。[⑤] 就与此相关的学校文学教育而言，马学良先生谈道：

> 我们生存在多民族的国家中，很多人不知跟我们生活在同一

[①] 《中华人民共和国宪法》，1982年12月4日第五届全国人民代表大会第五次会议通过，1982年12月4日全国人民代表大会公告公布实施。
[②] 关纪新：《20世纪中华各民族文学关系研究》，民族出版社2006年版，第3页。
[③] 参考费孝通与林耀华共同撰写的《中国民族学当前的任务》，原文初载《人民日报》。本书引自《费孝通民族研究文集》，民族出版社1988年版，第151页。
[④] 《中共中央宣传部关于少数民族文学史编写工作座谈会纪要》，见中国社会科学院少数民族文学研究所编印《中国少数民族文学史编写参考资料》，1984年版，第1—2页。
[⑤] 参见徐新建《中国多民族文学研究的意义和前景》，《中外文化与文论》2013年第2期。

绪 论

个国家中有些什么民族。不说一般人,就连有些大学生也不甚了了,更谈不上对少数民族文学的了解了。大学文科的文学课程设置,不乏古今中外的文学课,唯独没有少数民族文学这类课程……因而有的少数民族学者为此啧有烦言,认为大学的中国文学系,既曰中国文学,就应当包括五十几个少数民族的文学,否则就改名汉族文学系。①

马学良先生的这段话刊于苏联解体后一年,当时"民族问题"已引起国际关注。彼时的中国,正面临着如何应对经济开发所带来的东西部地区差异增大等问题。因而,上引文至少指出了当时中国社会中的两种现状:一是国民对多民族中国国情的认知现状堪忧;二是少数民族文化与文学的权利体现不够。此二者又相互关联、彼此影响。设若大学校园里的文学专业设置与具体教学尚未能符合多民族国家的现实国情,那么,本应在民族共同心理重塑与凝聚上发挥巨大作用的文学教育,则可能成为破坏民族团结的导火线。

时隔多年,上述境况得到了较大的转变。2010年,如何使高等院校的文学课堂实践符合多民族中国国情、包括56个民族的文学教育,在中国多民族文学论坛上得到了广泛的讨论。② 2011年,国家重大社科基金项目"中国多民族文学的共同发展研究"(项目编号:11&ZD104,主持人:徐新建)立项,考虑到教育在多民族国家文学认知与传承中的重要作用,"文学教育:多民族文学的社会传递"被

---

① 马学良:《中国少数民族文学史·序》,马学良、梁庭望、张公瑾编著《中国少数民族文学史》,中央民族学院出版社1992年版,第1页。
② 吴刚:《第七届中国多民族文学论坛综述》,参考中国民族文学网网站:http://iel.cass.cn/news_show.asp?newsid=8429。

项目主持人徐新建教授设为子课题之一①，由此将多民族中国的文学教育从民间学术论坛式的话语提升至国家主导的学术层面。子课题的设计包括两方面："一方面关注现代社会中学校式的文学教育，关注其中的文学理念、课程设置及其对受教育者身份认同与族群记忆的影响；另一方面对比存留在乡土民间的传统文学的传承，从文学生活的角度考察族群内外的文学表述和文化交流"②。这样的设计意在整合国家主导的现代学校教育与乡土自在的传统文学传承，阐释彼此的并存及互补关联。

本研究即由上述子课题而来。考虑到博士论文研究与课题项目之间的差异以及个人田野调查的能力有限，本研究侧重于现代校园部分，并选取高等院校的多民族文学教育进行考察研究。乡土民间的口头文学传承则在其他子课题论述中展开。

二 理论背景："大文学观""民族志诗学"与"多元文化教育"

本研究的理论背景有两个维度：一是文学人类学学科的"大文学观"与美国民俗学界的"民族志诗学"。这两个理论都强调口头传统与活态文学，是对以往僵化的"文字中心主义"文学观的一种突破。二是西方多族群国家教育学界提出的"多元文化教育"理论。这个理论对多民族中国的教育借鉴在于如何从教育内容方面将各个民族的文化纳入公共教育空间。本研究期望在国内学界与国外学界的互为观照中反思传统的文学观与文学教育，并对文学人类学的"大文学观"与"多元文化教育"作一梳理。

---

① 参见徐新建《中国多民族文学研究的意义和前景》，《中外文化与文论》2013年第2期。
② 同上。

绪 论

（一）文学人类学的"大文学观"与"民族志诗学"

1. 文学人类学的"大文学观"

文学人类学是20世纪在文化人类学的影响下出现的一个跨学科领域。"文学人类学"即在文学专业方面以文化人类学视野看待、思考和研究文学的学问。① 有关文学人类学的研究与中国文学人类学学科的发展，已有专著出版，如史忠义、户思社与叶舒宪主编的《国际文学人类学研究》、方克强的《文学人类学批评》、代云红的《中国文学人类学基本问题研究》② 等。近30年来，文学人类学的研究动向为中国文学学界颠覆"文本中心主义、大汉族主义、中原中心主义三大流弊"，"走向文学的文化语境还原性研究"③ 提供了新范式。

自20世纪80年代以来，中国文学人类学学者的代表性论述集中在三个方面④：其一是对古代文学典籍的"人类学破译"以及从人类学角度对神话与历史的分析与阐释，以萧兵、臧克和、叶舒宪等为代表⑤；其二是用原型理论分析中国作品，以方克强、叶舒宪等为代表⑥；其三是从文学人类学的角度对文学与仪式、民歌与国学进行整

---

① 文学人类学的学科定义，可参考叶舒宪《本土文化自觉与"文学""文学史"观反思》，《文学评论》2008年第6期。
② 史忠义、户思社、叶舒宪主编：《国际文学人类学研究》，百花文艺出版社2006年版；方克强：《文学人类学批评》，上海社会科学院出版社1992年版；代云红：《中国文学人类学基本问题研究》，云南大学出版社2012年版。
③ 乐黛云：《为中国文学研究开创历史新纪元》，《中外文化与文论》2013年第2期。
④ 徐新建教授对此也进行过相关讲述。他将其分为五类，本书归纳综合为三个方面。参见徐新建《当代学科的交叉与汇合》，参考上海交通大学网站：http://www.sjtu.edu.cn/info/1493/26077.htm。
⑤ 可参考王孝廉等《关于叶舒宪等"中国文化的人类学破译"丛书的笔谈》，《海南大学学报》1995年第4期；叶舒宪主编《神话历史丛书》（第一辑四本），南方日报出版社2010年版。
⑥ 参见叶舒宪主编《神话——原型批评》，陕西师范大学出版社1987年版；方克强《文学人类学批评》，上海社会科学院出版社1992年版。

合研究，以彭兆荣、徐新建为代表。① 这三方面研究关怀的是"文学的叙事'文本'"以及"人类生命体认的'本文'"②，并试图构建出具有文学人类学特色的大文学观。

现代汉语里的"文学"由英文"literature"翻译而来。literature 一词在英文里的出现，可追溯至 14 世纪。彼时该词意为"通过阅读所得到的高雅知识"，其最早词源为拉丁文 littera，意指字母 letter。③ 西方现代文学观将"文学"分为小说、诗歌、戏剧与散文四个领域，这样的文学观念移植入中国后，大量不依赖文字书写传统传承的民间口头说唱、史诗吟诵、仪式展演等文学样态根本无法纳入上述领域。因而，国内学界不少学者就此现状，从人类学、文学人类学等角度提出重新理解并反思文学观。如李亦园先生在《从文化看文学》中的讨论：

> 假如我们把"文学"的定义界定是要用文字书写出来的，那么世界上确实有许多民族是没有文学的。但是从人类学的立场看，文学的定义实在不能限定于用文字书写出来，而应该扩大范围包括用语言或行动表达出来的作品。这种用语言而不是文字表达出来的作品，一般称之为"口语文学"（oral literature）……口语文学有许多不同的形式，包括传说、神话和故事，以及歌谣、谚语、诗词、戏剧、谜语、咒语、绕口令等。④

---

① 参见彭兆荣《文学与仪式：文学人类学的一个文化视野——酒神及其祭祀仪式的发生原理》，北京大学出版社 2004 年版；徐新建《民歌与国学》，巴蜀社 2008 年版。
② 彭兆荣：《文学人类学叙事的形式实体》，《吉首大学学报》（社会科学版）2002 年第 6 期。
③ [英]雷蒙·威廉斯：《关键词：文化与社会的词汇》，刘建基译，生活·读书·新知三联书店 2005 年版，第 268—274 页。
④ 李亦园：《从文化看文学》，叶舒宪编著《文化与文本》，中央编译出版社 1998 年版，第 3 页。

绪　论

李亦园先生将以往不被关注的无文字民族的口语文学纳入，正是对狭隘的文字书写文学观的拓展。这与李先生破除精英传统，偏重民间文化与文学的探索有关。往前追溯，这又与20世纪初期部分知识分子在歌谣的采集与刊行运动中对民间文学的重视有直接联系，由此延展的是对中国文学与文化"一元论"的反思与突破。[1]

近年来，中国的文学人类学者亦提出"应重视活态文学、多元族群互动文学和口传文学"。乐黛云先生在《为中国文学研究开创历史新纪元》中指出，文学的文化研究能"充分发挥其融合故事、讲唱、表演、信仰、仪式、道具、唐卡、图像、医疗、出神、狂欢、礼俗等为一体的文化整合功能"[2]。由此可见，文学文本并非只有书写文本这一种形式，还包括口头文本、身体文本、图像文本等多元文本。此外，"中华多民族文学史观"亦从"中华民族多元一体格局"出发，提出重新审视中国境内文化与文学的多元。[3] 这些讨论为回到本土情境认识多民族中国的文学提供了新视角。

中国文学人类学研究会自1997年首届年会始，就对"口传/书写、文化展演、知识体制"等问题进行集中而深入的讨论，反思被遮蔽与遗忘的中国本土文学观。[4] 此处，本研究主要围绕叶舒宪与徐新建两位学者的讨论来简括文学人类学的"大文学观"及相关思考。

---

[1] 可参看［美］洪长泰《到民间去：1918—1937年的中国知识分子与民间文学运动》，董晓萍译，上海文艺出版社1993年版；徐新建《民歌与国学：民国早期"歌谣运动"的回顾与思考》，巴蜀书社2006年版。

[2] 乐黛云：《为中国文学研究开创历史新纪元》，《中外文化与文论》2013年第2期。

[3] 2007年，"中国多民族文学论坛"发起"中华多民族文学史观"的讨论。相关讨论可参考关纪新的《创建并确立中华多民族文学史观》，《民族文学研究》2007年第2期；李晓峰、刘大先《中国多民族文学史观及相关问题研究》，中国社会科学出版社2012年版。

[4] 彭兆荣：《首届中国文学人类学研讨会综述》，《文艺研究》1998年第2期。关于"本文与文本"的讨论，参见王璐《从"文本中心"到"本文探求"——文学人类学研究范式讨论》，《西南民族大学学报》（人文社会科学版）2011年第1期。

在早期对文本与田野的关系互动讨论中，叶舒宪教授就警醒"文字暴力"对人的异化，认为口传文学的再发现有助于消解在文明社会中培植起来的文字膜拜和文本至上观念。① 沿此论域，叶舒宪教授先后撰写了《口传文化与书写文化："民族志诗学"与人类学的表现危机》《"学而时习之"新释：〈论语〉口传语境的知识考古学发掘》等文，强调口传文化传统的重要性。② 2008 年，叶舒宪提出三组关键词"活态文学 vs 固态文学、多元族群互动的文学 vs 单一的汉族文学、口传文学 vs 书写文学"，以此应对文学与文化研究中的"文本中心主义、大汉族主义和中原中心主义"。在《本土文化自觉与"文学""文学史"观反思》一文中，叶舒宪教授提出以活态文学为主的本土文学观，即"文学人类学的文学观"。他进一步阐释如下：

> 文学人类学的文学观是一种宏观的整合性文学视野。书写的文本在这个大视野之中，既不占据首要的位置，也不会享有文字独尊的特权。③

从引文可知，"文学人类学的文学观"的论述侧重于口传文本与书写文本的打通，这与叶舒宪多年来对口语传统的重视有关。随后，他进一步提出重建文学人类学意义上的中国文学观和少数民族文学观，倡导"从族群关系相互作用的建构过程入手，学会尊重和欣赏文化内部多样性的现实，进而在中原王朝叙事的历史观之外，寻找重新

---

① 叶舒宪：《再论文本与田野的关系互动》，《辽宁大学学报》（哲学社会科学版）1998 年第 4 期。
② 叶舒宪：《口传文化与书写文化："民族志诗学"与人类学的表现危机》，《广东社会科学》2001 年第 5 期；《"学而时习之"新释：〈论语〉口传语境的知识考古学发掘》，《文艺争鸣》2006 年第 2 期。
③ 叶舒宪：《本土文化自觉与"文学""文学史"观反思》，《文学评论》2008 年第 6 期。

进入历史和文学史的新途径和新材料"①。叶舒宪教授此时的论述强调多元族群互动的角度,旨在打通"大汉族主义"与"民族本位主义"的各自为战。

如果说叶舒宪提出的"文学人类学的文学观"侧重于在口头与文字、精英与民间、汉族与少数民族的互动关联中,重新审视多民族中国文学与文化的多样态。那么,徐新建则主要围绕"文本/本文"与"表述问题"的讨论展开他的思考。2007 年,徐新建初步提出"文学人类学的大文学观"构想。在《"多民族文学史观"简论》一文中,他对传统的文学观提出质疑:"历史只能以一种语言或文献书写的方式出现吗?口述、仪式、房屋乃至歌谣、舞蹈、纹饰……难道不也是通往历史之路?"② 本研究认为,或可将徐新建的疑问理解为其试图在"历史"的权力书写中,还原非文字书写的其他文本应有的位置。2010 年,徐新建在广西河池学院的讲座上第一次公开表达了他的文学观。讲座上,徐新建提出:人类学意义上的"大文学",或曰"活态文学""草根文学"乃至"生命文学"与"神性文学"。③ 将"大文学"与"活态文学""草根文学"等并称,与徐新建多年的学术关怀有关,即对"文/野"二分的打通并力图还原"野"(即乡土、民间)应有的位置。

随后,在 2011 年 1 月四川大学文学人类学博士生课程讨论上,徐新建提出"文学人类学的大文学观或新文学观",即:

> 我们说用文本,从文字文本到口头文本、文化文本,或者心

---

① 叶舒宪:《中国文化的构成与"少数民族文学":人类学视角的后现代观照》,《民族文学研究》2009 年第 2 期。
② 徐新建:《"多民族文学史观"简论》,《民族文学研究》2007 年第 2 期。
③ 材料来源:徐新建讲座《简述中国当代文学人类学的兴起和演变》(2010 年,河池学院)录音整理。

理文本、社会文本、仪式文本，都可以，就是用文本的概念来取代文学 literature。①

将"文本"由精英的书写文本扩大至民间口头的、身体的、仪式的非文字文本，此观点与徐新建"表述的实质就是生命的呈现和展开，也就是存在及其意义的言说"有关。在《表述问题：文学人类学的理论核心》一文中，徐新建指出，除书写、仪式和口头文本外，表述还指涉展演、歌唱及博物馆的物象叙事等在内的多文化呈现样式。②可以说，其"文学人类学的大文学观"是基于文化表征的文学观，侧重多重文本的相互打通。2011 年，徐新建再次提出将多民族文学现象视为整体的统一存在，以此建立涵盖各民族文学实践的新的"整体文学观"。③ 其"整体文学观"着重族群关系的互动，各民族的文学实践文本则与其文化表征的大文学观相吻合。

除前述"文学人类学的文学观""人类学的大文学""文学人类学的大文学观或新文学观""整体文学观"外，还有陈跃红的"大文学观"、梁昭的"文学人类学与总体文学"等提法。陈跃红教授从文学的载体出发，指出"文学既是纸本的、文字的，同时它也是口传的、吟唱的，同时它更应该是（也是将来流传的）呈现生活本来的"④。梁昭提出的"总体文学"则倡导以一种平等的态度和博大的胸怀来克服"我族中心主义"，把作为"他者"的"异文化/文明"

---

① 材料来源：徐新建在四川大学 2010 级文学人类学博士生课程上的发言，2011 年 1 月 5 日。

② 徐新建、唐启翠：《表述问题：文学人类学的理论核心——上海交通大学人文学院徐新建教授访谈》，《社会科学家》2012 年第 2 期。

③ 徐新建：《中国多民族文学研究的意义与前景：国家社科基金重大项目开题报告》，《中外文化与文论》2013 年第 2 期。

④ 陈跃红、付海鸿：《多民族文学教育的融合与发展：北京大学中文系陈跃红教授访谈》，《百色学院学报》2013 年第 2 期。

和"我族"一起并置在世界性的框架内考察,以此实现"和而不同"的多元文学对话。① 本研究选用"文学人类学的大文学观"。为何是"大"呢?此"大"与叶舒宪把"由汉字编码的文化传统叫作小传统,将前文字时代的文化传统视为大传统"②的"大"有关,意在重新反思以往"文野二分"的进化论式文学观的偏见。这样的反思还需要"海纳百川,有容乃大"的"大"视野。概括言之,"文学人类学的大文学观"旨在回到本土文学的发生情境中,打破精英书写文本至上的高傲与"我族中心主义"的自大,在多元文本的表述与多元族群的互动关联中,学会尊重与欣赏各民族文学与文化的多样态呈现。在此意义上,就有必要以"大文学观"为指导,对现今的多民族文学教育进行观照与反思。

2. 民族志诗学

"民族志诗学"(ethnopoetics)的主要代表人物是美国民俗学界的丹尼斯·特德洛克(Dennis Tedlock)、戴尔·海姆斯(Dell Hymes)与杰诺姆·鲁森伯格(Jerome Rothenberg)。民族志诗学重视部落的祝祷歌、壁画、鼓诗、谜语、仪式事件等,在拓展传统西方文学观范畴的同时,体现出西方学者对长久以来被忽视和放置在边缘的部落文学与文化的重新审视与尊重。民族志诗学的创立,体现了口传文学的再发现对文学文本概念和英语世界中的散文与韵文二分法的挑战和更新。③ 1970 年,"第一本世界部落诗歌杂志"《黄金时代:民族志诗学》(*Alcheringa*:*Ethnopoetics*)刊发。第一期中收录翻译了印第安部

---

① 参见曹顺庆主编《比较文学学》,四川大学出版社 2004 年版,第 358 页。
② 叶舒宪:《中国文化的大传统与小传统》,参见光明网网站:http://theory.gmw.cn/2012-08/30/content_4932517.htm。
③ 巴莫曲布嫫、朝戈金:《民族志诗学》,《民间文化论坛》2004 年第 6 期。

落的圣歌、祝祷、神圣叙事、仪式与事件、谜语、图诗、图画文字等。编者的意图明显，即期望以这些崭新的或者老旧的诗歌传统改变人们的心灵与生活。编者认为，对以往为人熟知的诗歌观念而言，这些来源丰富的诗歌是富有洞见的新表述。与此同时，这些诗歌能够拓展人类诗歌的范围并有助于人们理解诗歌为何的问题。①《黄金时代：民族志诗学》的确为部落的口头诗歌翻译实践提供了场所，同时其部落诗歌的形式与内容对理解人类文学与文化生活的多元具有重要的意义。

在《黄金时代：民族志诗学》刊发前，部分学者已有相关学术实践。1946年，马戈·阿斯揩雾（Margot Astrov）编选的《翼龙：美洲印第安散文与诗歌选集》收录了齐佩瓦族的悼亡歌、奥色治人的斋戒仪式歌、布莱克福特人的祝祷歌等，其诗歌与散文形态多样。阿斯揩雾指出，部落神话与歌曲等与部落人对自然的特殊感情、信仰与习俗有关，因而应回到部落文化情境中理解这些诗歌。就编选该诗集的目的而言，编者谈到，他期冀能借助这些丰富的诗歌文本改变人们长久以来对"印第安人"抽象的、刻板的认识。②与阿斯揩雾一样，在《黄金时代》的主编丹尼斯·特德洛克（Dennis Tedlock）后来参与编辑的《寻找中心：祖尼印第安人的叙事诗》③、戴尔·海姆斯（Dell Hymes）的《"我想告诉你却徒劳"：美洲原住民民族志诗学文集》④

---

① Jerome Rothenberg & Dennis Tedlock, eds. *The Journal of Alcheringa：Ethnopoetics*, 1970 (1).

② Margot Astrov, ed. *The Winged Serpent：An Anthology of American Indian Prose and Poetry*. New York：The John Day company, 1946. pp. 4 – 6.

③ Dennis Tedlock, Andrew Peynetsa, Walter Sanchez, eds. *Finding the Center：Narrative Poetry of the Zuni Inidans*. New York：Dial Press, 1972.

④ Dell Hymes, ed. "In Vain I tried to tell you" in *Native American Ethnopoetics*. Philadelphia：University of Pennsylvania Press, 1981.

等书中，都体现出"民族志诗学"对部落的口头文学、视觉文本与仪式文本的重视。

杰诺姆·鲁森伯格（Jerome Rothenberg，1931— ）是《黄金时代：民族志诗学》的另一主编，他多年来致力于民族志诗学文本的编辑与相关教学实践。在文集的编选中，他明确提出自己的文学课程教学理念，期望由此改变人们对非文字书写的口头文学的认识，同时拓展文学的范畴。本研究特以鲁森伯格的研究为例，以其编选的诗集概述其"民族志诗学"理念及与此相关的美国文学课程教学实践。

1968年，鲁森伯格编选了《神圣的技师：来自非洲、美洲、亚洲、欧洲和大洋洲的诗歌》。书中，鲁森伯格指出，前文字时代的诗歌是由口传、唱诵，或者更准确地来讲是"歌唱"所组成的，因而诗人的技巧并非局限于口头语言的练习，同时也通过歌曲、非口头语言的音声、视觉标志以及仪式事件中的各种活动来体现。[①] 与前文字时代诗歌相对的，是后文字书写时代的诗歌。不过，后文字书写时代的诗歌显然会对大量非文字书写的文学样态产生严重的遮蔽。1972年，鲁森伯格在其编辑的《摇南瓜：北美印第安人的传统诗歌》一书中，进一步谈到了部落诗歌的意义与理解问题：

> 如果你不用狭隘的西方诗歌观念或当下那些文集的概念与定义，或有限的经验来看这些诗歌的话，你会发现，这些部落诗歌的范围是异常惊人的。通常这些部落诗歌总是属于更大情境中的一部分，没有理由将这些语句视作独立的结构单独呈现而毫不顾忌仪式事件。或者说对发生在同样情境中的图片也做类似的处

[①] Jerome Rothenberg, Collected and edited. *Technicians of the Sacred: A Range of Poetics from Africa, America, Asia, Europe & Oceania.* New York: Doubleday Anchor, 1968. pp. xix - xxx.

理。事实上，如果可能，应该将诗歌中相关的所有元素呈现或翻译过来。①

因此，鲁森伯格指出应该回到部落情境中去理解这些诗歌，比如有些诗歌需要大声朗读，有些需要坐着表演，有些则需要爬上山顶面对着美景大声吟咏哭泣。他声明，这种对非语言的诗歌媒介（比如概念、图表、图片等）或诗歌部分的探索并非是偏离主题，而是直抵伟大的北美印第安部落诗歌的核心，要充分了解它们，就不能再坚持西方诗学的有限范畴。② 这样的讨论，与前述文学人类学"大文学观"的反思有着异曲同工之处。鲁森伯格后来又参与编辑了《美洲：一个预言——从前哥伦比亚时代至今的美洲诗歌新阅读》③ 以及广为国内学界提及的《全景文学：通往民族志诗学的话语范围》④ 等文集，其一以贯之的就是上述民族志诗学理念。

为了方便读者回到部落文化的情境中理解诗歌，《摇南瓜：北美印第安人的传统诗歌》包括了两部分内容，第一部分是诗歌文本，第二部分是长达150页的诗歌文化背景介绍、评论以及教学思考。比如，在阐述了玛雅基切人的古典史诗《波波尔·乌》的背景后，鲁森伯格特意对当下的大学文学教育作了反思。他认为，在文学与神学等

---

① Jerome Rothenberg, ed. *Shaking the pumpkin*: *Traditional Poetry of the Indian North Americas*. Garden City, N.Y., Doubleday, 1972. p. xxii.

② Ibid. p. 417.

③ George Quasha, Jerome Rothenberg, eds. *America*, *A Prophecy*: *a new reading of American poetry from Pre-Columbia Times to the present*. New York: Random House, 1973. 本文集收录了美洲原住民的神话与口头诗歌、非洲裔美洲人的蓝调、福音书、叙事诗等，将日记、信件、笔记、科学论文撰写等视作诗，同时也将非语言的、视觉的、仪式的媒介，如阿兹台克人的壁画、周易的卦符等视作诗歌媒介。该文集以"未济"卦为结束，寓意事物充满了变化发展，认为对待诗歌也应该持有变化发展的思想。

④ Jerome Rothenberg and Diane Rothenberg, eds. *Symposium of the whole*: *a range of discourse toward an ethnopoetics*. Berkley and Los Angeles and London: University of California Press, 1983.

绪论

领域应该为那些经过口头传播训练的人们保留位置。同时他警醒人们，应该牢记那些年老的歌者与叙事者依然健在（或者他们的儿子以及孙子还健在），如果轻视他们或者让他们处于贫穷之中，就是违背这片土地精神的暴行。因而，他强调应该将本科课程中的"希腊史诗"去掉，而代之以伟大的"美洲史诗"这一课程。在学习《荷马史诗》的时候，也应该学习《波波尔·乌》与《翼龙：美洲印第安散文与诗歌》，或者是《摇南瓜：北美印第安人的传统诗歌》。鲁森伯格指出，应该在原本只有希腊文学常识的大学生头脑中，填满这些部落的丰富诗歌。而就如何在大学课堂实现具有民族志诗学理念的文学教学问题，他激励诗人翻译美洲原住民的经典，同时让年轻的印第安诗人或者那些能够歌唱与讲故事的人教会年轻的白人诗人歌唱。此外，他还提议将拨浪鼓或其他民间的、部落的器乐带入课堂，展开文学教学。①

鲁森伯格的"民族志诗学"理念及其"将拨浪鼓带入课堂"的文学教学意见，与"在葡萄架下弹琴""在侗寨听侗族大歌"②等文学教育建议相似，在某种程度上与多民族中国的文学及其教学互为观照。因而，文学人类学的"大文学观"与"民族志诗学"的学科背景与理论视野，正是对传统文学观的一种打破。唯有冲破原有的书写文本文学观的束缚，文学教育才能借助多元文本呈现文学的丰富性与完整性。

（二）多元文化教育

多元文化教育（multicultural education）是20世纪60年代受到美

---

① Jerome Rothenberg, ed. *Shaking the pumpkin*: *Traditional Poetry of the Indian North Americas*. pp. 417–418.
② 在"第九届中国多民族文学论坛"上，有多位学者提到回到文学生活场景中理解文学、感受文学的观点。

国民权运动影响而在美国教育学界兴起的思潮。除了美国，今天世界上的其他多元族群国家如加拿大、澳大利亚等，亦都参与并推动了多元文化教育的教学实践。

作为一个多元族群的国家，美国的族群关系较为复杂。社会学家戈登认为美国的族群关系发展有三个阶段：一是从英国向北美大陆移民开始一直到20世纪初期，可称为"盎格鲁—撒克逊化"阶段；二是20世纪初期至60年代，世界各国的移民纷纷拥入北美大陆，美国政府在族群关系问题上采取了"熔炉"政策，即让来自不同文化背景的人们成为具有美国文化特质的美国人。这一时期即为"大熔炉"阶段；三是多元文化主义阶段，缘起于20世纪60年代的民权运动。[①] 美国的黑人与其他少数族裔在民权运动中要求去除中心、承认差异、追求平等的权利，亦体现在教育层面。多元文化教育理念即由此背景发展而来。

有关多元文化教育的定义，此处援引美国教育学家班克斯（James A. Banks）的界定。在《文化多样性与教育：基本原理、课程与教学》一书中，班克斯指出：

> 多元文化教育意味着一种关注创造教育环境的教育，在这种教育环境中，来自不同微观文化群体，如不同种族/民族、性别、社会阶层、地区群体以及残疾人群体的学生都能享受教育上的平等。[②]

从此界定来看，多元文化教育的"多元"实际包括两方面：一是

[①] ［美］马丁·N. 麦格：《族群社会学：美国及全球视野下的族群关系》，华夏出版社2007年版，第98页。
[②] ［美］James A. Banks：《文化多样性与教育：基本原理、课程与教学》第五版，荀渊等译，华东师范大学出版社2009年版，第74页。

受教育主体的多元；二是教学内容的多元。也就是班克斯强调的，多元文化的内容是关于多种族、多民族和多文化群体的。[①] 就课堂而言，其中讲授的不仅有白人文化，还有黑人文化、亚洲裔美国人文化、非洲裔美国人文化、西班牙裔美国人文化等。因而，在将多元文化教育的理想倡导落实到具体的教学实践过程中，课程设计是其中最为关键的环节之一。

以班克斯多元文化教育课程为例，主要有四种模式。即：(1) 贡献模式。在这种模式中，英雄、文化要素、假日、庆典等被纳入课程中。这种课程模式的优点是提供了一个快速便捷的方式在课程中编入民族文化的内容，但缺点在于易导致对民族文化的肤浅认识并增加刻板印象，甚至产生错误的观念。(2) 民族添加模式。即在课程中额外增加一些文化内容、概念、主体和观点，但并未改变课程的结构。比如，在文学课程中增加一些少数族裔的作品，但并未给学生提供具体的背景知识。这种模式在大多数中国文学史中已有体现，比如整个文学史结构按照王朝时代排序，在最后一章增加"少数民族文学"却不对此做出具体说明。(3) 转换模式。改变以往的课程目标、结构，增强学生从多元文化、多民族、多种族的观念来看概念、事件与问题。比如，在文学课堂的同一个单元中，既有美国白人的文学作品，也有印第安人的文学作品。(4) 社会行动模式。在此模式中，学生能够针对社会问题收集资料、参与讨论、做出决定、采取行动、解决问题。[②] 这些课程模式各有利弊，因而如何在具体的课程教学中展开有效的多元文化教育，仍在不断的探索之中。

---

① ［美］James A. Banks：《文化多样性与教育：基本原理、课程与教学》第五版，荀渊等译，华东师范大学出版社 2009 年版，第 8 页。

② 班克斯多元文化教育课程的四个模式，具体可参考哈经雄、滕星主编的《民族教育学通论》，教育科学出版社 2001 年版，第 45—46 页。

就文学教育而言，多元文化教育对美国文学教育的影响直接体现在"多元文化文学"（multicultural literature）这一概念上。多元文化文学的提法与多元文化教育一样，主要体现在文学主体的多元性上。即除了白人文学，还应该将其他少数族群的文学纳入课堂。在本书"绪论"的"国外研究综述"部分对此有较为详尽的阐述，此处不再展开。

多元文化教育这一理论进入中国后，引发了国内学者对中国民族教育的重新审思。在诸多讨论中，中央民族大学的滕星教授在费孝通先生的"中华民族多元一体格局"理论基础上，提出"多元文化整合教育"概念。滕星对"多元文化整合教育"的讨论，从2001年一直到2013年有过多次修改与调整。2001年，滕星在《文化变迁与双语教育——凉山彝族社区教育人类学的田野工作与文本撰述》一书中主要从"目的"层面，界说了"多元文化整合教育"。即：

> "多元文化整合教育"的目的是继承各民族的优秀文化遗产，加强各民族间的文化交流；促进民族大家庭在经济上共同发展，在文化上共同繁荣，在政治上各民族相互尊重、平等、友好、和睦相处，最终实现各民族大团结。①

近十年后，滕星又在其他场合谈到"多元文化整合教育"的内容。在《"多元文化整合教育"与基础教育课程改革》一文中，滕星再次强调：

> 一个多民族国家的教育在担负人类共同文化成果传递功能的

---

① 滕星：《文化变迁与双语教育——凉山彝族社区教育人类学的田野工作与文本撰述》，教育科学出版社2001年版，第157—158页。

绪 论

同时，不仅要担负起传递本国主体民族优秀传统文化的功能，同时也要担负起传递本国各少数民族优秀传统文化的功能。……因而，"多元文化整合教育"的内容，除了主体民族文化外，还要含有少数民族文化的内容。①

从引文可见，滕星先生的讨论已开始注重理论与基础教育课程改革的结合。从教学内容来看，除了汉族文化之外，少数民族的文化亦应进入课堂教学的范畴。这一点与前述班克斯的"多元文化教育"的提法相似。2013年，在《全球化时代"三种认同"与中国民族教育的使命》一文中，滕星教授与陈学金博士又对"多元文化整合教育"理论作了详尽的梳理与补充，并以图表（图绪-1）的形式将其呈现出来。

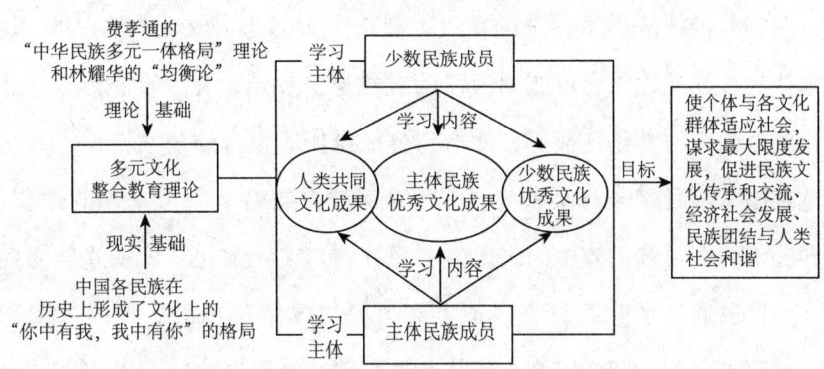

图绪-1 滕星的"多元文化整合教育"理论②

除滕星外，西北民族大学的王鉴亦在费孝通先生"中华民族多元一体格局"理论的指导下，提出"中华民族多元一体教育理论"。王

---

① 滕星：《"多元文化整合教育"与基础教育课程改革》，《中国教育学刊》2010年第1期。

② 图绪-1来源于陈学金、滕星的《全球化时代"三种认同"与中国民族教育的使命》，《广西民族大学学报》（哲学社会科学版）2013年第3期。

鉴认为，多元化的趋势发展，使得"一体"的要求有了新内涵，即以主体民族为基体，以各少数民族文化教育为依托，借鉴吸收外来文化的国家多元一体教育。① 王鉴所提"中华民族多元一体教育理论"的主要内容，与滕星的"多元文化整合教育"基本相似。

外来的"多元文化教育"与本土的"多元文化整合教育"都强调多民族国家教育主体与教育内容的多元性。可以说，教育主体与教学内容是否与一国之内族群的多元与文化的多元现实相符合，已经成为评测公共教育领域里"教育平等"的一项指标。对于多民族国家的文化而言，将以往不被关注的人群及其文化从边缘的位置拉回中心，既能体现文化的多样性，又能增进不同文化的相互交流与理解。不过，在赞同之声中，亦能听到一些学者的担忧。比如西北民族大学的万明钢教授就从国家安全的角度，提出了他对多元文化教育的疑虑。他认为多元文化教育可能因为强调族群身份差异、关注族群利益、强化族群内在的文化特征等，冲击到公民身份所包含的公共精神，甚至危及国家的凝聚与社会稳定。② 万明钢教授忽略了一个基本的现实，即若不能面对多民族中国国内的多元族群与多元文化，无视差异的存在，期冀通过消除差异来谋取共存，是根本行不通的。美国试图用"大熔炉"政策来解决国内多元族群关系并惨遭失败这一事实，其实已是最好的证明。因而，多元文化教育或多元文化整合教育正是"求同存异"的教育实践。

本研究即以文学人类学的"大文学观"和"民族志诗学""多元文化教育"与"多元文化整合教育"为理论背景，对现代中国高等院

---

① 王鉴：《多元文化教育：西方少数民族教育的实践及其启示》，《广西民族教育》2004年第1期。
② 万明钢：《从"差异"走向"承认"的多元文化教育》，《教育研究》2008年第11期。

校的多民族文学教育进行考察、记录与研究，并力图反思现代中国文学教育进程中的文学观、族群间的文化与文学对话等问题。

三 什么是高等院校的"多民族文学教育"？

审视多民族中国的文学，会发现无论是族群的多元互动，还是口传、仪式、展演等文本的多样态呈现，与文学人类学的"大文学观"和"民族志诗学"的文学观都相互吻合、互为阐释。正是在此理论背景下，根据多民族中国的具体实情，结合学界近年来的讨论，本研究选用"多民族文学"这一术语，试图对以往二分的"汉语言文学"与"少数民族语言文学"作一整合。此处，将对"多民族文学"与"教育"两个关键词作一简单梳理。

（一）"多民族文学"而非"少数民族文学"

本研究选用"多民族文学"而不是"少数民族文学"在于作为学科核心概念的"少数民族"惯指新中国成立后"民族识别"确认的 56 个民族中，除汉族之外的 55 个少数民族。实际上，在 56 个已经识别的民族外，中国现今仍有一部分人群的民族身份未被明确识别。因而，若继续沿用"少数民族文学"，某种意义上也沿袭了"简单的二元对立的学科视野"[①]，不利于从文学或文化的层面展开讨论。

关于"多民族文学"的早期论述，可追溯至 1951 年。彼时，张寿康在《论研究少数民族文艺的方向》一文中指出："中国的文学不仅仅是汉文的文学，还是全中华的文学……我们的新文学史中，是不是应当有'中国各民族的文学'这一部分呢？"[②] 张先生的这一疑问，可以说是后来"中国多民族文学史观"讨论的起点。为何是"多"

[①] 李怡：《少数民族知识、地方性知识与知识等级问题》，《民族文学研究》2010 年第 2 期。

[②] 张寿康主编：《少数民族文艺论集》，北京建业书局 1951 年版，第 2—3 页。

呢？费孝通先生提出的"中华民族多元一体"① 之"多"常被用作"多民族文学"的重要理论支撑。关于"多民族文学"的界定，学界尚无定论，还处在不断探索之中。以国家社科基金项目重大"中国多民族文学的共同发展研究"为例，首席专家徐新建谈道：

> "多民族文学"指的是在特定文化单位中通过民族交汇而演进成为既独立存在又彼此相关的文学整体。"多民族文学"倾向于以政治平等、民族共生和文化互补的共同体为基础，强调在审视不同文学各自特征和贡献的同时关注彼此间的交往影响及整体联系。②

徐新建对"多民族文学"的界定，正是在文学人类学的"大文学观"视野下展开的。引文中，徐新建对"政治平等、民族共生和文化互补的共同体"的强调，即是从多民族共同生活的现实国情出发，注重从族群互动关系的角度理解多民族中国的文学。此外，他强调要"审视不同文学各自的特征和贡献"，则与"多元文本"的表述有关，即多民族中国的文学，应该包括各民族的文学实践活动，与此同时，还应注重多元文本的多样态呈现及彼此的关联。

本研究不再对"多民族文学"妄加定义。只是强调我们应从文学人类学的"大文学观"与"民族志诗学"的理论视野来看待多民族中国的文学，同时注重多元族群的互动与多元文本的呈现。

（二）教育

关于"教育"的定义，可从中文与西文两个层面加以理解。在西文中，作为动词的 educated（教育），原指抚养小孩，可追溯的最早

---

① 参见费孝通主编《中华民族多元一体格局》，中央民族大学出版社 1999 年版。
② 徐新建：《中国多民族文学研究的意义和前景：国家社科基金重大项目开题报告》，《中外文化与文论》2013 年第 2 期。

绪 论

词源为拉丁文educare，意指抚养或养育。从18世纪末期起，这个词的意蕴被局限在有系统的教学与教导上面。自从一般系统的教育与普遍的教育普及后，受教育与未受教育的区分才变得日益普遍。① 也正因如此，人们开始误以为唯有接受过系统学校学习的人，才称得上是受过教育的人。

古文的"教""育"意义颇为广泛。按《说文解字》："教，上所施，下所效也"，"育，养子使作善也"。"上施下效"的方式与途径并非仅限于现代学校的系统教育中，就众多无文字民族而言，"教育"多是在日常分散的、经常性的或集中的、典礼式的口传、劳作、仪式、展演中完成的。② 从"五帝名大学曰成均，则虞庠近是也"③来看，"均"为"韵"的古字，亦是古代校正乐器音律的器具。④ "成均"即"成韵"之意，这就意味着彼时的教育注重以口头语言的方式传播信息，对口头文化样态尤为重视。

有关"教育"的界定甚多。总体而言，"教育者教人所以为人也，在孔谓之成己"⑤，即教育是使人成为人的工程与事业。本研究将"教育"宽泛地理解为：一方面仰仗本土文化生发情境提供的给养，在口传、劳作、仪式、展演等的施效中，习得使人成人的技能与知识；另一方面指涉国家主导的现代学校教育，主要围绕教科书展开知识的传授，

---

① [英]雷蒙·威廉斯：《关键词：文化与社会的词汇》，刘建基译，生活·读书·新知三联书店2005年版，第141页。
② 张诗亚在谈宗教教育的两种形式时，即用了"分散的、经常性的教育"与"集中的、典礼式的教育"。参见张诗亚《祭坛与讲坛：西南民族宗教教育比较研究》，云南教育出版社2001年版，第21页。
③ 《礼记·文王世子》，（汉）郑玄注，（唐）孔颖达正义，吕友仁整理《礼记正义》，上海古籍出版社2008年版，第839页。
④ 《古今汉语字典》，商务印书馆2000年版，第1818页。
⑤ 《教育部整理教育方案草案》(1914)，舒新城编《中国近代教育史料》，人民教育出版社1985年版，第229页。

在获得相关技能与知识的同时，形成对国家、社会及自身的认知。这样的界定意欲借助"大文学观"的多元文本视野，将本土文化情境与现代学校视为两种不同的文本，其中内隐着口头文化传承与文字书写至上两个体系。若从前述"大学"与"成均"对口头文化传统的重视来看，当下的学校文学教育无论是从教学方式还是教学内容来看，都对口头文化传统有着长远的背离。扩大并还原"教育"的范畴，能对"饭养身，歌养心"（侗族俗语）类的本土文学观、教育观有深切的体悟，同时对理解符合多民族中国国情的文学观、教育观有所助益。

在前述"多民族文学"与"教育"的背景下，本研究讨论的对象是高等院校的多民族文学教育问题。根据《中华人民共和国高等教育法》，"高等学校"指大学、独立设置的学院和高等专科学校，其中包括高等职业学校和成人高等学校。① "高等学校"亦有"高等院校"的惯称，或简称"高校"。本研究中的"高等院校"主要指普通高等学校，暂不包括成人高等学校。就现代学校内的多民族文学教育而言，以"培养具有创新精神和实践能力的高级专门人才"② 为己任的高等学校文学教育，主要围绕文学史展开其教学实践，尽管因未能将少数民族的文学写入史册而受到人们的质疑，但长久以来仍被当作"正式知识"（official knowledge）③ 加以传授。从何其芳早年的警醒、

---

① 《中华人民共和国高等教育法》，1998年8月29日中华人民共和国主席令第7号公布。
② 同上。
③ ［美］迈克尔·W. 阿普尔、L. 克里斯蒂安·史密斯主编：《教科书政治学》，侯定凯译，袁振国审校，华东师范大学出版社2005年版，第4页。

绪 论

马学良的担忧到近年来关纪新、曹顺庆、徐其超、李怡、李晓峰等学者①的反思来看，如何借助文学教育增进各族群的相互了解与减少民族隔阂等问题再次被提及，一国的多民族文学教育迫在眉睫。

因而，在当下中国的现实情形中，需要从文学人类学的"大文学观"与"多元文化教育"的理论视角来重新审视多民族中国的文学教育。本研究选取高等学校考察当下中国的多民族文学教育，其意义在于：

（1）以文学史为教科书的文学教育不仅涉及是否将口头传统、仪式、展演等文学样态纳入课堂教学、能否呈现多民族中国文学的整体面貌等问题，同时，围绕其文学史的权利书写与教学，实际亦是对高等教育在何种程度上保障了《中华人民共和国宪法》所规定的"少数民族的合法权利和利益"②的一种测评。

（2）借助多民族文学课堂的"大文学观"视野，回到多民族共同生活的现实国情中理解多民族的文化与文学，既能以多元文学文本增强文学教育的审美怡情作用，同时又是多民族国家国民教育的有益途径。既能减少偏见与歧视，又能在相互交流了解中，促进校园内族群关系的良性互动，进而稳固当代中国民族关系"不同而和"的局面。

（3）从世界文化多样性的角度而言，是否讲授中国各个民族的文学，可以说意味着是否践行了联合国教科文组织的《保护和促进文化表现形式多样性公约》《世界文化多样性宣言》《保护非物质文化遗产公约》。中国多民族文学的教育不仅是一国之内的文化与文学的问

---

① 相关文章可参见关纪新的《关于中华多民族文学史观的理论建设》，《西北第二民族学院学报》（哲学社会科学版）2008年第3期；李怡《文学史是什么史？——关于"中国现代文学史"的新思考》，《陕西师范大学学报》（哲学社会科学版）2010年第5期；徐其超《文学史观和少数民族文学主体地位的缺失和构建》，《民族文学研究》2009年第2期；李晓峰《多民族文学：中国文学史观的缺失》，《民族文学研究》2007年第3期。

② 《中华人民共和国宪法》第一章第四条。

题，更是与世界上每个族群和每个人切身相关的权利正义问题。中国各民族文学与文化进入课堂的教学实践，应是对全世界人们还原并丰富人类文化的多元风景行动的一种正式参与。

第二节　研究现状综述

如何实践多民族文学教育，并不是当代中国所独有的问题。全球200多个国家和地区，绝大多数都由多民族组成。可以说，"我们生活的地球，是一个民族的世界"[①]。因此，本研究对多民族文学教育教学与研究的综述，主要在国内与国外两方面的观照中展开。

一　国内研究现状述评

从高等院校文学教育研究来看，学界的讨论可以大致分为两类。

（一）围绕汉语言文学教育的研究

1. "文学教育危机论"与"文学教育理论重建"

这方面的文章有陈平原的《文学如何教育》[②]、房福贤的《文学教育应当回到文学教育自身》[③]、丁国旗的《回归作为艺术教育的文学教育》[④]、吴晓东的《我们需要怎样的文学教育》[⑤]、李宗刚的《文

---

① 中国国务院新闻办公室白皮书：《中国的民族政策与各民族共同繁荣发展》（2009年9月），人民出版社2009年版，第3页。
② 参见陈平原《文学如何教育》，《中国教育报》2013年5月14日第3版。
③ 参见房福贤《文学教育应当回到文学教育自身》，《文艺争鸣》2012年第7期。
④ 参见丁国旗《回归作为艺术教育的文学教育》，《文艺报》2011年6月13日第3版。
⑤ 参见吴晓东《我们需要怎样的文学教育》，《北京大学学报》（哲学社会科学版）2003年第5期。

学教育与大学的文学传承》①等。此外，还有近年来《文艺报》就文学教育问题展开的文学院院长系列访谈，如《文学教育必须走出凝固化模式：东南大学文学院院长王廷信访谈》《当前大学文学教育何为：兰州大学文学院院长程金城教授访谈》《大学文学教育改革迫在眉睫：济南大学文学院院长刘传霞访谈》等。②这类讨论主要集中于"功用"或"审美"之争，强调回到书面文学文本的审美教育，对中国多民族文学产生的场景关注不够，尚未提及口头、展演等文学样态。

2. 文学教育历史与现状研究

与此相关的讨论有钱理群的《现当代文学与大学教育关系的历史考察："二十世纪中国文学与大学文化"丛书序》、秦春的《中国文学教育历史轨迹及价值反思》等。③近年来，国家社科基金与教育部立项课题中涉及文学教育历史的较多。如教育部人文社科项目有2010年竺洪波主持的《20世纪中国大学文学教育研究》，国家社科基金重大项目有郭英德主持的《中国古代文学教育与文学的生成、发展及传播》（2005）、郑国民主持的《20世纪中国文学教育的历史回顾和现实意义》（2011）与叶志民主持的《20世纪中国大学文学教育的历史回顾与现实意义》（2011）。此类研究聚焦于古代与现代这两个时段的中国文学教育历史研究。在取得各自不同成果的同时，其局限在于尚未把包括汉族和各少数民族文学在内的多民族文学视为整体，也未能

---

① 参见李宗刚《文学教育与大学的文学传承》，《文艺争鸣》2011年第4期。
② 参见楚小庆《文学教育必须走出凝固化模式：东南大学文学院院长王廷信访谈》，《文艺报》2013年3月13日第2版；晏杰雄《当前大学文学教育何为：兰州大学文学院院长程金城教授访谈》，《文艺报》2013年3月22日第3版；刘新锁《大学文学教育改革迫在眉睫：济南大学文学院院长刘传霞访谈》，《文艺报》2013年8月9日第3版。
③ 钱理群：《现当代文学与大学教育关系的历史考察："二十世纪中国文学与大学文化"丛书序》，《中国现代文学研究丛刊》1999年第1期；秦春：《中国文学教育历史轨迹及价值反思》，博士学位论文，苏州大学，2009年。

在"中华民族多元一体格局"下展开多民族文学教育的研究。因此，这些讨论在某种程度上模糊了中国文学教育是以多民族文学为内容和手段的教育这一事实，未能充分呈现中国多民族文学教育的多民族性、多语言性与多地域性。

（二）多民族文学教育研究

在"中华多民族文学史观"的指导下，近年来，有学者开始提出在综合性高校推进中华多民族文学教学实践。讨论集中于教学观念的跟进、教学个案及其反思以及教育教学建议三方面。①

1. 多民族文学教学观念急需跟进

相关讨论有：关纪新的《综合性高等院校应普遍开设民族理论及多民族文学课程》一文。文中，关纪新指出，某一国度、某一地区社会间的紧张和矛盾，常常缘起不同文化及宗教传统民族价值观念之间的不了解乃至误解。因此，在综合性高等院校的本科阶段普遍开设中华多民族文学课程，有助于增进各民族彼此之间的认识与了解。② 此外，曹顺庆与罗安平的《"多元一体"还是"华夏中心"：关于中国高校推进多民族文学教学的思考》一文，检视了当前综合性高校多民族文学教学的开展情况。这两位学者在指出当下文学教学中的缺失与偏颇后，提出应继续深化对多民族文学史观的讨论、力促重点高校带头、重写中国文学史教材、加强师资培养等建议。③ 李怡在《我们为什么接受了这样的文学格局：文学史教育与多民族文学问题》一文中

---

① 可参考吴刚《第七届中国多民族文学论坛综述》，见"中国民族文学网"：http://iel.cass.cn/news_show.asp?newsid=8429。
② 关纪新：《综合性高等院校应普遍开设民族理论及多民族文学课程》，《探索与争鸣》2010年第6期。
③ 曹顺庆、罗安平：《"多元一体"还是"华夏中心"：关于中国高校推进多民族文学教学的思考》，《贵州社会科学》2012年第11期。

绪 论

谈到，文学史书写如果把汉族之外的其他民族视作"少数"，显然是有失偏颇的。然而，这样的文学史却被理所当然地作为文学的权威知识在学校教育中加以传授，以至形成了最基本的也是最有影响的最根深蒂固的知识系统。① 叶舒宪在《后现代知识观有助于重构多元文化理念和历史观》中，亦对大学中的文史哲等学科设置提出反思。他认为，只有按照平等和文化相对主义原则才可能使教育内容有所改观。② 纳张元在《文学教育与民族凝聚力》一文中，强调多民族文学教育不仅是对各少数民族身份和文化的尊重，更是在价值观层面的一种相互认同。③ 此外，还有胡昌平的《文学史观的转变与多民族文学教学》、邵宁宁的《中华多民族文学教学中的一些观念问题》④ 等文。这些讨论或立足于高校多民族文学教学的现状盘点或从民族团结与文化平等的大局出发，提出加快高校多民族文学教育的步伐。需要指出的是，这些讨论距离张寿康提出"各民族的文学"已逾50年之久。为何在这么长的时间里，文学教育领域内仍然有诸多高校与学者不能直面多民族文学这个问题呢？因此，在"多民族文学教育"话题已经进入公共空间讨论的今天，我们对高校文学教育的反省与教学实践跟进都亟待新的提升。

2. 多民族文学教学个案及其反思

已有的研究有陈永春的《关于高等院校汉语言文学专业开设少数民族文学课的建议》一文。文中，陈永春以内蒙古民族大学教学实践

---

① 李怡：《我们为什么接受了这样的文学格局：文学史教育与多民族文学问题》，《北方民族大学学报》（哲学社会科学版）2010年第3期。
② 叶舒宪：《后现代知识观有助于重构多元文化理念和历史观》，《中国民族报》2009年7月10日第5版。
③ 纳张元：《文学教育与民族凝聚力》，《文艺报》2011年5月20日第3版。
④ 胡昌平：《文学史观的转变与多民族文学教学》，《教育与教学研究》2010年第8期；邵宁宁：《中华多民族文学教学中的一些观念问题》，《民族文学研究》2011年第2期。

为例，提出将少数民族文学课程作为选修课开设。① 徐新建、梁昭合写的《多民族文学的高校教育：以四川大学团队教学为个案的实证考察》一文，考察分析了综合性大学文学教育课程对展现多民族文化共存互补的必要性与可能性。② 付海鸿的《中国多民族文学教学现状考察：以西南民族大学为个案》一文，检视了民族类高等院校多民族文学教学的情况。③ 罗宗宇、章小梅从中国现当代文学课程教学的角度，提出普及与强化中华多民族文学史观的思考。④ 内蒙古师范大学"中国少数民族文学馆"的建立及围绕其展开的教学，亦可说是推进多民族文学教学的有益个案。这部分个案学校包括了一般院校与民族院校，主要考察集中在汉语言文学专业开设少数民族文学课程的情况，即汉语言文学专业学生获得少数民族文学知识的一面。也就是说，个案的考察尚未体现出多民族文学教育的多维度，即"汉语言文学专业学生掌握少数民族语言文学课程""少数民族文学专业学生掌握汉语言文学课程"与"少数民族文学专业学生掌握少数民族文学课程"这三个维度。

3. 多民族文学教学建议

在前述多民族文学教学观念急需跟进的讨论中，相关学者已从观念更新、教材建设、师资培训、综合性高校带头等方面给出建议。其中，围绕文学史教材的讨论较多，如郎樱的《多元一体：中华多民族

---

① 陈永春：《关于高等院校汉语言文学专业开设少数民族文学课的建议》，《民族教育研究》2010年第5期。

② 徐新建、梁昭：《多民族文学的高校教育：以四川大学团队教学为个案的实证考察》，《中外文化与文论》2013年第2期。

③ 付海鸿：《中国多民族文学教学现状考察：以西南民族大学为个案》，《中外文化与文论》2013年第2期。

④ 罗宗宇、章小梅：《中国现当代文学课程教学中普及与强化中华多民族文学史观的思考》，《民族文学研究》2011年第2期。

文学史的体认与编纂》、吕豪爽的《书写多元一体的中华民族文学史：对少数民族文学融入现当代文学史的思考》、李晓峰的《"不在场的在场"：中国少数民族母语文学的处境》等。① 此外，梁庭望还提出警醒，不光要改变文学史里面没有少数民族文学的状况，还要改变文学史里面没有汉族民间文学的现状。因此，在具体的教学中需要逐步改变以往的单一结构，同时培养一些掌握多民族文学资源的人才。② 在《多民族文学教育的融合与发展：北京大学中文系陈跃红教授访谈》中，陈跃红教授指出，不仅要让学生阅读既有经典文本，还应该让他们去体验产生文学生活的场景。③ 这些教学建议部分是理想化的观念倡导，部分来自一线教学的经验总结。

此类讨论对多民族文学教育观念的推进与实践教学具有指导性意义，有助于缩减高等院校多民族文学教学与中国文学整体面貌的呈现之间的差距。不过，因对相关问题的实地考察不够系统深入，对高校多民族文学课程设置状况及其原因的分析等，还有待进一步的跟进。

二　国外研究现状述评

国外关于多民族文学的教学实践背景情况复杂。《中国多民族文学研究的意义与前景》一文谈及了六个方面：一是比较文学领域里的"多元文化主义"转向；二是文化研究中的"后殖民批评"潮流；三是文学教育中的"重写文学史"和"去精英化"趋势；四是将文字

---

① 郎樱：《多元一体：中华多民族文学史的体认与编纂》，《民族文学研究》2009年第1期；吕豪爽：《书写多元一体的中华民族文学史：对少数民族文学融入现当代文学史的思考》，《西南民族大学学报》（人文社会科学版）2010年第6期；李晓峰：《"不在场的在场"：中国少数民族母语文学的处境》，《北方民族大学学报》（哲学社会科学版）2012年第1期。
② 梁庭望、付海鸿：《文学、民族与教育——梁庭望教授访谈录》，《中外文化与文论》2013年第2期。
③ 陈跃红、付海鸿：《多民族文学教育的融合与发展——北京大学中文系陈跃红教授访谈》，《百色学院学报》2013年第2期。

书写与口头传统整体打通的"民族志诗学";五是后冷战时期"文明冲突"与"文明对话"的并置;六是世界遗产保护浪潮中的"原住民话语"崛起。① 这几个方面共通的特点就是重新审视少数族裔及其文化,将以往不被关注的边缘族群的口传文化、民间知识等纳入公众视野。在联合国2001年"不同文明对话全球议程"的推动下,边缘族群及其文化更是成为被倾听与学习的主要一方。②

以美国为例,其多元族群文学教育的展开受到上述背景的影响甚大。而尤其值得提及的是20世纪60年代的"民权运动",其对美国多元族群关系的反思,不仅影响学术领域的组织构成,亦促使美国部分高等院校陆续开设"族群研究"与"多样性与身份认同研究"等课程。同时,多元族群文学教育在中小学及大学课堂亦逐渐展开。

(一) 从少数族群文学到多元文化文学

20世纪60年代,美国社会各界开始关注国内的少数族群问题。文学界在"重写美国文学史"的实践中,对"非白人"族群文学的关注与日俱增。其命名大致可分为三类:一是"少数族群文学"(minority/minority group literature);二是"多元族群文学"(multi-ethnic literature);三是"多元文化文学"(multicultural literature)。

1. 少数族群文学

1965年,国际阅读协会会长南希(Nancy Larrick)指出,美国彼时的634万非白人儿童主要通过阅读了解美国的生活方式,而那些儿童书籍几乎整体忽视他们。文学如何反映美国的非白人群体的文化,

---

① 徐新建:《中国多民族文学研究的意义和前景:国家社科基金重大项目开题报告》,《中外文化与文论》2013年第2期。

② 联合国:《不同文明对话全球议程》,2001年11月21日第56届会议议程项目。参见杜维明《儒家传统与文明对话》,河北人民出版社2006年版。

已然成为美国社会各界面临的挑战，亟待对此作出回应。此后的1973年，美国当代语言协会设立了"美国多元族群文学研究学会"（The Society for the Study of the Multi-Ethnic Literature of the United States，简称 MELUS）[1]。该学会出版了大量有关少数族裔作家的文学作品与批评著作，肩负起对"非白人群体"文学讨论的重任。

就对"非白人群体"文学的命名来看，早期出版物中"少数族群文学"的提法在于多元族群的美国的传统文学研究与教育系统主要建立在主流族群与同质性的价值之上，其所揭示的仅仅是美国社会的一个方面，极大地限制了主流群体之外的文化知识与文学。[2] 对于美国国内的少数族群而言，其文学确实常被各级学校的课程设置所忽略。"少数族群文学"正是要通过有规模的出版物，形成广泛的大众阅读氛围，并对这一流弊作出矫正。

2. 多元族群文学

"多元族群文学"（multi-ethnic literature）是 MELUS 的核心词。从 MELUS 成立的初衷来看，"多元族群文学"旨在通过对拉丁裔文学、美洲原住民文学、非洲裔美国文学、亚洲裔与太平洋美国文学以及欧美文学中含有特殊族群书写的文学作品、作家与文化语境的研究与教学，以此扩大美国文学的定义。[3] 这样的提法，实际是对"美国文化长久以来是多元的文化"这一不可回避的事实的回应。

从"minority"到"multi"，其初衷是为避免"minority"这一术

---

[1] 可参考 MELUS 官方网站：http://www.melus.org/。
[2] Dexter Fisher, ed. *Minority Language and Literature: Retrospective and Perspective.* New York: The Modern Language Association of America, 1977. p. 7.
[3] 可参考 MELUS 官方网站：http://www.melus.org/。

语所隐含的"地位低下与劣等"之意①。与此反思相关的提法，还有下面将谈及的"多元文化文学"。

3. 多元文化文学

有关"多元文化文学"的定义，可从文学与教育学的角度展开。从文学的层面而言，多元文化文学指作品中有对多元社会的明确描述，或者由自身文化动力的内部传达给读者其他多元的文化。② 美国学界对"多元文化文学"的定义大多从教育角度出发，如：（1）有关有色人种的文学作品③；（2）关于种族的或少数族群的文学④；（3）关于有色人种、老人、同性恋、宗教上的少数人群、语言上的少数人群、残疾人等的文学⑤；（4）由美国社会政治的主流群体之外的群体成员所写的、关于他们自己的文学⑥；（5）关于主流文化之外的作品⑦。

从以上所举的几个方面可以看出，不论是"少数族群文学""多元族群文学"，还是"多元文化文学"，其指涉的对象都强调"主流

---

① Bipshop, Rudine Sims, "Multicultural Literature for Children: Making informed Choices", in Violet J. Harris Norwood, ed. *Teaching Multicultural Literature in Grade K - 8*. MA: Christopher Gordon, 1992. pp. 37 - 53.

② Dasenbrock. R. W., "Intelligibility and meaningfulness in multicultural literature", in *PMLA*, 102 (1), 1987. p. 10.

③ Kruse, G. M., and Horning, K. T., "Looking into the mirror: Considerations behind the reflections" in M. V. Lindgren, ed. *The Multicolored mirror: Cultural Substance in Literature for Children and Young Adults*. Fort Atkinson, WI: Highsmith, 1990. p. vii.

④ Norton, D. E., *Through the eyes of a Child: An introduction to Children's Literature*. Fifth edition. Columbus, Ohio: Merrill, 1999. p. 580.

⑤ Harris, V., "No invitation required to Share Multicultural Literature" in *Journal of Children's Literature*, 20 (1), 1994. pp. 9 - 13.

⑥ Sims Bishop, R, "Multicultural Literature for Children: Making informed Choices", in V. Harris, ed. *Teaching Multicultural Literature in Grades K - 8*. Norwood, MA: Christopher - Gordon, 1992. p. 39.

⑦ Austin, M. C., and Jenkins, E, *Promoting World Understanding through Literature, K - 8*. Littleton, CO: Libraries Unlimited, 1973. p. 50.

群体"之外。而"多元"的提法,与美国人认识自己的多元文化构成的历程、多元文化教育的展开密切相关,可以说,其中内嵌着美国的文学与文化表述中以往被压迫与被忽视人群追求平等的梦想。不过,这几种提法都不包括白人主流群体的文学与文化。这即意味着,美国的文学实际包括了两部分,一部分是白人文学,另一部分是除白人之外的其他族群的文学。

(二)多元族群文学的教学

(1)美国多元族群文学研究学会的建立与文学教育中的"重写文学史"。1965年,一篇题为《为什么他们总是白人孩子?》①的文章引发了美国社会各界对"文学阅读物如何真实反映美国族群与文化的多元构成"的思考。1973年,MELUS成立后即出版了大量有关少数族裔作家的文学作品与批评著作,并通过系列论坛的研讨,反思并重新书写美国文学的历史。以《重新定义美国文学史》为例,其中涉及美国的口头文学、非洲裔美国文学、美洲印第安文学、亚洲裔美国文学、墨西哥裔美国文学、美国波多黎各人文学、西班牙裔美国文学等少数族群的文学。② 在此前后,《哥伦比亚美国文学史》③《希斯美国文学选集》④ 等对美国文学具有变革意义的书籍相继出版。"多元族群与多元种族"成为美国追问其文学与国家认同关系的基本出发点,亦成为美国文学史重构与文学教育展开的基础。

---

① Nancy Larrick, "The all white world of children's books" in *Saturday Review*, September 11, 1965. pp. 63 – 65.

② A. La Vonne Brown Ruoff and Jerry W. Ward, Jr. eds. *Redefining American Literary History*. New York: The Modern Language Association of America, 1990. p. 2.

③ Emory Elliott, et al., eds. *Columbia Literary History of the United States*. New York: Columbia University Press, 1988.

④ Paul Lauter, et al., eds. *The Heath Anthology of American Literature*. Lexington, Mass.: D. C. Heath, 1990.

（2）多元族群文学/多元文化文学教师用书与学生阅读选本编辑。美国的多元族群文学教育在20世纪80年代以来得到拓展。大学课程改革与适合课程教学的文学史与文学选本编纂、中小学课堂内外多元文化阅读教材、师资队伍的培养与具体的课堂教学标准等，在具体的教学实践中展开。除前述相关美国文学史外，其他还有《讲授美国族群文学：十九个讨论》《利用非洲裔美国文学提高族群理解》[1] 等。以专门为教师编选的《当代文学中的多元文化声音》为例，该书以选本的形式，选取了39位来自美国不同族群的当代作家，如墨西哥裔美国人、美国黑人、犹太裔美国人、非洲裔美国人、纳瓦霍人、中国裔美国人、美国苗族、韩国裔美国人等。此外，加州伍德罗威尔逊高中的来自不同族群的中学生所写的《自由作家日记》[2]，亦为美国的多元文化教育增加了生动的材料。同时，又因部分学校禁止使用这本书，引发更加深入的美国多元族群阅读物的讨论。"族群"确实成为展开美国文学叙事与教学实践的重要单位。[3]

（3）多元族群文学/多元文化文学课堂标准及具体教学展开研究。就同一课堂上讲不同方言、来自不同族群的学生而言，如何借助多族群文学作品的阅读提高彼此的认识与理解，同时又警惕因文化差异和未能正确理解作品内涵所带来的潜在错误信息呢？课堂教学的标准、态度、内容选择等都对教师形成挑战。早期的论述有1977年Spicer

---

[1] John R Maitino and David R Peck, eds. *Teaching American Ethnic Literatures: Nineteen Essays.* Albuquerque: University of New Mexico Press, 1996. Marilyn S Neal, "Using African - American Literature to increase Ethnic Understanding" in *Childhood Education*, V69 (n1) (Fall 1992), p. 53.

[2] The Freedom Writers with Erin Gruwell, eds. *The Freedom Writers Diary.* Random House, 1999.

[3] 相关讨论可参考梁昭的《族群单位与文学建构——"美国文学"的"族群化"趋势及特点》，《中外文化与文论》2013年第2期。

所著的《关注课堂里的族群文学》一文。文中，作者就族群文学教学过程中需要注意的基本技巧以及基本话题作了讨论。① 近年的讨论有《教室里的多元族群文学：谁的标准》，该文以三篇小说为例，指出文化背景的理解对课堂具体教学过程的展开至关重要②；《教师多族群文学知识的评估》一文对教师掌握美国多族群文学知识的情况作了调查分析，并提出如何实践多族群文学教学的问题。③ 其他如《教给青年学生有关美洲原住民的故事》④《教室里的族群文学：将〈航海〉纳入小说课程的介绍》⑤ 等文，从个案入手就如何展开多族群文学的课堂教学作了探讨。这些讨论立足于课堂实践，反映出美国多元文化文学教学具体过程中所面临的问题，各种建议的提出与教学中的再实践，将多元文化文学教学从泛泛的阅读转向纵深的精读教学。这种转变必然会对学生认识了解美国的多元文化与文学产生重大影响。

（三）美国高校课堂里的"中国多民族文学"

目前，美国著名的威廉姆斯大学、达特茅斯学院与俄亥俄州立大学等，都在其教学中开设有中国少数民族文化与文学相关的课程。

（1）教材建设。在前述美国学界对美国文学史进行重构的同时，有学者亦对中国的文学史书写作出反思。如《哥伦比亚中国文学史》

---

① Spicer, Harold O., "Focus on Ethnic Literature in the Classroom" in *Indiana English Journal*, V11, N3, 1977.

② Sandra Kiser Tawake, "Multi-ethnic Literature in the Classroom: Whose Standards?" in *World Englishes*, V10, No.3, 1991. pp. 335-340.

③ Thompson, D. L., & Jane Meeks Hager, "Assessing teachers' knowledge of multi-ethnic literature", In *ERIC Document Reproduction Service*, No. ED 328916, 1990. pp. 21-29.

④ Debbie Reese, Teaching Young Children about Native Americans. http://files.eric.ed.gov/fulltext/ED394744.pdf.

⑤ Arpi Sarafian, "Ethnic literature in the classroom: the inclusion of 'Voyages' into the course Introduction to Fiction" in *PMLA*, v114 (n2) (March 1999), 223 (2).

将少数民族的口传、仪式等文本纳入范畴①，突破汉族中心主义的壁垒，试图打通精英文字书写与民间口头文学，体现出以整体的眼光看待多民族中国文化与文学的新视角。另一册《哥伦比亚中国民间文学与通俗文学选》是专为解决大学讲授中国文学课程教学参考用书的困难而编选的。该文选的初衷就是不仅要介绍汉族这个主要民族的民间与通俗文学，而且要呈现被称为少数民族群体的口头的、书写的文学。②该文选材料来源的多样性与族群的多元性，为美国读者提供了比以往更加全面的方式来认识多民族中国的文学与文化。

（2）教学实践。围绕文学史与文学选本展开的具体教学，以俄亥俄州立大学东亚语言文学系为例，该系开设了"中国诗学""中国说唱文学""中国民间文学""中国表演传统""中国生态文学""东亚民俗"与"中国民族文学与文化"等多门课程。其具体教学强调多民族中国文化与文学的多样性，并努力结合文化与文学发生的具体情境，从历史、地理、族群等社会背景来理解文本。如"中国的表演传统"课程就以《哥伦比亚中国民间文学与通俗文学选》为教学参考书，文本的多样性与族群的多元性，拓展了学生认识与了解中国多民族文化与文学的视野与路径。关于美国高校课堂里的中国多民族文学教育情况，可参考附录1。

以上对中外多族群文学教育及中国多民族文学教育前期研究的相关梳理，便是本研究致力于中国高等院校的多民族文学教育考察及研究的背景、起点与对话前提。

---

① Victor H. Mair, ed. *The Columbia History of Chinese Literature*. New York：Columbia University Press, 2001.

② Victor H. Mair and Mark Bender, eds. *The Columbia Anthology of Chinese Folk and Popular Literature*. New York：Columbia University Press, 2011. p. xiii.

第三节 特定问题与研究框架

立足于文学人类学的学术视野与理论背景,本研究通过考察当代中国高等院校的中国多民族文学教育情状,试图探讨的问题有以下五个。

高等院校的文学学科设置结构如何?中国少数民族语言文学学科在其中的地位和作用如何?各地域及各类型的高校文学学科与专业设置具体情况如何?与文学教育息息相关的文学史教材是否呈现了多民族中国语言文学的多民族性?从长远的影响来看,以往与当下的多民族文学教育能否让高校文学专业师生充分认识多民族的国情、体悟并感受到多民族中国的文学之美?

为厘清上述问题,本研究主要运用新兴的交叉学科文学人类学,同时综合教育人类学、社会学与文学等多种学科理论,将高等院校的中国文学一级学科视作田野考察的"村庄",采用访谈法、问卷调查法、参与式观察法、比较分析法等方法展开考察及研究。

在前述基础上,本书拟定的研究框架如下:

第一章在国家建构与民族平等背景下梳理中国语言文学学科的设置。第一节梳理中国语言文学学科的设置及现有二级学科之间的结构关系,同时讨论多民族国家在文学学科设置中"如何合理地体现国内各族群的文学与文化关系"的难题。第二节回溯中国少数民族语言文学学科创建的过程。第三节对当下高等院校开设"中国少数民族语言文学"学科及专业教学情况进行盘点。

第二章在第一章的基础上延展,以高等院校及其中国少数民族语言文学学科的专业开设情况为主要考察对象。第一节探讨一般院校与民族院校在践行多民族文学教育中的意义与作用。第二节围绕各院校的中国少数民族语言文学二级学科的具体专业方向及相关教学，考察不同民族与不同语种的文学在高等院校中的配置，并对造成该现状的原因及其对多民族文学教育的影响作了分析。

第三章主要考察课程教学所用的"中国文学史"与相关文学作品选。第一节对高等院校文学专业教学选用的"文学史"进行盘点。第二节探讨相关文学史教材为凸显"中国的历史、文化是各民族共同缔造的"之诉求与新国家族群凝聚的作用，在书写中如何通过特定的叙述套语与"血缘书写"的立场提醒人们重新认识多民族文学的意义。第三节以四川大学文学人类学博士生课程用书为个案，讨论课堂读本中多民族文学的呈现问题。

第四章回到高校多民族文学教育的"教"与"学"两个层面。第一节主要运用访谈法，考察高校七位文学教师对多民族文学教育的认识情况，并以他们访谈中所提的问题为纲，就多民族文学教学实践过程作讨论。第二节采取问卷的方式，重点调查分析两所高校文学专业学生对多民族文学知识及多民族国情的认知情况。

结论部分回应绪论中提出的问题，由高等院校多民族文学教育考察中得到的启示，在文化权利与民族平等、二元与多元等议题中，思考文学教育与多民族国家认同与凝聚、文化多样性存续等问题。

第一章　学科建设：中国少数民族语言文学的合法性与局限性

学科是历史的产物，并以一定的措辞建构起来。

——沙姆韦、梅瑟·达维多①

第一节　文学学科设置：在"国家"与"民族"之间

新中国作为"统一的多民族国家"，其学科设置在国务院学位委员会、国家教委与国家技术监督局的统管下展开。本节主要梳理中国语言文学学科的设置及现有二级学科之间的结构关系。如何合理地在学科结构中体现国内各民族的文学与文化，这是多民族国家文学学科设置中的难题。从中国少数民族语言文学学科的设置来看，其不仅关系到少数民族文学与文化的发展与存续，更是重新认识与发展多民族中国文学与文化多样性的关键。

---

① 沙姆韦、梅瑟·达维多：《学科规训制度导论》，[美]华勒斯坦等编《学科·知识·权力》，刘健芝等编译，生活·读书·新知三联书店、牛津大学出版社1999年版，第34页。

一 "中国文学门":"立国"与"保存国粹"

《论语·先进》中的"德行、言语、政事、文学"通常被后世视作"孔门四科"。尽管有学者认为这并非严格意义上的学科分类,不过是孔子对孔门弟子所擅长能力的一种概括①,其对后来的学术"分科"却不无影响。

什么是"学科"呢?根据《说文解字·科》:"程也。从禾从斗。斗者,量也。"段玉裁注云:

> 《广韵》曰:程也,条也,本也,品也。又科,断也。按实一义之引申耳。论语曰:为力不同科。孟子曰:盈科而后进。赵岐曰:科,坎也。按盈科为盈等也。从禾斗。依韵会所据小徐本。苦禾切。十七部。斗者,量也。说从斗之意。②

《说文解字》曰:"斗,十升也。"从"斗者,量也"可见,汉语的"科"即含有以"斗"为容器或标准精确"断"定等级与次序之意。

西语的"Discipline"(学科),按霍斯金(Hoskin)等学者的梳理,其当源自印欧字根"-da-",与希腊文的"didasko"(教)和拉丁文的"(di) disco"(学)相同。古拉丁文"disciplina"兼有知识(知识—体系)及权力(孩童纪律与军纪)之义。③沙姆韦与梅瑟·达维多从"discipline"同时代表知识与权力出发,进一步指出各

---

① 栗永清:《学科 教育 学术:学科史视野中的中国文学学科》,博士学位论文,复旦大学,2010年,第29页。
② (汉)许慎撰,(清)段玉裁注:《说文解字注》,上海古籍出版社1988年版,第327页。
③ Hoskin, Keith W. and Richard H. Macve "Accounting and the examination: a genealogy of disciplinary power", in *Accounting, Organization and Society*, Vol. 11. No. 2. 1986. p. 107. 另可参考[美]华勒斯坦等编的《学科·知识·权力》,刘健芝等编译,生活·读书·新知三联书店、牛津大学出版社1999年版,第13页。

第一章　学科建设：中国少数民族语言文学的合法性与局限性

种学术组织和大专社群，在掌握各种资源和权力的同时，左右着学科发展的方向。同时，他们强调对学科知识的理解，不应简单地将其视为纯粹知识层面之事，而应视作一种具体的社会实践。① 因而，中西语境中的"学科"一方面意味着资源与权力的分配，另一方面又以具体的社会实践方式参与、调解或加剧各相关团体之间的关系。

就学科体制而言，20世纪初期的《钦定京师大学堂章程》与《奏定大学堂章程》可说开启了其变革之路。前者的大学分科门目表略仿日本而定，"文学科"排在"政治科"之后，成为七科之一。② 因"保存国粹"之需等原因，"中国文学门"在"文学科"中有了一隅之地。不过，当时虽有"中国文学门"之设，却并无教员与学生。陈平原先生指出，在"拷贝"整个西方大学制度时，"文学"是作为众多学科中的一个小小分支被纳入其中的。③ 尽管如此，《学务纲要》就中小学堂与高等学堂为何注重"中国文学门"的开设与教学实践说明，却值得重视。特援引如下：

> 中小学堂宜注重读经以存圣教。外国学堂有宗教一门。中国之经书，即是中国之宗教。若学堂不读经书，则是尧舜禹汤文武周公孔子之道，所谓三纲五常者尽行废绝，中国必不能立国矣。学失其本则无学，政失其本则无政。其本既失，则爱国爱类之心

---

① 沙姆韦、梅瑟·达维多：《学科规训制度导论》，［美］华勒斯坦等编《学科·知识·权力》，刘健芝等编译，生活·读书·新知三联书店、牛津大学出版社1999年版，第12—42页。

② 七科中政治科第一，文学科第二，格致科第三，农业科第四，工艺科第五，商务科第六，艺术科第七。《钦定京师大学堂章程》，舒新城编著《中国近代教育史资料》，人民教育出版社1985年版，第546页。

③ 陈平原：《"中文教育"之百年沧桑：写在北大中文系百年诞辰之际》，《文史知识》2010年第10期。

亦随之改易。安有富强之望乎?①

……

学堂不得废弃中国文辞，以便读古来经籍。……中国各体文辞，历代相承，实为五大洲文化之精华。……文学既废，则经籍无人能读矣。外国学堂最注重保存国粹，此即保存国粹之一大端。……今拟除大学堂设有文学专科，听好此者研究外。至各学堂中国文学一科，则明定日课时刻，并不妨碍他项科学，兼令诵读有益德性风化之古诗歌，以代外国学堂之唱歌音乐。②

从引文来看，将"文学科"中有无"中国文学门"视作中国能否"立国"与"保存国粹"的根本，无不与西方文明强势"侵入"的内忧外患背景相关。期冀借助本国文学的学习达到"爱国爱类"之目的，实现"富强之望"，与前述梁启超注重小说在"群治"方面的功用以及林乐知等企望通过文化教育实现中国的"复兴"等可谓一脉相承。实际上，19世纪初期，"英国文学"教学首先在英属印度校园的展开，算得上文学在形塑国族身份认同方面的极佳个案，尽管其学科的制度化是在殖民语境中完成的。彼时，英国议会尤其看重文学在性格养成、艺术气质培养与伦理意识规训方面的作用，认为英国文学教育作为文化殖民的一部分，有助于英国对印度的社会政治控制。③高尔瑞·薇思瓦纳珊（Gauri Viswanathan）因此将英国在印度的律令

---

① 《奏定学务纲要》，舒新城编《中国近代教育史资料》，人民教育出版社1981年版，第200页。
② 同上书，第202页。
③ Gauri Viswanathan, "The beginnings of English Literary Study in British India", in The Oxford Literary Review 9 (1&2), 1987, pp. 431–437.

第一章 学科建设：中国少数民族语言文学的合法性与局限性

与文学的学习称作"征服的面具"①。此外，"美国文学"作为大学学科之一，亦被学者视作"美国文明的创建"②。因为唯有"民族主义或民族优越感的某些狭隘形式抬头的时候，本国文学才作为重塑民族性格的方式得以复活、翻新与重释"③。如此，作为一门学科，美国文学就能像英国文学一样，实现其限制哪些能被讲述并确保其能被不断的讲述的目的。④ 这种"不断的讲述"与日日"诵读有益德性风化之古诗歌"的功能相近，其目的是要潜移默化爱国意识与道德模式。从英属印度"英国文学"学科以及"美国文学"学科的个案来看，一门学科的设置关乎社会政治、文化信仰以及文明的创建。在此语境的对照下，就能对20世纪初期"中国文学门"的设立有深切的同情。

民国成立后，"壬子癸丑学制"对学校教育与学科体制作了调整，科目名称亦有变动。"文科"一词替换了"文学科"，"文学"成为文科四门之一，与哲学、历史学、地理学并置。"文学门"又分八类，即：国文学、梵文学、英文学、法文学、德文学、俄文学、意大利文学与言语学。⑤ "文学门"实际按文学与语言学分为两个部分，而文学部分又按语言类别加以区分。"国文"取代了"中国文学"，以达到通解普通语言文字、自由发表思想的目的。同时，在略解高深文字之余，培养学生的文学兴趣。⑥ 因而，相较《奏定大学堂章程》，此时

---

① Gauri Viswanathan, *Masks of Conquest: Literary Study and British rules in India*. New York: Columbia University Press, 1989.
② David R. Shumway, *Creating American Civilization: A Genealogy of American Literature as an Academic Discipline*. Minneapolis: University of Minnesota Press, 1994, p. 6.
③ John H. Fisher, "Nationalism and the study of literature" in *The American Scholar* 9 (winter 1979–80), P. 105.
④ Ibid., p. 100.
⑤ 《教育部公布大学规程》(1913)，舒新城编《中国近代教育史资料》，人民教育出版社1981年版，第644—646页。
⑥ 同上书，《教育部公布中学校令实施规则》(1912)，第521页。

的"文学"科才是具有 literature 意义的"文学科"。当然，这与民国时期学人形成现代"文学观"的知识背景有关。① 此处不作扩展。

1949 年后，作为"统一的多民族国家"，新中国的中国语言文学学科设置在国务院学位委员会、国家教委与国家技术监督局的统管与指导下，几经变化，呈现为当下的 8 个二级学科格局。尽管二级学科的设立是为了给学位授予单位实施人才培养提供参考依据，但其与多民族中国的社会政治、文化权利之间的关系依然密不可分。那么，中国语言文学门的学科格局如何？其间又体现了怎样的资源分配与文化权利关系呢？

二 学科区分标准：国别、民族及语言

（一）中国语言文学学科专业目录历次调整

1981 年 5 月，在国务院批准实施的《中华人民共和国学位条例暂行实施办法》（以下简称"暂行实施办法"）中，学位授予的学科门类有十个：哲学、经济学、法学、教育学、文学、历史学、理学、工学、农学、医学。"文学"为十科之一。彼时的"暂行实施办法"尚未对学科门类的下设学科加以说明。在国务院学位委员会与教育部于 1990 年通过的《授予博士、硕士学位和培养研究生的学科、专业目录》中，对各学科门类下设学科作了补充。就"文学"门而言，其下有中国语言文学与外国语言文学两个一级学科。"中国语言文学"一级学科下最初设有 12 个二级学科。在 1997 年的又一次调整中，原有的 12 个二级学科合并调整为 8 个，即：文艺学、语言学及应用语言学、汉语言文字学、中国古典文献学、中国古代文学、中国现当代文学、中国少数民族语言文学、比较文学与世界文学。具体可见表 1-1。

---

① 有关讨论可参考栗永清的《学科 教育 学术：学科史视野中的中国文学学科》，博士学位论文，复旦大学，2010 年，第 92—95 页。

表1-1 《授予博士、硕士学位和培养研究生的学科、专业目录》中的"文学科"

年份	一级学科	二级学科
1990	0501 中国语言文学	050101 文艺学 050102 中国现当代文学 050103 中国古代文学 050104 中国民间文学 050105 中国文学批评史 050106 中国古典文献学 050107 语言学 050108 现代汉语 050109 汉语史 050110 汉语文字学（含古文字学） 050111 少数民族语言文学 050112 新闻学
	0502 外国语言文学	略
1997	0501 中国语言文学	050101 文艺学 050102 语言学及应用语言学 050103 汉语言文字学 050104 中国古典文献学 050105 中国古代文学 050106 中国现当代文学 050107 中国少数民族语言文学（分语族） 050108 比较文学与世界文学
	0502 外国语言文学	略
	0503 新闻传播学	略
	0504 艺术学	略
2011	0501 中国语言文学	
	0502 外国语言文学	
	0503 新闻传播学	

（资料来源：笔者根据教育部历次学位专业目录内容制作）

从表1-1可见，在1990年、1997年与2011年三次调整中，文学门类下的一级学科屡有变动。其中，最明显的就是新闻学由"中国语言文学"的二级学科升级为一级学科，艺术学则由一级学科独立出来成为新的艺术门类。在1997年的调整中，原"中国语言文学"的12个二级学科中，除新闻学作了较大变动外，"中国民间文学"被归并到法学门类社会学学科下。2011年新调整的《学位授予和人才培养学科目录》只列出了一级学科，未再对二级学科作说明，其指导思想即学科门类与一级学科目录由国务院学位委员会和教育部共同制定，二级学科则由学位授予单位在一级学科授权权限内自主设置。[①]如在文学门类下，就仅列了中国语言文学、外国语言文学与新闻传播学3个一级学科的目录。如此一来，中国语言文学二级学科的设置就具有更大的灵活性与自主性。

就中国语言文学与外国语言文学作为文学门下的一级学科而言，其区分的主要依据是国别，即凡是非中国的语言文学，均归属到外国语言文学门下。在中国语言文学门下，能明显看出其原8个二级学科的分类，除了古代与现当代的时段区分外，还以族别语言为区分标准，如"汉（语言）"与"少数民族（语言）"。以国别作为学科性质分类的依据是否毋庸置疑呢？闻一多先生对此曾提出过批评，他认为这样的分类会加深中西文化之间的对立。在以英语为主的外国语言文学系中，闻一多先生强调应同时注重欧洲的其他主要语言。同时，他认为应争取国内少数民族的合作，以领导东方弱小民族的发展。[②]由闻一多先生对文学学科设置实践的批评与关注可见，文学学科究竟该

[①] 季芳芳：《我国研究生学科专业目录建设的回顾和分析》，《统计与管理》2012年第6期。

[②] 闻一多：《调整大学文学院中国文学、外国文学二系机构刍议》，《闻一多全集》第三卷，生活·读书·新知三联书店1982年版，第489—490页。

以国别还是语言为区分的标准，尚未有众人皆满意的定论。回到中国语言文学二级学科的设置这个问题上，"汉语言与少数民族语言"的分类，既指向语言的划分，同时又指向民族的划分。语言与族别的区分，是多民族国家在学科结构上对国内各民族文学与文化的一种呈现与展示。这样的分类是否最为完善，亦有商榷的余地。

从历时的维度来看，民国初年的"文学门"下亦设立了"国文学类"。但"国文科"被视作"修身科"，将"诚心爱国、尽责任、重阅历、勿破坏、勿躁进、勿贪争"等作为重要教授的内容。[①] 尽管孙中山先生提出了"五族共和"，但少数民族的文化与文学在彼时尚未进入"国文科"的教学体系之中。而后，蒋中正用"宗族"替代"民族"，曲解中华民族组成人群间的关系。蒋中正强调中华民族是由多数宗族融合而成的，这多数的宗族，原本是一个种族和一个体系的分支。[②] 在这样的政策引导下，要想在"国文科"的设置中寻见"少数民族"的踪影，必是徒劳。不过，在民国政界与学界为合理改良边疆地区政治和加强国族认同的"边政学"里面，却包含了诸多少数民族文化与文学的记录与研究。[③] 彼时边政学将少数民族文化与文学纳入研究范畴，道出了一个实情，即民国政府在解决国内的"民族问题"时，尽管选用"宗族"与"支系"来模糊替代"民族"，但他们仍不得不正视少数民族文化与文学的存在现实。

（二）美国与加拿大教育计划分类表中的文学学科分类

当下，新中国作为统一的多民族国家，在其文学学科的结构中，

---

① 《特定教育纲要》（袁世凯，1915），舒新城编《中国近代教育史资料》，人民教育出版社1981年版，第258页。
② 蒋中正：《中国之命运》，正中书局印行1943年版，第2页。
③ 可参考汪洪亮的《过渡时代的边疆学术：民国时期边政学研究引论》，《四川师范大学学报》（社会科学版）2012年第2期。

少数民族的文化与文学是否得到合理地安放了呢？在论述前，我们先放眼西方，了解多元族群的美国是如何设置学科的。笔者查看了2010年美国教育统计中心教育计划分类表①（National Center for Education Statistics Classification of Instructional Programs，以下简称"教育计划分类表"），将其文学学科分类情况作了详细统计，参见表1-2。

表1-2 2010年美国教育统计中心教育计划分类表中的文学学科

编码	一级学科	二级学科
16	外语语言文学	1601 比较语言学 1602 非洲语言、文学及语言学 1603 东亚语言、文学及语言学 1604 斯拉夫、巴蒂和阿尔巴尼亚语言、文学及语言学 1605 德语文学及语言学 1606 现代希腊语言文学 1607 南亚语言、文学及语言学 1608 伊朗/波斯语言、文学及语言学 1609 罗马语言、文学及语言学 1610 美洲印第安/美洲原住民语言、文学及语言学 1611 中东/近东与犹太语言、文学及语言学 1612 拉丁/希腊/古希腊—罗马语言、文学、语言学 1613 赛尔特语言、文学及语言学 1614 东南亚、澳大利亚与太平洋语言、文学及语言学 1615 突厥语、乌拉尔—阿尔泰语系，高加索语及中亚语言、文学及语言学 1616 美国手语 1699 其他外语语言文学

---

① 参考"美国新泽西州高等教育"：http：//www.state.nj.us/highereducation/Program_Inventory/CIPCode2010Manual.pdf。

第一章　学科建设：中国少数民族语言文学的合法性与局限性

续　表

编码	一级学科	二级学科
23	英语语言文学	2301 英语语言文学概要 2313 修辞与写作/写作研究 2314 英语文学，包括： 　　231401 一般的英语文学 　　231402 美洲文学（美国） 　　231403 美洲文学（加拿大） 　　231404 英语文学（英国） 　　231405 儿童与青少年文学 　　231499 其他英语文学

（资料来源：笔者根据"2010年美国教育统计中心教育计划分类表"制表）

　　从"教育计划分类表"可见，美国文学科的区分标准是语言，即英语语言与非英语语言。在英语语言文学一级学科中，才按国别（如：美国、加拿大与英国）作了区分。在外语语言文学一级学科中，除了东亚语言文学、南亚语言文学、非洲语言文学等二级学科，还包括了美国本土的印第安/原住民语言文学。在该分类表中，美国文学学科亦以英语与非英语作了区分。为何是"English"而不是"native language"为一级学科的划分标准呢？这背后原因复杂。总体来看，应与北美大陆被征服后，英语入侵的殖民史有关。也就是说，是与美国的整个历史息息相关的。假设中国的文学学科仿效美国以语言为一级学科的划分标准，则面临的首要问题必然是选择哪一种语言作为划分标准的问题。从当下的情况来看，普通话和汉字虽然是国家通用的语言文字，但国家同时也保障各民族使用和发展自己语言文字的自由。此外，说普通话的人数虽然众多，但普通话仍然只是中国诸多语言中的一种。因而，无论是选择汉语，还是选择藏语、彝语、蒙古语、维吾尔语或是其他某一个民族的语言作为一级学科的区分标准，都不能令人信服，甚至可能导致民族间的分歧与误解。就此而言，多民族中国的文学一级学科用国别作为区分标准，是符合中国国情的分类。

在具体的教学中，因为美国国内族群多元，"族群"划分往往成为美国文学叙事与教学实践的重要单位。① 如《美国族群文学的教学》一书，就以美国原住民文学、非洲裔美国人文学、墨西哥裔美国人文学、亚洲裔美国人文学等四个部分展开。② 但是，在"教育计划分类表"中对这部分文学以及其他国内少数族群文学的体现却并不明晰。《美国族群文学的教学》一书中的"族群文学"与中国高校以某个民族命名文学的专业研究相似，比如藏族文学、蒙古族文学、彝族文学等。不过，这种涉及具体族群文学的情况还尚未在"教育计划分类表"中体现出来，这与这部分文学使用什么语言写作有较大的关系。在中国的"授予博士、硕士学位和培养研究生的学科、专业目录"中，实际上也没有呈现出具体的族属文学，只能在具体的专业设置或教学课程中，才能较为清楚地了解到一国之内文学的多民族性。

此处不妨再以美国的近邻加拿大为例。加拿大的"教育计划分类表"与美国相似，亦以语言作为区分标准，只是在英语、非英语之外，增加了法语文学（专指加拿大国内的法语文学）一科。此外，美国与加拿大的"教育计划分类表"都提到了原住民语言文学，其中涉及原住民的口语文学与书面文学。相较而言，加拿大的教育计划分类表中对原住民语言文学的关注要更多一些。具体表现在以下两个方面：一是在一级学科的命名上直接指出"原住民"，如"原住民与外语语言、文学与语言学"；二是在二级学科"第二语言学习"中，提

---

① 相关讨论可参考梁昭的《族群单位与文学建构——"美国文学"的"族群化"趋势及特点》，《中外文化与文论》2013 年第 2 期。
② John R. Maitino and David R. Peck, eds. *Teaching American Ethnic Literatures*: *Nineteen Essays*, Albuquerque: University of New Mexico Press, 1996.

出将原住民语言视作第二语言加以学习。① 加拿大对"原住民"文学的强调,与加拿大全国印第安兄弟会主席曼纽尔②等人的努力有关,加拿大政府不得不正视"第一公民"的文化与文学问题。观照加拿大的经验,中国语言文学二级学科中的"中国少数民族语言文学",实际上也是国内各民族文化与文学权利一律平等在学科中的体现。其区别在于,美国与加拿大的原住民经过不懈的努力与奋斗,其文化才开始受到政府的重视。新中国成立以来的"民族平等"政策,保障了各民族文化权利的平等展示,避免了弱小民族要求文化权利的纷争。

总体而言,美国与加拿大的"教育计划分类表"在按语言分类的同时,对国内的少数族群文学尤其是原住民文学各有侧重。在某种层面上,这揭示了多民族国家的文学学科共同面临的问题,即:(1)该以族群为单位划分的依据,还是以语言为单位区分的标准?(2)如何呈现一国之内各族群文学的丰富多元?在"民族平等"政策下,新中国作为"统一的多民族国家"亦面临如何体现其文化与文学多样性的问题。美国与加拿大的经验,为中国文学学科结构提供的参照,可谓不无裨益。

三 "学科分类"与"知识等级"

受长久以来的"中原中心观"影响,传统的中国文学研究与教育体系主要建立在以汉族文学与文化为中心的价值观之上。对于多民族中国而言,这样的文学研究与教育体系揭示的只是中国社会与文化的一个方面,其极大地限制了少数民族的文学与文化在公共知识领域里

---

① 加拿大教育统计中心教育计划分类表(2011),第6、262页。参考"加拿大统计局"网站:http://www.statcan.gc.ca/pub/12-590-x/12-590-x2012001-eng.pdf。
② 参见[加]乔治·曼纽尔、迈克·波思兰斯的《第四世界:印第安人的现实》,蒋瑞英译,董天民校,时事出版社1987年版。

的呈现。吊诡的是在中国语言文学学科结构中，中国少数民族语言文学二级学科的确存在。从学科结构来讲，这一二级学科的存在对少数民族文学参与、分享主流文化的价值与表达自身等提供了一个广阔的平台。该平台得到了国家官方机构的认可，具有学科地位的合法性。那么，何以中国少数民族语言文学学科在大多数高校的学科设置中，依然只是一个框架结构设而不存呢？比如，北京大学的中国语言文学一级学科作为国家级重点学科，却未能覆盖该学科下的所有二级学科，其缺少的正是中国少数民族语言文学一科。从二级学科的完整性而言，北京大学的中国语言文学学科作为国家级重点学科，显然是不能令人信服的。此外，北京外国语大学的"中国语言文学学院"亦是一个值得关注的个案。该学院招收的学生主要为留学生，开设的主要专业是对外汉语教学。这些来华学习汉语的学生假如对中国是一个统一的多民族国家没有足够的认识，便有可能会误以为中国语言文学不过就是汉语言文学了。这样的文化输出和知识传播，很可能会影响他们对"中国"形象的整体认识。[①] 同时，如果这种知识传授被居心叵测的外国分裂势力所利用，则可能带来异常严重的国际影响与不良恶果。因而，高校在不具备中国语言文学学科二级学科完整性的情况下，仍以"中国语言文学"自居而不正视其局限性，很可能误导学生对中国语言文化与文学的认识与理解。

　　学科建设究竟意味着什么呢？有学者认为，学科建设是一双看不见的手，是一把利弊对峙的双刃剑。[②] 或正因如此，对于中国语言文学学科的二级学科设置合理性的讨论与批评，从未间断过。北京师范

[①] 可参考北京外国语大学中国语言文学学院网站：http://iei.bfsu.edu.cn/。感谢吉林省民族宗教研究中心汪亭存的建议。
[②] 王泉根：《学科级别：左右学术命运的指挥棒？》，《中华读书报》2007年7月4日第11版。

第一章　学科建设：中国少数民族语言文学的合法性与局限性

大学的王泉根从时空界度、生产者界度、消费者界度三方面入手，勾画了一幅"人类文学系统结构图"。该结构图中的时间维度列出了中国古代文学、中国近代文学与中国当代文学；空间维度则是中国文学与外国文学。中国文学又按地域分为大陆文学、台湾文学与香港文学。按文学作品的生产者界度，分为作家文学与民间文学。又按文学作者的消费者界度，列出了成人文学与儿童文学。他强调指出民间文学与儿童文学作为中国语言文学二级学科的合法性与必要性。文中，他也对民间文学的学科地位作了讨论。然而，对于构成中国文学重要一维的中国少数民族语言文学，在"人类文学系统结构图"中却无处可寻，王泉根的解释是少数民族文学只在民族院校开设，没有讨论的必要。① 王泉根的讨论道出了以下实情，即中国少数民族语言文学尽管有二级学科之设，实际教学却主要集中在民族院校与部分综合院校。中国少数民族文学学科的发展在整个中国语言文学门类中，可说几近失衡。对多民族中国文学整体认知的深浅不一，除了新中国学科历史沿革的原因，恐怕还与以汉字与书写文化为正统的价值立场、知识/权利的关系密切相关。

若如前述，二级学科的有无关系到学科的生存发展，为何与55个民族相关的"中国少数民族语言文学"学科仍然面临着王泉根讨论中的尴尬处境呢？北京师范大学的李怡教授在《少数民族知识、地方性知识与知识等级问题》一文中，指出了问题的实质所在。李怡谈道："少数民族文学学科的发展，从某种意义上看，显示为普遍存在的中心/边缘的文化知识的等级状态。"② 这也意味着，少数民族语言

---

① 王泉根：《评教育部〈学科专业目录〉中有关文学学科设置的不合理性》，《学术界》（双月刊）2004年第2期。
② 李怡：《少数民族知识、地方性知识与知识等级问题》，《民族文学研究》2010年第2期。

文学作为二级学科尽管已经具有"正名"的意味，但其发展仍然受制于长久以来形成的学科门类偏见。这种偏见视精英书写文学为中心，而将少数民族的、民间的口头文学视为边鄙粗野之作。就国内学界对中国少数民族文学的研究，曹顺庆认为目前仍处于"西方话语、汉语话语和精英话语"的三重霸权之中。[①]"霸权"背后所体现的正是知识的等级问题。以民间文学学科为例，该学科从中国语言文学学科门类移至社会学学科下，以"民俗学（含民间文学）"的方式出现。这次变更，不仅改变了民间文学的学科门类，还同时取消了民间文学的二级学科地位。这样的变更，无疑会对民间文学的学科发展带来重创。钟敬文先生等人对此无不痛心疾首。[②] 后来，刘锡诚、刘守华、万建中等学者又撰写了《为民间文学的生存——向国家学位委员会进一言》《困境中挣扎的民间文学学科》《保持一国两制好——再为民族文学学科一呼》[③] 等文，期冀引起相关学位制定机构的重视。关心民间文学学科的学者们，对于学科划分几乎没有"发言权"，只能"进言"，是否采纳则由相关权力机关决定。因而，学科的设置，体现了国家权力关系在其间的作用以及它们对知识的等级划分。这正印证了华勒斯坦等人的讨论：

现今的学术知识生产，已深深地和各种社会权利、利益体制

---

① 曹顺庆：《三重话语霸权下的少数民族文学研究》，《民族文学研究》2005年第3期。

② 参见王泉根的《学科级别：左右学术命运的指挥棒？》，《中华读书报》2007年7月4日第11版。

③ 刘锡诚：《为民间文学的生存——向国家学位委员会进一言》，《文艺报》2001年12月8日第2版；《保持一国两制好——再为民族文学学科一呼》，《社会科学报》2004年8月12日第5版；刘守华：《困境中挣扎的民间文学学科》，《文艺报》2002年1月19日第2版；万建中：《民间文学学科的处境和出路》，《温州大学学报》（社会科学版）2011年第6期。

相互交缠……关于知识发展和开拓的规划,都受制于关于学科门类的偏见,及这些偏见所体现出来的权力和利益关系。①

就学科门类中体现的权力与利益关系,国内学者叶舒宪从高等院校中的文史哲等学科设置出发,警醒教师与学者反思学科中"王朝正统偏见的有色镜",努力消解"文化霸权话语的遮蔽"。② 因而,我们需要越过所谓"正统文学观"的樊篱,重新回观中国语言文学学科结构的意义。观照其结构的过程,必然会发现其中的欠缺与偏颇,如儿童文学与民间文学学科在其中的缺失等。这些缺失可能在未来的学科专业目录中得到调整。

总体而言,中国少数民族语言文学学科在中国语言文学学科整体结构中的意义是多方面的:一是对新中国"民族平等"政策的一种践行。中国少数民族语言文学学科的有无,是民族文学进入"共和国"与学科体制语境的体现。二是这不仅关系着诸多少数民族及其文学与文化的发展与存续,更是重新认识与发展多民族中国整体文学与文化多样性中不可或缺的部分。

第二节　中国少数民族语言文学学科的创建

从中国文学学科设置的结构来看,中国少数民族语言文学学科是其八个二级学科之一。这一学科是如何设立的呢?回到新中国成立之

---

① [美]华勒斯坦等:《学科·知识·权力》,刘健芝等编译,生活·读书·新知三联书店、牛津大学出版社1999年版,第2页。
② 叶舒宪:《中国文化的构成与"少数民族文学":人类学视角的后现代化观照》,《民族文学研究》2009年第2期。

初的具体情境中对该学科的创建加以梳理，或能帮助我们理解其作为学科对整个中国文化与文学发展的独特意义。

1949年后，为"使中华人民共和国成为各民族友爱合作的大家庭"①，新中国随即展开了一系列促进各民族团结的运动。如自1950年起，中央民族访问团代表新成立的中央人民政府前赴西南、西北、中南、内蒙古等少数民族地区宣传党的民族政策。这些访问被认为是对各族人民做的历史上第一次平等友好的访问，其目的是"加强各民族团结"②。与此同时，中央政府也邀请了各少数民族代表到北京参观、学习与交流。这些双向度的活动有效地"沟通了中央人民政府同各民族间的精神联系，促进了各民族对伟大祖国的体认"③。正是在此共建新中国并努力实现民族平等与民族融合的大背景下，民族识别、民间文学的搜集、抢救与整理、少数民族语言文字和社会历史调查等随之展开。中国少数民族语言文学学科的构建及其教学就是在上述社会、文化背景中生长起来的。在此语境中，有两条相互交叉关联的线索可以帮助我们厘清中国少数民族语言文学学科的构建过程。

一 "识字"：语文系之重任

关于中国少数民族语言文学学科的起点，梁庭望先生认为应是1952年10月中央民族学院少数民族语言文学系的成立。④ 中国社会科学院的刘大先在梳理了诸多文献后，认为应该以中央民族学院为代

---

① 《中国人民政治协商会议共同纲领》，金炳镐编《民族纲领政策文献选编》，中央民族大学出版社2006年版，第416页。
② 降边嘉措：《民族大团结从此开始：记毛主席书写"中华人民共和国各民族团结起来"题词的经过》，《民族团结》2000年第6期。
③ 周恩来：《一九五一年的政治报告》，白静源编《周恩来同志对民族问题与民族政策论述选编》，中央民族学院民族研究所1981年版，第15页。
④ 梁庭望、汪立珍、尹晓琳：《中国民族文学研究60年》，中央民族大学出版社2010年版，第79页。

第一章　学科建设：中国少数民族语言文学的合法性与局限性

表的各级民族院校逐渐开展少数民族文学与语言教学为这一学科的起点。二者都提到了民族院校的教学展开，区别在于后者将时间点理解为更宽泛的"20世纪50年代初"。① 系部的设立，能为学科的发展提供教学平台，集中人才队伍。就此意义而言，笔者倾向于以少数民族语言文学系的成立为中国少数民族语言文学学科的标志。彼时，中央民族学院少数民族语言文学系的任务是作为主力参与民族文字的创制和改进。这一任务与民族院校的成立旨在践行新中国民族政策的重要举措有关。

（一）民族院校的创建

延安民族学院成立于1941年9月，其前身是陕西公学少数民族部。彼时，该学院的学生主要是来自蒙古族、回族、藏族、苗族、彝族与汉族的优秀青年。课程的主要内容与各民族的实际生活相关，各民族语言文字的学习是全校学生的必修课程。这种课程设置与当下各级学校"双语"教育只针对少数民族学生施行并不相同。也就是说，延安民族学院的汉族学生也需要学习少数民族语言。因班上学生来自不同的民族，日常生活中就涉及对彼此风俗习惯与宗教信仰的尊重与学习。就此层面而言，延安民族学院可谓各民族共同生活的缩影。② 延安民族学院的经验在新中国成立后，成为中央政府积极实践民族政策、解决国内民族问题的重要方式之一。比如，当1949年11月青海省委多次反映马步芳等人在许多地方煽动群众、组织反抗、影响民族团结的时候，毛泽东在给时任中共中央西北局第一书记彭德怀的电报

---

① 刘大先：《现代中国与少数民族文学》，中国社会科学出版社2013年版，第17—18页。

② 海燕：《民族学院》，原载《解放日报》（1941），转引自李桂林主编《中国现代教育史参考资料》，人民教育出版社1987年版，第151—153页。

中国高校多民族文学教育的考察研究

中曾谈道：

> 青海、甘肃、新疆、宁夏、陕西各省省委及一切有少数民族存在地方的地委，都应开办少数民族干部培训班，或干部训练学校。请你们注意这一点，要彻底解决民族问题，完全孤立民族反动派，没有大批从少数民族出身的共产主义干部，是不可能的。①

从毛泽东的电报中可以看到，彼时急需设立少数民族干部培训班的主要原因在于：一是通过对少数民族干部的培训，形塑少数民族人民翻身做主人的崭新形象；二是以少数民族干部为桥梁，增进党中央与各民族人民群众的相互了解，消除民族隔阂。二者都旨在争取彻底解决国内的民族问题，以便达到民族教育与民族团结之目的。此后，周恩来总理在《关于西北地区的民族工作》中亦指出，培养少数民族干部是今后的一项重要任务。同时，汉族的学生应把学习少数民族的语言文字作为必修课程，要把这件事当作一项政治任务来完成。② 周恩来总理给出的意见，与延安民族学院彼时的课程教学相似。不同之处在于他把汉族学生学习少数民族语言文字上升到"政治任务"的高度。也就是说，民族学院要达到的理想教学模式是不仅要让少数民族学生学习汉族的文化知识，汉族学生也应该学习少数民族的文化知识，做到各民族学生对彼此文化的双向交流与理解。这样的意见，同样适用于当下的多民族文学教育。

1950年11月24日，政务院第六十次政务会议批准通过了《培养少数民族干部试行方案》与《筹办中央民族学院试行方案》。在《培

---

① 《大批培养少数民族干部》（1949年11月14日），《毛泽东文集》第六卷，人民出版社1999年版，第20页。
② 中共中央统一战线工作组编：《关于西北地区的民族工作》（1950年6月26日），《周恩来统一战线文选》，人民出版社1984年版，第193页。

第一章 学科建设：中国少数民族语言文学的合法性与局限性

养少数民族干部试行方案》中，强调普遍而大量地培养各少数民族干部是"为国家建设、民族区域自治与实现共同纲领民族政策的需要"①。因而在随后的1951年，除了北京的中央民族学院外，四川成立了西南民族学院，云南成立了云南民族学院，湖北成立了中央民族学院中南分院。这就意味着，民族院校的设立是共同纲领民族政策施行过程中的一部分，有较强的政治预警目的。

（二）少数民族语言文学系的成立

民族院校成立后即涉及具体系科的设置等问题。《筹办中央民族学院试行方案》中谈到，应先行设立军政干部训练班以及本科政治系与语文系。这样的系部设置，显然有着特定的考虑。政治系的设立某种程度上着力于国家意识形态的渗透，而语文系则选取了语文教育对民族凝聚、国家形塑与民族团结的潜移默化。"方案"还谈到政治系的计划是用两年的时间培养各民族的革命骨干；语文系则主要招收高中毕业以上的、志愿做少数民族工作的汉族学生以及有相当学历的少数民族学生，让他们专修各少数民族语文，学习时间仍然是两年。②也就是说，民族院校从一开始招收的学生并不是只有少数民族学生，而是各个民族的学生都有招收。

就中央民族学院语文系当初的构成而言，主要包括三部分：第一部分是为和平解放西藏于1950年9月开办的第一个藏语班；第二部分是次年（1951）9月开办的语文班；第三部分是从北京大学东方语言文学系划过来的藏语班和维吾尔语班。③借助"藏语班"的开设，

---

① 《培养少数民族干部试行方案》（1950年11月24日），金炳镐编《民族纲领政策文献选编》，中央民族大学出版社2006年版，第441—442页。
② 同上书，《筹办中央民族学院试行方案》（1950年11月24日），第443—444页。
③ 梁庭望、汪立珍、尹晓琳：《中国民族文学研究60年》，中央民族大学出版社2010年版，第79页。

了解藏语言文化，或有助于"和平解放西藏"。总体而言，从最初设立的藏语班与维吾尔语班来看，通过民族语文培养少数民族干部，已经成为中央政府解决民族政策问题的一种策略。除了藏语与维吾尔语，1951—1970年间，中央民族学院开设的本科与专科专业有纳西语语言文学、苗语语言文学、傈僳语语言文学、景颇语语言文学、佤语语言文学、拉祜语语言文学等24个。

（三）语文系设立之初的主要任务

语文系的最初任务是进行民族语文专业的教育，当时的大环境是全国规模的民族识别运动。为实现各民族政治、经济、文化等方面一律平等的民族政策，1954年政务院责成中央民族学院负责训练语文干部以帮助少数民族创造文字，于是语文系学生的培养目标遂改为民族语文工作人员、翻译和教学人员。① 在《中央民族大学五十年》中，荣仕星先生谈道：

> 为尽快培养教授民族语文，改进或创制民族文字，参加语言调查，从事翻译工作所急需的教学、科研、翻译人才，语文系在1951—1966年间先后开设过24个语言专业。当时语文系各专业虽以语言文字为主，但也教授民族文学和文献。②

也正因此，荣先生将语文系视作中国少数民族语言文学学科门类的起点。这与梁庭望教授的看法相同。从民族院校设立与语文系的开设来看，其中有一项至关重要却未直接点明的原因，就是通过少数民

---

① 马学良：《中央民族学院语文系民族语文教学的情况和经验》(1955)，参考中央民族学院少数民族语言文学三系暨少数民族语言研究所编《民族语文专业教学经验文集》，贵州民族出版社1990年版，第275页。

② 荣仕星：《中央民族大学五十年》，中央民族大学出版社2001年版，第20—21页。

第一章 学科建设：中国少数民族语言文学的合法性与局限性

族干部的培养、民族语文的教授与民族文字的创制，实现全民的"识字"与"扫盲"运动，尤其是要使少数民族"识字"。

为什么要"创建文字"并使少数民族民众"识字"呢？除了"民族平等"政策的体现，其根本目的在于通过"识字"达到"共同阅读"的可能，培养各民族对新中国的向心力与凝聚力。在其他民族国家的共同扩张中，教育与普遍的识字都备受关注。这是因为教育与识字，不仅能增强人们交流的可能性，同时也有益于培养强烈的社会群体意识。[①] 20世纪20年代，晏阳初先生在倡导"平民教育新运动"之时，也谈到过"识字"是健全的国民与明智的共同意志形成的关键。[②] 在"普遍的识字"后，人们的阅读能力得以提升。就如安德森所言，在印刷出版物的大量出现后，拥有阅读能力的"越来越多的人得以用深刻的新方式对他们自身进行思考，并将他们自身与他人关联起来"[③]。通过这种"自身与他人"的彼此关联，一个社区、族群、国家的想象得以形成。某种层面而言，新中国成立后于20世纪50年代发起的少数民族语言文字的创设、少数民族识字率的提高与普及等，正是以增强各民族对新中国认同、促进各民族的团结为己任的。因而，不能低估普遍的识字在国族意识建构中的作用。

总体而言，在民族院校的语文系创设方面，新中国的民族政策可谓功不可没。同时，语文系通过少数民族语言文字的创设、少数民族识字率的提高与普及、少数民族文学的教学等，对彼时的国家认同、民族团结与民族凝聚，亦有不世之功。

[①] Montserrat Guibernau, *Nationalisms: The Nation-State and Nationalism in the Twentieth Century*. Cambridge: Policy Press, 1996. p. 70.

[②] 参考《晏阳初全集》（一）《平民教育新运动》（1922）、《平民教育》（1923）、《平民教育运动》（1924），湖南教育出版社1992年版，第31—62页。

[③] [美]本尼迪克特·安德森：《想象的共同体：民族主义的起源与散布》，吴叡人译，上海人民出版社2005年版，第33页。

二 "写史"：学术与政治之需

与"识字"运动几乎同时进行的，是为编写一部包括各少数民族文学的中国文学史而展开的"少数民族文学史（或概况）"编写工作（以下简称"写史运动"）。"写史运动"历时颇长，可以说从1950年代末延续至今，仍未结束。

关于"写史运动"的由来。1958年7月的"少数民族文学史编写工作座谈会"曾指出："目前社会上迫切需要编写一部以马克思主义的观点阐述的包括各少数民族的中国文学发展史。"因为"迫切需要"，该座谈会还就写"史"或写"概况"的原则等作了说明，指出文学史编写工作应"强调各民族人民之间的团结和友谊"[①]。1960年，中国科学院文学研究所召集了第二次少数民族文学史编写工作座谈会。会上确定的目标是争取在1961年"七一"以前写出大部分民族的文学史或文学概况初稿，作为向党的40周年的生日献礼。[②] 把民族文学史作为生日礼物送给党，是对"中华人民共和国各民族团结起来"[③]的践行与积极回应。尽管这一行为有将学术研究与国家政治过多关联的嫌疑，但其中寄寓了文学艺术界对新中国的热爱，其真挚程度毋庸置疑。39年后，在新中国成立50周年之际，云南人民出版社重演了这一幕。该社特地将《中国少数民族文学经典文库》作为献礼。中宣部亦在众多少数民族作家文学作品中，遴选出回族作家霍达的《补天裂》、苗族作家向本贵的《苍山如海》、蒙古族作家邓一光

[①] 《中共中央宣传部关于少数民族文学史编写工作座谈会纪要》，《中国少数民族文学史编写参考资料》，中国社会科学院少数民族文学研究所编印，1984年，第1—2页。

[②] 《中共中央宣传部关于少数民族文学史编写工作座谈会纪要》，《中国少数民族文学史编写参考资料》，中国社会科学院少数民族文学研究所编印，1984年，《第二次少数民族文学史编写工作座谈会纪要》，第5页。

[③] 降边嘉措：《民族大团结从此开始：记毛主席书写"中华人民共和国各民族团结起来"题词的经过》，《民族团结》2000年第6期。

第一章 学科建设：中国少数民族语言文学的合法性与局限性

的《我是太阳》作为新中国成立50周年的礼物。① 为何选择少数民族文学作品作为"献礼"呢？"献礼"的意义大概有二：一是展现各少数民族文艺的繁荣发展与自信果敢；二是表达各民族对新中国的拳拳之心与赤子之情。因为"献礼"所强调与意欲表现的正是新中国民族平等政策下，中国各民族文学焕然一新、竞相绽放、蓬勃生长的态势。

回头再看1961年4月17日在中国社会科学院文学院研究所召开的少数民族文学史讨论会。会上，何其芳先生就少数民族文学史编写中的问题作了发言。他从两个方面对编写少数民族文学史的意义作了说明：一是关于中国文学和学术的意义，二是政治意义。关于前者，何其芳认为：

> 直到现在为止，所有的中国文学史都实际不过是中国汉语文学史，不过是汉族文学加上一部分少数民族作家用汉语写出的文学的历史。这就是说，都是名实不完全相符的，都是不能比较完全地反映我国多民族的文学成就和文学发展的情况的。②

关于文学史的"名实之争"，早在1951年，张寿康先生就曾讨论过这一问题。③ 从引文来看，"写史运动"所致力的并不是将各个少数民族文学剥离脱落，而是要将其囊括进中华人民共和国的文学史书写中。关于这一点，汤晓青教授在回溯文献时曾强调指出，从一开始

---

① "少数民族文学大事记"，参考中国民族文学网：http://iel.cass.cn/news_show.asp? newsid=472。

② 何其芳：《少数民族文学史编写中的问题——一九六一年四月十七日在中国科学院文学研究所召开的少数民族文学史讨论会上的发言》，《文学评论》1961年第5期。

③ 具体讨论可参考张寿康主编的《少数民族文艺论集》，北京建业书局1951年版，第2—3页。

这一学术目标就是明确了的。① 关于政治意义，何其芳强调此举能增进民族自豪感，促进民族团结。也就是说，从国家建构的现实层面而言，为少数民族文学写史一方面能体现民族平等的政策，另一方面能促进民族团结与国家稳定。无独有偶，贾芝在《祝贺各兄弟民族文学史的诞生》中，亦强调民族文学史在体现民族政策与国家宪法方面的政治意义。② 郝时远先生则直接点明，为每一种语言写志，为每一个民族修史，这是中国共产党民族平等政策的重要体现。③

总体而言，"写史运动"是国家主导的学术行动。但张寿康、何其芳等学者的学术倡导与关怀指向，以及诸多学人的积极参与，在其中所起的积极作用亦值得关注。民族文学史与现代民族国家的关系如何呢？吕微指出：

> 民族文学问题的提出一方面可以满足学术性和民族性的诉求，其背景却是保证国家和政治基本原则的考虑……看似一个各种要求相互承认的结果，以此达成国家统一、民族自觉和学术繁荣的并行不悖，然而却是一个由执政者主动提出的以保证国家利益优先的预警措施。④

这与前述"识字"所期冀达成的目标相似。暨南大学的姚新勇教授从 20 世纪 50 年代的"民族情况普查"出发，反思大规模民族普查

---

① 汤晓青：《比较文学视阈下的中国各民族文学关系研究》，《新疆大学学报》（哲学人文社会科学版）2006 年第 1 期。
② 贾芝：《祝贺各兄弟民族文学史的诞生》，《文艺报》1960 年 8 月号。转引自中国社会科学院少数民族文学研究所编印《中国少数民族文学史编写参考资料》，1984 年版，第 88—93 页。
③ 郝时远：《中国共产党怎样解决民族问题》，江西人民出版社 2011 年版，第 91 页。
④ 吕微：《中国少数民族文学史研究：国家学术与现代民族国家方案》，《民族文学研究》2000 年第 4 期。

工作与少数民族文学学科的诞生关系。他认为少数民族文学的建构从一开始就不是直接的、自觉的行为，而是依附于国家对"少数民族"的建构行为中的，是集合性、整体性少数民族建构工作的衍生物与副产品。[①] 不过，需要注意的是各个民族文学的发展进程并不一样。在新中国成立之前，部分民族如蒙古族、藏族、维吾尔族等就有发达的口头文学传统和书面文学传统。因而，姚新勇教授所指的"少数民族文学的建构"，应是从整体上笼统来看学科的问题，而不是指某个民族文学的具体发展。

从这些讨论可以看出，在强调与回溯"识字运动"与"写史运动"对少数民族文学学科建构与教学的重要性之时，一方面应正视新中国的国家建构行为与民族政策的巨大作用与深刻影响，另一方面亦应考虑各个民族文学发展的具体情形。

总体而言，"识字运动"与"写史运动"力图促成的，除了民族平等政策的体现、国家的认同与凝聚外，还有中国少数民族文学学科与教学的最初学术目标，即实现包括各民族文学在内的文化的蓬勃生机与繁荣发展。这也正是中国语言文学学科中，中国少数民族语言文学学科作为二级学科的意义所在。

第三节 中国少数民族语言文学学科的发展

若从20世纪50年代中央民族学院语文系的组建算起，中国少数民族语言文学学科的发展至今已有60余年。随着中国高等教育的发

[①] 姚新勇：《追寻的轨迹与困惑："少数民族文学性"建构的反思》，《民族文学研究》2004年第1期。

展，普通高等院校的规模日渐壮大，学科建设亦日趋完善。作为中国语言文学门类下的二级学科之一，中国少数民族语言文学与其他二级学科一样，其下还设有若干专业方向。

"学科"与"专业"的关系与区别何在呢？本章第一节已对"学科"的中英文含义作了梳理。在国内学界，我们常见到"学科专业"并称的情况。这与我国教育界通常从三层含义定义"学科"有关，一是关于学问的分支，二是教学的科目，三是学术的组织。[①] 何为"专业"呢？按《辞海》释义，"专业"为"高等学校或中等专业学校根据社会分工需要而划分的学业门类"[②]。因而两者在用法上，时有交叉。这一点，在前面提到的《授予博士、硕士学位和培养研究生的学科、专业目录》中就可见出端倪。文艺学、中国现当代文学、中国少数民族语言文学等既是学科名称同时也是专业名称。学科与专业的差异，倒是在本科阶段的专业目录中有所区分。

考虑到"学科"在中文语境中的多层内涵，及其在诸多场合无法避免的歧义，此处对本研究中的"学科"与"专业"作一说明。本章第一节中的"学科"即为狭义的学科，谈论的是知识与学问的分支问题。本章第三节与第二章第二节中的"学科"与"专业"有交叉重合的地方。其不同在于，本章第三节既有对学科的讨论又有对专业的梳理，第二章第二节主要考察研究的是具体的专业设置，也就是各学校根据社会分工与专业管理规范的要求等，对学科知识的细分与组织。这即意味着，结合具体的语境，才能更好地观照中国少数民族语言文学学科设置与专业建设之间彼此依存和相互发展的关系。

---

① 刘海燕、曾晓虹：《学科与专业、学科建设与专业建设关系辨析》，《高等教育研究学报》2007 年第 4 期。

② 夏征农编：《辞海》，上海辞书出版社 1999 年版，第 3194 页。

回到中国语言文学学科的设置。凡拥有"中国语言文学学科"一级学科授权的高校，都具有自主开设其下任何一个二级学科的权力。因而，对于拥有一级学科学位授予权的高校，是否开设中国少数民族语言文学学科就不是"有无可能"的问题，而是"有无意愿"的问题。中国少数民族语言文学学科的存设，能改变高校大多数文学专业学生只知道汉语言文学却不知道少数民族语言文学的状况。从多民族文学教学展开的角度而言，该学科与民间文学一道，能为多民族文学教育拓展课堂。就"多民族文学"这一术语在高校"上榜"而言，在目前①，唯有暨南大学、四川大学、中央民族大学、青海民族大学、西南民族大学的硕士或博士研究生招生专业目录上，在中国少数民族语言文学或是文艺学、中国现当代文学、比较文学与世界文学下列有"多民族文学"相关研究方向。四川大学的曹顺庆教授与罗安平博士曾就综合性高等院校"985"工程学院与民族地区重点高校开设中国少数民族语言文学专业的情况，作过检视。② 本节的任务，即在此基础上，对目前高等院校设立中国少数民族语言文学学科与专业的情况作一盘点、考察与分析。

一 教育部重点院校：学科授权与学科的缺失

20世纪90年代，中国政府为发展高等教育进行了系统的改革工程，即"211工程"。该工程为迎接21世纪，计划重点建设100所左右的高等院校和一批重点学科。截至2011年3月，全国共有112所

---

① 以下所有数据调查截止时间为2016年12月31日。后来部分学校名称更改，亦相应作了变更。
② 曹顺庆、罗安平：《"多元一体"还是"华夏中心"：关于中国高校推进多民族文学教学的思考》，《贵州社会科学》2012年第11期。

"211工程"院校①。在前述工程建设基础上，1998年5月，江泽民在庆祝"北京大学百年校庆大会"的讲话中，提出"为了实现现代化，我国要有若干所具有世界先进水平的一流大学"②。于是，有了"985工程"。目前，"211工程"院校中已有39所进入"985工程"名单。

为何要确立专项资金重点建设部分高等院校呢？按《教育部财政部关于继续实施"985工程"建设项目的意见》，其重要意义在于：

> ……是振奋民族精神和提高民族凝聚力的需要，……是实施科教兴国战略和人才强国战略的重要组成部分。……对于认识世界、探求真理、解决人类面临的重大课题，对于我国培养和造就高层次创造性人才，构筑国家创新体系，促进中华民族优秀文化与世界先进文明成果的相互交流和借鉴……对把我国建成现代化强国，实现中华民族的伟大复兴，具有不可替代的重要作用。③

这即意味着，重点院校不仅肩负着民族复兴与国家富强的重任，还应在民族凝聚力上发挥巨大效力。因而，在能增进民族凝聚力的多民族文学教育的推行上，相较其他普通高等院校，"211工程"与"985工程"院校亦应主动作出表率。目前，教育部公布的"985工程"院校有39所。其中，具有"中国语言文学"博士或硕士学位一

---

① "211工程"学校名单，参考教育部门户网站：http://www.moe.edu.cn/publicfiles/business/htmlfiles/moe/moe_94/201002/82762.html。

② 1998年5月4日，江泽民在庆祝北京大学建校100周年大会上讲话。《"985工程"简介》，参考教育部门户网站：http://www.moe.gov.cn/publicfiles/business/htmlfiles/moe/s6183/201112/128828.html。

③ 《教育部、财政部关于继续实施"985工程"建设项目的意见》，参考教育部门户网站：http://www.moe.gov.cn/publicfiles/business/htmlfiles/moe/moe_162/200408/3092.html。

级学科授权资格的学校就有 26 所（见表 1-3①），在"985 工程"院校中占 66.7%。

表 1-3 "985 工程"具有"中国语言文学"博士、硕士学位一级学科授权资格学校名单

序号	学校名称	博士点	硕士点	序号	学校名称	博士点	硕士点
1	清华大学	√	√	14	东南大学		√
2	中国人民大学	√	√	15	浙江大学	√	√
3	中央民族大学	√	√	16	厦门大学	√	√
4	北京大学	√	√	17	中国海洋大学		√
5	北京师范大学	√	√	18	山东大学	√	√
6	南开大学	√	√	19	华中科技大学	√	√
7	大连理工大学		√	20	武汉大学	√	√
8	吉林大学	√	√	21	湖南大学		√
9	复旦大学	√	√	22	中南大学	√	√
10	上海交通大学		√	23	中山大学	√	√
11	同济大学		√	24	重庆大学		√
12	华东师范大学	√	√	25	四川大学	√	√
13	南京大学	√	√	26	兰州大学	√	√

---

① 数据统计参考教育部《2010 年审核增列的博士和硕士学位授权一级学科名单》，见教育部门户网站：http://www.moe.gov.cn/ewebeditor/uploadfile/20110413101326238.pdf。

此处以"985工程"院校为例，分析教育部重点高校开设中国少数民族语言文学学科的情况。前面已经提到过拥有"中国语言文学"博士或硕士学位一级学科授权，就能自主设置其下的任何一个二级学科。这即意味着表1-3中列出的这26所学校都能自主设置二级学科。那么，这部分高校开设中国少数民族语言文学学科的实际情况如何呢？查看这26所学校的硕士、博士研究生招生专业目录，列出了"中国少数民族语言文学"学科或专业名称的学校唯有4所，即南开大学、复旦大学、四川大学和中央民族大学。这4所学校在"985工程"院校中约占10%，在拥有"中国语言文学"硕士、博士一级学科授权的26所学校中，仅占15%。这4所学校的学科设置情况可见表1-4。

表1-4 "985工程"学校开设"中国少数民族文学"情况

学校名称	所在院系	硕士生招生专业目录	博士生招生专业目录
南开大学	文学院	文艺学 05 民族文学理论 中国少数民族语言文学 01 汉语与少数民族语言比较 02 少数民族语言专语	中国少数民族语言文学 01 少数民族语言专语研究
复旦大学	中文系	艺术人类学与民间文学 09 中国少数民族文学	艺术人类学与民间文学 10 中国少数民族文学
四川大学	文学与新闻学院	中国少数民族语言文学 01 中国多民族文学文化遗产与凝聚 02 少数民族口头传统研究	中国少数民族语言文学 01 中国少数民族文学研究 02 多民族文学的跨文化比较

续 表

学校名称	所在院系	硕士生招生专业目录	博士生招生专业目录
中央民族大学	少数民族语言文学系 蒙古语言文学系 维吾尔语言文学系 哈萨克语言文学系 朝鲜语言文学系 藏学研究院	中国少数民族语言文学 01 汉—哈翻译学 02 哈萨克语言学 03 古代突厥语文学 04 哈萨克文学柯尔克孜族文学 05 藏语言文学 06 蒙古语言研究 07 蒙古语言文化研究 08 蒙古文学研究 09 蒙古民间文学研究 10 壮侗语族语言研究 11 藏缅语族语言与文化 12 南岛、南亚、苗瑶、满通古斯语言文学 13 维吾尔文学 14 古代维吾尔语言文学 15 察合台维吾尔语言文学 16 现代维吾尔、汉语维吾尔语翻译与双语研究 17 朝鲜—韩国语研究 18 朝鲜—韩国当代文学研究；中韩现代文学比较研究 19 朝鲜族文学与比较研究 20 中国朝鲜族民俗文化研究	中国少数民族语言文学 01 汉藏语系研究 02 中国少数民族文学研究 03 蒙古语族语言研究 04 蒙古族民间文学研究 05 蒙古民间文学与蒙古文化 06 蒙古族及北方少数民族民间文学 07 蒙古民俗与民间文学 08 蒙古文论及民族文艺学 09 蒙古族古代文学与蒙古文文献 10 突厥语族语言调查及比较研究 11 汉语与突厥语族语言对比研究 12 古代突厥语文学 13 突厥语言学 14 中亚民族语言文化 15 现代朝鲜语—韩国语研究 16 朝鲜—韩国现当代文学研究 17 中韩现代文学比较研究

表1-4中,前面三所院校是一般院校,中央民族大学是民族类院校。依次来看,南开大学的中国少数民族语言文学学科偏向语言研究。此外,该校在二级学科文艺学下还设有"民族文学理论"专业方向。复旦大学的"中国少数民族文学"并没有单独设立二级学科,而是作为专业方向放在"艺术人类学与民间文学"这一学科之下。长久以来,这一专业方向的招生导师都是郑元者教授一人。经查证,复旦大学近几年并未在这一方向招生教学,只是在研究生招生专业目录中保留了这一专业方向。也就是说,复旦大学虽然列出了"中国少数民族文学",但从中国语言文学学科的完整性而言,其二级学科并不完整。

四川大学与中央民族大学的情况较为复杂。从招生专业目录来看,四川大学"中国少数民族语言文学学科"的招生时有变动。在变动期间,该校开设了文学人类学学科,接替了部分中国少数民族语言文学学科的教学任务并承担了多民族文学的教育与培养工作。尽管有此接替,从学科结构而言,文学人类学学科并不能取代中国少数民族语言文学学科的存在。后来,该校部分教师积极行动,对上述现状做出补救。2011年,四川大学的徐新建教授申报了国家重大社会科学基金项目"中国多民族文学的共同发展研究",以课题立项推动了该校重新建设中国少数民族语言文学学科的步伐。这一变化可在四川大学的"博士研究生招生专业目录"中查见:2014年列出了"多民族文学的跨文化比较"专业方向;2015年直接列出了"050107中国少数民族语言文学",博士生导师是徐新建与叶舒宪两位教授。有关四川大学的具体情况,会在第二章中展开论述。

中央民族大学的中国少数民族语言文学院包括少数民族语言文学系、蒙古语言文学系、维吾尔语言文学系、哈萨克语言文学系、朝鲜

第一章　学科建设：中国少数民族语言文学的合法性与局限性

语言文学系等系部，在本科、硕士与博士阶段均有相关民族语言文学的教学。不过，中央民族大学的中国少数民族语言文学院的结构并没有整合多民族文学的综合研究与教学，实际是以"系"为实体的分民族文学教学。同时，该校的文学与新闻传播学院和大多数民族院校一样，开设的主要专业是中国古代文学、中国现当代文学与民俗学等。当然，若能在中国古代文学与中国现当代文学的教学中，关注到古代少数民族文学与当代少数民族文学这两方面的内容，也能让学习汉语言文学专业的学生知道中国文学并不仅仅只有汉语言文学。比如，中央民族大学的张菊玲先生因为从事清代满族文学的研究，在教学中她就会自觉地关注到古代文学中的民族文学问题。①

其他"985 工程"院校的情况各有不同。中山大学没有开设中国少数民族语言文学二级学科，但在民俗学博士学位课程中设了"民间文学专题研究"，在汉语言文学本科教学中开设了"民间文学概论"选修课，这部分教学与研究会涉及部分少数民族的民间文学。兰州大学在中国现当代文学二级学科下，列有"中国民间文学及民俗文学"方向。与中山大学一样，兰州大学的民间文学教学内容中也会涉及部分少数民族的民间文学。北京大学中文系八个二级学科中，缺少的正是中国少数民族语言文学一科。从选修课来看，北京大学的金林教授与孔庆东教授分别开设了"沈从文研究"与"老舍与现代中国文化"等课程。客观上来看，他们的课程对象是少数民族作家，但其教授的内容却并不是明确的"民族文学"或"少数民族作家专题课程"。北京大学中国语言文学学科设置的实际情形，本书第二章第一节会有具

---

① 张菊玲（1937— ），北京大学中文系1955级学生。1979年起在中央民族大学汉语言文学系任教至退休。主要学术著作有《清代满族作家诗词选》，时代文艺出版社1987年版；《清代满族作家文学概论》，中央民族学院出版社1990年版；《几回掩卷哭曹侯——满族文学论集》，辽宁民族出版社2014年版。

体展开。

总体而言，39所"985工程"院校中，只有10%的高校开设了中国少数民族语言文学二级学科。作为国家重点建设的高校，"985工程"院校理应在能增进民族团结与民族凝聚的多民族文学教学方面，起到领军作用。然而，现实情况是这部分高校在多民族文学教育推行方面"拖了后腿"。深究其中的原因会发现，这39所"985工程"院校大部分位于北京、上海、山东、江苏、天津、福建、广东等省市，西部省份的高校较少。东部较发达地区的高校对民族文学的关注相较西部民族地区而言，的确要少很多，甚至可以说部分高校基本不关心中国境内汉族以外的其他民族的文学教育问题。这一点，在第二章会有更深入的讨论。

二 民族八省区院校：学科开设的重要承担者

从1947年以来，中国境内先后成立了5个民族自治区（以下简称"五个自治区"），即内蒙古自治区、新疆维吾尔自治区、广西壮族自治区、宁夏回族自治区与西藏自治区（以下分别简称"内蒙古""新疆""广西""宁夏""西藏"）。"民族八省区"即指上述五个自治区与少数民族分布较为集中的贵州省、云南省与青海省。在国家民委的相关数据统计中，常单列"民族八省区"一项，而不是用"广义的民族地区"作为统计的范畴之一。广义的民族地区指五个自治区加上贵州、云南、青海、甘肃与四川。考虑到中国诸多省份其实都有多民族共同居住的事实，本书沿用"民族八省区"的分类，其他省区另列一项。

近年来，"民族八省区"的高等院校在规模与学科建设上都得到了较好发展。就开设中国少数民族语言文学学科的情况来看，目前有33所院校在专科、本科或硕士/博士阶段的课程学习中有所涉及。其

第一章 学科建设：中国少数民族语言文学的合法性与局限性

中，五个自治区有25所，即内蒙古9所、新疆11所、广西3所、宁夏1所、西藏1所，其他三个省共8所。按院校类别来看，民族院校7所，一般院校有26所。一般院校中综合类院校12所、师范类院校11所与专门院校或其他3所。具体情况见表1-5。

表1-5 "民族八省区"开设"中国少数民族语言文学"概况①

省区	合计	一般院校			民族类院校
		综合类院校	师范类院校	专门院校或其他	
内蒙古	9	内蒙古大学 赤峰学院 呼伦贝尔学院 河套学院	内蒙古师范大学 集宁师范学院	满洲里俄语职业学校	内蒙古民族大学 呼和浩特民族学院
新疆	11	新疆大学 塔里木大学 昌吉学院 石河子大学	新疆师范大学 喀什师范学院② 伊犁师范学院 和田师范专科学校 新疆教育学院	新疆财经大学 新疆农业大学	
广西	3	广西大学	广西师范大学		广西民族大学
宁夏	1				北方民族大学
西藏	1	西藏大学			

---

① 本书将高等院校分为一般院校与民族院校两类。在一般院校中开设"中国少数民族语言文学"专业的主要是综合类院校、师范类院校与专门院校或其他。本书第三章会谈到高等院校的类别。

② 尽管喀什师范学院已经于2015年更名为"喀什大学"，考虑到笔者在该校调研之时，学院并未更名。在本研究中，仍用"喀什师范学院"。以下不再另作说明。

续　表

省区	合计	一般院校			民族类院校
		综合类院校	师范类院校	专门院校或其他	
贵州省	2		贵州师范大学		贵州民族大学
云南省	4	云南大学 大理学院	云南师范大学		云南民族大学
青海省	2		青海师范大学		青海民族大学
合计	33	12	11	3	7

（一）内蒙古自治区高校：蒙古语言文学教育的推行

内蒙古自治区早于中华人民共和国成立。当前，内蒙古自治区有53所普通高校[①]。表1-5列有该自治区已经开设中国少数民族语言文学学科的9所本、专科院校名单。其中，民族类院校有2所，一般院校有7所。一般院校中综合性院校4所、师范类院校2所、专门职业学校1所。

就民族院校的开设情况而言，内蒙古民族大学的中国语言文学学科教学在文学院与蒙古学学院展开。蒙古学学院拥有中国少数民族语言文学与中国少数民族史2个硕士学位授权点。本科阶段设有蒙古语言文学、汉语言文学（蒙汉双语）等专业。在中国少数民族语言文学硕士学位的主要研究方向中，除了蒙古文学与地域文化、蒙古文论等研究外，与内蒙古大学一样，内蒙古民族大学还设有蒙汉文学的比较

---

① 根据教育部2016年5月30日统计数据《全国普通高等学校名单》，各省区本科院校数据均来源于此。参考教育部门户网站：http://www.moe.edu.cn/srcsite/A03/moe_634/201606/t20160603_248263.html。

第一章　学科建设：中国少数民族语言文学的合法性与局限性

研究。在该校文学院的硕士研究生培养中，中国现当代文学硕士专业下亦有相关民族文学的研究，如招生专业目录中列出的"传统文化与20世纪中国北方少数民族文学关系方向"①。相较单一民族文学的研究，内蒙古民族大学的文学专业教学因为中国少数民族语言文学这一学科的存设，其多民族性表现在：用蒙汉双语讲授汉语言文学的教学方式，能让母语是蒙古语的学生学习汉语言文学，从而解决少数民族学生不容易了解汉语言文学的难题；在汉语言文学专业课程中将"蒙古族现当代文学史"作为主干课程②，又能避免该专业学生不知道少数民族语言文学的偏颇。

呼和浩特民族学院的中国语言文学教学任务由蒙古语言文学系与汉语言文学系承担。蒙古语言文学系设有中国少数民族语言文学学科。在该学科下，设有"中国少数民族语言文学"（汉蒙翻译）、"中国少数民族语言文化与语文教育"（汉语言文学蒙汉双语）专业。在课程建设方面，该系还为少数民族学生开设了"文学欣赏"（中国古代文学）与"大学汉语文"等公共基础课程。这样的专业设置与课程体现了较为丰富的多民族文学性。不过，该校的汉语言文学系基本没有涉及少数民族文学。③

就一般院校而言，内蒙古大学的中国语言文学专业主要在蒙古学学院和文学与新闻学院。蒙古学学院在本科、硕士、博士阶段都展开

---

① 参考内蒙古民族大学文学院网站：http://www3.imun.edu.cn/wxy/；内蒙古民族大学蒙古学学院网站：http://www5.imun.edu.cn/mgx/。

② 《蒙古族现当代文学史》为内蒙古自治区精品课程，由宝音陶克陶主讲。可参考该课程网络资源地址：http://jpkc.imun.edu.cn:8080/command?action=template.CourseInfoShow&templateid=5&tcid=11&url=index.jsp. 该课程蒙语版为网易公开课，参考网址：http://open.163.com/movie/2013/7/2/F/M93PIQQ1U_M93Q1FA2F.html。

③ 参考呼和浩特民族学院蒙古语言文学系网站：http://211.82.176.13/yywxx/index.asp；汉语言文学系网站：http://211.82.176.13/hwx/。

了中国少数民族语言文学的招生与教学。其硕士招生目录中，还在比较文学与世界文学二级学科下，开设了蒙古族文学与北方民族文学比较研究、蒙古族文学与汉族文学比较研究方向。内蒙古大学文学与新闻传播学院在中国现当代文学学科下，还设有民族文学与西部文学两个专业方向。① 此外，该院有中国北方民族文学研究中心、语言与民族文化研究中心、内蒙古文学研究中心、新闻传播与内蒙古社会发展研究中心4个研究机构。这些研究机构为北方民族文学的研究提供了学术平台，从某种程度上讲，也会对该校的民族文学教育有所促进。总体来看，文学与新闻传播学院并不是只讲授汉语言文学，也讲授中国少数民族语言文学。内蒙古大学的具体情况会在第二章中展开。

赤峰学院是2003年由教育部批准的一所本科普通学校，该校的中国语言文学教学集中在文学院与蒙古文史学院进行。该校蒙古文史学院的中国少数民族语言文学学科已有30多年的历史。在课程建设方面，蒙古文史学院将"中国现当代文学史"与"中国古代文学史"作为该系重点建设的校级精品课程。② 这意味着，蒙古文史学院并不只讲授蒙古族文学，也讲授汉语言文学。此外，该校文学院在专业课程外，还开设有"民间文学"选修课。民间文学中的少数民族文学部分，能为文学院的学生了解部分民族文学知识提供平台。这种双向度的文学教育，对学生拓宽其视野大有助益。

呼伦贝尔学院的中国少数民族语言文学学科设在蒙古语言文学院下，主要有蒙古语言文学与语文教育两个专业方向。③ 河套学院蒙古语言文学系的中国少数民族语言文学是本科重点建设学科，其主干课

---

① 参考内蒙古大学蒙古学学院网站：http：//mgx.imu.edu.cn；文学与新闻学院网站：http：//wxxy.imu.edu.cn/Index.html。
② 参考赤峰学院蒙古文史学院网站：http：//www.cfxy.cn/mwxy/。
③ 参考呼伦贝尔学院网站：http：//www.hlbrc.cn/。

第一章　学科建设：中国少数民族语言文学的合法性与局限性

程是蒙古语言文学。① 内蒙古师范大学的中国少数民族语言文学专业设在蒙古学学院。蒙古学学院组建于1952年，1959年由专科升为本科，1978年开始招生研究生，算得上是最早一批进行少数民族语言文学教学的系部。2009年9月，国内首家中国少数民族文学馆（以下简称"民族文学馆"）就在该校和林校区开馆。"民族文学馆"的开放，为本校学生提供了直观的多民族文学教学场所。② 集宁师范学院的蒙文系设有中国少数民族语言文学一科，主要专业为蒙古语言文学。这几所院校的文学院都主要进行汉语言文学的教学。③ 满洲里俄语职业学院开设有俄语言文学专业，主要偏向语言的学习。④ 需要指出的是，俄罗斯族是跨境民族，大部分高校将俄语言文学设在外国语言文学学科下。

其他如内蒙古财经大学人文学院虽然没有中国少数民族语言文学学科，但在汉语言文学专业中，采用了汉语与蒙古语两种语言教学。⑤ 这种蒙汉双语教授汉语言文学专业的方式在内蒙古自治区的高校中较为普遍。

需要明确的是，在内蒙古自治区内，除了蒙古族与汉族，还有满族、回族、达斡尔族、朝鲜族、鄂温克族、鄂伦春族等民族。因而，内蒙古自治区的院校文学教育，对本区域内民族文学的多元性呈现还远远不够。

（二）新疆维吾尔自治区高校：区域内多民族文学教育初具形态

新疆维吾尔自治区目前共有46所本专科院校。其中，设有中国

---

① 参考河套学院蒙古语言文学系网站：http：//www.hetaodaxue.com：3090/。
② 参考内蒙古师范大学蒙古学学院网站：http：//mxy.imnu.edu.cn/。
③ 参考集宁师范学院网站：http：//www.jntc.nm.cn/。
④ 参考满洲里俄语职业学院网站：http：//ey.mzlxy.cn/？yundunkey=1729879d6625d5a26d89e0bc580074c471427540637_34431761。
⑤ 参考内蒙古财经大学人文学院网站：http：//61.138.96.39/renwen/syrw/。

少数民族语言文学学科与专业的学校有 11 所。

新疆大学人文学院的中文系早在 1976 年正式成立之初，就开设了维吾尔语、哈萨克语和汉语 3 个语言专业。因而，该校的中国少数民族语言文学学科一直以来注重这 3 个方向的研究与教学。2007 年，新疆大学人文学院的维吾尔语专业被自治区教育厅确定为自治区的特培专业。在该校人文学院的中文系下，开设了汉语言文学与维吾尔语言文学两个专业。这样的系部与专业设置，与中文系只有汉语言文学专业的高校相比，会更有利于学生对中国多民族文学的整体认知与把握。[①] 塔里木大学人文学院开设了中国少数民族语言文学学科，主要讲授维吾尔语言文学。新疆师范大学文学院的中国少数民族语言文学学科，除了开设有维吾尔语言文学外，还设有蒙古语言文学专业。伊犁师范学院人文学院的中国少数民族语言文学学科下设专业方向有：哈萨克语言与文学、维吾尔语言与文学、锡伯语言文学、双语教育与双语对比以及民汉语言文学关系。喀什大学人文系从 1982 年起开始招收维吾尔语言文学、汉语言文学等专业的本科生。2003 年 5 月开始招收中国少数民族语言文学（维吾尔语言文学）专业硕士生，现有维吾尔古代文学研究、维吾尔现当代文学研究、维吾尔文学与中外文学关系比较研究以及维吾尔民间文学研究等方向。昌吉学院中语系的中国少数民族语言文学学科主要讲授维吾尔语言文学。另外两所专门学校是新疆农业大学与新疆财经大学。这两所学校的中国语言学院均开设有中国少数民族语言文化专业，前者偏重于维吾尔语言学，后者注重维吾尔文学的教学。石河子大学 2012 年新增了中国少数民族语言文学专业并于 2013 年开始招生，改变了长久以来该校只有汉语言文

---

① 参考新疆大学人文学院网站：http：//erj1.xju.edu.cn/renwen/。

学专业的教学状况。另外，和田师范专科学校设有中国少数民族语言文化（维吾尔语方向）专业，新疆师范专科学校设有维吾尔语言、哈萨克语言专业。

从新疆维吾尔自治区高校文学专业教学对多民族文学的呈现来看，现在已经涵盖了该区域内的维吾尔族、汉族、哈萨克族、锡伯族，还暂未能将柯尔克孜族、回族和塔吉克族的文学在学科专业目录中呈现出来。

（三）广西壮族自治区高校：南方少数民族文学教育多元呈现的起步

广西壮族自治区有73所本、专科院校。其中，只有3所院校开设了中国少数民族语言文学学科。

广西大学拥有中国语言文学一级学科硕士授权。2011年7月，广西大学根据《文学院2011年一级学科硕士点自主增设目录内二级学科名单通过校级审定》，在中国语言文学下增设了中国少数民族语言文学二级学科。2012年，中国少数民族语言文学开始首次招生，专业方向有：南方少数民族语言与文献研究、民族文化与南亚文化研究、南方少数民族文学研究等。[①] 就专业课程设置而言，该校在汉语言文学、文艺学硕士课程中列有"民间文学概论"一科。"民间文学概论"课程也会涉及部分少数民族的民间文学内容，为非少数民族语言文学专业的学生提供了一个了解少数民族文学的平台。

广西师范大学文学院设有中国少数民族语言文学学科，主要方向有民族民间文学与南方民族文学。该系的民族民间文学教研室是1989年在中国语言文学研究所壮族文学研究室的基础上成立的。围绕民族

[①] 参考广西大学文学院网站：http://wxy.gxu.edu.cn/xkjs/xw/2012-12-18/209.html。

民间文化的教学，该教研室开设了"民族文学研究""民俗学概论""民族民间文学""宗教与文学"等课程。其中，"民族民间文学"为该系精品课程。作为汉语言文学专业（本科）的专业基础课程之一，"民族民间文学"要求学生大量阅读国内各民族民间文学的重要作品，可算是本科阶段推动多民族文学教学的有益个案。[①]

广西民族大学文学院在本科、硕士、博士阶段均开设中国少数民族语言文学学科相关专业与课程。本科阶段为壮语言文学。博士阶段所设两个方向为南方民族语言研究、中国与东南亚相关语言比较研究，均偏向语言学。此外，该学院的岭南民族文学研究所与壮侗语言文化研究所，给多民族文学教学的顺利展开创造了条件。2007年，该校中国少数民族语言文学专业（壮语言文学）评为"教育部财政部第二批高等学校特色专业"。2009年，其民间文学教学团队被确立为广西高校自治区级教学团队。[②]

广西壮族自治区的百色学院中文系虽未开设中国少数民族语言文学学科，但因为组建了"西南边疆壮族非物质文化课程群"团队，依托团队教学开设了"民族民间文学"课程。该课程的教学展开，某种程度上是对该校多民族文学教学缺失的一种补偿。[③]

与其他几个民族自治区一样，广西壮族自治区内除了汉族、壮族外，还有瑶族、苗族、侗族、仫佬族、毛南族、回族、布依族、京族、水族、彝族、仡佬族和满族等。因而，广西壮族自治区的高校文学教育对多民族文学的呈现依然有限。

[①] 参考广西师范大学文学院民族民间文学教研室网站：http://www.cllc.gxnu.cn/minjianwenxue/。
[②] 参考广西民族大学文学院网站：http://wxy.gxun.edu.cn/wxy/wy/4-2tese.html。
[③] 参考百色学院中文系网站：http://www.bsuc.cn/department/zwx/jyhd/2013102833068.html。

第一章 学科建设：中国少数民族语言文学的合法性与局限性

（四）宁夏回族自治区高校：区域内主体民族回族文学的专业缺失

宁夏回族自治区的本、专科院校有 18 所。开设中国少数民族语言文学学科的院校仅有北方民族大学这 1 所。

北方民族大学在硕士学位阶段开设了中国少数民族语言文学学科，具体专业方向是中国少数民族民间文学研究。同时，在本科教学阶段，该校还开设了"民间文学"选修课并为非母语学生[①]开设了少数民族语言课程。这样的举措被中央民族大学的滕星教授视作对"多元文化整合教育"的落实。[②]

宁夏大学作为宁夏回族自治区"211 工程"重点建设学校，其回族文化研究中心建有"回族历史与文化展馆"，主要进行人类学方面的研究。"少数民族历史文化"是宁夏大学人文学院的重点建设学科。但该校的本科、硕士、博士招生中均未开设中国少数民族语言文学学科。

（五）西藏自治区高校：藏语言文学教育的推行

西藏自治区有 6 所普通高等本、专科院校，唯有西藏大学开设中国少数民族语言文学学科。

西藏大学文学院在本科与专科教学中开设了藏语言文学、汉语言文学、历史学和新闻学等专业。硕士阶段在中国少数民族语言文学学科下设了两个方向，一是藏语言文学，二是藏族历史。此外，还开设有专门的格萨尔研究与汉藏双语答题等课程。

[①] 按上下文理解，"非母语学生"应为北方民族大学对所学语言非其母语的学生的称呼。如，蒙古语言课程的学习者，应为其母语非蒙古语的学生；维吾尔语言课程的学习者，应为其母语为非维吾尔语的学生。

[②] 参见孙浩《北方民族大学为非母语学生开设少数民族语言选修课》，《中国民族》2011 年第 9 期。

另一所西藏民族学院是由西藏自治区与教育部合办的高校，学校建在陕西省咸阳市。其文学院的特色专业是汉语言文学。文学院的本科与硕士研究生招生专业均未列出中国少数民族语言文学学科。只是其硕士招生专业目录在中国现当代文学专业下设了"西藏现当代文学研究"方向。考虑到民族文学的重要性，2011年6月该校成立了"西藏当代文学研究中心"，并在其汉语言文学专业教学培养方案中强调指出"为加强民族特色教育，积极将西藏语言文学等民族文学内容融入汉语言文学教学之中，以增强民族自豪感和凝聚力，为爱国主义及西藏反分裂斗争教育增加许多鲜活的内容，在民族院校汉语言文学中有所突破"[1]。这实际上为只开设并只偏重汉语言文学专业教学的文学院提供了一种借鉴。

（六）贵州省高校：区域内民族文学教育的多元呈现

贵州省现有64所普通本、专科院校，其中开设了中国少数民族语言文学学科与专业的院校有2所。

查看贵州师范大学的硕士研究生招生专业目录，并无中国少数民族语言文学一科。与少数民族文学相关的专业"民族文学与文化研究"设在中国现当代文学学科下。从专业相关性的角度来讲，此处将贵州师范大学统计了进来。严格从中国少数民族语言文学学科的角度而言，贵州师范大学实际上并不能纳入统计。值得一提的是，该校文学院设有"民族文学与文化研究中心"机构，并展开了民族文化与文学的相关研究。[2] 贵州民族大学文学院设有中国少数民族语言文学学科。本科阶段的教学中，除了汉语言文学外，还有苗族语言文学、布

---

[1] 参考西藏民族学院文学院网站：http://www.xzmy.edu.cn/wxy/。
[2] 参考贵州师范大学网站：http://www.gznu.edu.cn/。

第一章　学科建设：中国少数民族语言文学的合法性与局限性

依族语言文学、侗族语言文学、彝族语言文学和水族语言文学5个专业。硕士研究生阶段的教学，中国少数民族语言文学学科的研究方向有：壮侗语族语言文化研究、苗瑶语族语言文化研究、民族文学研究与南方民族古籍文献研究等。这两所高校的文学院都同时设有汉语言文学专业。①

另一所地处贵州省黔东南苗族侗族自治州的凯里学院，亦值得细说。从学科的角度而言，凯里学院并没有中国少数民族语言文学学科。但该学院展开多民族文学的教学历史却较为久远。据了解，早在1990年，该校（彼时为"黔东南民族师范专科学校"）就为中文系1989级学生开设了"苗族民间文学"与"侗族民间文学"的必修课。② 近年来，全校性的"文化特色课程"将多民族文学的教学对象扩大为全校学生。其中与文学相关的课程有中国民间文学、苗族语言文学、侗族语言文学、侗族歌谣赏析与苗族诗学等。③ 此处是对中国少数民族语言文学学科及相关专业开设情况的统计，因而并未将凯里学院纳入统计。凯里学院在汉语言文学专业的教学中，将民族文学内容纳入的先行作法，的确值得肯定与推广。同时，该学院将民族文学相关课程以通识课的形式向全校学生推行的方法，亦值得其他高校学习借鉴。

贵州是一个多民族共同居住的省份，世居民族就有18个。因而，贵州省内的高校文学教育对该区域内的多民族文学的呈现仍然不够。

---

① 参考贵州民族大学网站：http://www.gzmu.edu.cn/。
② 查阅黔东南民族师范专科学校教务处课程表存档，1990—1991学年上学期为罗义群老师的"苗族民间文学"，下学期为傅安辉老师的"侗族民间文学"，每周2学时。感谢凯里学院毛家贵老师及教务处老师的支持。
③ 已经出版的课程教材有：罗义群《苗族民间诗歌》，电子科技大学出版社2008年版；傅安辉《侗族口传经典》，民族出版社2012年版。

（七）云南省高校：文学教育面临区域内民族多元的挑战

云南省共有72所普通本、专科院校，开设了中国少数民族语言文学学科与专业的院校有4所，分别是云南大学、云南师范大学、云南民族大学与大理学院。

云南大学人文学院拥有中国语言文学一级学科博士学位授予权。从硕士研究生与博士研究生招生专业目录来看，硕士阶段的培养中设有中国少数民族语言文学二级学科，博士阶段暂未开设。云南大学的中国少数民族语言文学学科下设有少数民族语言与少数民族文学两个方向。此外，在该校"民俗学"二级学科下还设立了民间文学方向。从机构设置上来看，该校人文学院设立的"中国少数民族文学研究所"还承担着专门的民族文学研究工作。[①] 云南师范大学设有中国少数民族语言文学学科，但仅针对硕士研究生展开教学。云南民族大学的中国少数民族语言文学学科同时针对本科生与硕士研究生开课。从硕士研究生培养的专业方向来看，云南民族大学设有民族语言研究、汉语与少数民族语言对比研究、民族文学研究、民族文化研究等方向。此外，在比较文学与世界文学二级学科下还设有"东南亚民族文学与中国民族文学研究"方向。[②] 大理学院的情况与贵州师范大学相似，就中国少数民族语言文学学科的角度而言，两所学校都没有这类二级学科。但是，在硕士研究生招生专业目录中，亦能查见"民族文学"的字样。大理学院将"民族文学"列在民族学二级学科"民族文化"方向下。该校的本科教学中，暂未开设中国少数民族文学专业，但设有"民间文学"精品课程。[③]

[①] 参考云南大学人文学院网站：http：//www.ydrwxy.ynu.edu.cn/。
[②] 参考云南民族大学民族文化学院网站：http：//202.203.144.4/mzwhxy/。
[③] 参考大理学院网站：http：//www.dali.edu.cn/。

云南省内的其他学院，如普洱学院人文学院与楚雄师范学院中文系都未开设中国少数民族语言文学学科。但在具体的教学中开设了"民间文学"课程作为补充。普洱学院把"民族民间文学"作为汉语言文学专业的核心课程。① 楚雄师范学院则是将"民间文学概论"列为中文系汉语言文学专业的专业选修课。

云南境内有52个民族共同生活，其中人口在5000人以上的民族有26个。云南省内的民族自治州有8个。这种多民族共同生活的环境可以说是高校多民族文学教育的"隐形课程"，但同时也为省内高校文学专业课堂对本区域内多民族文学的呈现带来挑战。

（八）青海省高校：区域内主体民族的文学教育

青海省共有12所普通本、专科院校，开设有中国少数民族语言文学学科的院校有2所，即青海师范大学与青海民族大学。

青海师范大学的民族师范学院设有中国少数民族语言文学学科。本科生培养阶段，主要设有藏汉双语与藏英双语教育两个专业。硕士研究生培养阶段，主要有三个方向：藏族语言文学、藏族语言文字学与藏族文艺学。此外，青海师范大学的中文系网站介绍，其现有中国古代文学、古典文献、民俗学、汉语言文字学、少数民族语言文学5个学科的硕士点。但硕士研究生招生专业目录显示，该校中文系并未在少数民族语言文学学科招生与组织教学。②

青海民族大学的中国语言文学教育主要在藏学院、蒙古语言文学系、文学与新闻传播学院与师范学院进行。藏学院与蒙古语言文学系都设有中国少数民族语言文学学科。藏学院的本科专业有藏语言文学

---

① 参考普洱学院人文学院网站：http://rwxy.peuni.cn/。
② 参考青海师范大学网站：http://www.qhnu.edu.cn/。

与汉藏翻译，硕士培养阶段则有藏族古典文学、汉藏翻译、语言学、藏族现当代文学、藏族民间文学5个研究方向。蒙古语言文学系是中国少数民族语言文学（蒙古语言文学）硕士授予权单位，现设立了蒙古族文学、蒙古族语言文化、蒙古族古典文学与文献学、蒙古族语言与区域文化4个硕士研究方向，本科专业教学有蒙汉双语文秘、蒙英双语、蒙古语言文化、汉语言文学等方向。①

青海省内主要的少数民族除了藏族和蒙古族外，还有土族、撒拉族和回族。从目前青海省内高校对区域内多民族文学的呈现来看，目前仅涵盖了藏族文学、蒙古族文学与汉语言文学。

总体而言，"民族八省区"现有33所院校开设了中国少数民族语言文学学科或相关专业。其主要特点有：一是大多数高校除了汉语言文学外，侧重于本地区内主体民族的文学教学，对本地区内其他民族的文学呈现不够。如西藏自治区与青海省的高校主要涉及藏族文学的教学，新疆维吾尔自治区主要是维吾尔语言文学与哈萨克语言文学的教学，内蒙古是蒙古族语言文学的教学。二是中国少数民族语言文学学科与专业的设置主要在藏学学院或者蒙古语言文学系。此种院系设置模式不利于多民族文学教学的展开。此外，值得一提的是北方民族大学为"非母语"学生进行少数民族语言课程教学、凯里学院将"侗族语言文学""苗族语言文学"等列为全校公选课，这两种教学模式能为高校推行多民族文学教学提供借鉴。

三 其他省区院校：学科分布东西部不均

按中国的行政区划，除民族8省区外，还有4个直辖市、20个省以及2个特别行政区。此处以2016年教育部普通高等院校名单为参

---

① 参考青海民族大学网站：http://www.qhmu.edu.cn/。

第一章　学科建设：中国少数民族语言文学的合法性与局限性

考，其中涉及的省区为 31 个，台湾省、香港特别行政区与澳门特别行政区情况不一，未作统计。

　　因本节第一部分已统计教育部重点院校中"985 工程"院校开设中国少数民族语言文学学科的情况，此处会有部分重合。以下按行政区划顺序①对其他各省区高校开设中国少数民族语言文学专业的情况作一统计，见表 1-6。

表 1-6　其他省区普通高等院校开设"中国少数民族语言文学"专业名单

省区	合计	一般院校			民族类院校
		综合类院校	师范类院校	专门院校或其他	
北京	3	0	北京语言大学	中国社会科学院	中央民族大学
天津	1	南开大学	0	0	0
河北	0	0	0	0	0
山西	0	0	0	0	0
辽宁	3	辽宁大学	沈阳师范大学 辽宁民族师范专科学校	0	0
吉林	2	延边大学	吉林师范大学	0	0
黑龙江	3	黑龙江大学 黑河学院	哈尔滨师范大学	0	0
上海	2	复旦大学	上海师范大学	0	0
江苏	1	0	江苏师范大学	0	0

---

①　此顺序大致参考 "2014 年教育部普通高等本科院校名单"，同时结合地区相关性进行研究。

续　表

省区	合计	一般院校			民族类院校
		综合类院校	师范类院校	专门院校或其他	
浙江	1	温州大学	0	0	0
安徽	0	0	0	0	0
福建	0	0	0	0	0
江西	0	0	0	0	0
山东	0	0	0	0	0
河南	1	0	0	解放军外国语学院	0
湖北①	2	三峡大学	0	0	中南民族大学
湖南②	1	吉首大学	0	0	0
广东	2	暨南大学	华南师范大学	0	0
海南	0	0	0	0	0
四川	5	四川大学　西昌学院	四川师范大学	0	西南民族大学　四川民族学院
重庆	2	西南大学	重庆师范大学	0	0

---

　　① 湖北民族学院其硕士招生专业目录中，在"文艺学"下设有"民族民间文艺学"方向。因其与"少数民族语言文学"专业关系不大，此处未统计在内。

　　② 湖南省吉首大学的硕士教学阶段，在"语言学及应用语言学""非物质文化遗产学"与"中国现当代文学"二级学科下，设有相关少数民族语言研究、沈从文研究以及民族文学与民俗文化研究等方向。若按"中国少数民族语言文学"二级学科的开设而言，不能纳入。但此处从专业方向入手，仍纳入统计。

第一章　学科建设：中国少数民族语言文学的合法性与局限性

续　表

省区	合计	一般院校			民族类院校
		综合类院校	师范类院校	专门院校或其他	
陕西	1	0	陕西师范大学	0	0
甘肃	1	0	0	0	西北民族大学
合计	31	13	11	2	5

细看表1-6，能对各省区开设中国少数民族语言文学学科及专业情况有所了解。民族八省区共有33所高校开设了此学科与专业，其他省区、直辖市共有31所高校开设了此学科。综合起来，目前国内共有64所高校开设了中国少数民族语言文学学科与专业。其中，民族院校12所，一般院校52所。具体情况可查看表1-7。

表1-7　各类院校开设"中国少数民族语言文学"专业统计

	一般院校（52）				民族院校（12）	百分比
	合计	综合类	师范类	其他		
民族八省区	33	13	12	3	7	52%
其他各省区	31	13	9	2	5	48%
合计（所）	64	26	21	5	12	
百分比		41%	33%	8%	18%	100%

从表 1-7 可见，民族八省区 33 所学校所占比重约为 52%，其他省区约为 48%。也就是说，目前中国少数民族语言文学学科的设置主要集中在民族八省区的高等院校。此外，表 1-6 中诸多的"0"集中在河北省、山西省、安徽省、福建省、江西省、山东省与海南省 7 省。这 7 个省现共有高校 667 所①，但均未开设中国少数民族语言文学学科及相关专业。这就意味着，从学科结构的完整性而言，这 7 个省区的中国语言文学教学都是片面的、不完整的文学教育。这种文学教育不利于学生理解整体的中国多民族文学。或能稍感欣慰的是，在这七个"0"省区中，尚有个别学校开设了民间文学相关课程，其中涉及的部分少数民族民间文学知识或能作为一种补充。如山西省忻州师范学院在汉语言文学专业本科人才培养方案中列出"民间文学概论"一课。② 海南大学"黎族研究所"的存在，或能推动黎族文学与文化的研究与教学。其他部分高等院校与海南大学一样，缺少了中国少数民族语言文学一科，但设立了相关研究机构作为一种提醒。如辽宁省大连民族学院的"中国文学与多民族文学研究中心"与"民族文化网"③、吉林省长春大学与长春师范大学设立的"萨满文化研究中心"与"萨满文化博物馆"④，亦可视作介绍各民族文化传统的课堂与平台。若能依托这类研究机构展开多民族文学的教学，或能在丰富的图文与实物展示中，增进对各民族文化与文学的理解。

总体而言，中国少数民族语言文学学科的设置现状表现在以下两个方面：（1）与汉语言文学学科的设置与建设比较，显得极不平衡。

---

① 分别是：河北省 120 所、山西省 80 所、安徽省 119 所、福建省 88 所、江西省 98 所、山东省 144 所、海南省 18 所。
② 参考忻州师范学院中文系网站：http://jxdw.xztc.edu.cn/chinese/benke.htm。
③ 参考大连民族学院民族文化网站：http://210.30.0.81/new/mzwh/mzjr/index.htm。
④ 参考长春大学人文学院网站：http://wxy.ccu.edu.cn/index.php?m=content&c=index&a=lists&catid=67。

第一章 学科建设：中国少数民族语言文学的合法性与局限性

最简单的例证就是教育部重点院校"985工程"中拥有"中国语言文学"硕士或博士学位一级学科授予权的学校有26所，其中唯有4所学校设有中国少数民族语言文学专业；（2）该学科的设置主要集中于"民族八省区"与西部多民族省区如四川省、重庆市等地。就省区的分布而言，呈现出东西部之间的不均衡。因而，多民族文学教育的推行，从学科与专业建设的角度来看，急需作出改变。

本章小结

本章中，笔者在学科设置的社会政治与文化权利背景中，讨论现代中国作为统一的多民族国家，在设置文学学科的时候会涉及该以"语言"还是"民族"作为区分标准的问题。这个问题，同时亦是其他多民族国家在文学学科分类时必然会面对的问题。受以往文字至上正统文学观的毒害，民族文学长久以来得不到人们的正视，许多高校文学课堂亦对其视而不见。此种偏见严重地阻碍了民族文学在公共知识领域的出现。在此种情状下，有必要对符合多民族中国国情的文学学科的设置进行梳理，因为这是理解并实现全面的、系统的中国多民族文学教育的起点。

首先，中国语言文学学科的8个二级学科中，中国少数民族语言文学学科作为"八分之一"，除了具有学科意义上的合法性，有助于民族文学与文化自身的发展与存续外，更在于以学科的方式"成全"了多民族中国文学的完整性与多元性。

其次，中国少数民族语言文学学科的创建得益于民族政策的践行。无论"写史"还是"识字"都指向中国语言文学与文化的整体呈现与各民族共同心理的凝聚。其学科设立所内蕴的权利正义、多元文化主义、文化多样性等价值理念，能拓宽人们认识多民族中国文化与文学的视界，并从学理上为多民族文学教育的展开提供支撑。

最后，在对当下高等院校开设"中国少数民族语言文学"学科及专业教学盘点的基础上，了解民族文学教学的现状，检视其与多民族文学教学推进的现实差距。

就中国少数民族语言文学学科的设立而言，确有新中国建国之需的政治需求一面，但少数民族文学实体的存在却毋庸置疑。因而，从文学学科设置与高等院校具体的学科与专业开设来看，尽管有着诸多差距，但其努力朝向的仍然是实现各民族文学的共同发展。

第二章　专业设置：高校类型与多民族文学分布

一国之大学，即为一国文明幸福之根源，其地位之尊严，责任之重大，抑岂我人言语所能尽欤。

——梁启超①

本书第一章主要从学科设置与教材建设两方面入手，讨论了现代中国为多民族文学教育实践所做的努力与存在的不足。其中，第三节对高等学校开设中国少数民族语言文学学科及专业的具体情形，做了粗略盘点。就大学"研究高深之学理，发挥本国之文明，以贡献于世界之文明"②的角度而言，高等学校是否实施以及如何展开多民族文学教学，直接对多民族中国知识结构的完整性认知与传授有着深远影响。在第一章基础上延展，本章以学校为主要考察对象，探讨不同类型的高等院校在践行多民族文学教育中的意义与作用，同时考察不同

---

① 梁启超：《莅北京大学校欢迎会演说辞》，夏晓虹编《梁启超文选》（下集），中国广播电视出版社1992年版，第387页。
② 同上书，第386页。

民族与不同语种的文学在高等院校中的配置及其对多民族文学教育的影响。

第一节 两种校园：一般院校与民族院校

从1952年高等院校"院系调整"以来，伴随着高等教育的发展，就国内数量众多的普通高等院校分类的讨论就从未间断。在第一章第三节，本书在普查高校设置中国少数民族语言文学学科的情况时，参考了《1980年高等院校招生专业介绍汇编》中的11类，即综合院校、理工院校、农林院校、医药院校、财经院校、师范院校、民族院校、艺术院校、体育院校、外语院校和国防工业院校。此分类受到1952年院系调整后按学科门类对大学分类[①]的影响较大。在上述两种分类中，"民族院校"与"师范院校"的分类与按学科门类进行分类的标准不同。广东管理科学研究院课题组的武书连先生对此提出批评。他认为"民族院校"与"师范院校"的划分是对彼时政策的体现，这种分类标准不能支持中国大学标准走向世界。[②] 在第一章第三节中，本书的统计分类列出了民族院校与一般院校，一般院校下又列有综合类院校、师范类院校与专门院校或其他。众所周知，作为党和国家为解决国内民族问题而建立的综合性普通高等学校，民族院校是

---

① 1953年院系调整后，将大学分为11种，即综合大学、工业院校、师范院校、农林院校、医药院校、财经院校、政法院校、语文院校、艺术院校、体育院校和少数民族院校。见中央教育科学研究所编《中华人民共和国教育大事记》（1949—1982），教育科学出版社1984年版，第90—91页。

② 武书连：《再探大学分类》，《中国高等教育评估》2002年第4期。

第二章　专业设置：高校类型与多民族文学分布

传承和弘扬各民族优秀文化的重要基地。① 同时，民族院校无疑是多民族文学教学展开的重要场所。此章正以体现新中国民族政策的民族院校作为区分标准，将非民族院校一律视为一般院校，力图从高校隶属层级与地域空间分布等维度，讨论它们在施行多民族文学教学中的具体情形及其意义。

一　一般院校多民族文学教学的多元路径

将高等学校划分为民族院校与一般院校，原是为论述的方便。然而，这种划分仍无法避免其中的诸多关联。首先，从学科门类来看，包括武书连课题组提到的13类院校②；其次，从高等学校建设规模与科研学术能力来看，有"985工程"院校与"211工程"院校的区分；最后，从高校直管部门来看，又涉及中央各部委、各自治区政府与地方各级权力机关。此外，各高校之间的学术资源分配与整合受到各地方政治与社会结构的影响，同时又会对知识阶层看待当地甚至整个中国的知识构成产生或积极或消极的作用。

"学校"作为特殊的场所，不仅传授我们社会所需要的知识，也最终帮助我们生产在其他领域内需要的技术上的和行政上的知识。③ 就中国多民族文学教学角度而言，不同类型的高等院校还肩负着对中国精英阶层传授多民族中国国家认同方面的知识。当然，它们所承载的义务和责任有所区分，承载方式会有所不同。结合第一章第三节的

---

① 《国家民委、教育部关于进一步办好民族院校的意见》（民委发〔2005〕240号），见国家民委教育科技司、教育部民族教育司编写《蓬勃发展的中国民族院校：全国民族院校工作会议文件材料汇编》，中央民族大学出版社2006年版，第1页。

② 武书连先生将现有大学分为13类，即综合类、文理类、理科类、文科类、理学类、工学类、农学类、医学类、法学类、文学类、管理类、体育类、艺术类。参见武书连《再探大学分类》，《中国高等教育评估》2002年第4期。

③ [美]迈克尔·W. Apple：《教育与权利》，曲囡囡、刘明堂译，谢维和审校，华东师范大学出版社2006年版，第20页。

梳理，此处选取位于内蒙古自治区的综合高校内蒙古大学、位于西南多民族省区的综合高校四川大学、位于首都的综合高校北京大学以及中国社会科学院研究生院为个案，探讨非民族院校展开多民族文学教学的不同模式。

（一）"一以贯之"型：内蒙古大学"民族政策"的体现与学科结构的完整

内蒙古大学于 1957 年 10 月在内蒙古自治区呼和浩特市成立，其主管部门是内蒙古自治区。

若将内蒙古大学所在地的人文地理环境加以辨析，或能增进读者对内蒙古大学展开中国多民族文学教学意义的了解。内蒙古大学地处内蒙古自治区，该自治区的成立早于中华人民共和国的成立，对新中国的民族解放运动具有示范意义。从地理位置来看，内蒙古自治区位于中国北疆，东接黑龙江、吉林与辽宁，南与河北、宁夏、山西、陕西等省相毗，西邻甘肃，北与蒙古人民共和国、俄罗斯交界。其东西绵延 2400 公里、南北跨度 1700 公里的狭长地形，对于中国国防安全的意义不必多言。从民族构成而言，内蒙古自治区虽是以蒙古族聚居区为基础建立起来的，但该区实际仍为多民族杂居区，除蒙古族外，区内还有汉族、满族、回族、鄂伦春族、达斡尔族和鄂温克族等多个民族。此外，蒙古族还是跨境民族。

内蒙古大学所在城市呼和浩特的历史也值得一提。"呼和浩特"是蒙古语，意为"青色的城市"。在 1954 年 4 月前，该市被称作"归绥"，即"归化""绥远"的合称。绥远省由南京国民政府于 1928 年设立，其所辖范围正包括了今天的呼和浩特市、包头市、鄂尔多斯市、巴彦淖尔盟以及乌兰察布盟的部分旗县。绥远省的设置，可谓国

第二章 专业设置：高校类型与多民族文学分布

民政府对蒙古族人民"分而治之"实行民族压迫政策的产物。① 后来，"归绥"这个含有侮辱和歧视的名字重新恢复为"呼和浩特"这个民族自称的名字。这种通过地名变更考证过往民族压迫关系的事件，亦是当下民族关系良性发展的生动例证。不过，今天仍有诸如抚顺、安顺、镇远等地名存在，提醒着人们不能忘却过去历史上的民族纷争。

从上述背景来看，内蒙古大学作为内蒙古民族自治区第一所综合性大学，其所处的地理区域与人文空间决定了其任务与意义有别于非民族自治区的同类型大学。1957年，在内蒙古大学的开学典礼上，时任校长的乌兰夫讲道：

> 内蒙古大学负有双重任务：一方面它与各兄弟高等院校一样贯彻执行培养有社会主义觉悟的、有文化的、身体健康的劳动者的教育方针；另一方面必须看到国家在一个少数民族地区建立高等学校，它就要负起繁荣和发展蒙古民族的文化和培养本民族的知识分子进行科学技术研究的任务。②

引文中，乌兰夫谈到的"双重任务"正是设立内蒙古大学的原因所在。从旨在繁荣并发展蒙古民族的文化与培养本民族的知识分子角度而言，内蒙古大学又与地处西南的西南民族大学、云南民族大学和地处中南的中南民族大学等民族院校无异。与内蒙古大学同样情形的，还有新疆维吾尔自治区的综合院校新疆大学、西藏自治区的西藏

---

① 庆格勒图：《绥远省与内蒙古自治区的合并及其历史背景》，《内蒙古大学学报》（哲学社会科学版）1994年第2期。
② 乌兰夫：《内蒙古文教事业发展的新硕果》，内蒙古乌兰夫研究会编《乌兰夫论民族工作》，中共党史出版社1997年版，第271页。

大学、吉林延边朝鲜族自治州的延边大学①等。

　　从建校初期的系部设立来看，内蒙古大学彼时设有蒙古语言文学、汉语言文学、历史、数学、物理、化学、生物7个系②。单独设立少数民族语言文学系，将其与汉语言文学系并存。用"汉语言文学系"而不是"中文系"这一名称，在当时的一般高校中并不多见。比如，中央民族学院在1950年设立之初，其语文系也同时教授部分少数民族语文知识。内蒙古大学此时的系部设置有何独特的语境呢？结合彼时情况来看，或与各界努力"编写一部包括各个民族的中国文学史"有关。其时，学界对中国文学与中国文学史不是也不能只是汉族文学与汉族文学史的反思，必然对高校多民族文学教育的全面展开有所推动。从1960年内蒙古大学师生共同编写的《内蒙古自治区文学史》就可见其影响。彼时，允许高等学校的学生参与编写新的教科书蔚然成风。教材的多样化，使以往边缘的地方文化得以找到表达的途径。③值得提及的是，《内蒙古自治区文学史》作为地域类文学史，其书写秉持的原则是将内蒙古自治区的文学视作"多民族的社会主义文学不可分割的一部分"④。此外，应与内蒙古自治区内实存的生动丰富的多民族文学有关。这里有流传广泛的英雄史诗《江格尔》《格斯尔传》，民间叙事诗《嘎达梅林》《成吉思汗的两匹骏马》，民间说唱

---

① 在1953年政务院颁发的高等学校院系调整方案中，列有三所少数民族院校：中央民族学院、延边大学、新疆民族学院。延边大学早期实为民族院校。见《中华人民共和国教育大事记》（1949—1982），教育科学出版社1984年版，第91页。吉林省内两所重点大学吉林大学和东北师范大学却回避了文中所提的第二重任务，没有相关少数民族语言文学与文化的学科。

② 中央教育科学研究所编：《中华人民共和国教育大事记》（1949—1982），教育科学出版社1984年版，第204页。

③ 可参考［加］许美德《中国大学1895—1995：一个文化冲突的世纪》，许洁英译，教育科学出版社1999年版，第128页。

④ 内蒙古大学中国语言文学系编印：《内蒙古自治区文学史》，1960年版，第352页。

第二章 专业设置：高校类型与多民族文学分布

文学"好力宝"等，如此鲜活的文学生活为该校文学学科的教学展开提供了丰富的第一手资源。对于以往文学教学只讲授汉语言文学而言，可谓最为直接的纠偏。

以"蒙古语言文学"而不是"中国少数民族语言文学"命名系部，应与内蒙古大学以蒙古语言文学为教学和科研的主要内容有关。而这背后，其实还关涉两个问题：一是那些原本以地方性知识在本地族群内部传承的知识的身份转换。这部分知识进入高等院校的课堂后，作为多民族国家文化的一部分，得以在中国各民族学生中传授。与此同时，它们还被视作人类文化多样性的一分子，为国际上的学人研习与传布。二是同时遮蔽了内蒙古自治区内的满族、鄂温克族、鄂伦春族、达斡尔族、朝鲜族和回族的文学。要知道内蒙古自治区并不只是蒙古族的自治区，在这里还有鄂温克族自治旗、鄂伦春族自治旗和达斡尔族自治旗，蒙古族并不是单独居住于此，而是和其他民族共同生活在这里。内蒙古大学作为自治区内的重点大学，除了对自治区内的蒙古语言文学进行建设外，实际还应当承担起传承达斡尔族、鄂温克族和鄂伦春族等民族的文学与文化的任务，因为即便是人口较少的民族，鄂温克族除了丰富的民间文学，还有乌热尔图这样优秀的作家。

查看该高校早期两个文学系部的相关课程设置会发现一些差别。在1980年的高等院校招生专业介绍中，当时国内十几所综合大学中，唯有内蒙古大学、云南大学、新疆大学三所大学开设有"少数民族文学"相关课程。彼时，内蒙古大学蒙古语言文学专业课程除了蒙古现代文学、蒙古古代文学、蒙古史、蒙古语言与文学专题课外，还设有中国现代文学、中国古代文学与汉语文等主干课程。在汉语言文学专业课程设置中却未见相关民族文学课程。① 这种课程设置必然会对汉语言文学专业学生理解中国多民族文学的完整性有所影响。值得注意的是，同时期的云南大学与新疆大学在汉语言文学专业课程设置中，都将"少数民族文学""民间文学""兄弟民族文学"等列为选修课。同时也要求少数民族语言文学专业的学生学习汉语言文学。② 后两所大学彼时课程的如此设置，能为当下中国多民族文学教学实践的课程设置与教学模式提供借鉴。从这三所位处民族自治区与多民族省份的高校的学科设置与课程开设来看，中国少数民族语言文学学科的存在无疑能促进前述第二重任务的实现，同时也能增进各民族的相互了解，促进民族团结。这或许是民族政策在民族地区落实的体现，尽管政治意图有些明显，但对多民族中国文学与文化的完整性，甚至是对多民族中国的国家认同而言，都是至关重要的。

1996年，内蒙古大学顺利通过"211工程"预审，成为国家教育部重点建设的大学。该校亦成为国家文科基础学科人才培养和科学研究基地学校。前一年，该校在原来的蒙古语言文学系、蒙古语文研究所、新闻出版系等基础上成立组建蒙古学学院。原在蒙古语言文学系设立的"050107中国少数民族语言文学"学科也一并进入蒙古学学院，成为内蒙古自治区重点学科蒙古学研究的一部分，原来的汉语言文学系则重组进"文学与新闻学院"。将中国少数民族语言文学学科划归至蒙古学学院的做法，有以蒙古语言文学模糊替代中国少数民族语言文学的嫌疑。内蒙古地区的鄂温克族、达斡尔族等民族的文学与文化权利，极有可能受到损害。从内蒙古大学文学与新闻学院的研究

---

① 中华人民共和国教育部学生管理司编印：《1980年高等院校招生专业介绍汇编》，1980年版，第46页。

② 同上书，第3—9页。

机构设置与硕士招生简章上可见，蒙古学学院的教学实际上对其他几个二级学科的教学有所增进，相反，文学与新闻学院却固守于汉语言文学的教学（可参考第一章第三节）。为直观了解内蒙古大学的文学教学情况，检录其硕士招生简章以备查看与分析。见表 2-1。

表 2-1　内蒙古大学中国语言文学学科硕士研究生招生目录

学院名称	专业名称
蒙古学学院	050101 文艺学 050102 语言学及应用语言学 050107 中国少数民族语言文学 050108 比较文学与世界文学
文学与新闻学院	050101 文艺学 050103 汉语言文字学 050105 中国古代文学 050106 中国现当代文学 050108 比较文学与世界文学

从表 2-1 可见，上述两个学院在中国语言文学教学方面各有侧重，共同完成了较为多元的文学教学。蒙古学学院的文艺学、语言学及应用语言学与比较文学与世界文学都以蒙古族语言与文化为基点展开。比如比较文学与世界文学，其研究方向为蒙古族文学与北方民族文学比较、蒙古族文学与汉族文学比较、蒙古族文学与外国文学比较等。此种围绕本地域的民族文学展开国内各民族文学的比较研究与教学，值得一般高校学习借鉴。这两个学院的并行与文学教学的任务分担，与一般高校大多只有文学院或文学与新闻学院不同，倒与民族院校的院系设置与教学展开相似。

简单来讲，内蒙古大学为民族自治区的综合大学个案，按民族类院校与一般院校的二分标准，其虽为一般院校，实际却承担了民族类院校的任务与功能。自建校以来，内蒙古大学中国少数民族语言文学的学科设置以及直接以某一民族语言文学命名系部的方式，其意义不仅在于对以往只讲汉语言文学的大汉族主义的矫正，更是对少数民族文学与文化权利的体现。

（二）"时有变动"型：四川大学中国少数民族语言文学学科的变动与恢复

四川大学作为近现代高等教育的肇端，应从1896年四川总督兼广东巡抚鹿传林创办的四川中西学堂讲起。① 从其校名经由"公立四川大学"到"国立四川大学"再到"四川大学"② 来看，其办学类型历经变迁，算得上是"四川乃至中国近现代高等教育的缩影和写照"③。作为教育部早期直属的重点院校，四川大学如今是"985工程"院校，同时亦是国家文科基础学科人才培养和科学研究基地学校。

四川大学位于四川省成都市。四川地处中国西南，是中国西部十二个省份与自治区之一。四川一方面因其悠久富庶的汉文化闻名遐迩，另一方面则在今天包括了甘孜藏族自治州、阿坝藏族羌族自治州、凉山彝族自治州等少数民族自治州，是一个多民族共同生活的省

---

① 《四川大学史稿》编审委员会：《四川大学史稿》（第一卷 四川大学 1896—1949），四川大学出版社2006年版，第15页。
② 国立四川大学于1931年11月由国立成都大学、国立成都师范大学与公立四川大学合并而成。直到1950年9月中央人民政府政务院转发了教育部关于取消全国各级各类学校在校名前所冠"国立""省立""公立""私立"字样的通知，"国立四川大学"才定名为"四川大学"。参见《四川大学史稿》编审委员会《四川大学史稿》（第二卷 四川大学 1950—1993），四川大学出版社2006年版，第21页。
③ 罗中枢：《四川大学——历史 精神 使命》，四川大学出版社2009年版，第3页。

第二章 专业设置：高校类型与多民族文学分布

份。从四川所处的西南位置来看，在以往的王朝叙事格局中，居于"一点四方"①之一隅，西南的高校亦因此种格局并不为清政府所重视。直到民国时期，中央政府于1931年合并成都大学、四川大学和成都高等师范学校为国立四川大学，此局面才有了转变。就此，费正清先生曾谈道："在这所大学里所发生的事情，标志着当时在中国内地发生的双重过程：高等教育作为国家复兴的一个方面，有了进步；而在不断努力实现国家统一方面，中央权利得以向内地扩张。"② 其实，将高等教育作为实现国家认同与复兴的渠道，在新中国并未中断，而是有着纵深的延续。这点可从新中国对四川大学的管理归属权的重视得以查证。与此相关的事件有：一是1950年5月政务院发布的《各大行政区高等学校管理暂行办法》，其中四川大学与省内其他高校均由西南军政委员会文教部代表教育部进行领导；二是1953年10月政务院发布的《关于修订高等学校领导关系的决定》，该决定强调"综合性大学由中央高等教育部直接管理"，四川大学因而转由教育部主管部门直接领导；三是1958年教育部将直属的53所高校中的46所高校下放到地方管理。此次变动较大，但四川大学仍由教育部直接领导，是当时居于首都北京之外的唯一一所高校。③ 因而，四川大学作为综合性大学直属于教育部的历程之意义，不仅在于空间的转换，将以往的西南边鄙之地纳入新中国的行政区划之中，更在于其文化领导权对多民族中国文化与文学传播价值取向的影响。

就文学的学科与课程设置而言，四川大学的发展路径与前述内蒙

---

① 徐新建：《西南研究论》，云南教育出版社1992年版，第4页。
② [美] 费正清、费维恺主编：《剑桥中华民国史》（1912—1949年 下卷），中国社会科学出版社1994年版，第387页。
③ 《四川大学史稿》编审委员会编：《四川大学史稿》第二卷，四川大学出版社2006年版，第73—75页。

古大学成立之际即有中国少数民族语言文学学科不同。查阅四川大学中文系1954年与1955年的课程设置，该系基础课有9门，即语言学引论、古代汉语、现代汉语、汉语方言学、文艺学引论、中国人民口头创作（民间文学）、中国文学史、外国文学、现代文学。① 其中，"中国人民口头创作"一门于1952年全国高校大调整之际，才得以进入教育部颁发的中文系课程表。"中国人民口头创作"课程即后来的"民间文学"。因为"文化大革命"的影响，这门课程在四川大学以及其他高校被迫中断。直到1978年，民间文学才重新列入一般大学和高等师范院校中文系的课程。② 从四川大学中文系教师吴蓉章参与编写的《民间文学概论》《民间文学作品选》来看，四川大学彼时在民间文学教学展开方面起着先导作用。按该校中文系1977级学生毛建华的回忆，他毕业留校后就为本科生开设了"民间文学"课程。在后来的教学中，在此基础上又开设了民俗学课程。③

四川大学中国少数民族语言文学的教学正依托于民间文学与民俗学等课程展开。至于中国少数民族语言文学学科硕士点的设立，要晚至2002年才有了该学科点的第一名硕士研究生。④ 该学科点在2002—2006年间，连续四年招收了中国少数民族语言文学硕士研究生。在随后的2007—2014年间，未再继续招生，直到2015年才重新恢复招生。

---

① 《四川大学史稿》编审委员会编：《四川大学史稿》第二卷，四川大学出版社2006年版，第31页。

② 民间文学课程的遭际，参考钟敬文主编《民间文学概论》，上海文艺出版社1980年版，第1—3页。

③ 根据与四川大学毛建华先生的电话访谈整理。毛建华，满族人，曾任四川大学文学与新闻学院民俗学教研室主任，中国少数民族语言文学学科的硕士生导师。访谈时间为2014年9月26日上午10时。

④ 按毛建华先生的回忆，2001年本来计划招生，但因考上的唯一一名女学生怀孕，不方便田野考察等，该生转到其他专业。2002年才正式有了中国少数民族语言文学硕士点的学生。

在多民族文学教育展开方面，四川大学并未因中国少数民族文学学科点前几年的招生中断而有所阻断，这是因为四川大学有良好的民间文学教学基础。此外，该校新增加的新兴学科——文学人类学，自2004年招生以来，以文学人类学的大文学观展开教学与科研，对以往较为传统的民族文学与汉语言文学分开教学作了融合与取代。因而，四川大学的中国少数民族文学、多民族文学的研究与教学，具有多学科支撑的特点。

先来看文学人类学学科点的硕士生与博士生的民族身份，他们来自汉族、彝族、土家族、壮族、苗族、藏族等民族。在这个学生拥有不同民族文化背景的群体里，比较容易获得直观的多民族比照，反映在文学教学设计上，就必然需要一个整体的、共存互补的框架来整合。因而随着文学人类学学科的发展，四川大学的多民族文学教育逐渐系统化、完整化。这一点，可以从文学人类学专业博士研究生的三门必修课程查见：一是"文学人类学"课程，提供了文学人类学的"大文学观"；二是"多民族国家的文化与文学"课程，"多民族"直接出现在课程名称里面，对以往汉语言文学与少数民族语言文学教学二分模式是一种正面的突破；三是"田野考察"课程将"多民族文学"理论与实践结合起来。此种教学的直接影响反映在该学科点学生的学位论文上，他们的研究选题50%以上都与多民族文学与文化相关。四川大学文学人类学专业的博士生课程读本的具体内容分析，在第三章第二节中会有展开。

除了针对文学人类学学科点学生的多民族文学教育，四川大学的"中华文化"通识课专设"中国的多民族文化"两章，算是较早面向全校本科生讲授多民族文学课程的实践。在当下本科教学方面，除了比较文学课程，与西南民族大学本科生合作的"民族文化实践交流"

项目亦是多民族文化交流/教学/教育的另一个公共平台。2014年夏季，在教师指导、学生自选的9个文化调查项目中，谈到了包括汉族在内的6个民族的文化。① 这些项目以带动学生远离校园深入少数民族村寨与大街小巷研究与体验文学生活的方式，打破了校园文学课堂的局限。此外，该学科点还组织了多次文学人类学诗会与四川多民族作家诗会（如图2-1所示），在朗诵与倾听中，使多民族文学教育有了蓬勃生长之势。

图2-1 成都地区多民族作家、诗人、评论家2013年迎新联谊会（笔者摄影）

与内蒙古大学蒙古学学院不同的是，四川大学文学与新闻学院的中国少数民族语言文学并不是侧重于某一个民族的文学教学与研究。在中断招生前，四川大学的少数民族语言文学教学与研究，侧重于西南地区各少数民族的文化与文学；在文学人类学学科点时期以及恢复

---

① 《四川大学—西南民族大学本科生民族文化实践交流会》的选题有：《追逐消逝的白羽：未识别民族文化保育活动》《嘉绒藏族文化保护之探索》《凉山甘洛彝族文化保存现状与彝汉文化交融》《"跟我学彝语"教育实践及研究》《童乐纳西：纳西族儿童文化成长计划》《怎雷村水族民族记忆保护与传承》《控拜苗寨儿童银饰文化教育与村落调查汇报》《践行青春使命 传承彝族文化》《桐乡竹韵——暑期实施交流报告》。

第二章 专业设置：高校类型与多民族文学分布

招生后，其教学与研究着重于中国多民族文化遗产与凝聚方面，也就是从文学人类学的大文学观出发，关注族群文化与民族认同和国家命运等关系。需要指出的是，四川大学中国少数民族语言文学二级学科的设置与招生有无变动，是学界认识多民族中国文化与文学历程的一种写照。从民间文学课程发展到中国少数民族语言文学学科，正是对以往"文字书写主义"与"大汉族主义"的突破，亦是对狭义文学观的突破。后来，中国少数民族语言文学学科招生中断，又反映出时人对该学科的曲解以及对少数民族、少数民族文化的误解。[①] 实际上，要消除国内各民族间的误解与分歧，中国多民族文学教学正是可行捷径之一。基于对中国多民族文学教学必要性与迫切性的重新认识，四川大学文学与新闻学院借助文学人类学学科平台，再次搭建完整的中国语言文学学科，二级学科中国少数民族语言文学恢复招生教学。

作为多民族省区的非民族类高等院校，四川大学当下的多民族文学教学展开方式并不具有代表性，它与同样身处多民族地区的云南大学、贵州大学等迥然不同[②]。四川大学中国少数民族语言文学学科迂回曲折的发展历程，正昭示了大学作为"智识之府"（任鸿隽语）所应有的责任与担当。四川大学在中断多年的中国少数民族语言文学学科招生期间，仍未放弃多民族文学的教学。在恢复学科招生后，四川大学又主动挑起多民族文化与文学传承的重任，并为推动各民族文化的共同繁荣发展作出示范性教学。四川大学的举措，值得其他一般院校学习借鉴。

[①] 四川大学毛建华教授认为后来招生中断的原因之一是当时有学生认为学了中国少数民族语言文学专业，毕业后就要分配到条件艰苦的少数民族地区。

[②] 有关云南大学、贵州大学等高等院校"中国少数民族语言文学"的学科开设可参考第一章第二节。

（三）"学科缺省"型：北京大学的中国语言文学学科

作为"一个象征"和"一种寄托"[①]的北京大学，其前身是创建于 1898 年的京师大学堂。北京大学中国语言文学系（以下简称"北大中文系"）的历史则可溯源至京师大学堂于 1910 年开办分科大学时成立的中国文学门。1919 年，"中国文学门"改称"中国文学系"。在抗日战争期间，该系随学校南迁并入国立西南联合大学。其后，于 1946 年回到北京并恢复北大中国文学系建制。直至 1952 年院系调整后，才更名为"中国语言文学系"。北大中文系现今的语言、文学、古文献三足鼎立局面，是彼时院系调整的结果：在原燕京大学基础上设立的新闻专业于 1958 年转入中国人民大学；汉语语言学的专业则与 1954 年中山大学语言学系并入北大有关。[②]

北京大学的中国语言文学学科作为国家一级重点学科，本有自主设置下设 8 个二级学科的权力，但北大中文系仅有 7 个二级学科，缺省的正是中国少数民族语言文学学科（可参考北大中文系硕士研究生招生专业目录，见表 2-2）。此种缺省，已为部分学者所批评。就中国多民族文学教学的展开而言，北大中文系的中国民间文学专业与比较文学的教学展开或许能为其做些补充。

[①] 钱理群主编：《走近北大》，四川人民出版社 2000 年版，第 1 页。
[②] 有关北京大学中文系历史的内容，可参考：http://chinese.pku.edu.cn/bxjj/index.htm. 亦可参考马越编著的《北京大学中文系简史（1910—1998）》，北京大学出版社 1998 年版。

第二章 专业设置：高校类型与多民族文学分布

表2-2　　　北京大学中文系硕士研究生招生专业目录

学院名称	专业名称
中国语言文学系	050101 文艺学 050102 语言学及应用语言学 050103 汉语言文字学 050104 中国古典文献学 050105 中国古代文学 050106 中国现当代文学 050108 比较文学与世界文学 050120 中国语言文学（中国民间文学） 055200 新闻与传播硕士

先看北大中文系的中国民间文学专业。1918年2月1日《北京大学日刊》刊载了《北大征集近世歌谣简章》，该简章可谓歌谣运动的号角。而后，歌谣研究会的成立以及《歌谣》周刊的创刊，使"不登大雅之堂"的俗文学成为文学的正宗[1]，在改变人们对俗文学认识的同时，亦革新了人们的文学观念。同时，此种文学观念又对高等院校的文学课堂产生影响。1929年，朱自清先生在清华大学讲授"歌谣"课。北京大学的民间文学课程则始于1949年，彼时钟敬文先生开设了基础课"人民口头创作课"。该课程在1959年后由基础课改为专题课，并更名为"民间文学"课。此后，北大中文系一直延续了民间文学的教学传统，只在"文化大革命"期间有过中断。[2] "中国民间文学"一度是中国语言文学的12个二级学科之一，在1997年的学科调

---

[1] 吴同瑞、王文宝、段宝林编：《"纪念北京大学〈歌谣〉周刊创刊七十周年暨文学学术研讨会"文集》，北京大学出版社1994年版，第1页。
[2] 同上书，第3—7页。

整中，却被归并至法学门类社会学学科下。民间文学学科的尴尬归属，曾让不少拥有此学科的高校困扰。不过，即便在此情状下，北大中文系仍然保留了民间文学这一学科及相关的民间文学教研室。民间文学的教学内容既包括汉族的民间文学，也涉及少数民族的民间文学。这或许可成为北大中文系关注少数民族文学的一个例证。北大中文系主任陈跃红就强调指出，北大中文系保留了民间文学教研室，其展开的相关教学活动或许能为缺省了中国少数民族语言文学学科弥补些缺憾①。不过，我们需要明白，无论就内容和形式还是功能与意义而言，民间文学学科都无法替代中国少数民族语言文学学科的存在。

  再来看"中国比较文学"传统的情况。北大中文系比较文学研究所是中国比较文学学会的办公地。中国比较文学学会于1985年设立之初，因受到季羡林先生重视中国56个民族之间的交往、汇通以及相互促进的影响，即下设了中国少数民族比较文学研究会。② 中国比较文学学会前会长乐黛云先生认为，"涵盖55个民族的少数民族比较文学研究会不仅在中国独一无二，就是在世界恐怕也是绝无仅有的"。正是在如此"多元共存"的背景下，中国比较文学学会展开了"多元文化研究的广阔前景"③。作为学会办公地的北大中文系，其教学与研究势必会受到"比较文学"传统的影响。不过，北大的学科建设与人才培养，对这种传统的体现并不充分。季羡林先生与乐黛云先生的个人学术选择，假如没有形成规模和团队，就不可能形成真正的可以延续的"学术传统"。因而，北大中文系的文学学科尽管受到比较文学

---

① 陈跃红、付海鸿：《多民族文学教育的融合与发展：北京大学中文系陈跃红教授访谈》，《百色学院学报》2013年第2期。
② 乐黛云：《在蒙古文学与比较文学研讨会上的发言》，陈岗龙、额尔敦哈达编著《奶茶与咖啡：东西方文化对话语境中的蒙古文学与比较文学》，民族出版社2005年版，第7页。
③ 乐黛云：《多民族文化研究的广阔前景》，《读书》1993年第12期。

第二章 专业设置：高校类型与多民族文学分布

研究的一定影响，但仍对国内诸多民族的文学和文化"失明"①。"失明"是病理学术语。该词的用法与美国学界提出的"色盲"（color-blindness）相近。最能直观呈现美国多元的是其国民的肤色多元，部分美国学者因此使用"色盲"一词来批评美国社会中存在的种族歧视。同样，"色盲"也被用来批评美国文学史只讲白人文学而无视其他少数族群文学。在多民族中国情境中，因为"黄皮肤、黑眼睛、黑头发"的共同特征，对少数民族及其文化的"失明"或"选择性"失明就显得较为隐晦，甚至不易察觉。

谈及北大的比较文学，自然还应提到北大外国语学院的相关研究。该学院的历史可从1862年的京师同文馆算起。在1919年北大废门改系时曾组建了13个系，其中外国文学系有英国文学系、法国文学系、德国文学系。后又相继成立了俄国文学系、东方文学系（简称"东语系"）。关于东语系，早期只有日文专业。在1946年季羡林先生学成归来后，才得以讲授多个语种，如梵文、阿拉伯文、蒙文和藏文等。其中，蒙文、藏文实应属于中国少数民族语言文学学科的范畴。但彼时北大将蒙古族与藏族的文学划归在外国语系，北大的东方语言文学系（以下简称"东语系"，该系现改称"亚非语言文化系"）至今仍归属外国语学院。

在1952年的院系调整中，东语系的西藏语、维吾尔语和西南少数民族语被调整到中央民族学院。蒙古文学或因属于跨国界文学，被保留了下来。围绕蒙古文学的教学，北大在1949年即有蒙古语言文

---

① 这部分讨论得益于吉林省民族宗教研究中心汪亭存的启发，"失明"的提法亦出自其处，此处借用。关于"失明"，与美国学者提出的"色盲"（color-blindness）一词相近。可参考 Jennifer A Richeson and Richard J Nussbaum. "The impact of multiculturalism versus color-blindness on racial bias" in *Journal of Experimental Social Psychology*, Vol. 40, Issue 3, May 2004, pp. 417–423.

化教研室，2004年在此基础上成立了蒙古学研究中心。该中心又与多家单位合作在2005年组织了"蒙古文学与比较文学专题学术研讨会"①。从东语系的历程来看，北京大学在历史上的确有过中国少数民族语言文学学科的教学。从蒙古语言文化专业的教学课程来看，除了"蒙古国现代文学作品选读""蒙古国现代文学""蒙古国影视艺术欣赏"外，其他主干课程有"蒙古民间文学""蒙古民俗概论""蒙古文化"等。北大的蒙古语言文化专业除了有跨境民族的比较文学视角，实际上还是包括了中国境内的民族文学的教学与研究。② 因而，北大将蒙古语言文化专业笼统划归在外国语学院的做法，尽管有其历史原因，仍然显得不妥，有调整的必要。

总体来看，北京大学的中国多民族文学教学情况表现为：一是民间文学学科的保存。从早期的歌谣运动到民间文学课程及专业的开设，北大中文系对口头文学传统的关注，在一定程度上减少了以往狭义的文字中心主义文学观的影响范围。二是比较文学学科的影响。就国内各民族文学的比较研究，其中所涉部分民族的文学与文化，能在一定程度上弥补北大因缺少中国少数民族语言文学学科而未能全面展开多民族文学教育的遗憾。三是中国语言文学学科结构的不完整。作为已逾百年历史的北大中文系，其学科结构发展因诸种原因已然固定，但若缺少了中国少数民族语言文学学科，遗漏了包括55个民族的文学教学，如何能保证由此"中国文学的瑰丽殿堂"，走进"世界最深广的语言文学海洋"③ 呢？

---

① 此次会议讨论，可参考陈岗龙、额尔敦哈达编著《奶茶与咖啡：东西方文化对话语境中的蒙古文学与比较文学》，民族出版社2005年版。
② "北京大学外国语学院亚非系专业教学计划"，参考北京大学外国语学院网站：http://sfl.pku.edu.cn/show.php?contentid=2792。
③ 陈跃红：《系主任致辞》。参考北大中文系网站：http://chinese.pku.edu.cn/bxjj/index.htm。

第二章 专业设置：高校类型与多民族文学分布

（四）"重点发展"型：中国社会科学院民族文学研究所

中国社会科学院（以下简称"社科院"）是"中国哲学社会科学研究的最高学术机构和综合研究中心"。社科院现有三个文学研究所：外国文学研究所、文学研究所与现今的民族文学研究所（即1980年成立的少数民族文学研究所，2002年更名）。社科院并不招收本科生，其研究生院只培养硕士研究生与博士研究生。作为较为特殊的教学机构，此处仍按"民族院校"与"非民族类院校"的划分标准，放在非民族类院校中作一讨论。

要论及社科院中国多民族文学教学的展开，须对前述三个机构的由来及其变动有所了解。先来看文学研究所。张炯先生在回顾新中国文学研究50年的时候，曾细述文学研究所的流变如下：

新中国成立后，经过大专院校的调整，1953年北京大学率先成立了以郑振铎先生为所长的文学研究所。1956年这个研究所被纳入中国科学院，1978年又改属中国社会科学院，并于1964年将文学研究所的外国文学研究机构分出来另立外国文学研究所，1980年又将民族文学研究部分独立出来另立少数民族文学研究所。[①]

细加思考，就会发现，在民族文学研究所未独立之前，"外国文学研究机构"有一未被提及而实际存在的对应物，即中国文学研究机构。在此机构中，民族文学研究亦有一对应物，此对应物即现在的文学研究所。如此来看，这里隐含有两组关系：一是外国文学研究与中国文学研究。二是民族文学研究与汉语言文学研究。第一组关系主要

---

① 张炯：《文学科学：大踏步前进——对新中国五十年文学研究的回顾》，《新中国文学五十年》，山东教育出版社1999年版，第788页。

以国别作为区分的标准。外国文学指中国之外的国家之文学，而"中国文学，是包括汉民族和各个少数民族在内的中国所有民族的文学的总汇"①。第二组关系则以民族为区分单位。两组关系的划分标准不一，前者涉及国别，后者包括民族。

　　社科院的中国少数民族语言文学教学与研究依托民族文学研究所展开。有关该研究所的历史，在社科院成立30年之际，其院报曾刊出《民族文学研究所成立始末》②一文。其中提到1979年初，由贾芝、毛星、马寅、马学良、王平凡五人起草的一份请示报告，其主要内容有：

　　　　从发展文学事业的方面看，少数民族有着丰富的民间文学、作家文学以及文艺理论遗产，可以说占据着中国文学的半壁江山；从政治意义上来说，少数民族文学的研究能够增强民族团结，提升民族自尊，增强民族凝聚力。③

　　上引文强调了彼时请示成立"少数民族文学研究所"的目的：一是于文学事业发展的意义；二是于民族团结与民族凝聚的政治意义。就文学事业发展而言，梁庭望先生认为，少数民族文学研究所的创立和1983年《民族文学研究》的创刊是少数民族文学学科在国家学术体制和教育体制中正式确立的标志。④ 就政治意义而言强调的则是

---

① 和钟华、杨世光主编：《中国少数民族文学史丛书·纳西族文学史》，四川民族出版社1992年版，第1页。
② 刘大先：《民族文学研究所成立始末》，《中国社会科学院院报》2007年3月20日。
③ 转引自刘大先《民族文学研究所成立始末》，《中国社会科学院院报》2007年3月20日。
④ 梁庭望、汪立珍、尹晓琳：《中国民族文学研究60年》，中央民族大学出版社2010年版，第141页。

"发展少数民族文学与促进民族团结进步的主要关联"①。新中国成立之初的确有一系列较为完整的少数民族文艺活动，如少数民族文艺汇演、少数民族传统体育运动会、少数民族电影等，少数民族文学只是其中的一部分。这些活动对民族国家共同心理的塑造起着重要的作用。

从机构上来看，社科院的中国语言文学的教学在文学系与少数民族文学系展开。少数民族文学系设在民族文学研究所下，主要有中国少数民族语言文学与民俗学两个专业方向。因为以往的"汉族 vs 少数民族"或"主体民族 vs 非主体民族"二分的影响，当少数民族文学研究所独立出来与中国文学研究并置的时候，就容易让人误以为"少数民族文学研究不在中国文学研究的范畴之内"。以至在中国文学教学与研究中，不可避免地造成或加深了一边是不包括汉语言文学的中国少数民族语言文学教学，一边是不包括中国少数民族语言文学的所谓的中国文学教学。如民族类院校一般都设置成"中国少数民族语言文学学院"与"文学与新闻学院"，这点可从社科院研究生院的招生简章中察见。社科院民族文学研究所作为教学机构的存在，赋予民族文学以某种正统官方性与立足点，为民族文学的蓬勃发展确实提供了十分重要的平台。从成立之初，民族文学研究所承担中国文学史和文学概况的编写以来，它将以往主流文学叙事中所提甚少的民族文学真正纳入文学研究、教育机构的视野，同时也为多民族中国如何在知识谱系的层面还原民族文学应有的价值与地位提供了一个路径，其意义不可估量。

总体来讲，本小节在新中国民族融合与多元文化共同发展的大背

---

① 李冰：《繁荣发展少数民族文学事业》，《文艺报》2011年1月14日。

景下，考察了非民族院校中的内蒙古大学、四川大学、北京大学与中国社会科学院研究生院推行与实践中国多民族文学教学的不同情形。此处，将其大致归为四种：一是在中国语言文学学科设置之初，即体现学科结构的完整性，亦体现各民族文化的平等性，可以内蒙古大学为代表。二是中国语言文学学科结构完整性的变动，存设、中断以至恢复，无不反映出学界与民众认识多民族文学教学的曲折历程，从重视到迷茫再到清醒的历程，可以四川大学为代表。三是中国语言文学学科结构中缺省了中国少数民族语言文学一科，尽管有民间文学、比较文学等学科对民族文学知识的补充，但完整的中国多民族文学教学仍未能全面展开，可以北京大学为代表。四是在机构设置上体现民族平等政策，在学科结构上呈现中国语言文学的完整性，但其院系的分设与分工，仍不可避免地带来"汉语言文学"与"中国少数民族文学"的二分，可以中国社会科学院为代表。当然，还有很大一部分院校的文学教学根本无视民族文学的存在。在高校具体的文学教育实践中，如何让非民族类高等院校发挥各自的优势，展现丰富多元的民族文学与文化，尽量减少或避免偏见与分歧，刻不容缓。

二　民族类院校多民族文学教学的两种院系设置

就民族类院校在民族文学学科建设和人才培养方面的问题，《中国民族文学研究60年》一书中有所涉及。该书将民族类院校分为三级展开讨论，即中央级、地区级与省区级。其中，前两级归属国家民族事务委员会（以下简称"国家民委"）管理，后者则归属当地教育部门。[①] 按2016年《全国普通高等学校名单》，学校名称中含有"民

---

① 梁庭望、汪立珍、尹晓琳：《中国民族文学研究60年》，中央民族大学出版社2010年版，第78页。

族"一词的高等院校共有 36 所（含专科学校与独立学院），在全国 2595 所高校中占 1.39%。①

有关民族院校的源起与少数民族文学学科创建的关系，本书第一章已有讨论。民族院校在招收、培养少数民族学生的同时，会适当招收汉族学生，以便对各民族学生的比例有所控制，这与民族院校期冀创建不同民族的学生能彼此了解、相互学习并共同进步的环境之愿望有关。② 这样的环境是展开中国多民族文学教学的最佳平台。然而，各民族院校开设中国少数民族语言文学学科的具体情景并不相同，教学实践各有侧重。考虑到民族师范类院校均未涉及中国多民族文学的相关专业课程建设，此小节即在国家民委与省区级直管民族院校中各选一所院校加以讨论，企望能对民族类院校的多民族文学教学方式有所了解。

（一）西南民族大学：院系并置的多民族文学教学

国家民委直管的民族类院校有 6 所，分别位于中国的西南、西北、中南、东北以及新中国的首都北京。在此种布局中，我们还能依稀望见中央政府以"一点四方"格局认识中国的影子。不过，民族类院校在地理上的如此分布，其意义与以往已大不相同。新中国的中央

---

① 36 所名称中含有"民族"的院校为：中央民族大学、河北民族师范学院、内蒙古民族大学、呼和浩特民族学院、内蒙古民族幼儿师范高等专科学校、大连民族大学、辽宁民族师范高等专科学校、黑龙江民族职业学院、湖北民族学院、中南民族大学、湖北民族学院科技学院、湖北民族职业学院、湘西民族职业技术学院、右江民族医学院、广西民族师范学院、广西民族大学、广西民族大学相思湖学院、西南民族大学、四川民族学院、兴义民族师范学院、黔南民族师范学院、贵州民族大学、贵州民族大学人文科技学院、贵州医科大学神奇民族医药学院、黔南民族医学高等专科学校、黔东南民族职业技术学院、黔南民族职业技术学院、黔西南民族职业技术学院、黔南民族幼儿师范高等专科学校、云南民族大学、西藏民族大学、西北民族大学、甘肃民族师范学院、青海民族大学、北方民族大学、宁夏民族职业技术学院。

② 各民族院校的少数民族学生比例一般保持在 65%—70%。可参考《国家民委、教育部关于进一步办好民族院校的意见》（民委发〔2005〕240 号）。

政府在"四方"少数民族聚居区设立高等院校发展高等教育，其初衷是为宣传民族政策之需培养相关的干部与人才。这点正印证了"凡一国政治之改变，不可不随以教育之革新"①的说法。民族院校的设立将各少数民族的文化与文学纳入学校课堂，其政治意义与文化意义之重大，此处不再赘述。在这6所国家民委直管的民族院校中，中央民族大学设立中国少数民族语言文学学科的情况在本书第一章中已有所涉，大连民族学院是以工科为主的民族院校，北方民族大学暂未开设中国少数民族语言文学学科。在余下的3所民族院校中，笔者选取西南民族大学（以下简称"西南民大"）为例，讨论国家民委直属民族院校在中国多民族文学教学方面的实践及其功能。

西南民大前身是西南民族学院，成立于1951年6月1日，学院主校区位于四川省府成都市，现由国家民委直管。有关四川的地理人文，在一般院校四川大学的讨论时已有提及。至于为何要在西南地区设立一所民族高等院校，则有必要先从西南的战略意义开始论述。

狭义的西南，即如今的云南、贵州、四川三省。广义的西南还包括西藏自治区、广西壮族自治区甚至是湖南、湖北等中部地区。有关"西南"的认识，若放置于"一点四方"的中国结构中，可谓四方的某种扩展，既代表着一种方向、方位，一个远离中原的区域，也暗示着一种对中原王朝而言知之甚少的异类文化。② 作为以往的边鄙之地，"西南"于新中国的成立及其民族政策的施行却意义重大。这一点，可从中央民族访问团首赴西南地区访问且历时最长有所体察。至于彼时为何最先派出赴西南的访问团，降边嘉措曾谈道："西南是我国大

---

① 《教育部整理教育方案草案》（1914年12月），舒新城编《中国近代教育史料》，人民教育出版社1981年版，第229页。
② 徐新建：《西南研究论》，云南教育出版社1992年版，第4—5页。

第二章　专业设置：高校类型与多民族文学分布

陆最后解放的地区，国民党蒋介石就是从西南逃往台湾的，而那里的民族关系又比较复杂。"① 的确，西南地区的少数民族众多，单就云南而言，经过民族识别由国家确认的少数民族就有 24 个。而西南的国境线，广义而言，可从西藏到云南再到广西，跨越数千公里。因而，西南于新中国的意义，既是国防战略的需要，又是民族团结与国家安定的关键。

新中国的民族工作将"搞好团结，消除隔阂"作为中心任务②。发展民族高等院校应算途径之一。为西南地区培养人才，以便宣传民族政策，促进区域以至全国的民族团结，被彼时的西南局和西南军政委员会提上议事日程。以上正是西南民族学院筹建的背景。《筹办西南民族学院的初步计划》一文，对该学院的任务作了详尽的描述：

> 培养西南各兄弟民族的区域自治和管理政权的干部及政治、经济、文化、教育等建设人才，研究西南民族问题、民族语文、发扬并介绍各民族的优良历史和文化。③

上引文指出的，实际是各民族院校共同的任务，即培养少数民族政治干部以及专业技术人才。不仅西南民族大学如此，中南民族大学、广西民族大学、西北民族大学等亦无一例外。

因为民族语文教学的展开，西南民族学院在 1952 年即有藏语言文学与彝语言文学专业的教学，并在 1954 年开设了藏文班与彝文班。1957 年在藏文专修科与彝文专修科的基础上，建立了民族语文系，下

---

① 降边嘉措：《民族大团结从此开始——记毛主席书写"中华人民共和国各民族团结起来"题词的经过》，《民族团结》2000 年第 6 期。

② 邓小平：《关于西南少数民族问题》（1950 年 7 月 21 日，在欢迎赴西南地区的中央民族访问团大会上的讲话），《邓小平文选》第一卷，人民出版社 1994 年版，第 164 页。

③ 转引自《西南民族学院院史》编辑室《西南民族学院院史 1951—1991》，四川民族出版社 1991 年版，第 2 页。

设藏语文和彝语文两个专业。就汉语言文学而言，彼时的西南民族学院在1956年设置了中国语言文学专业，1960年才正式建立汉语言文学系。彼时的院系结构为民族语文系与汉语言文学系的并置。1974年，该学院恢复办学并新成立了中国语言文学系，下设汉文、藏文、彝文三个专业。这即意味着以往汉语言文学系与中国少数民族语言文学系并置的结构得以重新整合。不过，十年后，即1984年，藏语文专业和彝语文专业合并成立少数民族语言文学系，汉语文专业单独设系恢复为原来的"汉语言文学系"①。2003年，藏学学院与彝学学院成立，汉语言文学系改组为文学与新闻学院。自此，西南民族大学的中国语言文学教学在这三个学院中分别展开。

就中国多民族文学的教学分工而言，西南民大的文学与新闻学院主要讲授汉语言文学，藏学学院主要讲授藏语言文学，彝学学院则侧重彝语言文学。此种结构与分工，与前述身处民族自治区的内蒙古大学相同，亦与中央民族大学相近。当然，诸多的民族院校基本上都是此种结构，即汉语言文学与少数民族语言文学各据一端。文学与新闻学院或者文学院只讲授汉语言文学而不涉及其他诸多少数民族的文学，但仍遵称"文学院"，这一情形，为推行中国多民族文学教学的学者所批评。民族文学从中国语言文学系或者文学院独立出来，其原因应与中国社科院民族文学研究所的成立初衷相同，原本是为以往不被重视的民族文学教学提供平台。然而，此种分离，又似乎成为今天为数众多的文学院只讲授汉语言文学而忽视民族文学的一个理直气壮的借口。

西南民大对此情状有否警醒呢？从公共领域来看，西南民大自成

---

① 有关汉语言文学系与少数民族语言文学系的介绍，可参考《西南民族学院院史》编辑室《西南民族学院院史 1951—1991》，四川民族出版社1991年版，第260—261页。

第二章 专业设置：高校类型与多民族文学分布

立以来，就形成全校师生同过民族节日的传统。2014年的彝历新年，西南民大校园广播以彝、汉双语介绍"火把节"与彝历新年的相关知识，应是对此传统的延续与扩展（见图2-2）。民族院校作为多民族的学校，可以说是"祖国大家庭的一个缩影"①。这一"大家庭"中，成员之间是否相处融洽与相互尊重，即可以对彼此文化的了解维度作一考察。因而，从多民族文化的公共空间来讲，民族院校拥有得天独厚的条件，这是同在成都的一般院校四川大学所不具有的。

图2-2 西南民族大学话剧《彝海结盟》剧照（2014年10月14日，笔者拍摄）

从多民族文学课堂来看，西南民大是参与发起"中国多民族文学论坛"的主要成员单位之一。从该校开设的"民间文学"等选修课来看，这应是为弥补文学与新闻学院师生缺少民族文学知识所做的努力，但这显然不够。如何系统而有效地在文学与新闻学院讲授多民族文学知识，确需假以时日。从前述四川大学文学与新闻学院的经验来

---

① 在《西南民族学院校史》中曾写道："西南民族学院这所多民族的学校，是祖国大家庭的一个缩影。"这句话亦可在西南民大官方网站的"学校简介"中读到，四川民族出版社1991年版，第183页。

看，培养一批具有"文学人类学大文学观"意识的年轻学者尤为关键。比如，大连民族学院的中国语言文学学科设置上，就只有汉语言文学。该校文法学院的青年教师李晓峰是"中国多民族文学论坛"的主要成员，他依托其研究课题的影响，协助学院于 2007 年成立了"中国文学与多民族文学研究中心"，以此推动多民族文学的教学。①那么，西南民大彝学学院与藏学学院的多民族文学教学该选择何种途径呢？笔者认为，除了对本学院的学生讲授彝语言文学或藏语言文学外，还应充分利用教学资源开设民族文学与文化的公选课。当然，汉语言文学的教学也不应落下。此外，文学与新闻学院亦应注重民族文学的教学。如此，或能为民族院校推行多民族文学教育搭建一个良好的平台。

（二）广西民族大学："中国多民族文学共一学院"

各省、自治区教育部门主管的民族院校有 9 所，即内蒙古自治区的内蒙古民族大学和呼和浩特民族学院、广西壮族自治区的广西民族大学、西藏自治区的西藏民族学院，以及湖北民族学院、四川民族学院、贵州民族大学、云南民族大学和青海民族大学。从地理位置来看，这 9 所民族院校均位于中国西部地区；从学校名称来看，除呼和浩特民族学院以城市名称命名以外，其他均以各省、自治区冠名。就中国多民族文学的教学展开来看，湖北民族学院与西藏民族学院暂未开设"050107 中国少数民族语言文学"学科或相关专业。其他 7 所民族院校的一般情况，在第一章第三节中已有提及。此小节从地理空间以及文学院文学学科设置的角度，选取广西民族大学（以下简称

---

① 有关大连民族学院"中国文学与多民族文学研究中心"的情况，可查阅网站：http://www.dlnu.edu.cn/wenfa/jgsz71/zgwxydmzyjzx/48442.html。

"广西民大")为例。

广西民大始建于1952年3月29日，原为中央民族学院设在新中国南疆广西的一所分院，1953年称为广西省民族学院。彼时，广西暂不是民族自治区，但在邕宁、宜山、百色等专区成立了桂西僮族自治区。直到1958年3月，"广西省"才改为"广西僮族自治区"[①]。同年，原"广西省民族学院"定名为"广西民族学院"。因为学院发展规模扩大，2006年，该学校更名为"广西民族大学"并沿用至今。从广西民大的数次更名，可见新中国行政区划的变更以及推行民族区域自治的影响。

广西民大所在地广西壮族自治区是一个多民族地区，除了壮族，还有汉族、瑶族、苗族、侗族、毛南族、仫佬族、回族、彝族、水族、京族与仡佬族等民族。其中，京族还是跨境民族。从地理位置来看，广西西北与云南相接，北与贵州交界，东北与湖南相邻，东南与广东交壤，南部是北部湾，西南是越南民主共和国，其区内各民族的和谐相处，一方面维系着中国南疆的稳定与安全，另一方面也影响着整个东南亚的政治格局。广西民大官方网站可以9种语言阅读，除汉语外，有英语、法语、越南语、泰语、老挝语、缅甸语、柬埔寨语和印尼语[②]，官方网站的多语言设置算得上是对其具有的重要战略意义的一个例证。

作为民族院校，广西民大与其他民族院校相同，都以轮训政治干部和培养初级专业人才为己任。1960年，因为南宁师范学院的并入，广西民大逐渐发展为多学科的高校，中文系亦在此时创办。2000年，广西民大重新组建系部时，将原来的中文系、民族语言文化系、对外

---

① 1965年，"广西僮族自治区"更名为"广西壮族自治区"。
② 参考广西民族大学官方网站：http://www.gxun.edu.cn。

汉语教学中心和大学语文教研室合并为中国语言文学院。该校中国语言文学院的本科教学，有中国少数民族语言文学与对外汉语两个特色专业以及汉语言文学优质专业。与西南民大中国语言文学学科分设在文学与新闻学院、藏学学院、彝学学院3个系部的结构不同，广西民大的文学院下，既有汉语言文学专业，又有中国少数民族语言文学专业。如此的系部设置，在民族院校中较为特殊。民族院校中，除广西民大外，中南民族大学（以下简称"中南民大"）与贵州民族大学亦在其文学与新闻学院或文学院下，设立了"050107中国少数民族语言文学"二级学科[1]。若借用"中华民族多元一体"的说法，此种院系设置或可称"中国多民族文学共一学院"。这样的系部结构，而非前述的汉语言文学与中国少数民族语言文学各处一系部，对文学院各专业的学生了解较为完整的中国语言文学来讲，应更有益处。广西民大文学院如此设置系部有无特殊原因呢？查看相关文献，笔者了解到该校早期的中文系与其他高校一样，都开设了民族民间文学专业。随着教学展开，增设了壮族语言文学专业。[2] 为让汉语言文学专业的学生对民族民间文学有较为深入的了解，在早期的现代文学教学中，亦注重将《刘三姐》等本地区的民族文学作为重要的阅读材料。[3] 广西民大早期的这种多民族文学教学模式与教学经验，对后来的文学学科结构以及院系设置有一定影响。

广西民大文学院民族文学学科的本科教学始于1986年，彼时只招收了1个壮语本科班，到1988年时，增加了瑶语本科班。经过多

---

[1] 参考中南民大研究生院网站：http://www.scuec.edu.cn/s/211/t/879/e0/b9/info57529.htm。
[2] 广西民族学院编：《广西民族学院三十年1952—1982》，1982年版，第1—25页。
[3] 中文专科现代文学教研组：《中国现代文学作品选读教学经验总结》，广西民族学院编《广西民族学院工作经验汇编》，1962年版，第70—71页。

年发展，广西民大文学院已拥有一级学科中国语言文学的硕士点与博士点。依托文学院下设的岭南民族文学研究所与壮侗语言文化研究所，以及广西少数民族语言文学研究中心、广西非物质文化遗产研究中心和生态审美与民族文艺学研究中心，广西民大的民族文学专业形成了自己的特色，主要以当地壮侗语族民族和苗瑶语族民族的民间文学与书面文学为主，并培养了相关专业的硕士研究生。关于民族文学人才的培养，广西民大文学院网站上列出了1999年至2012年间培养的各届硕士研究生人数以及2003年至2010年间学院毕业生中考取博士研究生的学生名单。① 此举或是为其招生作宣传，但亦可视作是广西民大推进多民族文学教学的历程体现与种子传播。

前面提到，广西民大将汉语言文学与中国少数民族语言文学两个二级学科同设于文学院，与大多数民族院校确有不同。此处稍作扩展与补充，将设有"中国少数民族语言文学"学科的11所民族院校的中国语言文学学科院系设置情况，概括为两类，即"共一学院型"与"院系并置型"两大类，具体可见表2-3。

表2-3　民族院校"中国语言文学学科的院系设置"情况

类别	院校名称	中国语言文学学科院系设置
第一类：共一学院型	广西民族大学	文学院
	贵州民族大学	文学院
	中南民族大学	文学与新闻学院

---

① 参考广西民大文学院网站：http://wxy.gxun.edu.cn/info/1273/1406.htm。

续 表

类别	院校名称	中国语言文学学科院系设置
第二类：院系并置型	中央民族大学	文学与新闻学院 中国少数民族语言文学学院
	西南民族大学	文学与新闻学院 藏学学院 彝学学院
	西北民族大学	文学院 维吾尔语言文学学院 藏语言文化学院 蒙古语言文化学院
	内蒙古民族大学	文学院 蒙古学学院
	青海民族大学	文学院 藏学院 蒙古语言文学系
	云南民族大学	人文学院 民族文化学院
	呼和浩特民族学院	汉语言文学系 蒙古语言文学系
	四川民族学院	汉语言文学系 藏语言文学系

从表2-3可见，汉语言文学与中国少数民族语言文学"共一学院型"的有3所，"院系并置型"的有8所。"院系并置型"又可分为两类，一类是"文学院"与"某个或某几个民族语言文学系部"

的并置，各学院任务明确，文学院讲授汉语言文学，民族文学学院讲授民族语言文学；另一类是"汉语言文学系"与"某个民族的语言文学系"的并置，如四川民族学院与呼和浩特民族学院的设置，其处理表现出一种自觉，即不以只有某一个民族的语言文学学科或专业的教学系部遑称"中国语言文学系"或"文学院"。

从民族院校中国语言文学学科的院系设置及其命名，可见民族院校在推行多民族文学教育方式上的多元路径。"共一院系型"表现为"文学院"下既有汉语言文学又有中国少数民族语言文学，这样的院系环境有别于其他民族院校往往二者各执一方的教学模式，能更好地体现出中国多民族文学的完整结构，有利于中国多民族文学教学的展开。"院系并置型"即汉语言文学专业所属的"文学院"与某一个或某几个民族语言文学系部的并置。为民族文学的教学单独设立院系，其原因复杂，这与早期宣传新中国民族政策与建立政权培养少数民族干部的需要有关，亦与各民族文化与文学共同发展的愿景有关。不过，院系并置后，因为任务明确、各司其职，容易导致汉语言文学与少数民族语言文学教学的二分，对中国多民族文学的教学实践有所阻碍。

总体而言，本节为了解高等院校实践中国多民族文学教学的不同模式，介绍了一般院校展开中国多民族文学教学的四种路径以及民族院校中国语言文学学科院系设置的两种类型。是否设置中国少数民族语言文学学科，可说是对除汉族之外的 55 个民族的文化与文学的认可与否；如何设置中国少数民族语言文学学科，又牵涉到对中国各民族文学关系的认识，其中的困难与磨砺，经验与智慧，都有待时间的检验与证明。

第二节　专业教学中的语种配置与民族多元

对"中国多民族文学"的"多"的认识，早有学者注意到其"多民族、多地域、多传统、多文字、多语种"的特征。[①] 徐新建教授曾言简意赅地指出"多民族文学"的含义正在于"多文学"，也就是在民族多元的基础上体现出的文学多样性。因而对"什么是文学"的理解，不能仅从某一个民族或者某一种形态来限定。[②] 的确，目前中国已经识别的民族有56个，若以民族为单位命名文学，将有汉族文学、藏族文学、侗族文学、彝族文学、朝鲜族文学等56种提法。在汉族、汉语言文化与文学之外，还有55个少数民族及其文化与文学。为了能完整认识中华文明是由56个民族（还有若干已融合或迁徙的古民族）共同创造的这一事实，杨义先生亦提出要"重绘中国文学地图"[③]。这种旨在以地图为媒介的举措，是要将中国的"多文学"作一展览。除了中国文学史的书写，在高等院校的中国语言文学学科建构与专业的具体设置中，也能察见中国文学的"多民族""多地域"与"多语种"等特性。

在第一章第三节，笔者已对国内开设了中国少数民族语言文学学科的高等院校作了盘点。此节将在前述调研基础上，围绕各院校的中国少数民族语言文学二级学科的具体专业方向及相关教学，对其中所涉及的多语种以及多民族作一考察。

[①] 李晓峰：《各民族母语文学跨语际传播困境原因初探》，《云南民族大学学报》（哲学社会科学版）2010年第2期。
[②] 徐新建：《"多民族文学史观"简论》，《民族文学研究》2007年第2期。
[③] 杨义：《重绘中国文学地图》，中国社会科学出版社2003年版，第8、87—97页。

第二章　专业设置：高校类型与多民族文学分布

一　语种配置：汉语言与少数民族母语

从语系来看，中国境内的语言可分属汉藏语系、印欧语系、阿尔泰语系、南亚语系及南岛语系等5种（见表2-4）。已有学者借助语系视角来重新理解中国各民族文学之间的关系，并勾画出中国语系文学的轮廓。[①] 从文字书写的角度来看，中国境内各民族的文字可分为象形文字、音节文字、拼音文字、汉字及其变体等书写形式（见表2-5）。简单来讲，这即意味着在"汉字书写"与"汉语文学"之外，还有诸多的"民族文字书写"与"民族语言文学"。而有关"民族语言文学"一词，近年来又被另一个"含有强烈吁求的修辞性术语"[②]——"母语文学"所取代。与此相关的，还有在"大文学观"视野下提出的"多民族母语文学"概念，即指"中国境内除了通用的汉语之外，拥有自己民族语言和文字的口头和书面文学"[③]。那么，中国文学的语言多样性与文字书写多样性，在高等院校文学教学中的呈现如何呢？

在展开论述前，特将64所高校"中国少数民族语言文学"学科及教学中的民族多元与语种多样情况以表格示之（见表2-6）。表2-6是对第一章表1-5与表1-6的综合与完善。表中资料来源于所涉高校相关院系网站与硕士研究生或博士研究生招生专业目录。若参照民族多元并兼顾民族语系与民族文字体系，这64所高校的具体教学情况并不相同。单从专业目录来看，可概括为两类。第一类即未明确说明文学或语言的民族称谓，笼统以"中国少数民族语言文学"称

[①] 钟进文：《中国少数民族文学史教程》，中央民族大学出版社2011年版。
[②] 梁昭：《从"母语文学"看少数权利和文化认同》，《中外文化与文论》2014年第1期。
[③] 刘大先：《作为文化动力的多民族母语文学》，《文艺报》2014年4月16日第7版。

之。此类院校大致又可分为三种情况：一是偏重总体的民族文学与文化研究的院校；二是侧重少数民族语言、汉语言与少数民族语言比较研究的院校；三是提出"多民族文学"概念的院校。第二类即偏重某一具体民族的语言或文学的教学与相关研究。如此设置的原因复杂，或与本地高校间的分工有关，或与当地民族文化与文学资源有关，或与相关文学研究的人才培养有关。后文会详述。

表2-4　　　　　　　　　中国各民族语言系属①

汉藏语系	汉语族	汉族、回族、满族、畲族、土家族
	藏缅语族	藏语、门巴语、珞巴语、彝语、哈尼语、白语、羌语、傈僳语、纳西语、拉祜语、景颇语、土家语、普米语、怒语、独龙语、阿昌语、基诺语
	壮侗语族 苗瑶语族	壮语、侗语、布依语、傣语、水语、黎语、毛南语、仫佬语 苗语、瑶语、畲语
	语族未定	仡佬族
阿尔泰语系	突厥语族	维吾尔语、哈萨克语、柯尔克孜语、撒拉语、乌孜别克语、塔塔尔语、裕固（尧乎尔）语
	蒙古语族	蒙古语、达斡尔语、东乡语、土族语、保安语、裕固（恩格尔）语
	满—通古斯语族	满语、鄂温克语、鄂伦春语、锡伯语、赫哲语
	语族未定	朝鲜语

①　注：京族语的系属尚未确定；回族、满族大部通用汉语（满语只在极少数满族人口中使用）。该"中国各民族语言系属"来源于国家民委官方网站：http://www.seac.gov.cn/art/2011/1/19/art_ 770_ 108680.html。

续 表

南亚语系	伊朗语族	塔吉克语
印欧语系	斯拉夫语族	俄罗斯语
南亚语系	孟高棉语族	佤语、德昂语、布朗语
南岛语系	印尼语族	高山语

表2-5 中国各民族文字类型①

象形文字	纳西族东巴文
汉字及变体	汉字、方块壮字、方块侗字、水书、白文
音节文字	纳西族哥巴文、彝文
拼音文字	1. 印度字母体系——藏文、傣文 2. 阿拉伯字母体系——老维吾尔文、老哈萨克文以及乌孜别克文、塔塔尔文 3. 回鹘文字母体系——蒙古文、"托忒蒙古文"、锡伯文 4. 朝鲜文字母体系——朝鲜文 5. 拉丁字母体系——壮文、景颇文、拉祜文、佤文、傈僳文、新维吾尔文、新哈萨克文以及布依、苗、黎、纳西、侗、哈尼各族的文字方案 6. 斯拉夫字母体系——俄罗斯族的俄文

在谈论高校多民族文学教育的语种配置前，有必要对中国境内各民族的语言文字使用情况作一了解：

---

① 表2-4与表2-5资料来源于国家民委网站：http：//www.seac.gov.cn/art/2011/1/19/art_ 770_ 108680. html。

中国55个少数民族中，除回族和满族通用汉语文外，其他53个民族都有本民族语言，有22个民族共使用28种文字，其中壮族、布依族、苗族等12个民族使用的16种文字是由政府帮助创制或改进的。目前，中国少数民族约有6000万人使用本民族语言，占少数民族总人口的60%以上，约有3000万人使用本民族文字。①

上引文是国务院办公厅2009年的统计数据。就"保护和发展少数民族文字"而言，一方面是落实宪法有关"保护和发展少数民族文化"的措施之一，另一方面可谓中国多民族文学的"多语言"与"多文字"得以存续与呈现的有益途径。从公共的广播电视机构、广播电台到出版机构，都以各种形式努力体现中国的民族语言与文字的多样性。以全国性少数民族文学月刊《民族文学》为例，在汉文版外，还有蒙文、藏文、哈萨克文、朝鲜文和维吾尔文5个版本。相较以往单一的汉文版，这样的举措当然算得上一种进步。关于"汉文"，有学者提醒，由于"汉字"可以超脱具体的语言发音而自存，它的底层未必是我们目前所讲的"汉语"——汉族的语言。因而我们需记住汉语的存在先于汉族数千年以及这种语言在历史上并非一直姓汉这个事实。② 所以，《民族文学》的6种版本，虽然一方面指现在56个民族中的"6"个，同时又并非如此简单。从目前中国语言文字种类诸多角度而言，现有的6种语言文字版本，的确较以往唯有汉文版有了很大进步。然而，若以1949年中华人民共和国的成立为时间坐标，到1981年中国才有《民族文学》的创刊，直到2013年才有上述哈萨

---

① 中国国务院新闻办公室白皮书：《中国的民族政策与各民族共同繁荣发展》（2009年9月），人民出版社2009年版，第40页。
② 张海洋：《中国的多元文化与中国人的认同》，民族出版社2006年版，第34页。

克文等 6 个文字版本，其中间隔的时间如此久远，实在不能就此止步，甚至沾沾自喜与自我满足。

表 2-6　高校"中国少数民族语言文学"的民族多元与语种多样

地区	省份	高校名称	民族文学相关研究方向	民族或语系	备注
民族自治区	新疆维吾尔自治区（11）	新疆大学	本科：维吾尔语言文学 哈萨克语言文学 硕士：中国少数民族语言文学 博士：新疆少数民族语言文学 新疆少数民族民俗与民间文学	维吾尔族 哈萨克族	提及民族： 白族 布依族 藏族 朝鲜族 傣族 侗族 俄罗斯族 哈尼族 哈萨克族 汉族 景颇族 柯尔克孜族 拉祜族 傈僳族 满族 蒙古族 苗族 纳西族 羌族 水族 土家族 佤族 维吾尔族 锡伯族 瑶族 彝族 壮族
		新疆师范大学	本科：维吾尔语言文学 蒙古语言文学 硕士：柯尔克孜民间文学 卫拉特蒙古语言文字与文献研究 卫拉特蒙古文学与民俗文化研究 维吾尔古典文学研究 维吾尔现当代文学研究 新疆少数民族民间文学	维吾尔族 蒙古族 柯尔克孜族	
		喀什师范学院	本科：维吾尔语言文学 汉语言文学 硕士：维吾尔语言研究 维吾尔文学研究 维吾尔文学与中外文学关系研究 维吾尔民间文学及南疆民俗研究 汉维双语对比研究 维汉翻译理论与实践研究	维吾尔族	

续 表

地区	省份	高校名称	民族文学相关研究方向	民族或语系	备注
民族自治区	新疆维吾尔自治区（11）	伊犁师范学院	本科：哈萨克语言文学 维吾尔语言文学 锡伯语言文学 硕士：哈萨克语言文学研究 维吾尔语言文学研究 民汉文学关系研究	哈萨克族 维吾尔族 锡伯族	台湾少数民族 南方少数民族 岭南民族 西南少数民族 北方少数民族 语系语族： 阿尔泰语系 突厥语族 藏缅语族 蒙古语族 侗台语 南亚语 藏缅语族 壮侗语族
		新疆财经大学	本科：维吾尔语言文学	维吾尔族	
		塔里木大学	本科：维吾尔语言文学	维吾尔族	
		石河子大学	本科：中国少数民族语言文学	不详	
		新疆农业大学	本科：维吾尔语言文化	维吾尔族	
		昌吉学院	本科：维吾尔语言 专科：少数民族语言文化	维吾尔族	
		和田师范专科学校	专科：中国少数民族语言文化	维吾尔语	
		新疆教育学院	专科：中国少数民族语言文化	维吾尔语	
	内蒙古自治区（9）	内蒙古大学	本科：蒙古语言文学 硕士：蒙古族语言文学 蒙古语族语言及阿尔泰语系语言比较研究； 蒙古族民间文学等 博士：基本同硕士专业方向	蒙古族 阿尔泰语系 蒙古语族	
		内蒙古师范大学	本科：蒙古语言文学 硕士：蒙古族语言文学	蒙古族	

140

续 表

地区	省份	高校名称	民族文学相关研究方向	民族或语系	备注
民族自治区	内蒙古自治区（9）	内蒙古民族大学	本科：蒙古语言文学 硕士：蒙古文学与地域文学 蒙汉文学比较研究	蒙古族 汉族	
		呼和浩特民族学院	本科：中国少数民族语言文学——汉蒙翻译	蒙古族 汉族	
		河套学院	本科：蒙古语言文学	蒙古族	
		集宁师范学院	本科：蒙古语言文学	蒙古族	
		呼伦贝尔学院	本科：蒙古语言文学	蒙古族	
		赤峰学院	本科：蒙古语言文学	蒙古族	
		满洲里俄语职业学校	专科：中国少数民族语言文学	俄罗斯族	
	西藏自治区（1）	西藏大学	本科、硕士、博士：藏语言文学 汉藏翻译研究	藏族	
	广西壮族自治区（3）	广西大学	硕士：南方少数民族文学研究 民族文化与南亚文化研究	南方少数民族	
		广西师范大学	硕士：岭南民族文学 壮侗语言文学	岭南民族 壮族、侗族	
		广西民族大学	本科：壮语 瑶语 硕士：中国与东南亚壮侗语族语言比较研究 壮侗语汉语比较研究 壮侗民族语言文化研究 博士：南方民族语言研究 中国与东南亚壮侗语族语言比较研究	南方民族 壮侗语族 壮语 瑶语	

续　表

地区	省份	高校名称	民族文学相关研究方向	民族或语系	备注
民族自治区	宁夏回族自治区（1）	北方民族大学	硕士：中国少数民族民间文学研究		
西南地区	四川省（5）	西南民族大学	本科、硕士：彝族语言文学 藏族语言文学	彝族 藏族	
		四川民族学院	本科：藏族语言文学	藏族	
		西昌学院	本科：彝族语言文学	彝族	
		四川师范大学	硕士：中国少数民族语言文学		
		四川大学	硕士、博士：中国少数民族语言文学		
	贵州省（2）	贵州民族学院	本科、硕士：中国少数民族语言文学	苗族 布依族 侗族 彝族 水族	
		贵州师范大学①	硕士：民族文学与文化研究		
	云南省（4）	云南师范大学	硕士：少数民族作家文学 少数民族民间文学		
		云南民族大学	本科：中国少数民族语言文学 硕士：民族语言 民族文学 民族文化学 民族文化资源的开发与管理	彝族 拉祜族 景颇族 傈僳族 傣族 纳西族 藏族 佤族 壮族 苗族 哈尼族	
		大理学院	硕士：民族文学	白族	
		云南大学②	硕士：中国少数民族语言文学		

① 该方向设在中国现当代文学学科下。
② 该方向设在民族学学科下。

第二章 专业设置：高校类型与多民族文学分布

续 表

地区	省份	高校名称	民族文学相关研究方向	民族或语系	备注
西南地区	重庆市(2)	重庆师范大学①	硕士：中国少数民族语言文学		
		西南大学	硕士：中国少数民族文学与文化	纳西东巴文	
华南地区	广东省(2)	华南师范大学②	硕士：民族民间文学理论与批评 少数民族文学发展史 民族民间艺术与民俗文化	土家族 苗族	
		暨南大学	硕士、博士： 中国现当代多民族文学及文化关系研究 中国南方少数民族语言研究 中国古代多民族文学及文化关系研究	南方少数民族 多民族	
西北地区	甘肃省(1)	西北民族大学	本科：中国少数民族语言文学 硕士、博士： 中国少数民族语言 中国少数民族文学 中国少数民族文学与文献 中国少数民族文学与文化	藏族 蒙古族 维吾尔族	
	青海省(2)	青海师范大学	本科：藏族语言文学 硕士：藏族语言文学 藏族语言文字学	藏族	

---

① 重庆师范大学"中国少数民族语言文学"学科在2005—2013年连续招收硕士研究生，2014—2015年中止招生，原因不明。此处仍统计在内。

② 华南师范大学2015的硕士研究生招生专业目录中，"中国少数民族语言文学"暂时停止招生，原因不明。因前几年该校一直在该二级学科点下招生，因此仍统计在内。

143

续表

地区	省份	高校名称	民族文学相关研究方向	民族或语系	备注
西北地区	青海省（2）	青海民族学院	专科：中国少数民族语言文化 本科、硕士：藏语言文学 蒙古语言文学	藏族 蒙古族	
	陕西省（1）	陕西师范大学	硕士：中国少数民族文学比较研究		
东北地区	辽宁省（3）	辽宁大学	硕士：满族文学研究 民间文学	满族	
		沈阳师范大学	硕士：满族、锡伯族语言文学 中国北方少数民族文学传播研究 草原文化与蒙古族语言文学	满族 锡伯族 蒙古族	
		辽宁民族师范专科学校	专科：语文教育（蒙古语言）①	蒙古族	
	吉林省（2）	延边大学	本科：朝鲜语言文学 硕士、博士②：朝鲜文学	朝鲜族	
		吉林师范大学	博士：满语文研究③ 满族文化研究 硕士：满族语言文化研究 东北少数民族语言比较研究	满族 东北少数民族	

① 辽宁民族师范专科学校与内蒙古大学合作办学，是"蒙古语言文学"专科起点的本科教学，因此纳入统计。
② 延边大学的朝鲜文学设在"亚非文学"050210 学科下。
③ 吉林师范大学的"满族语言文化"文学博士学位设在历史文化学院下。

第二章 专业设置：高校类型与多民族文学分布

续　表

地区	省份	高校名称	民族文学相关研究方向	民族或语系	备注
东北地区	黑龙江省（3）	黑龙江大学	硕士①：满族语言研究 满族语言与文化研究 满文文献研究 亲缘语言比较研究	满族	
		黑河学院	本科：俄罗斯语言文学②	俄罗斯族	
		哈尔滨师范大学	硕士：民间文学与民俗文化		
华北地区	北京市（3）	中央民族大学	本科、硕士、博士： 南岛南亚语言文化研究 中国少数民族文学研究 台湾少数民族语言文化	台湾少数民族 蒙古族 朝鲜族 藏族 维吾尔族 哈萨克族	
		中国社会科学院研究生院	硕士、博士： 蒙古族文学研究方向 南方少数民族民间文学 西南少数民族口头文学传统研究 突厥语民族文学研究方向 蒙汉文学关系研究方向 中国各民族文学关系研究 蒙古代文学 藏族文学与文化	蒙古族 突厥语族 藏族 汉族	
		北京语言大学	硕士、博士： 跨语言比较 中国少数民族文学研究 中国周边语言文化研究 面向少数民族的汉语教学与研究		

① 黑龙江大学的中国少数民族语言文学相关专业，主要是文化、历史和语言研究。
② 俄罗斯族是跨境民族，所以将黑河学院俄语系的"俄罗斯语言文学"纳入统计。

续　表

地区	省份	高校名称	民族文学相关研究方向	民族或语系	备注
华北地区	天津市(1)	南开大学	硕士、博士： 民族文学理论 汉语与少数民族语言比较 少数民族语言专语		侗台语 南亚语 藏缅语族
华东地区	江苏省(1)	江苏师范大学	硕士①：南亚语研究 侗台语研究 满汉对音与近代语音史研究 汉藏语研究		
	上海市(2)	上海师范大学	硕士、博士： 南方少数民族语言 北方少数民族语言 汉语与少数民族语言比较 计算语言学与语料库语言学 东亚语言类型学	南方少数民族 北方少数民族	
		复旦大学	硕士、博士： 中国少数民族语言文学		
	浙江省(1)	温州大学	硕士：描写语言学 比较语言学		
华中	河南省(1)	解放军外国语学院	硕士：藏语　维语		
	湖北省(2)	三峡大学	硕士：少数民族语言		
		中南民族大学	硕士、博士： 南方少数民族语言 女书研究 濒危语言研究 语言生态研究 少数民族作家作品研究 湖北少数民族作家研究 少数民族文学史研究		

① 江苏师范大学的"中国少数民族语言文学"二级学科设在语言科学学院下。

第二章 专业设置：高校类型与多民族文学分布

续　表

地区	省份	高校名称	民族文学相关研究方向	民族或语系	备注
华中	湖南省（1）	吉首大学	硕士：语言学及应用语言学（含少数民族语言）民族文学与民俗文化研究		

高校文学学科与专业教学对民族语言与文字多样性的呈现如何呢？查看表2-6，其中所涉及的具体民族有：白族、布依族、藏族、朝鲜族、傣族、侗族、俄罗斯族、哈尼族、哈萨克族、汉族、景颇族、柯尔克孜族、拉祜族、傈僳族、满族、蒙古族、苗族、纳西族、羌族、水族、土家族、佤族、维吾尔族、锡伯族、瑶族、彝族和壮族27个民族。其他较为模糊的提法有：台湾少数民族、南方少数民族、北方少数民族、西南少数民族和岭南民族等。表2-6的备注栏中列出的语系与语族有：阿尔泰语系、南亚语、突厥语族、藏缅语族、蒙古语族、壮侗语族、侗台语等。若以表2-6中的"27个民族"之"27"为基准数，不妨作一个横向比较。一是中央和地方电台现在每天进行广播的民族语言有21种（不包括汉语）；二是民族出版社出版的少数民族文字种类现已有26种（不包括汉字）。[①] 从数据的对比可以看出，高校多民族文学教学无论是所涉及的语言还是文字，其种类与范围广度仅与大众传播媒介相差无几。而这还是就高校的总体情形而言，落实到某个具体的高校，其多民族文学教学所涉及的民族语言文学则少之又少。除了中央民族大学、中国社会科学院民族文学研究所、沈阳师范大学、江苏师范大学、新疆师范大学、伊犁师范学院、

[①] 中国国务院新闻办公室白皮书：《中国的民族政策与各民族共同繁荣发展》，人民出版社2009年版，第41页。

贵州民族学院的文学教学涉及3种以上的民族语言文学外,其他高校则只包括了1—2个民族的文学教学。因而对多民族文学的语种配置而言,高校现有的母语文学的语种多样性呈现还很有限。

除了前面提到的广播电台与民族出版物外,在高校外还有两个平台对母语文学的重视值得关注。一是全国少数民族文学创作"骏马奖"鼓励少数民族作家用母语进行创作。仅看2012年第十届"骏马奖"的数据,25部获奖作品中,用少数民族文字书写的作品就有10部,包括藏文、维吾尔文、哈萨克文、蒙古文、朝鲜文与彝文6种。[①]多民族母语文学作品创作的增多,除了政策的鼓励与扶持,与各民族作家的文化自觉不无关系。这同时意味着,不同民族文学的翻译介绍面临着诸多挑战与艰巨任务。关于母语文学现状问题,钟进文教授曾谈及其翻译的困境,由汉语翻译成民族语言或是由民族语言翻译成汉语,都意味着不同民族思维方式的对接,的确不易。[②] 因而,高等院校多民族文学教育在讲授相关多民族母语文学知识的同时,还应担负起培养相关翻译人才的重任。二是近年来关注"母语文学"的相关学术团队与地方项目的活动。在2007年国务院办公厅印发的《少数民族事业"十一五"规划》中,将少数民族文化发展列为重点工程,其中提到要"调查、收集、研究、整理少数民族濒危语言文字,建立中国少数民族濒危语言文字数据库"[③]。这一"民族语言文字数据库"的建设思路,促成了早期针对裕固语与鄂伦春语所建设的数据库,同时也影响了其他地区对本地民族语言文字及文学的发展、保护与延续

---

① 胡谱忠:《母语文学创作》,《中国民族》2013年第1期。
② 钟进文:《中国少数民族母语文学现状与发展论析》,《北方民族大学学报》(哲学社会科学版)2012年第1期。
③ 国务院办公厅:《少数民族事业"十一五"规划》,2007年2月27日。见中央政府门户网站:http://www.gov.cn/zwgk/2007-03/08/content_545955.htm

等问题的思考与实践。如贵州省几家机构合作研讨要建设完整的"贵州母语数据库"①。从2009年彝族学者针对彝族母语文学的讨论②，到2011年以"共建'美人之美'的中国少数民族母语文学网络"为主题的少数民族母语文学学术研讨会③，再到2014年"中国多民族母语文学研讨会"的推进，其实践实际将濒危的母语数据库建设扩大至各民族母语文化与文学，从其涉及范围可见其影响逐渐扩大。

语言多样性是文化多样性的基本要素之一，教育在保护和促进文化表现形式中发挥着重要作用。④ 比照社会学术机构与团体对多民族母语文学的关注，再回观高校多民族文学的语种（或语言）配置现状，就会发现其中缺少宏观的把控与合理的调配。从高校文学科专业目录中涉及的语系来看，明确提出的语系与语族较少，其他则以某个民族的语言称之，这种混杂对多民族中国语系与语族多元性的呈现显然不利。而如何从总体上对其做出规范与调控，不失其异彩纷呈，同时又及时将那些尚未在高校文学教育中占有一席之地的民族语言及其文化补充进来，确需各级相关部门与有志之士的积极行动。

二 民族多元：文学专业中的"多民族"展现

前面提到国内高校文学教育涉及了27个民族的文学，以国家已经识别的56个民族而论，尚有29个民族的文学暂未在高校文学专业

---

① 桂荣：《贵州研讨语言有声数据库建设暨世居民族母语文化陈列方案》，《中国民族报》2013年5月10日。

② 谢君兰、张琨、张红记录整理：《彝族母语文学发展研讨会纪要》（2009年3月31日）。转引自中国民族文学网：http://iel.cass.cn/news_show.asp?newsid=7948&pagecount=0。

③ 参考潘琼阁、苏珊的《共建"美人之美"的中国少数民族母语文学网络——少数民族母语文学学术研讨会成功召开》，2011年11月1日。引自中国民族文学网：http://iel.cass.cn/news_show.asp?newsid=9767。

④ 《保护和促进文化表现形式多样性公约》（2005），文化部外联局编《联合国教科文组织保护世界文化公约选编》，法律出版社2006年版，第2页。

目录中出现。某种程度上，这也意味着这部分民族的文学与文化在课堂出现的可能性极小。以下不妨列出这 29 个民族的名称，它们是回族、黎族、畲族、高山族、东乡族、土族、达斡尔族、仫佬族、布朗族、撒拉族、毛南族、仡佬族、阿昌族、普米族、塔吉克族、怒族、乌孜别克族、鄂温克族、德昂族、保安族、裕固族、京族、塔塔尔族、独龙族、鄂伦春族、赫哲族、门巴族、珞巴族和基诺族。

笔者在前一小节就高校文学教育中的语种配置展开了讨论，此节主要分析"多民族"的呈现情况，即究竟有多少个民族的文学已进入高校文学课堂。简单来看，其中涉及的问题有：是否需要在文学的专业设置中对 56 个民族的文学一一涉及？是否可能全部涉及以及如何涉及的问题？

（一）知识等级：56 = 27 + 29

在回答"是否需要在文学的专业设置中对 56 个民族的文学一一涉及"前，需注意与此相关的另一个问题，即为什么高校的相关招收专业目录中列出了 27 个民族的文学，而其他 29 个民族的文学没有被列出呢？这个问题也意味着，为什么是这部分民族的文学进入学校，而不是其他部分呢？关于哪部分知识进入学校的问题，美国学者阿普尔曾谈到，这是相关部门在对较大可能范围的社会知识和原理进行选择后的结果，同时亦反映出社会集体中有权势者的观点与信仰。① 按照阿普尔的观点，这 27 个民族的文学进入高校文学课程是"选择的结果"。"选"或者"不选"，其标准并不依赖于对各民族文学成就与价值的评估，而是折射出相关权力机构与管理者对多民族文学的认识

---

① ［美］迈克尔·W. 阿普尔：《意识形态与课程》，黄忠敬译，袁振国审校，华东师范大学出版社 2001 年版，第 8 页。

与态度。笔者将从以下三个方面来谈专业目录中呈现的问题：

1. "回族文学"在高校文学专业目录中的缺失

回族主要分布在中国的西北地区。回族的民间文学有流传甚广的民间歌谣"花儿"以及民间叙事诗《马五哥和尕豆妹》等；回族的当代优秀作家作品有张承志的《黑骏马》《心灵史》与霍达的《穆斯林的葬礼》等。此外，创刊于1979年的《回族文学》期刊，对回族文学的传播与普及有着积极的推动作用。然而，回族文学作为"中国少数民族语言文学"学科下的专业方向，在高校的开设现状却令人堪忧。

作为宁夏回族自治区的综合高校宁夏大学，其中国语言文学学科设置中暂无中国少数民族语言文学这类二级学科。尽管该校开设了以讲授回族当代文学为主要内容的"回族文学研究"课程，但课程的形式并不能减少中国少数民族语言文学学科以及回族语言文学专业缺失所带来的遗憾与损失。倘若回族文学不能以"合法"的或"专业"的身份进入高校中文系，其"选修"课身份或许容易让人对这部分知识的身份产生怀疑，以为只不过是中国语言文学的补充或者点缀。除宁夏大学外，甘肃民族师范学院从2007年起开设了"回族文学专题课"。2010年，"'回族文学'课程开发研究与实践"被列为甘肃省教育科学"十一五"规划课题。① 与此同时，"回族民间文学"校本课程以及"回族民俗文化"地方课程的开发，也被提上议事日程。② 但是，如何将在中国分布最广的民族——回族的文学，从课程建设发展

---

① 丁一清：《〈回族文学〉课程开发与实践》，《甘肃高师学报》2012年第4期。
② 赵红：《"回族民间文学"校本课程的基本构想》，《宁夏师范学院学报》（社会科学版）2009年第2期；《"回族民俗文化"地方课程开发的思考》，《宁夏大学学报》（人文社会科学版）2008年第6期。

完善成为文学学科下的专业方向，亦如藏语言文学、蒙古语言文学或维吾尔语言文学等专业方向一样在高校招生专业目录中体现出来，似乎还有一段路程。宁夏回族自治区的高校应积极肩负起回族文学专业建设与教学的重任。

2. 以民间口头文学为主的黎族文学的缺失

主要聚居在海南岛中南部的黎族，其语言属于汉藏语系壮侗语族，在新中国成立以前，黎族没有自己的文字，1957年才在政府的帮助下创制了以拉丁文为基础的黎文。黎族的文学以口头文学创作为主，其口头文学丰富多彩，无论是叙事诗《阿丢和阿藤》，还是神话传说《黎母山传说》《大力神》《鹿回头》等，都在黎族民众中流传甚广并为众人所喜爱。直到20世纪70年代末80年代初，随着《五指山文艺》的创刊，黎族的当代作家文学才成规模地出现。《五指山文艺》早期有组织地刊出黎族的作家文学，由此才开始有意识地培养黎族作家文学队伍。不过，1987年海南黎族苗族自治州被撤销。即便海南省现今仍保留有乐东黎族自治县、琼中苗族自治县等，但"民族自治州"的取消，会影响国家对这个地方的经济投入，也会对当地民族文化资源的保护造成一定的影响。《五指山文艺》亦无法避免这种遭遇。很快，黎族作家文学就不再作为刊物扶持的主要对象了。[①] 这一点，从"首届当代黎族文学研讨会"在《五指山文艺》创刊40年后，才于2010年在相关部门的协作下举行，就可以见出些端倪。假设海南仍为黎族苗族自治州而不是今天的"海南省"，黎族文学的教学和研究是否会有不一样的局面呢？

就黎族文学的高校教育而言，主要在原广东民族学院施行。从教

[①] 王海：《〈五指山文艺〉与黎族作家文学的起步》，《三亚文艺》2014年第1期。

第二章 专业设置：高校类型与多民族文学分布

材方面来看，有原广东民族学院的教师韩伯泉、郭小东编写的《黎族民间故事选》与《黎族民间文学概说》。① 1988 年，海南从广东省划出独立建省。广东民族学院于 1998 年更名为广东职业技术师范学院，2002 年再次更名为广东技术师范学院。一直以来，广东技术师范学院重视黎族学的研究，并于 2005 年设立了"黎族学研究中心"。不过，该校尚未有黎族文学的专业建设与教学展开。在海南省，综合性大学海南大学尽管在 2003 年就设有"黎族研究中心"，但却并没有借助该研究中心的力量在本科阶段与硕士研究生培养中开展黎族文学专业教学。如何以独立的文学专业或者中国少数民族语言文学二级学科的研究方向之一进入中国高校文学课堂，这是一个具有代表性的问题，因为这涉及是否有必要以及如何将主要以口头文学创作为主的这一类民族文学纳入高校文学课堂。

受以往狭隘文学观的影响，仍有人将作家文字书写的文学视作文学，而将民间的、口头的文学创作划在文学之外。若持有如此的文学观，那么中国大多数民族的文学都难登"大雅之堂"了。除黎族文学外，畲族文学、东乡族文学、土族文学、保安文学等诸多人口较少民族都以传统的民间文学为主，其作家文学在新中国成立之后才逐渐出现。如达斡尔族的作家文学亦迟至清代中期时才出现；独龙族文学与拉祜族文学等，现在仍以民间流传的口头文学为主。提到口头文学传统，还有另一番景象值得关注，即它们并不总是被高校文学课堂所"驱逐"，比如"三大英雄史诗"在中国社科院、中央民大及相关高校的讲授与研究。但在"三大英雄史诗"之外，还有诸多民族的史诗、叙事诗等，这部分文学在国际上的影响虽不如前者，但它们对本

---

① 韩伯泉、郭小东编：《黎族民间故事选》，上海文艺出版社 1982 年版；《黎族民间文学概说》，广东民族学院民族研究所 1984 年。

民族的历史讲述与文化传承方面的功能，是其他文化所不能替代的。因而，这部分以传统的民间口头文学为主的民族文学，尽管影响不及"三大英雄史诗"，但理应进入高校的文学课堂。

那么，这部分文学如何进入高校呢？目前为止，超过半数的民族文学尚未在高校文学课堂以专业或学科方向出现，这是否意味着困难重重，尚无执行的可能呢？此处不妨先了解一下云南民族大学（以下简称"云南民大"）的教学实践。云南省是一个多民族省区，境内人口在5000以上的少数民族有26个。要将26个民族的文学（其中大部分民族的文学主要以民间口头文学为主）纳入高校的文学课堂，是否可能？作为多民族省区的民族高校，云南民大设立的初衷与前述身处多民族地区的西南民族大学十分相似，此处不再赘述。云南民大的"中国少数民族语言文学"学科设在民族文化学院，其本科专业涵盖了彝族、傣族、拉祜族、景颇族、佤族、傈僳族、纳西族、藏族、壮族、苗族、哈尼族11个民族的文学。[①]尽管相较云南境内的26个少数民族，"11"这个数字还不到其半数，但云南大学的教学实践起码说明，以民间口头文学为主的民族文学仍然能够成为高校的文学专业之一。考察云南民大的相关介绍，这11个民族文学专业的设立与其"学校+政府"的订单式培养模式有关，即高校与地方政府、地方自治州政府或自治县政府合作培养人才。简单来讲，云南民大设立这部分民族文学专业具有多重意义：一是对本地域各民族文化与文学的传承而言，云南民大应算不辱使命；二是从保护和发展少数民族文化的民族政策而言，云南民大的教学实践正是对此政策的践行；三是从中国各民族文化与文学的共同繁荣发展角度而言，这部分民族文学专业

[①] 参考云南大学民族文化学院网站：http：//202.203.144.4/Mzwhxy/Item/list.asp?id=1487。

在高校的设立，将中国多民族文学的共同发展往前推进了一步。

因而，黎族文学这类以民间口头文学为主的民族文学进入高校文学课堂应该有路可循。

3. 人口较少民族的文学

"人口较少民族"的概念，始用于2000年国家民委组织开展的"中国人口较少民族经济和社会发展调查研究"，最初指人口在10万以下的22个民族，后来随着人口的增长，"人口较少民族"调整为指总人口在30万人以下的28个民族。这些民族是珞巴族、高山族、赫哲族、塔塔尔族、独龙族、鄂伦春族、门巴族、乌孜别克族、裕固族、俄罗斯族、保安族、德昂族、基诺族、京族、怒族、鄂温克族、普米族、阿昌族、塔吉克族、布朗族、撒拉族、毛南族、景颇族、达斡尔族、柯尔克孜族、锡伯族、仫佬族和土族。根据全国第五次人口普查，这28个人口较少民族总人口为169.5万人。[①] 前文提到未在高校文学专业或研究方向中出现的民族有29个，其中人口较少民族就有24个，即除景颇族、柯尔克孜族、俄罗斯族与锡伯族的文学在高校文学专业中出现外，其他24个民族的文学均暂未出现。

在讨论前，先来看人口较少民族的分布范围。根据《扶持人口较少民族发展规划2011—2015》所划定的范围，即覆盖了内蒙古、辽宁、吉林、黑龙江、福建、江西、广西、贵州、云南、西藏、甘肃、青海、新疆13个省（区）和新疆生产建设兵团的人口较少民族聚居区，包括2119个人口较少民族聚居的行政村、71个人口较少民族的

---

① 《扶持人口较少民族发展规划2011—2015》，参见国家民委门户网站：http://www.seac.gov.cn/art/2011/7/1/art_149_129390.html。

民族乡、16个人口较少民族的自治县、个人口较少民族的自治州。①从其覆盖范围来看，人口较少民族大部分居于中国的西部边疆地区，对于国防安全的意义重大。因而，可以从文化地理的意义上来重新认识多民族文学。设若"民族文学"概念的提出，是要对以往认为中国文学就是汉语言文学偏见的矫正，并以此强调重视民族文学的现实存在；那么，由"人口较少民族"而来的"人口较少民族文学"概念，则是要对"少数中的少数"或者说是"边缘中的边缘""弱小中的弱小"民族的文化与文学引起足够重视。与此相关的，不仅涉及民族平等政策的落实，还有弱小民族发展文化权利的正义要求。

新中国对人口较少民族文学的关注最早可追溯至"编写各个少数民族的文学史或文学概况"时期。以全国性期刊《民族文学》为例，该刊在1987年9月举行了一次"全国十万人口以下少数民族文学笔会"，扶持人口较少民族的作家。后来，为落实国家"扶持人口较少民族发展规划"，该刊于2006年起，平均每两年组织一次专门针对人口较少民族的活动，并在2012年第2期刊出"人口较少民族作品专辑"。这些举措在扶持人口较少民族作家文学创作的同时，增进了人们对人口较少民族文学的了解。此外，全国少数民族文学创作《骏马奖》亦单独增设了"人口较少民族特别奖"，鼓励人口较少民族的文学创作。

在文学研究领域，人们对人口较少民族文学的研究，较多的是对单个民族的文学研究，总体研究目前基本属于起步阶段。裕固族学者钟进文于2004年撰写的《书写我们自己的历史与未来——人口较少民族的书面文学掠影》一文，算是较早从整体上对人口较少民族的书

---

① 《扶持人口较少民族发展规划 2011—2015》，参见国家民委门户网站：http://www.seac.gov.cn/art/2011/7/1/art_ 149_ 129390. html。

面作家文学进行研究介绍的文章。钟进文先生关注此话题，后结集出版专著《中国人口较少民族书面文学研究》。[①] 此外还有李长中的《空间的伦理化与风景的修辞》《"创伤"记忆与族群身份的寓意化想象》等文，主要考察了人口较少民族文学创作的特性。[②] 因为人口较少民族的作家文学起步较晚，主要以民间口头文学为主。在以往的文学史书写中，民间口头文本并不被重视，因而李建宗以裕固族民间故事为例，讨论了人口较少民族的口头文本如何进入文学史的问题。[③] 然而，有关人口较少民族文学的高校教育，实际尚未提上日程。

前面，本书提到人口较少民族的作家书面文学起步较晚，主要表现为民间口头文学。从这点来看，此部分民族文学未能进入高校文学课堂，面临的问题与前述黎族等以民间口头文学为主的民族文学相似。简单来讲就是狭隘文学观念中的知识等级问题。传统的文明史观，习惯于把"文"的有无作为判断文明与蒙昧的分野[④]，这即意味着在现代文明等级秩序中，无文字就意味着野蛮、原始与落后。以这样的文明观来看文学，就必然会导致文字书写霸权及其所带来的口头文学的"声音的弱势"[⑤]。正因受到此种文学知识等级划分的遮蔽，以民间口头文学为主的诸多人口较少民族的文学未能进入高校，形成中国多民族文学中的"弱势群体"阵营。如何让这部分文学进入高

[①] 钟进文：《书写我们自己的历史与未来——人口较少民族的书面文学掠影》，《中国民族》2004年第6期；《中国人口较少民族书面文学研究》，民族出版社2012年版。

[②] 李长中：《空间的伦理化与风景的修辞——以当代人口较少民族文学为中心的考察》，《中南民族大学学报》（人文社会科学版）2013年第6期；《"创伤"记忆与族群身份的寓意化想象——以人口较少民族文学为中心的考察》，《青海社会科学》2012年第6期。

[③] 李建宗：《多民族文学史观中人口较少民族的口头文本——以裕固族民间故事为研究个案》，《民族文学研究》2009年第6期。

[④] 叶舒宪：《口传文化与书写文化——"民族志诗学"与人类学的表现危机》，《广东社会科学》2001年第5期。

[⑤] 刘大先：《文学的共和》，北京大学出版社2014年版，第12页。

校，急需破除以往狭隘的文学观，如此方可重新认识多元情境中存在的、鲜活的口头文学的意义，从而弥补书写文本片面化对文学多样性的遮蔽。唯有旧文学观念的破除，才可能让这部分民族主要聚居地的一般院校与民族院校真正肩负起重任，让人口较少民族的文学进入高校，在多元族群与多元文化的互动关联中，为人口较少民族的文化发展与存续创造条件。

（二）东西差异：高校中国多民族文学的分布

高校多民族文学专业设置与教学的表现，除了前述各民族文学之间存在"知识等级"的问题外，还有一个较为突出的东西部分布差异的问题。关于这点，可以先从完整的多民族中国文化与文学的分布谈起。杨义先生曾谈道：

> 我有一个梦想，就是希望画出一幅比较完整的中华民族的文化或文学的地图。这个文化地图是对汉族文学、少数民族文学以及它们的相互关系，进行系统的、深入的研究的基础上精心绘制的。这样的地图可以相当直观地、赏心悦目地展示中华民族文学的整体性、多样性和博大精深的形态，展示中华民族文学的性格、要素、源流和它的生命过程。[1]

期冀以"地图"的形式展现中国文学的完整性与多元性，并非杨义先生一个人的梦想。在中国社会科学院民族文学研究所官网——中国民族文学网上，亦有一幅文学地图值得关注。该网站设有"民族文学百科"栏目，其下有"各民族文学概览"（以下简称"文学概览"）。点击"文学概览"后，首先看到的就是一幅"中国各民族分

---

[1] 杨义：《重绘中国文学地图》，中国社会科学出版社2003年版，第87页。

布图"。这幅图直观地呈现了中国已经识别的 56 个民族的分布情况，其优点是能展现各民族"小聚居"的一面，缺点是无法表现各民族"大杂居"的另一面。回到"文学概览"，如果你想了解某个民族的文学概况，只需单击图中相应的民族名称即可进入具体介绍环节。[①] 该网站借助"各民族分布图"来展现中国各民族文学的方式，正是绘制中国文学地图的一种实践。杨义先生"重绘中国文学地图"的"希望"以及中国民族文学网"文学概览"的表现形式，给笔者的启迪正在于对已经进入与未进入高校文学课堂的民族文学的地图呈现。如果同时结合设有"中国少数民族语言文学"学科的高校分布及其详细的专业目录，能否在地理空间中找到某些关联性呢？若有，又能否借此寻求一条真正意义上的高校 56 个民族文学教育"美美与共"的路径呢？

"民族分布图"上直观地展示出中国的少数民族主要分布在西部边疆地区，而东部沿海地区主要为汉族聚居区，少数民族很少。若将已经进入高校的 27 个民族的文学用"实心五角形"标示，就能感受到，正是这些密集于中国广大西部地区的民族文学，以其异彩纷呈的形式构成了中国文学的完整性。而那 29 个未能进入高校的民族的文学，则意味着缺席、遗憾与不完整，揭示的是中国多民族文学教育中的偏见、遮蔽甚至歧视。

中国高校的分布如何呢？根据教育部 2016 年的统计数据，全国普通高等学校现有 2595 所。其中，5 个自治区共 196 所，具体为：内蒙古自治区 53 所、西藏自治区 6 所、广西壮族自治区 73 所、宁夏回族自治区 18 所、新疆维吾尔族自治区 46 所。其他几个西部省份共

---

① 参见中国民族文学网：http://iel.cass.cn/top.asp?channelid=237。

464 所，具体为重庆市 65 所、四川省 109 所、贵州省 64 所、云南省 72 所、陕西省 93 所、甘肃省 49 所、青海省 12 所。也就是说，约占中国国土面积 2/3 的中国西部 12 个省区现共有高等学校 660 所，其高校数仅约占全国普通高校总数的 1/4，其他 3/4 的高校则密集在约占国土面积 1/3 的中东部地区。本书前面曾谈及开设"中国少数民族语言文学"二级学科与相关专业的高校分布情况，主要集中于少数民族聚居的民族自治区或多民族省区以及首都北京，东部地区开设此专业的高校屈指可数。这意味着，主要为汉族聚居区的中东部地区，其高校大都只讲授汉语言文学，对其他民族文学与文化知识的讲授仅在民间文学课程中有所涉及。那么，这样的情状是否有利于大学生乃至社会群体对多民族中国的认知与民族之间的和谐共处呢？

图 2-3　新疆喀什田野考察图片（右一为笔者，2012 年 10 月 22 日，梁昭拍摄）

先来看中国的"东西差距"问题。以往人们关注较多的主要是东西之间的经济差距及其中隐藏的歧见与不满情绪。比如，部分东部地区群众认为对西部地区的帮助是一种负担或者是一个填不满的"无底洞",甚至认为国家是在"杀富济贫",从而产生看不起少数民族的大民族主义思想;而部分西部地区群众则认为东部发达地区和西部欠发达地区的合作不过是"低价卖原料,高价买成品",其实质是典型的"殖民地经济"①。这些不满容易成为激化民族问题的隐患。费孝通先生就曾提醒,西部开发的大浪潮中,大家侧重于物质和经济问题,而对西部人文资源和文化艺术注意得不够。因而,在开发西部的时候,必须发扬各民族优秀的传统文化。② 也就是说,东西部差距的缩减,不能一味地关注经济方面,还要重视人文方面。

从人文的角度来讲,发扬各民族优秀的传统文化,在当下应是增进东西部各民族相互了解、彼此尊重的途径之一。高校校园内外偶发的冲突,往大里说,可能关涉校园族群问题。比如徐新建先生就曾提醒到,它们并非体现于学界的论说之中,而是已经逐渐深入到社会主要知识生产来源的高等学府中,已开始由社会的舆论与政策层面潜移默化到影响新生代观念根基的教育领域。③ 因而,从中国高校内现实的民族认知与民族共处而言,对中国是一个多民族国家的认识,应该落实到相关的课堂教学中,专业或课程体系需要体现文化的多样性。比如,东部沿海的山东省现有144所高校,目前尚无一所高校开设中国少数民族语言文学学科。若能借助中国少数民族语言文学学科及其相关专业课程的开设,或许能够为这部分高校大学生提供一个了解各民族文化与文学知识的有益路径,从而减少或避免因为无知与误解所带来的冲突。因为尽管有部分高校开设了民间文学课程,但这个课程

---

① 张艾力:《东西部差距对民族关系的负面影响》,《呼伦贝尔学院学报》2004年第3期。
② 费孝通:《促进东西部均衡发展 实现各民族共同繁荣》,《群言》2000年第9期。
③ 徐新建:《族群问题与校园政治——"族群研究"在哈佛》,《思想战线》2006年第4期。

所针对的主要还是口头文学与书写文学的问题，无法替代多民族国家的"多民族"及其文化与文学的认知。

中国56个民族的文学财富为中华民族的共有财富，不为某个地域亦不为某个民族所独有。从民族文学分布的东西差异与高校分布的东西差距来看，民族文学的教学尚集中于西部民族地区的部分高校，高校数量众多且集中的东部高校仍将其排除在外。

本章小结

在第一章的基础上，本章以中国高等院校为主要考察对象，探讨了一般院校与民族院校在践行多民族文学教育中的不同途径与意义。同时考察了不同民族与不同语种的文学在高等院校中的配置情况。长久以来形成的狭隘的正统文学观，将中国诸多人口较少民族的民间口头文学阻挡在高校公共知识领域大门之外。选择哪些民族的文学知识或是将各个民族的文学知识纳入高校课堂，以呈现符合多民族中国国情的整体的中国文学，的确需要从长计议。

本章第一节，讨论不同地区的一般高校与民族院校由于高校设立目的与具体教学环境的不同，在多民族文学教育的展开路径方面表现出多种形式。简单来讲，一般院校有内蒙古大学的"一以贯之"型、四川大学的"时有变动"与"多民族整合"型、北京大学"院系调整"后的"学科缺省"型与中国社会科学院的"重点发展"型，以及大多数学校的"无意顾及"型。大部分民族院校都开设了中国少数民族语言文学二级学科。在汉语言文学与中国少数民族语言文学相关的院系设置上，有"共一学院"型与"院系并置"型。院系设置的

第二章　专业设置：高校类型与多民族文学分布

处理不同，对多民族文学整体认识的情况也会有一定程度的影响。

第二节，围绕高校具体的文学专业设置与相关文学研究方向，将已进入高校课堂的民族文学作了"录入"。从以下两个方面对此进行了分析：一是语种的配置是否呈现出中国文学"语言"的多样性；二是已进入的民族文学是否展现中国文学"民族"的多元。其中呈现出来的问题有：对人口较少民族文学的关注不够；民族分布的东西部差异与东西部高校对民族文学教学推行的差距，即绝大多数东部地区高校文学教学无视中国少数民族语言文学学科的存在，多民族文学教学集中于西部地区高校。

从目前一般院校与民族院校开设中国少数民族语言文学学科的情况来看，中国多民族文学教育的展开形式较为复杂。如何将诸多人口较少民族的民间口头文学"选入"高校文学课堂，如何缩减东西部多民族文学教育的差距，需要教育部门的宏观把控与统一调配。

第三章　课程读本：多民族文学的课堂呈现

　　君子如欲化民成俗，其必由学乎！玉不琢，不成器；人不学，不知道。是故古之王者建国君民，教学为先。

——《礼记·学记》

　　作为多民族国家，现代中国无论是在高等院校的文学学科设置还是在专业课程的开设中，都无法回避"多民族"这一问题。作为课程教学参考或主要教学用书的"文学史"与"文学作品选"，亦不例外。部分具有"多民族文学史观"的文学史，以"血缘书写"的独特方式将中国各民族文学彼此相生相长、水乳交融的关系作了描述。呈现了多民族中国文学的丰富性与完整性的课程教学用书，应作为高等院校文学专业选取教学及参考用书的首要考虑。

第一节　"两类教材"：文学史与文学作品选

　　高校文学专业课堂教学一般围绕中国文学史或相关文学作品选展开。本节即以新中国成立以来公开出版的部分文学史教材和文学作品

第三章 课程读本：多民族文学的课堂呈现

选为讨论对象，梳理其对中国多民族文学的呈现。

"中国文学史"这一术语在近代中国的出现，无不与教育改制密切相关。光绪二十九年（1903），"中国文学门"作为"文学科大学"九门之一出现在《奏定大学堂章程》中。就其科目之一的"历代文章流别"教学，章程提及"日本有《中国文学史》，可仿其意自行编纂讲授"①。可以说，中国本土知识分子所编写的"中国文学史"一开始就与文学科目的教学展开密切相关。此外，"文学史"作为近代文学、科学与思想的产物，实际与19世纪以来的民族—国家观念密切相关。② 因而，对中国文学史的编写及研究，应放置在上述语境中加以观照。

一 中国文学史："历史"与"教科书"

"文学史是文化史的一部分"③，作为教材的"中国文学史"，兼具"历史"与"教科书"两个特性。那么，什么是"历史"呢？英语的历史"history"最接近的词源为法文 histoire 与拉丁文 historia，其可追溯的最早词源为希腊文 istoria，其内涵经过了从"询问"到"询问的结果"再到"知识的记载和记录"的变迁。直到15世纪末，history才被视作是"关于过去的有系统的知识"（organized knowledge of the past）。④ 而汉语的"史"，按《说文解字·史部》云："记事者也。从又持中。中，正也。"即"史"字本身还含有客观公正的记事

---

① 《奏定大学堂章程》（1903），舒新城编《中国近代教育史料》（中），人民教育出版社1981年版，第589页。
② 戴燕：《文学史的权利·前言》，《文学史的权力》，北京大学出版社2004年版，第2页。
③ 朗松：《文学史方法》，摘自［美］昂利·拜尔编《方法、批评及文学史：朗松文论选》，徐继曾译，中国社会科学出版社1992年版，第3页。
④ ［英］雷蒙·威廉斯：《关键词：文化与社会的词汇》，刘建基译，生活·读书·新知三联书店2005年版，第204页。

态度，这就为历史"穿上"了一件权威和值得信赖的外衣。或许正因如此，汉文里常有"以史为证""以史为鉴""以史为镜"等词，世人对"历史"亦深信不疑。近来，有学者从历史写作这一行为主要基于日常经验的言说和写作来传达人们对过去的发现，指出历史保留了修辞与文学的色彩。①徐新建曾直陈"历史就是被表述""历史也是文学"②，反思并挑战历史书写的权威性。从对"历史"的深信不疑到挑战质疑，说明人们已经开始反思历史书写者的身份及其背后的话语权力。由谁书写，为谁书写，如何书写，书写什么，早已成为历史书写探讨中的重要问题。

那么，什么是"文学史"呢？此处不妨借用1957年教育部审定的《中国文学史教学大纲》中的定义："文学史就是研究历代各种文学现象的科学。"③其中，"历代各种文学现象"对应的是"过去的知识"，"科学"则赋予了其客观性与公正性。从学科归属的角度而言，文学史应是历史学中的专门史。因而，文学史与历史一样面临着前述几个问题的质疑。在"科学"之外，宇文所安关注到文学史与其他艺术形式的历史有一个共同点，即某种版本的文学史本身就已经是被研写的文学的一部分。④"文学史"成为"被研写的文学的一部分"即意味着"文学史"并不那么"科学"。

仅就中国文学史而言，冠名"中国"就意味着这是关于"中国"过去的文学的系统知识。对于"中国"的理解不同就必然会有不同的

---

① ［美］海登·怀特：《元史学：19世纪欧洲的历史想象》中译本·前言，陈新译，译林出版社2004年版，第1页。
② 徐新建：《历史就是被表述》，《文艺理论研究》2014年第3期。
③ 中华人民共和国教育部审定：《中国文学史教学大纲》，高等教育出版社1957年版，第5页。
④ 宇文所安：《剑桥中国文学史》上卷·导言，［美］孙康宜、宇文所安编《剑桥中国文学史》上卷，刘倩等译，生活·读书·新知三联书店2013年版，第23页。

"中国文学史"出现。比如，即便在 1949 年以来新中国这个"统一的多民族国家"里，"中国文学史"的写作所呈现出的"中国"可谓各不相同。李晓峰在《被表述的文学》一书中，单列两章梳理讨论统一的多民族国家语境下的中国文学史。他指出 20 世纪 50—70 年代因为国家"一体化"的社会政治语境需要，决定了彼时的"中国古代文学史"写作体现出强烈的国家主义立场，但是这种立场是以缺失汉族之外的其他 55 个民族文学为代价的。这个时期文学史书写的"中华民族"或"中国"与宪法所规定的"统一的多民族国家"并不相符，因而这个"中国"并不完整。① 在中国现当代文学史的诸多书写中，20 世纪 60 年代已有部分文学史关注到少数民族的文学，比如，在华中师范学院编写的《中国当代文学史稿》② 与中国社会科学院文学研究所编写的《十年来的新中国文学》③ 中，就有少数民族文学内容。但是，中国文学史真正将民族和民族文学纳入其书写结构中的还是在 20 世纪 90 年代以后，其最具里程碑式的著作就是《中华文学通史》④的出版。

从教科书层面而言，早期由林传甲撰写的《中国文学史》，在其同时代学者眼里，其实"非专家书而教科书，固将诏之后进，颁之学宫，以备海内言教育者讨论焉"⑤。陈平原先生由此考察了此后百年的《中国文学史》，指出"教科书心态"无不弥漫其间。⑥ 作为教科书的

---

① 相关内容可参考李晓峰《被表述的文学：20 世纪中国文学史书写中的民族文学》，中国社会科学出版社 2013 年版，第 148—232 页。
② 华中师范大学中国语言文学系主编：《中国当代文学史稿》，科学出版社 1962 年版。
③ 中国社会科学院文学研究所编：《十年来的新中国文学》，作家出版社 1963 年版。
④ 张炯、邓绍基、郎樱主编：《中华文学通史》（10 册），华艺出版社 1997 年版。
⑤ 江绍铨：《〈中国文学史〉序》，《中国文学史》，武林谋新室，1910 年。转引自陈平原《作为学科的文学史》，北京大学出版社 2011 年版，第 14 页。
⑥ 同上书，第 14 页。

《中国文学史》，其中承载并进行的是对多民族中国文学知识的记忆与传递，涉及什么知识、谁的知识能够被教科书传授的问题，这亦是阿普尔（Michael W. Apple）等讨论的"谁的知识最有价值"的问题。阿普尔曾谈到将什么知识编入教科书中，将什么知识排除在教科书之外，实际蕴含了整个国家内部深层次的政治、经济与历史。① 这一点，在前面提到的《中国文学史教学大纲》（以下简称"教学大纲"）中就可看出。比如，该教学大纲对《西游记》这一作品的指导性介绍，强调它是对复杂社会生活和尖锐社会矛盾的反映，指出孙悟空大闹天宫的原因是统治者对被统治者的迫害。② 为了满足政治意识形态的需求，"教学大纲"抹杀了《西游记》丰富多彩的艺术魅力。一旦这些内容成为教科书中的"正式知识"后，它们将会以"常识"的姿态出现。雷蒙德·威廉姆斯（Raymond Williams）就曾提醒，教科书"只是某些人的选择，只是某些人对法定知识和文化的看法"。然而，经过选择后，"某一人群的文化资本获得了合法地位，而另外一群人的文化资本却无法获得这样的地位"。③ 就此而言，教科书实际受到相关政教权力的控制，不可避免地成为国家意识形态的重要组成部分。

集教科书与历史为一体的"中国文学史"，在拥有强大的"科学"背景后，通过学校教育成为普遍共识和集体记忆，并与国家意识形态及政府权力彻底联系在一起，在经典及经典型阐释确定后，就获

---

① ［美］迈克尔·W. 阿普尔、L. 克里斯蒂安·史密斯主编：《教科书政治学》，侯定凯译，袁振国审校，华东师范大学出版社2005年版，第4页。
② 中华人民共和国教育部审定：《中国文学史教学大纲》，高等教育出版社1957年版，第177页。
③ Raymond Williams. *The Long Revolution*. London: Chatto and Windus. 1961. 转引自［美］迈克尔·W. 阿普尔、L. 克里斯蒂安·史密斯主编《教科书政治学》，侯定凯译，袁振国审校，华东师范大学出版社2005年版，第4页。

第三章　课程读本：多民族文学的课堂呈现

得了永久的权威性和规范性。① 或正基于此，对教材的监管历来就是政府权力部门工作的一部分。从光绪三十年（1904）的《大学堂编书处章程》、1912 年中华民国政府的《教育部公布审定教科用图书规程》② 中就可窥一斑。新中国成立以来，对教科书的监管与重视亦未曾放松，因为"教材是关键，教材要反映现代科学文化的先进水平，同时要符合我国的实际情况"③。

那么，作为教科书的中国文学史书写是否与多民族中国的实情相符呢？20 世纪 80 年代，马学良先生曾指出彼时的现状：（1）大学文科在文学课程设置中缺少了少数民族文学类课程；（2）已出版的、数量可观的中国文学史亦不是包括各民族文学的中国文学史。④ 从本书第一章第二节中可知，为改变这一不符合多民族中国实情的现状，新中国成立之后就开始了诸多实践。需要提醒的是，在"编写少数民族文学史或概况"的过程中，还不时参与了"国庆献礼""党的生日献礼"等事件。以文学史与文学作品作为仪式性"献礼"的行为，更多侧重于文学史的政治意义，而忽略了人们首先可以借助文学史来认识与了解中国各民族文学实质。此处，仍以马学良在《中国少数民族文学史·序》中的内容作一说明：

> 我们常说中国的历史、文化是各民族共同缔造的，既然如此，写任何史都不可也不应该漏掉各民族的份儿。这不仅是个学

---

① 戴燕：《文学史的权力》前言，北京大学出版社 2004 年版，第 11 页。
② 《大学堂编书处章程》（1902）、《教育部公布审定教科用图书规程》（1912），舒新城《中国近代教育史料》（中），人民教育出版社 1981 年版，第 353—358 页。
③ 中共中央文献编辑委员会编：《邓小平文选》第二卷，人民出版社 1994 年版，第 55 页。
④ 马学良、梁庭望、张公瑾编：《中国少数民族文学史·序》，中央民族学院出版社 1992 年版，第 1—2 页。

术性的问题，也是体现各民族在政治、经济、文化上一律平等的民族政策，有利于民族团结和各民族的文化交流。①

引文中，马学良用"漏掉"一词批评了文学史或历史书写中没有少数民族文学。的确，"漏掉"不过是因为"无心"。但是，"无心之过"折射的恰好是意识的盲点与"常识"中潜藏的偏见，因而"无心"的"漏掉"让人更加悲愤。长久以来，诸多学人就秉持"文字至上"的理念，认为书写的文学才称得上文学，以口头传统为主的少数民族文学就被排除在"文学"之外。比如，在王梦曾编写的《中国文学史》里，开篇即言："未有文字，何有文学。"② 这种狭隘的文学观念带来的后果是，很长时间里，"中国文学史"中几乎没有少数民族文学的书写。当然，这样的书写除了文学史观的影响，还与长久以来汉语文献书写的习惯有关。这一点可在司马迁对西南人群的描写与"蛮夷戎狄"的指称中找到答案。的确，绝大多数历史书写都是"胜者为王"的历史，对于那些被支配的、处于时空边缘的人群，要么从不出现于历史中，要么就以屈服者的身份出现。于是，有关他们的历史书写就变成一部部的"屈服史"了。对此，沃尔夫提出："我们必须发掘'没有历史的人民'的历史——'原始人'、农民、劳工、移民以及被征服的少数族群的鲜活历史。"③ 沃尔夫期望通过消除西方历史与非西方历史的分野，能对人类的状况作更好的理解。④ 因而，改变以往的"中国文学史"书写中没有少数民族文学的现状，是对以往

---

① 马学良、梁庭望、张公瑾编：《中国少数民族文学史·序》，中央民族学院出版社 1992 年版，第 1—2 页。
② 王梦曾：《中国文学史》，商务印书馆 1914 年版，第 1 页。
③ [英] 埃里克·R. 沃尔夫：《欧洲与没有历史的人民》，赵丙祥、刘传珠、杨玉静译，上海世纪出版集团 2006 年版，第 2 页。
④ 同上。

第三章 课程读本：多民族文学的课堂呈现

壁垒森严的汉族与少数民族分野的一种突破。

此外，在笔者看来，上引文批评还有另一番深意。马学良对"中国文学史"写作中是否包括"各民族的文学"之认识，已不再停留于学术层面，而是着重于政治、经济与文化上的民族平等权力。玛拉沁夫亦曾表述过类似观点。玛拉沁夫认为"在社会主义国家里，少数民族人们在政治上得到了解放，才有可能在文化上获得新生"①。书写一部"包括各民族文学的中国文学史"，从一开始就是国家主导的体现民族平等政策的一部分。作为新国家现代工程之一的中国文学史，可以说一开始就是与民族国家及其利益绑缚在一起的，同时又为民族国家提供一部连绵不断的文化史。② 这即意味着"编写包括各民族文学史的中国文学史"，首先强调各民族在政治上的平等权利，其次才是文学自身的问题。因而，对于历来被漏掉的、边缘化的少数民族，其文学进入"中国文学史"的书写，实际是返还少数民族在文学与教育两个领域应有权利的实践。

由此展开，作为教材的"中国文学史"实际上肩负了三重功能：一是对文学史写作而言，涉及是否以文学人类学的大文学观看待口传文学、仪式文本等，可谓对文学观念认知的重新审思与促进。这在马学良等主编的《中国少数民族文学史》、张炯等主编的《中华文学通史》中都有讨论；二是对各民族政治、经济、文化等权力一律平等的一种展示，是民族平等政策的实践与检验；三是依托其中书写的内容，在展现悠久中华文明的同时，能够形塑学生对中国、中国文化与文学的整体认知。

---

① 玛拉沁夫：《中国新文艺大系·少数民族文学集·导言》，玛拉沁夫主编《中国新文艺大系》（少数民族文学集，1976—1982），中国文联出版公司1985年版，第2页。
② 宇文所安：《剑桥中国文学史》上卷·导言，[美]孙康宜、宇文所安主编《剑桥中国文学史》上卷，刘倩等译，生活·新知·读书三联书店2013年版，第14页。

二 文学史与文学选本概况

中国文学史的编纂,体现在文学史与文学作品选中。如果说文学史以事实陈述与史观论述展开文学史,那么,文学作品选作为文学史教材与教学用书的补充,其编选过程与简要论述可以视作对文学史观的直观实践与注解。① 新中国成立以来,出版了诸多文学史与文学作品选,有的直接在封面或内页贴上"教材"的标签,以"高等院校文学教材"的身份推动中国文学的教学进程。以下将对部分文学史与文学作品选作一梳理,并就相关问题进行论述。

(一) 文学史类

关于新中国成立以来的文学史书写过程,梁庭望指出其经历了"从单一到繁荣"的发展趋向,即族别民族文学史编写阶段、综合性民族文学史编写阶段、中国文学史融合阶段。② 关纪新先生借用"各美其美""美人之美""美美与共"③ 对上述三个阶段作了描述。新中国成立以来,公开出版的文学史大体发展趋势亦如上所述。不过,早期的部分文学史并不严格遵循这一进程。早在20世纪60年代,就已有"包括各个民族的文学史"的写作实践,如《中国当代文学史稿》《中国文学史》(十三所高等院校协作编写)等。此处主要从具有"多民族"意识的文学史和"综合性民族文学史"两个方面展开讨论。

---

① 梁昭在四川大学文学人类学硕士生课程"文学人类学"中,曾提醒注意"文学作品选也是一种文学史"。特此致谢。此外,她在《族群单位与文学建构:"美国文学"的"族群化"趋势与特点》一文中亦有提及(《中外文化与文论》2013年第2期)。

② 梁庭望、汪立珍、尹晓琳:《中国民族文学研究60年》,中央民族大学出版社2010年版,第175—220页。

③ 2011年12月,中国社会科学院关纪新老师在四川大学"中国多民族文学共同发展研究"开题会议上的讲话录音。

1. 具有"多民族"意识的文学史

（1）《中国当代文学史稿》。1962年，华中师范大学中国语言文学系编著的《中国当代文学史稿》出版。从出版时间来看，《中国当代文学史稿》应是对彼时"编写包括各少数民族文学的文学史"的及时回应。这部文学史因第一次对少数民族文学作了较为详尽的介绍而广为学界讨论。该文学史对新中国成立十余年来的文学发展概况作了介绍。其出版是为了满足当时的教学与研究工作需要，最初只在内部发行。[1] 从首印就达 6000 册来看，这本文学史在当时的影响范围较广。

《中国当代文学史稿》总计 896 页，涉及少数民族的内容有 90 余页。与以往的文学史书写不同，该书"绪论"部分单独列出"多民族的文学"一节。在"绪论"中，编者谈道："我国是一个多民族国家，各个兄弟民族都有着自己久远的文学传统，除了政治经济上的各民族平等，在文化事业上，亦应体现各民族的平等。"[2] 从这句话可以看出，这本文学史力图体现新中国的民族平等政策，并期望文学史的书写能符合"多民族国家"国情。不过，在这本文学史中，"多民族"指的是汉族之外的 55 个少数民族。编者在主体内容中，单列"兄弟民族文学"一节，以便与汉族文学作区分。《中国当代文学史稿》中，这种"汉与非汉"的二元区分模式与人们对国内的民族划分习惯有关，并对后来的文学史书写有一定的不良影响。但相较彼时出版的其他文学史无视多民族这一事实来讲，其出版仍具有重要的开拓意义。

---

[1] 华中师范大学中国语言文学系主编：《中国当代文学史稿》，科学出版社 1962 年版。

[2] 同上书，第 32 页。

在《中国当代文学史稿》中，既有对"兄弟民族"民间文学《阿诗玛》等的介绍，亦有对作家文学《科尔沁草原的人们》《流沙河之歌》等的述评。关于少数民族文学范围的认识，很长一段时间里，不少人认为少数民族文学就是民间文学，作家文学十分匮乏。《中国当代文学史稿》不仅关注民间口头文学，同时也关注少数民族作家文学，这种视野突破了以往狭隘的文学观念。此外，关于如何认识少数民族文学，这本文学史亦在多处作了指导性说明。比如，在介绍《阿诗玛》时，编者指出它"丰富了我国的文学宝库"。同时强调，"我们伟大祖国的每一个民族，都有悠久而光荣的历史和丰富多彩的文学遗产"①。

除《中国当代文学史稿》外，同时期由中国科学院文学研究所编写的《十年来的新中国文学》亦在小说、诗歌、话剧和新歌剧、散文、儿童文学各章中，列有专节讨论少数民族的文学创作。与《中国当代文学史稿》相比，《十年来的新中国文学》中涵盖的民族文学作品要丰富许多。比如，在"小说"一章第三节中，介绍了蒙古族、维吾尔族、哈萨克族、柯尔克孜族、侗族、彝族、白族、回族、纳西族、苗族、藏族等多个民族的作家及其文学。② 除了正文对民族文学介绍外，其附录"十年来的新中国文学纪事"列出了蒙古族民间叙事长诗《嘎达梅林》、撒尼族叙事长诗《阿诗玛》、侗族作家韦其麟的叙事诗《百鸟衣》等作品的具体发表日期。

这两本文学史的共同点在于，在处理中国多民族文学的时候，编

---

① 华中师范大学中国语言文学系主编：《中国当代文学史稿》，科学出版社1962年版，第423页。
② 中国科学院文学研究所编：《十年来的新中国文学》，作家出版社1963年版，第58—67页。这本书的编写者中，毛星后来编写了《中国少数民族文学》，邓绍基、樊骏参与主编了《中华文学通史》。后文会对这两本书有所介绍。

者都把汉族文学创作与少数民族文学创作分开讲述。这种"二分"的做法容易破坏多民族中国文学的完整性,会让人误以为中国的文学不过是汉族文学加上部分少数民族文学。这种书写实质是"'1+55'的当代文学史模式"①。因此,相较以往的文学史书写,这两本文学史虽然已有"少数民族汉语文学的出场",但仍有需要改进的地方。当然,我们应该看到,彼时新中国对少数民族文学的了解与调查工作基本才刚起步,如此整合汉族文学与少数民族文学的书写意识,在今天的许多文学史中仍很难见到。因而,它们的书写值得肯定与赞扬。

(2)《中国文学史》(1979)。"文化大革命"结束后,以往被中断的各项工作逐渐恢复。1979年,为解决高校文科教学之需,南京大学、吉林大学、南京师范学院、南充师范学院、扬州师范学院、江西师范学院、杭州师范学院、徐州师范学院、江苏师范学院、浙江师范学院、南京师范学院、安徽师范大学、安徽劳动大学13所高等院校协作组织编写的《中国文学史》(共三册)出版。

该文学史按朝代更替顺序,从春秋以前叙述至近代中国,尚未涉及新中国的文学。值得注意的是,编者对元代文学中的少数民族生活剧与历史剧的评介,已具有"多民族文学"的视野。比如,在《红楼梦》的介绍中,对曹雪芹家在明朝末年加入满洲旗籍的身世亦作了说明。② 此外,编者从女真族作家李直夫的《虎头牌》谈到元朝各民族在政治上的统一与文化上的广泛交流,直陈"我们伟大祖国的文化宝库,是全国各族人民共同创造的"③。在美国学者编写的《剑桥中国

---

① 李晓峰:《被表述的文学:20世纪中国文学史书写中的民族文学》,中国社会科学文献出版社2013年版,第180页。
② 十三所高等院校《中国文学史》编写组:《中国文学史》,江西人民出版社1979年版,第641页。
③ 同上书,第511页。

文学史》中，亦可见到类似述评。比如，在"金末明初文学"介绍中，《剑桥中国文学史》列有"外族作家"一节，通过对文学作品的分析来查见当时各民族的文化交流与相互影响。①

不过，在这套由 13 所院校编写的《中国文学史》中，少数民族文学书写的比重非常小。尽管如此，其书写中的"多民族"意识仍值得关注。

（3）《中华文学通史》。1997 年，张炯、邓绍基与郎樱主编的《中华文学通史》由华艺出版社出版②。《中华文学通史》共 10 册 500 余万字，因卷本众多、内容繁复而被视作"中国文学史研究的一座丰碑"③。相较以往的文学史，该文学史增加了台湾、香港、澳门的文学叙述。在对中国文化与文学再认识的基础上，该文学体现出"开放、包容的中国文学史观"④。

1997 年版的《中华文学通史》分为古代文学编、近现代文学编与当代文学编三编，共有 283 章，其中少数民族文学专章有 51 章。具体可参考目录中的分布情况：

《中华文学通史》目录

古代文学编（共 156 章，其中少数民族文学 41 章）

先秦秦汉文学（16 章）

魏晋南北朝文学（14 章，其中少数民族文学 2 章）

---

① ［美］孙康宜、宇文所安主编：《剑桥中国文学史》下卷，刘倩等译，生活·新知·读书三联书店 2013 年版，第 639—645 页。

② 张炯、邓绍基、郎樱主编：《中华文学通史》（10 册），华艺出版社 1997 年版。该套丛书后来经过改编，于 2011 年由江苏文艺出版社更名为《中国文学通史》（12 册）。

③ 吴思敬：《中国文学史研究的一座丰碑——评〈中国文学通史〉》，《人民日报》2014 年 2 月 25 日。

④ 张炯：《中国文化与文学再认识》，《贵州社会科学》2012 年第 11 期。

第三章 课程读本：多民族文学的课堂呈现

  隋唐以前的少数民族文学（2章，均为南方少数民族文学）

  唐五代时期文学（21章，其中少数民族文学3章）

  宋辽金文学（21章，其中少数民族文学7章）

  元代文学（21章，其中少数民族文学7章）

  明代文学（32章，其中少数民族文学8章）

  清代文学（29章，其中少数民族文学12章）

近现代文学编（共53章，其中少数民族文学7章）

  近代文学（26章，其中少数民族文学5章）

  现代文学（27章，其中少数民族文学2章）

当代文学编（共74章，其中少数民族文学3章）

  儿童文学（4章）

  诗歌（17章，其中少数民族文学1章）

  小说（20章，其中少数民族文学1章）

  戏剧（8章，其中少数民族文学1章）

  电影文学（4章）

  散文（11章）

  文学理论批评（10章）

  《中华文学通史》中的少数民族文学内容主要集中于古代文学部分，近现代部分相对较少。从目录来看，《中华文学通史》对少数民族文学的书写布局有补缀与拼贴的嫌疑。不过，《中华文学通史》的积极意义，正在于其以"补缀"的行动对过去所犯错误做出弥补。此外，该通史前面部分章节中有民间文学一节，但在当代文学史书写部分中，仍主要以诗歌、小说、散文、戏剧、儿童文学等类别作为分章的标准，显露出文字书写文学观与西方四分法文学观对其的影响。

  就多民族文学的角度而言，《中华文学通史》的确称得上文学史书写中的一个路标,第一次在冠名为"中华"的文学史中呈现少数民族文学的丰富性与多元性,以其尚不够成熟完善的书写行动,意图展现多民族国家文学的完整性。因而,尽管它尚有诸多不足,却仍具有里程碑式的意义。需要说明的是,《中华文学通史》中的不足后来被诸多学者批评并成为反思多民族文学史观的起点与基础。比如,中国社会科学院的郎樱与扎拉嘎研究员主编的《中国各民族文学关系研究》、关纪新老师主编的《20世纪中华各民族文学关系研究》[①] 等,都是对此通史的反思与推进。

(4)《中国当代文学史教程》。1999年,复旦大学出版社出版了由陈思和主编的《中国当代文学史教程》。该书共22章,其中第七章为"多民族的文学精神"。主编陈思和提出文学史书写应该打破"一元化的整合视角"。[②] 在第七章"多民族文学的民间精神"中,编者先对进入汉语世界的多民族文学作了概述,接着以《阿诗玛》为个案,讨论民间文学的整理与改编,最后以老舍的"自传性小说"《正红旗下》为例,分析民族风土的记忆与诗情的内在联系。将老舍放在"多民族的文学精神"一章中讨论,这的确算得上是对以往文学史书写的一种拨正。长久以来,中国现代文学史教材中,"鲁郭茅巴老曹"都是大师级作家。在这种几乎已成习惯的叙述中,老舍的满族身份被隐藏了。在关纪新的文章里,他曾谈到1982年他在全国第一届老舍讨论会上提出"老舍创作个性中存在满族素质"的问题,当时大多数与会者都对这一问题感到茫然。因为在这次会议前不久,周扬才在全国少数民族文学创作会议上,当着众多少数民族作家谈道:"把老舍

---

① 可参考郎樱、扎拉嘎主编《中国各民族文学关系研究》(二册),贵州人民出版社2005年版。这套书是全国哲学社会科学规划办公室1997年重大委托项目"中国各民族文学关系研究"的结题成果。

② 陈思和:《中国当代文学史教程》,复旦大学出版社1999年版。

第三章 课程读本：多民族文学的课堂呈现

看作是一位少数民族作家是不对的，少数民族是不可能出现大作家的。"周扬的话代表了当时知识界与社会精英对民族作家文学的典型断言。关纪新认为这种完全无视"中国多民族文学的分野"的论断，无视老舍文学是满族文学的事实，遮蔽和误读了老舍与满族文化之间的内在联系。① 因而，仅从老舍这一个案就可以明确，陈思和的文学史书写具有多民族文学史观。这一点，与前述《中华文学通史》以"满族作家老舍"为专章的做法相同。

不仅如此，该教程附录"当代作家小资料"亦值得关注。"附录"中列出了80名当代作家，其中有陈村（回族）、老舍（满族）、李準（蒙古族）、沙叶新（回族）、张承志（回族）5位少数民族作家。此外，附录中提到了沈从文，但对他的民族身份未作说明，只是指出他是湖南凤凰人，其文学作品构建了独特的"湘西艺术世界"。通过"附录"体现中国文学的多民族性，这在同类文学史教材中较为少见。如同年出版的由洪子诚编著的《中国当代文学史》（北京大学中国语言文学教材系列之一），其正文对少数民族文学只字不提。此外，在其附录"中国当代文学年表"中，亦未寻见少数民族文学的踪迹。如1981年，该文学史提到了《文学报》（周报）与《小说界》在上海创刊，却对同年创刊的全国性期刊《民族文学》视而不见。② 因而，洪子诚编著的文学史实际上应称为《中国当代汉族文学史》。相较而言，陈思和编写的文学史更符合当代多民族中国文学实情。

从上述几部跨越时段的文学史来看，"中国文学是多民族的文学"

---

① 关纪新：《老舍研究个案与中华多民族文学史观》，《福建论坛》（人文社会科学版）2009年第2期。此外，可参考关纪新的《关于被遮蔽与被误读的——由"老舍与满族文化"研究引发的议论》，中国民族文学网：http：//iel. cass. cn/expert. asp? newsid = 3732&expertid =72&pagecount =0。

② 洪子诚：《中国当代文学史》，北京大学出版社1999年版，第418页。

观念自20世纪60年代始就根植于文学史教材中了,几代人数十年的努力都为完成一部包括各民族文学的、完整意义上的中国文学史。目前来看,《中华文学通史》因其完整性与多元性被寄寓了诸多期望,但同时也存在卷帙浩繁并不适宜于文学专业课堂教学需要之弊端。在近年出版的文学史中,严家炎先生编写的《二十世纪中国文学史》[1]尽管"多民族文学史观"意识并不明显,但在某些章节中仍显露出对中国境内少数民族文学的关注。比如,在第十五章"抗战及四十年代的新诗潮"中,除了汉族诗人的爱国诗歌以外,该文学史还谈到了蒙古族诗人纳·赛音朝克图与维吾尔族诗人黎·穆塔里夫的诗歌创作。[2]此外,在"八十至九十年代的台港文学"一章中又设有"台湾的少数民族文学与女性写作"一节。该文学史以"专题讲座"为体例,解决了文学史如何适合教学需求的难题,或可为教学所用的文学史提供一种书写路径。

图3-1 部分文学史封面

---

[1] 严家炎:《二十世纪中国文学史》三册,高等教育出版社2010年版。
[2] 同上书,第142页。

2. 少数民族文学史教材

（1）《中国少数民族文学》（毛星主编）。少数民族文学史的编写是实现完整意义上的中国文学史书写的重要环节。从目前已出版的少数民族文学史（见附录1）来看，第一部包括各少数民族文学的文学史是1983年毛星主编的《中国少数民族文学》[1]。在前言部分，编者对此前的中国文学史作了批评，认为它们"实际上都只是中国汉族文学史"，"这样的文学史冠以'中国'二字，名与实实在太不相称"[2]。由此来看，该书是要力图对此情形做出扭转。就书写体例而言，这部文学史自称其只是"一部介绍性的著作，不是历史，不是理论，不是批评，也不是评介"[3]，因而没有采用语族和语系为参照，亦未采纳五种社会形态的分期，而是在新中国的版图内，按照各民族自然分布的地区为各民族文学作一地理式的"巡礼"。[4] 这种地理式"巡礼"，一方面强调"国土"的完整性，另一方面凸显国家地理的多样性与族群的多元性。这与梁庭望先生提出的"中华文化板块结构"有些相似。此外，该文学史在"目录"前刊选了二十余幅少数民族文化方面的彩色图片，这种图文并茂的方式在某种程度上能增进人们对各民族文学的理解。

（2）《中国少数民族文学》（杨亮才主编）。1985年，杨亮才、陶立璠、邓敏文著的《中国少数民族文学》出版[5]。编者认为，"在文学这块园地里，每个兄弟民族都有自己的重大贡献，都有自己的独特的创造"。因而，这本"概论"性质的教学用书并未以"四分法"随

---

[1] 毛星主编：《中国少数民族文学》三本，湖南人民出版社1983年版。
[2] 毛星主编：《中国少数民族文学》上册，湖南人民出版社1983年版。第10页。
[3] 同上书，第28页。
[4] 同上书，第30页。
[5] 杨亮才、陶立璠、邓敏文著：《中国少数民族文学》，人民出版社1985年版。

意肢解少数民族文学，而是以"古老的神话""英雄的史诗""优美的叙事诗""神奇的故事""歌海览胜""艺苑奇葩""群星灿烂"等专题展开书写。其中，"群星灿烂"专指作家文学部分。从比例来看，民间文学明显占有优势，这也是符合彼时各民族文学实情的。就作家文学部分而言，该文学史首先介绍了"满族作家老舍"，随后是玛拉沁夫与李乔等人的作品。目录中，在"老舍"名字前标明"满族作家"。这样的设计，可能是受到20世纪80年代初期"老舍创作个性中间存在的满族素质"学术讨论的影响。

此外，该书附有多幅与中国少数民族文学发展相关的珍贵图片。从首印17500册来看，这本书在当时的影响力与影响范围很大。

(3)《中国少数民族文学史》（马学良主编）。1992年，马学良、梁庭望、张公瑾主编的《中国少数民族文学史》[①] 出版。2001年，此套文学史修订后重新出版。该书构架以五种社会形态为纵序，突破了以往文学史书写中的中央王朝更迭顺序。同时，又以文学类型兼顾地区与语言系属为横序对各民族文学作编排。这种编排，既符合少数民族文学的真实情形，又能体现民族平等原则。从该文学史所列的文学类型来看，其力图摆脱文学"四分法"的羁绊，在小说、诗歌、散文、戏剧外，列有古歌谣、民间长诗、民间歌谣、说唱文学等，是文学人类学"大文学观"意识的体现。

梁庭望先生在《中国少数民族文学60年》一书中谈到，马学良先生主编的这套文学史是迄今（2010）国内唯一的一部全方位的民族文学史。[②] 该文学史多次印刷再版，已是高等院校少数民族文学专业

[①] 马学良、梁庭望、张公瑾主编：《中国少数民族文学史》，中央民族学院出版社1992年版。

[②] 梁庭望、汪立珍、尹晓琳：《中国民族文学研究60年》，中央民族大学出版社2010年版，第202页。

第三章 课程读本：多民族文学的课堂呈现

的主要教学用书，影响范围极广。

其他高校内组织撰写的少数民族文学讲稿还有：（1）1984年，中央民族学院科技处内部印行的《中国当代少数民族文学简史》[①]。该书是吴重阳先生为彼时的汉语言文学系学生讲授课程时编写的讲稿，其特点是突出文学的多民族性。在绪论部分，编者指出"多民族性是我国文学的特点之一"，认为在研究中国文学发展史的时候，必须充分肯定各少数民族文学在中国文学发展史上的地位和作用。[②] 该书除介绍少数民族作家文学外，还对少数民族民间文学的搜集和整理作了介绍。（2）1986年，中南民族学院组织编写的《中国当代少数民族文学史稿》。该史稿秉持"当代文学是多民族的社会主义文学"理念，认为"发展少数民族文学在繁荣我国社会主义多民族文学方面具有十分重要的意义"[③]。（3）1998年，梁庭望与张公瑾合作主编的《中国少数民族文学概论》是"研究生系列教材"[④]，该书将中国少数民族文学作为一个整体进行研究，可谓当时新鲜而有益的尝试。（4）2011年，中央民族大学钟进文主编的《中国少数民族文学基础教程》出版。该教程上篇"民间文学"按民族语系分章叙述，下篇"作家文学"按古近代、现当代梳理。[⑤] 民族语系的分类体现出多民族中国语言的多样性。

总体而言，无论是具有多民族文学史观的中国文学史书写还是中国少数民族文学史（或概况）的书写，都恪守着"教材"的特殊身份，服务于"中国文学是多民族的文学"的通识教育。遗憾的是，在

[①] 吴重阳：《中国当代少数民族文学简史》，中央民族学院科技处1984年印。
[②] 同上书，第1页。
[③] 中南民族学院《中国当代少数民族文学史稿》编写组（李鸿然主编）：《中国当代少数民族文学史稿》，长江文艺出版社1986年版，第4页。
[④] 梁庭望、张公瑾主编：《中国少数民族文学概论》，中央民族大学出版社1998年版。
[⑤] 钟进文：《中国少数民族文学基础教程》，中央民族大学出版社2011年版。

大量印刷出版的"中国文学史"中，具有"多民族文学史观意识"的文学史教材依然十分有限。在具体的教学中，各个学校因为教师对多民族文学的认识不一而选取不同教材。为数有限的、具有"多民族文学史观"的文学史教材还未被诸多高校少数民族文学专业与汉语言文学专业教学所广为接受。

（二）文学作品选类

1.《中国少数民族文学作品选》

文学作品选作为文学史的补充，在多民族文学教学展开过程中承担着重要角色。1981 年，马学良先生主编的《中国少数民族文学作品选》（共五册）① 出版。作为高等院校语言文学专业的试用教材，该文学作品选以地区分类，地区内又以民族作为单元，对各少数民族文学的背景作简介，并提供若干作品，以便学生了解各民族文学的概貌。每一章内容，不仅有民间文学部分，还有作家文学部分。除文学背景外，该作品选还利用注释帮助阅读者理解各民族的文化背景。

从内容来看，该作品选集所涉 55 个民族的 600 余篇作品。这样编选的目的何在呢？编者谈道：

> 这个选本除了做到五十五个少数民族都有作品入选外，还尽可能地多选了一些各民族文学中影响较大、流传较广的优秀作品，在文学体裁和形式上也尽可能齐全一些，以求把各民族文学的基本轮廓显示出来，使学生能学到少数民族文学的初步知识，对它的悠久历史和光辉成就有一个大致的了解和切实的感受，培养起对少数民族文学的热爱，为深入学习和研究少数民族文学打

---

① 马学良主编：《中国少数民族文学作品选》，上海文艺出版社 1981 年版。该作品选集的工作最初于 1978 年展开，历经多次修改。具体可参考该书"前言"部分。

第三章　课程读本：多民族文学的课堂呈现

下基础。①

《中国少数民族文学作品选》能为学生阅读少数民族文学作品提供一个良好平台。通过阅读，学生除了能获得少数民族文学的切身体验与感受，还能增进对少数民族的理解与尊重。这本文学选集是对前述马学良先生谈及的"漏掉"行为的一次匡正与补救。此外，该书在"文化大革命"后的1981年出版，就某种层面而言，此书不仅是民族政策得到进一步落实的具体实践，更意味着少数民族文学和整个文学事业在"被逐出课堂之后"的又一次正式回归。

该选集编选工作历时3年，参与人数众多。数次会议与多次修改说明彼时编选工作的难度较大。

2.《中国少数民族民间文学作品选讲》与《当代少数民族文学作品选》

1984年，吴重阳与陶立璠主编的《中国少数民族民间文学作品选讲》②（以下简称《选讲》）出版。该《选讲》包括42个民族的50余篇文学作品。其中，既有民间文学、神话、民间传说、英雄史诗，还有民间叙事诗、民间戏剧、民间长诗等，内容丰富。同年，吴重阳先生还编印了《当代少数民族文学作品选》③，编选入17个民族的近60篇作品。这两本选集都是应当时民族院校民族文学课程的教学之需而编选的。前者主要是民间文学，后者主要是作家文学，二者合起来使用，能够为文学史教学与少数民族文学课程教学提供较为丰富的资料。

---

① 马学良主编：《中国少数民族文学作品选》，上海文艺出版社1981年版。
② 吴重阳、陶立璠主编：《中国少数民族民间文学作品选讲》，云南人民出版社1984年版。
③ 吴重阳：《当代少数民族文学作品选》，中央民族学院科研处1984年版。

与前面马学良主编的《中国少数民族文学作品选》不同,《选讲》突出"讲"。首先介绍作品,同时对作品作导读与评介,再附录作品原文。由谁讲呢?主要由参与编写的民族文学研究者与文艺工作者作出讲解;对谁讲呢?主要针对相关专业学生与研究者讲解。这种选讲的形式比较符合教学需求。比如《成吉思汗的两匹骏马》这一蒙古族长诗,编者从蒙古族叙事诗的历史讲起,接着谈到这首长诗有韵文体与散韵结合体两类,并对两者的异同作了介绍。然后,编者才就具体的诗歌内容与艺术特色进行分析。①《当代少数民族文学作品选》编选了少数民族作家的小说、散文与诗歌。与《选讲》不同的是,它是先列出作品,然后再对作者的身份与创作经历进行介绍。

吴重阳先生主编的两本文学作品选集也是集体协作的成果,不仅有民间学术力量的支持,同时也有来自国家民委与教育部的官方支持。

3. 其他民族文学作品选

(1)《少数民族诗人作品选》。20世纪80年代,除了少数民族民间文学作品选,已有部分民族作家文学作品选集出版,如中央民族学院汉语文学系编选的《少数民族诗人作品选》(1949—1979)②。该作品选编选入38个少数民族诗人的120篇汉语诗作。

因《少数民族诗人作品选》是为纪念新中国成立30周年而编选的,所选诗作内容主要是歌颂新中国的幸福生活,诗人对毛泽东以及新中国的领导人表达无限的感激之情。如哈萨克族诗人马哈坦的诗歌

---

① 吴重阳、陶立璠主编:《中国少数民族民间文学作品选讲》,云南人民出版社1984年版,第446—467页。
② 中央民族学院汉语文学系:《少数民族诗人作品选》(1949—1979),四川民族出版社1980年版。

《我们的心飞向天安门广场》，诗人写道：

> 啊！我们有伟大的祖国伟大的党，
> 我们的心被幸福的暖流激荡。
> 唱吧！朋友们，在这光辉的节日里，
> 把我们幸福的时代歌唱！①

其他还有壮族徐家蒙光朝的《党的政策威力好》讴歌祖国与共产党的伟大。除了这种直接讴歌类诗作，《少数民族诗人作品选》中也有一部分诗作通过少数日常生活习俗的铺叙来表达情感，如侗族诗人袁仁琮的《月下赛歌》表达了诗人对人民公社生活的热爱。诗人写道：

> 那边坡上一堆堆篝火，
> 这边坡上一支支山歌；
> 篝火越烧越旺，
> 山歌越唱越多。
>
> 姑娘的歌，
> 把仙女引来跳舞；
> 小伙子的歌，
> 把阳雀招来入伙。
>
> 篝火把歌声送上天空，

---

① 中央民族学院汉语文学系：《少数民族诗人作品选》(1949—1979)，四川民族出版社1980年版，第51页。

歌声感动了月亮,不想下落;
要问我为什么这样欢乐?
人民公社给了一支唱不完的歌。①

这首诗歌中描述了侗族青年男女"行歌坐月"的恋爱交际习俗。青年男女在对歌中表达感情,追求美好的爱情与婚姻。假如不了解"行歌坐月"习俗,对这首诗歌最后表达欢喜的感受就会大打折扣。苗族诗人卯洛和阿略合写的诗歌《一起去庆祝自治州成立》中,出现了苗寨、苗族妇女的刺绣、美丽的芦笙与铜鼓。诗人说"花开得好人才好看,舞跳得好人才喜欢,穿上你的绣花衣,一起去庆祝自治州成立"②。这句诗除了前面提到的苗族文化元素,还有苗族的审美价值观。在阅读诗歌的时候,若能多留意民族文化生活这一面,不仅有助于对诗歌文本的理解,还能增进对少数民族日常生活、文化习俗的了解。

因此,《少数民族诗人作品选》尽管因政治颂歌特色鲜明,抹杀了诗作的艺术特征。但诗人将少数民族文化生活引入诗歌,又让诗歌富有民族特色。就多民族文学教育层面而言,这本诗人作品选尽管没有被列入高校文学教材系列,但仍具有重要的参考价值。

(2)《中国少数民族文学作品选》。2003—2005年,民族出版社出版了由莫福山等编选的《中国少数民族文学作品选》。该选本共三册,即《中国少数民族民间文学作品选》《中国少数民族古代近代文学作品选》《中国少数民族现代当代文学作品选》。与马学良先生主编的《中国少数民族文学作品选》不同,该选集以时代为单元,分为古

---

① 中央民族学院汉语文学系:《少数民族诗人作品选》(1949—1979),四川民族出版社1980年版,第89页。
② 同上书,第67—68页。

第三章 课程读本：多民族文学的课堂呈现

代、近代与现当代。同时，将"民间文学"单独作一选本，以其群众性与口头性区别于作家的文字书写。

在《中国少数民族现代当代文学作品选》一册中，除了编选入蒙古族作家玛拉沁夫的《科尔沁草原的人们》这类著名篇目外，还选有老舍的《正红旗下》与沈从文的《边城》《萧萧》等作品。

需要说明的是，该选集与《中国少数民族民间文学概论》《中国少数民族古代近代文学概论》《中国少数民族现代当代文学概论》合在一起，构成中央民族大学"少数民族文学"专业教材建设的一部分。① 从第一本《中国少数民族民间文学概论》出版于 1997 年算起，到 2006 年《中国少数民族现代当代文学概论》的出版，此套教材的完成历时近 20 年。其他还有中国作家协会编选的少数民族文学作品选等，这里不一一列举，见附录2。

总体而言，为高等院校汉语言文学或少数民族文学专业教材提供具有"多民族文学史观"的"文学史"或"文学作品选"的工作，目前主要体现出四个特征：一是国家官方力量的支持；二是民间各团体的协作；三是以民族院校为核心；四是难度大、历时长。从前述各文学史与选本来看，多民族中国的文学史教材建设还未完成，任重道远。

---

① 《中国少数民族民间文学作品选》（赵志忠编，民族出版社 2003 年版）、《中国少数民族古代近代文学作品选》（李陶、钟进文编，民族出版社 2005 年版）、《中国少数民族现代当代文学作品选》（李云忠编，民族出版社 2005 年版）。其他三本书为：《中国少数民族民间文学概论》（赵志忠著，辽宁民族出版社 1997 年版）、《中国少数民族古代近代文学概论》（李陶、徐建顺、魏强、梁莎莎著，辽宁民族出版社 2001 年版）、《中国少数民族现代当代文学概论》（李云忠著，辽宁民族出版社 2006 年版）。

图 3-2　部分少数民族文学史封面

第二节　"文学史"教材里的"中国"

前一节，笔者盘点了新中国成立以来的部分中国文学史，它们对"多民族文学"的呈现不一。在这些文学史中，内隐着对各民族文学与文化关系的认识，它们以其特有的书写方式表述了一个"新中国"。文学史教材作为高校文学课堂的教学用书，作为多民族国家国民身份改造系列工程的一部分，对年青一代的培养起着潜移默化的作用。因而，对文学史教材书写方式的分析与阐述，某种程度上意味着对高校文学课堂所呈现的"多民族中国"之审视。

在进入第二节"'文学史'教材里的'中国'"具体讨论之前，不妨以同样是多元族群的美国及其文学史作一简单比较。就文学史写作而言，1878 年的《美国文学史》中明言，其目的是要"共享传统"

或"拥有共同的国家意识"①。不过,彼时美国的"传统"还主要以欧洲裔美国人的文学热忱与追求为准,原住民的歌曲或叙事传统在其间根本无迹可寻。美国文学史对这种传统的追寻一直持续到20世纪60年代。当时的美国经历了越战以及"水门丑闻",急需号召全民"绑扎伤口,愈合分歧"并予以"重建并共享传统"的承诺②。问题是美国共享的"传统"是什么?有这样的传统存在吗?1965年,一位5岁的黑人小女孩对其阅读的儿童绘本提出疑问:"为什么他们总是白人孩子?"③ 这个疑问实际上是对美国文学史以往共享"传统"的质疑。后来,美国学界开始反思美国文学并不断改写其文学史,将女性文学、美洲原住民文学、黑人文学、其他少数族群文学以及同性恋群体的文学等纳入文学史范畴。此种美国文学史书写抛弃先前美国文学史所追求的"共享传统",转而彰显"美国"与"美国文学"的多样性、分歧与不和。④ 如果说文学是民族的记忆并以此构成一个国家文化的基石的话,那么,这些不同群体的文学正好构成了美国集体记忆的多样性与完整性。

除《哥伦比亚美国文学史》与《剑桥美国文学史》外,大量出版的美国文学选本也能突出上述新追求。如《许多的人们,同一片土

---

① Moses Coit Tyler. *A History of American Literature*, 1607 – 1765, 2, vols. (1878; rpt. Williamstown, Mass.: Corner House Publishers, 1973), 1, v. 转引自 Annette Kolodny. "The Integrity of Memory: Creating a New Literary History of the United States" in *American Literature*, Vol. 57. No. 2 (May, 1985). p. 292.

② Annette Kolodny. "The Integrity of Memory: Creating a New Literary History of the United States" in *American Literature*, Vol. 57. No. 2 (May, 1985). p. 292.

③ Larrick, Nancy, "The all white world of children's books" in *Saturday Review*, September 11, 1965, pp. 63 – 65.

④ Annette Kolodny. "The Integrity of Memory: Creating a New Literary History of the United States" in *American Literature*, Vol. 57. No. 2 (May, 1985). p. 307.

地：儿童与青少年新多元文化文学导读》①《这是我们的土地：青少年多元文化文学导读》② 与《美国多样性与美国认同：从145位作家的生活与作品定义美国的经验》③ 等。这些选本都旨在以生活在美国国土之内的所有族群及其文学的多元来定义并认识"美国"，这可谓20世纪60年代之后美国文学史的主要任务之一。

尽管美国文学史的重新书写背景并不同于中国的情形，但它能够为我们重新认识中国的文学史提供一种视野。从"中国的文学史应该是包括各民族文学的文学史"来看，其对"什么是中国""什么是中国文学"的认识如何呢？这样的认识是否内隐于其书写基调与立场之间？借助"中国文学史"展开的文学教育，告诉给学生的"中国"又是怎样的呢？本节即对几部相关文学史中的书写立场作一梳理与分析，并主要选取具有多民族文学意识的《中华文学通史》与《中国少数民族文学史》中的"血缘书写"立场，分析其对"多民族中国"及其文学的认识与表述。

一 文学史中的叙述套语

就中国文学史书写与文学教学而言，如何表述各民族文学的关系以及民族文学在文学史中的地位与意义，是其必须直面的问题。从新中国成立以来的学术语境看，无论是早期的"少数民族文学史或概况"的书写，还是20世纪90年代《中华文学通史》的编辑，都试图努力突破以往的"汉族"与"少数民族"，"中心"与"边缘"，"口

---

① Alethea K. Helbig and Agens Regan Perkins. eds. *Many Peoples, One Land: A Guide to New Multicultural Literature for Children and Young Adults*. Westport: Greenwood Press, 2001.

② Alethea K. Helbig and Agens Regan Perkins. eds. *This is Our Land: A Guide to Multicultural Literature for Children and Young Adults*. Westport: Greenwood Press, 1994.

③ John K. Roth ed. *American Diversity, American Identity: The lives and works of 145 writers who define the American experience*. New York: Henry Holt and Company, 1995.

传"与"文字"的表述模式,以构建完整意义上的中国文学史。值得注意的是,就如有学者指出民族文学研究中存在"文化宝库""风俗画卷""百科全书"等"批评套语"① 一样,文学史对前述问题的表述也存有一定的叙述套语。这些叙述套语就如一种隐形的权力,潜移默化地影响着人们对"中国"以及"中国文学"的理解。

(一)"……的组成部分"

文学史的"序言"与"后记"往往会表露编者的主张与意图,对阅读者的阅读有直接的指导作用。从新中国成立后早期的文学史书写直至当下的文学史叙述来看,在其序言或后记部分对中国少数民族文学的价值与地位所作的评介,似乎都有特定的模式。"民族文学是中国文学的组成部分"即为其中之一。试略举如下。

> 例1:各个兄弟民族都有着自己久远的文学传统,他们的文学作品无论是写下来的,或者是流传在群众口头上的,都极其丰富多彩,真实地反映了各兄弟民族人民斗争和发展的历史,成为祖国文学宝库中那光辉灿烂的组成部分②。
>
> 例2:少数民族文学是我国社会主义文学的重要组成部分。③
>
> 例3:在迄今中华人民共和国的版图内,自古便居住着许多民族部落。作为今天中华民族主体的汉族本身就是历史上许多民族部落逐步融合而成的……在漫长的历史过程中,各民族都对中华文化的发展做出自己的贡献,也都为辉煌的中华文学不断增添

---

① 李菲:《民族文学与民族志:文学人类学批评视域下的民族文学》,《民族文学研究》2009年第3期。
② 华中师范学院中国语言文学系编著:《中国当代文学史稿》,科学出版社1962年版,第32页。
③ 吴重阳:《当代少数民族文学作品选》,中央民族学院科研处1984年版,第373页。

耀目的光辉。①

例4：中国是一个多民族的国家，除汉族以外，其他非汉民族也有着丰富绚烂的民间文学传统。它们与本民族的历史、生活、文化传统、风土人情等有着密切的联系。在许多方面，其成就甚至超过了汉族文学，因而成为中国文学中极为重要的部分。②

例5：中国文学，是包括汉民族和各少数民族在内的文学总汇。各民族文学以各自特有的进程，共同汇成了中国文学丰沛的历史长河。③

上述摘引文本从20世纪60年代跨度到2011年，无论是史学家的论述还是教学工作者的教程编写，都以"中华人民共和国是统一的多民族国家"为出发点，强调民族文学在中国文学中的地位与作用，并试图改变以往文学史书写中存有的偏见与不公。的确，不论是新中国成立之前还是之后印刷出版的大多数文学史都有意无意地回避少数民族文学。单就新中国成立之后编写出版的文学史而言，1958年中共中央宣传部就在相关座谈会上指出，需要编写一部马克思主义观点阐述的包括各少数民族的中国文学史。④ 这种吁求是否会在后来的文学史中有所回应呢？1963年，游国恩等主编的《中国文学史》⑤ 出版。这套文学史被许多高等院校选为中文系教材，在后来被多次印刷。遗憾的是，这套使用率极高的文学史对中国历史上的少数民族文学漠不关

---

① 张炯：《中华文学通史》，华艺出版社1997年版，第1—2页。
② 陈思和：《中国当代文学史教程》，复旦大学出版社1999年版，第124页。
③ 钟进文：《中国少数民族文学基础教程》，中央民族大学出版社2011年版，第1页。
④ 中国社会科学院少数民族文学研究所编印：《中国少数民族文学史编写参考资料》，1984年，第1页。
⑤ 游国恩、王起、季镇淮、费振刚主编：《中国文学史》，人民文学出版社1963年版。

第三章 课程读本：多民族文学的课堂呈现

心。其他同样作为文科教材的余冠英等编写的《中国文学史》、章培恒等编写的《中国文学史》、洪子诚编写的《中国当代文学史》等①，其书写中亦未见少数民族文学的位置，甚至是被誉为"教育部优秀教材一等奖"的《中国文学史》（袁行霈主编）②，也难见少数民族文学的介绍。曹顺庆在《三重话语霸权下的少数民族文学研究》中，对此现象的追溯更远。他指出，"从中国有'文学史'开始，少数民族文学的存在就一直是缺席的"，而其"缺席"的原因是受到了"西方话语、汉族话语、精英话语三重霸权"的压迫。③ 然而，当下的现状是那些"故意"缺省了少数民族文学的文学史堂而皇之地冠名为"中国文学史"，未有丝毫反省。

即便是1949年后以至今天，大多数以"中国文学史"命名的著作，仍然对少数民族文学漠然视之。可以想见，此种文学史表述的"中国"是怎样的残缺？而在大洋彼岸的美国，两部有关中国文学的历史已对此有了新的审思。第一部是2001年出版的《哥伦比亚中国文学史》④。该文学史扉页直陈此书要"送给中国人——他们是汉族人或者非汉族人、他们能书写或不能书写，每个人都以他们的方式做出贡献，得以形成今天的中国文明"。该扉页提出的问题至少有两个：一是中国文明是谁创造的？二是中国文明仅指汉字书写的文化吗？其写作基调，正是对"汉族中心主义"与"文字书写至上主义"的突

---

① 余冠英等主编：《中国文学史》，人民文学出版社2001年版；章培恒、骆玉明主编：《中国文学史》，复旦大学出版社2005年版；洪子诚：《中国当代文学史》，北京大学出版社2010年版；朱栋霖、丁帆、朱晓进主编：《二十世纪中国文学史》，文史哲出版社2000年版。
② 袁行霈主编：《中国文学史》，高等教育出版社2003年版。
③ 曹顺庆：《三重话语霸权下的少数民族文学研究》，《民族文学研究》2005年第3期。
④ Victor H. Mair. ed., *The Columbia History of Chinese Literature*, New York: Columbia University Press, 2001.

破，试图以一种整体的眼光来看待中国及中国的文化与文学。基于这样的认识，《哥伦比亚中国文学史》将少数民族的口传、仪式等文本纳入其中。第二部是《剑桥中国文学史》。宇文所安在"上卷导言"中直言该书包括了"在汉族社群中产生流通的文学，既包括现代中国边界之内的汉族社群，也包括那些华人离散社群"。据此书写范畴，宇文所安指出 The Cambridge History of Chinese Literature 中的 "Chinese"所对应的应是"汉语"而不是"中国"，因而该书翻译成汉语应为《剑桥汉语文学史》。① 这样的说明体现出文学史家在面对多民族中国文学史时的自觉。遗憾的是，中文译本的翻译者无视宇文所安序言中的说明，仍然将该套丛书的书名译作《剑桥中国文学史》。中文译者的这种处理，模糊了"汉语"与"中国"的界限、差异和内涵，无视多民族中国的具体情况，亦无视原著者的意图，的确令人深思。此外，即便是只针对汉语书写的文学史，在该文学史上卷中，仍在"金末明初文学"一章中列出"外族作家"一节，对马祖常、耶律楚材、廼贤等少数民族诗人作品进行了评介，并对彼时最负盛名的非汉族作家萨都剌单列一节作了介绍。当然，这样的处理，是基于明代开始以民族身份为基础划分作家，将非汉族的诗人视作"少数民族"的隔离倾向有关。而在此前，元代的批评家们则将精通语言、文化的外族作家视为文化共同体的一员。② 此外，在下卷"鼓词、子弟书及其他北方说唱类型"中，编者还谈到用满语和汉语双语写成的子弟书《螃蟹段儿》。这个文本的主人公是一个满人和他的汉人妻子。③

---

① ［美］孙康宜、宇文所安主编：《剑桥中国文学史》上卷导言，刘倩等译，生活·新知·读书三联书店2013年版，第13—15页。
② ［美］孙康宜、宇文所安主编：《剑桥中国文学史》上卷，刘倩等译，生活·新知·读书三联书店2013年版，第639—652页。
③ ［美］孙康宜、宇文所安主编：《剑桥中国文学史》下卷，刘倩等译，生活·新知·读书三联书店2013年版，第418—419页。

第三章 课程读本：多民族文学的课堂呈现

《螃蟹段儿》文本中，满汉夫妻身份、满汉双语文字有助于我们理解多民族中国文化与文学的多元性。其他细节，这里不再一一列举。

回过来看中国本土的"中国文学史"，其对"中国""中国文化""中国文学"的认识都迫切地需要提高与普及。前述列举的为数不多的文学史强调民族文学作为中国文学的"组成部分"，其叙述套语可以视作对"缺席"状态的矫正，也是对曹顺庆指出的"受三重霸权压迫"现状的努力抗争。"组成部分"表述模式试图唤醒人们对民族文学的关注与认识，并对以往遗漏掉民族文学的文学史提出批评。这样的举措，在纷繁杂陈的、缺失了少数民族文学而毫无半点反省之意的"中国文学史"中，就显得尤为可贵了。

接下来的问题是：在中国文学史中，民族文学如何以其自身的成就占据应有的一席之地？如此提问在于，具有"民族文学是中国文学组成部分"意识的文学史，其表述侧重于民族文学中的史诗、长篇叙事诗等文学类型对汉族文学类型的空白填补。与此相关的还有"光辉""灿烂""耀目"等修饰语。"填补空白"与"灿烂炫目"易予人"民族文学不过是补缀"的错觉，而转移了对民族文学价值与地位的真正关注。民族文学的存在难道仅仅是因为它为祖国文学宝库增添了一点炫目光芒吗？事实上，无论是就多民族中国的文学完整性而言，还是就中国文化的组成而言，民族文学作为事实的存在都是无法遮蔽亦不可遗漏的。因而，对民族文学是中国文学的"组成部分"的理解，不应仅从其填补中国文学类型的某个空白出发，而应从"部分构成整体"的基本视角出发。

此处不妨借用杨义先生讨论"重绘中国文学地图"的一段话：

> 我们画中国地图，甚至连汪洋大海中遥远微末的曾母暗沙都

要标出，难道画文学地图就可以丢三落四，不忌残缺不全吗？①

上引文中，杨义先生借用地图与中国领土的完整性问题来谈论中国文学的完整性。终年隐没于水下的、作为中国领土一部分的"曾母暗沙"，可视作长久以来不受普遍重视的民族文学的譬喻。尽管"曾母暗沙"在地图上看来"遥远微末"，但它却是构成中国领土完整的必要条件，不能遗漏，缺其不可。与"曾母暗沙"不同的是，民族文学并非"遥远微末"，而是以其切实的存在、新鲜活泼的面貌构成中国文学的一部分。此外，亦可借助梁庭望先生划分的"中华文化板块结构示意图"②来认识"部分与整体的关系"，即若缺少了北方森林草原文化圈、西南高原农牧文化圈、中原旱地农业文化圈与江南稻作文化圈中的任何一个部分，多民族中国的文化与文学都是不完整的。

简而言之，对"民族文学是……的组成部分"之理解，实际内蕴着两个层面的问题：一是对"统一的多民族国家"的多民族性的再次强调；二是对中国文化与文学的多样性的重新认识。因而，穿透"增添光彩"的眩目光芒，洞悉并重新认识民族文学的地位与价值，事关对"中国文学"完整性的认识，亦关系着对"什么是中国"这一问题的理解。"民族文学是中国文学的组成部分"的表述，正是"中华民族多元一体"格局下对文学完整性的一种朴素表达。

（二）"源远流长"与"你中有我"

如果说"组成部分"的叙述套语，是从中国文化与文学构成主体的多民族性来谈，那么，中国文学史中常用的"源远流长"与"你中

---

① 杨义：《重绘中国文学地图》，中国社会科学文献出版社2003年版，第8页。
② 梁庭望：《中华文化板块结构示意图》，梁庭望等编《中国民族文学研究60年》，中央民族大学出版社2010年版，第309页。

第三章 课程读本：多民族文学的课堂呈现

有我"的套语，可谓对各民族文学与文化关系的表达。先列举如下：

例1：在我国悠久的历史上，各族人民共同创造了包括文学艺术在内的光辉灿烂的文化。同汉族文学一样，我国少数民族文学也有着丰富多彩的内容和源远流长的历史。①

例2：有什么根据说中国少数民族文学也有悠久的历史？因为在基督纪元开始的前后，我们已经有用少数民族语言记录的《越人歌》和《白狼歌》，后来还有传世译作《敕勒歌》。②

例3：从藏族散文和白族诗篇可看出汉族与少数民族之间的文学交流渊源久远，这是中华民族自古以来存在的内聚力的很好证明。③

例4：在南方各族的洪水神话里，几乎都把伏羲女娲作为自己的祖先……民族先民的交往、迁徙、分化、组合，使彼此在血缘上也你中有我，我中有你。民族之间多方面、多层次的关系，从史诗中即可窥其端倪。④

例5：……除了相同的社会阶段这个原因外，各民族先民早就进行交往，因而使各自的作品互相渗透，你中有我，我中有你，源远流长。⑤

上引例证大部分出自马学良先生主编的《中国少数民族文学史》。从例2提出"有什么根据说中国少数民族文学也有悠久的历史"来

---

① 中南民族学院《中国当代少数民族文学史稿》编写组：《中国当代少数民族文学史稿》，长江文艺出版社1986年版，第1页。
② 马学良、梁庭望、张公瑾编：《中国少数民族文学史》上册，中央民族学院出版社1992年版，第2页。
③ 同上书，第327页。
④ 同上书，第129页。
⑤ 同上书，第24页。

看，在中国文学史书写过程中需要审思以下问题：少数民族文学的历史如何？为何文学史要强调少数民族文学与汉族文学拥有同样悠久的历史？先来看民国早期《中国文学史》中的溯源表述：

> 语其寿命，既如彼其长；举其范围，又如此其大。故文学数量之繁富，在世界无与伦比。而况中国，故以文立国者也。止戈以为武，经纬天地之谓文……实可谓为中国之生命四千余年之国华，四百余州之声采也。①

从"中国之生命四千余年之国华"来看，文学史一开始就承载着对国家悠久历史与文化的表述，其间的自豪之情溢于言表。当然，这或与著者曾毅以国人的身份书写本国文学史有关，因为他认为此前日本人写中国的文学史，实乃"异国人治异国文学，其为隔靴搔痒"②。查猛济却在刘毓盘所著的《中国文学史·序》中提出不同的看法，他认为作为东方文化发达最早的古国，当时的中国竟然没有适当的文学来表扬其文化与精神，实在是"中国民族之羞也"③。无论是曾毅的盛情赞扬还是查猛济的深表失望，都可见"中国文学史"一开始就背负着表述中国及其文化的重任。此处提到的两本《中国文学史》都出版于民国时期。就"中华民国"的人群构成而言，1912年的《清室退位诏书》与《中华民国临时大总统宣言书》都强调指出"合满汉蒙回藏五族完全领土为一大中华民国"④"合汉满蒙回藏诸族为一人。

---

① 曾毅：《中国文学史》，东图书局1915年版，第2页。
② 同上。
③ 查猛济：《中国文学史·序》，刘毓盘《中国文学史》，古今图书店1924年版，第1页。
④ 《清室退位诏书》（1912年2月12日），全文可见《晚霞》2007年第4期。

第三章 课程读本：多民族文学的课堂呈现

是曰民族之团结"①。然而，彼时"中国文学史"主要指的还是汉族文学，文学评介的标准亦以汉语言文学为准绳，少数民族文学还没有在文学史中占据位置，发出声音。苏秉琦先生曾指出，在中国存在这样的"怪圈"，即在中华大一统观方面，我们习惯于把汉族史看成是正史，其他的就列于正史之外。②或许正是"怪圈"习惯的影响，少数民族文学未能出现在彼时的文学史书写中。与"五族共和"相比，新中国成立以来的民族识别与民族政策加深了人们对多民族的理解，但当下的"中国文学史"书写还没有及时做出相应的改进。

回过头来，再看《中华文学通史》，其中"我国是世界上具有几千年连绵不绝的丰富多彩文学传统的少数国家之一"③的表述，可谓对早期《中国文学史》"四千余年之国华"颂赞的一种回应，并试图以此"为民族国家提供一部连绵不断的文化史"④。这部"连绵不断的文化史"的主人是谁呢？自然是在中国历史上曾经出现过的各个民族。它们的文化与文学理应在文学史中占有一席之地。

先讲"源"，即追溯历史，摆出各民族文学与汉族文学拥有几乎同等长度的历史，以此作为其参与中国文学整个历史过程的明证，这在前述几部具有"多民族文学史观"意识的文学史中都可得见。那么，"源远流长"的证据何在？在《中国文化与文学再认识》文中，张炯先生以红山文化、三星堆文化、金沙遗址等考古发现为据，指出对中国文化与文学之"源"的理解，应从"一元"转为"多元"；而

---

① 《中华民国临时大总统宣言书》（1912），孟庆鹏编《孙中山文集》（上），团结出版社1997年版，第485页。
② 苏秉琦：《中国文明起源新探》，生活·读书·新知三联书店2000年版，第4页。
③ 参见张炯、邓邵基、樊骏主编《中华文学通史》第一卷导言，华艺出版社1997年版，第1页。
④ ［美］孙康宜、宇文所安主编：《剑桥中国文学史》上卷导言，刘倩等译，生活·新知·读书三联书店2013年版，第14页。

其"流"亦应"从五千年到八千年"①。关于文学之"源"的追溯,实际与中国文化与文明起源的认识有关。在"一元"之外,就中国文明的起源,有傅斯年根据彼时的考古新材料与汉语文献典籍考据提出的"夷夏东西说"②;有苏秉琦根据各地考古新发现提出的"满天星斗"说,即"中华大地文明火花,真如满天星斗"。③ 无论是"夷夏东西说"还是"满天星斗"说,都是对中国文学之"源"的"一元"认识的突破,为认识中国文学的"源"提供了视野。

然后来看"流",即对中国文化与文学发展路径的认识。前面所举例子与文学史中相关内容,如南方洪水神话中的"祖先"、藏族散文与白族诗篇与汉族文学的关联等,可谓"源远流长"的最佳例证,同时又将各民族文学"你中有我,我中有你"的水乳交融彰显得淋漓尽致。中国境内语系的多元性以及文化板块的多样性,都是对中国文化的"源"为"多元"的诠释与提醒。不过,例2以"用少数民族文字记录的《越人歌》与《白狼歌》"为"源流"的证据之一,多少道出了写史者对"文字"书写的尊崇。其他无文字少数民族如何通过口传文学证明自身更长远的历史,确非易事。这正好提醒我们面对中国文化与文学的多元时,应保持开放的心态与"大文学观"的视野。

此处稍作扩展,以多元族群的美国为例,就与白人文化同时并存的、常被忽视的其他族裔的文化,有人提出"平行文化"(parallel culture)的概念,以便替代令人不舒服的"少数民族(minority)"一

---

① 张炯:《中国文化与文学再认识》,《贵州社会科学》2012年第11期。
② 傅斯年:《夷夏东西说》,欧阳哲生主编《傅斯年全集》第三卷,湖南教育出版社2003年版,第180—232页。
③ 苏秉琦:《中国文明起源新探》,生活·读书·新知三联书店2000年版,第118—119页。

词。①"平行文化"强调了美国境内文化的不同来源,其最终目的是要为"少数"族群文化在美国文化史书写中争取到应有的位置。从字面意义来看,"平行"侧重于并行、不交叉,强调不同文化的多元发生,尚未侧重不同文化的相互影响。回头再看中国文学的"源远流长"与"你中有我,我中有你"的表述,也就不难推断其中既有对各民族文学应有地位的尊重,也有对彼此相互滋养的回望与感激。

简单来讲,前述文学史中的表述套语,实际从三个维度叙述了各民族文学的关系:一是"民族文学作为中国文学的组成部分",强调各民族文学在空间上并存关系的同时,实际是对构成中国的多民族人群的认识;二是"源远流长",在表达彼此时间上的纵深关系之时,可谓对中国文化与文明起源认识的回顾;三是"你中有我,我中有你",揭露并预示着彼此在时间与空间中的不可分离与共生共长。这三个维度,正好构成对"什么是中国"以及"什么是中国文学"的认识。

二 "血缘书写"与民族文学的认同

王明珂曾提及"历史"塑造华夏及当代中国人认同的历史过程②。作为"历史"的《中华文学通史》与《中国少数民族文学史》,其中"华夏"与"中国人认同"表述如何呢?从上述文学史叙述套语中不难见出,其书写常将各民族文学的关系表述为血统或亲缘关系,此处将其视作"血缘书写"。在具体论述前,试再列举如下:

例1:现存的中国各民族的文学,都不是"单质的"或"纯

---

① Cai Mingshui, *Multicultural literature for Children and Young Adults*: *Reflections on Critical Issues*, Westport, Connectinut: Greenwood Press, 2002, p. xix.
② 王明珂:《英雄祖先与弟兄民族:根基历史的文本与情境》,中华书局 2009 年版,第 3 页。

血统性质的"文学,它们都经历过长期的"化合"或"混血"过程。这种过程既表现在中国各民族文学之间的相互交流和相互影响,也表现在中国各民族文学之间的相互学习和相互借鉴。①

例2:我国五十多个民族,除了极少数保持了较为单纯的血统外,差不多所有的民族都是在历史发展中由多种民族成分融合成的。一些兄弟民族融入了汉族,汉族也融合其他民族。……在文学这块园地,每个兄弟民族都有自己的重大贡献,都有自己独特创造。缺少了兄弟民族文学的内容,中国文学史就缺少了许多珍贵的东西,遗漏了重要的部分。②

例3:史诗是各族先民亲切交往的见证……纳西族《创世纪》中说人类始祖从忍利恩与神女结合,生三子,即为纳西族、藏族和白族的祖先。③

例1引自邓敏文先生的《中国多民族文学史论》。文中,他将中国各民族文学的相互交流与影响视作"化合"或"混血"过程。例2来源于毛星先生的《中国少数民族文学》。在论述文学关系之前,他先叙述了各民族彼此的"血统"与"融合"。例3是马学良先生在《中国少数民族文学史》中对纳西族《创世纪》的评介。这则故事来源于《东巴经》,故事梗概如下:

天地混沌不分时,由善神和早期的人们建造了一座叫居那若倮的山。这座山将天地分开,声和气发生变化形成三滴白露水。由这露水又变成了三个大海,大海生出海蛋,海蛋生出恨依恨

---

① 邓敏文:《中国多民族文学史论》,社会科学文献出版社1995年版,第9页。
② 毛星主编:《中国少数民族文学》,湖南人民出版社1983年版,第5—10页。
③ 马学良、梁庭望、张公瑾编:《中国少数民族文学史》上册,中央民族学院出版社1992年版,第129页。

第三章 课程读本：多民族文学的课堂呈现

仍。故事的主人公从忍利恩就是恨依恨仍的第九代。大洪水来了，唯有从忍利恩活了下来。后来，他遇到仙女衬红褒白命，两人经历重重困难，与自然作斗争，开荒播种，饲养家禽，生下了三个儿子：老大是藏族，老二是纳西族，老三是白族。①

为什么是藏族、纳西族与白族呢？这应与三个民族比邻而居的现实情状有关。《中国少数民族文学史》从这则故事中同一个"祖先"与三个不同民族的孩子之间的关系，强调突出了"先民"的亲切交往。类似的表述，在前述具有"多民族文学史观"的文学史中颇多。由此展开的思考有：文学史对中国各民族文化与文学关系的理解，为何要借助"血统"加以说明呢？

先来看部分汉语文献对其他民族的表述。在《史记·西南夷列传》中，"巴蜀西南"之人被视作"蛮夷"。若从"蛮"字从"虫"来看，尽管有学者认为其意在指不同的经济生活方式，"蛮夷戎狄"也只是对少数民族的行为特征和生活方式的描述，并没有歧视性的内容和含义。② 但以"动物"类汉字来描述西南族群形象，实非值得称道之事。③"蛮夷戎狄"的背后，凸显了"大汉族主义"的唯我独尊。此种"目中无人"的妄自尊大，后又被清朝政府继续发扬。在早期与西方人初次相遇时，"英猡猁"等"犬"旁词语亦不少见。如何命名"非我"族群？就一国之内而言，与不同族群间的平等与团结有关；就不同国家而言，涉及不同主体文化的接触与交流。就这点，1858年中英《天津条约》对"夷"字的禁令就是最好例证。在刘禾的论述

---

① 云南省民族民间文学丽江调查队编：《纳西族文学史》，云南人民出版社1959年版，第69—70页。
② 代艳芝、杨筱奕：《蛮夷戎狄称谓探析》，《思想战线》2009年S1期。
③ 《西南夷列传》（《史记》卷一百一十六）。

中,她认为这个"夷"字已经被清政府统治者赋予了新的地理政治意义,以便其拓展帝国的规划。① 因而,如若毫无悔改地带有以往的偏见与歧视,则可能带来冲突与暴力,后果不堪设想。用正确的汉字称谓国内的少数民族,事关民族团结大局。

新中国成立后,中央政府就着手处理带有歧视或侮辱少数民族性质的称谓、地名、碑碣、匾联等,以减少民族隔阂与民族纠纷。② 印刷出版物书名的审核,自然亦在此列。如林耀华先生1947年出版的《凉山夷家》,后来被更名为《凉山彝家》。如果说"蛮夷戎狄"是以往汉语文献对民族关系的表述,那么"去掉带有歧视或侮辱少数民族性质的称谓"等,则可谓对此表述的一种矫正。为少数民族"正名",作为新中国民族政策的实践之一,推动国内民族关系朝着良好方向发展。

回顾了以往的汉语文献,再来看新中国成立后相关文献的表述。前面已经多次谈到以往的文学史不提少数民族的文学,当首次谈及这部分文学的时候,有一段时期,"兄弟民族文学"与"少数民族文学"两种提法曾并用。何为"兄弟"呢?同父母所生是为兄弟。这一"血统亲缘"的纽带,正是对以往将少数民族视为"蛮夷狄戎"偏见的逆转。以往的"非我族类"变成当下的"兄弟",从"血统"的关联出发,除了对少数民族身份有新的认同,同时还体现出他们对彼此文化的认同。那么,如何成为"兄弟"呢?除了"同父母所生"拥有相同的"血统"外,民间还有许多通过"盟誓"、同喝"咒水""血水"等方式结为"兄弟"的例子。这样的民间盟誓传统,在1935

---

① [美]刘禾:《帝国的话语政治》,杨立华等译,生活·读书·新知三联书店2009年版,第4页。
② 《中央人民政府政务院关于处理带有歧视或侮辱少数民族性质的称谓、地名、碑碣、匾联的指示》,《民族政策文件汇编》第一编,人民出版社1958年版,第16—17页。

第三章 课程读本：多民族文学的课堂呈现

年5月中央红军进入大凉山冕宁县时，被借用来宣传其民族政策。当时的中央红军司令员刘伯承与彝族果基家支首领果基约达在彝海附近"钻牛皮，吃血酒"——歃血为盟，结拜兄弟，即民族团结光辉典范的"彝海结盟"[①]。后来，新中国还在其他民族运用过"歃血结盟"的传统。如1951年云南边疆26个兄弟民族代表参加的"普洱誓盟"。徐新建先生认为，"结盟"体现了各民族之间缔造平等团结的兄弟关系，"歃血"突出了此种关系不但受世俗的新制度约束，还祈求了超族群和超政治的上天佑护。[②] 这即意味着，如果不能拥有从父母那里遗传而来的共同"血统"，还可以通过"结盟"获得某种"血缘"上的联系。因而，"歃血结盟"成为新中国"民族大家庭"的重要纽带之一。我们可以在此背景下理解"兄弟民族文学"提法与后来文学史中的"血缘书写"。

其实，文学史中的"血缘书写"并不鲜见。王明珂在《英雄祖先与弟兄民族》一书中，就"兄弟"血缘与"民族团结"关系的讨论中，就提醒人们"弟兄民族"并非只是当代强调民族团结的口号，它还是一种古老历史心性与记忆的遗存。[③] 此类"历史心性"与"记忆遗存"在各民族的神话与传说中都有呈现。如此小节例3中纳西族的《创世纪》。此外，在民国时期的民族志中早已有类似表述。彼时的民族志，开篇就讲族源问题。其"族源"探讨的目的，是为不同民族寻找血缘上的关系。这在王璐博士的《民国时期西南民族志研究》一文中有相关讨论。她指出"溯源"将"蛮夷"转换成"胞族"，其实是

[①] 杨荆楚：《民族团结的光辉典范：纪念"彝海结盟"六十周年》，《民族研究》1996年第1期。

[②] 徐新建：《民间仪式与作家书写的双重并轨：从"普洱誓盟"看现代中国的"民族表述"》，《民族文学研究》2012年第4期。

[③] 王明珂：《英雄祖先与弟兄民族：根基历史的文本与情境》，中华书局2009年版，第3页。

要将政治认同转化为血缘认同，旨在从根基性上强调国人的一体性。①在王明珂先生的论述中也有类似讨论。因而，中国文学史的"血缘书写"模式是对民国时期西南民族志"族源"表述的一种延续。

简单来讲，"血缘书写"模式，即先从身体的血脉相连出发，强调国内各民族的平等地位；再以此比拟各民族文学的关系，强调彼此的相生相长。其目的自与增进国人对新国家的政治认同不无关系。对以往被忽略的民族文学而言，抛除前述政治目的后，仍可见此书写模式对民族文学的存在、地位与意义给予积极的肯定与认可，亦为认识整体的中国文学提供一种视野。回头来看新中国成立后发起编写的《中国少数民族文学史丛书》。该套丛书其实是为"加强民族团结，共同建设社会主义祖国"②伟大工程的一部分。依托文学史展开的文学教育，作为国民教育的重要部分，自然会为这一伟大工程添砖加瓦。

第三节　文学人类学专业课程的三个读本

本章前面两节既有对文学史与文学读本的评介，又有对其书写方式的分析。前述文学史或文学读本，就多民族中国文学的丰富性与完整性呈现程度不一。如何选取合适的课程读本，既能在规定课时内完成教学任务，又能让学生获得较为完整与丰富的中国文学概貌，的确是课堂教学中的难题。本章此节，将以四川大学文学人类学博士点的课程读本为个案，考察分析多元文本对多民族国家的族群、边界、文

---

①　王璐：《民国时期西南民族志研究》，博士学位论文，四川大学，2013年。
②　中国社会科学院少数民族文学研究所：《中国少数民族文学史丛书》编辑出版说明，《侗族文学史》，贵州民族出版社1988年版，第1页。

化及其关系的呈现。

一 "文学人类学"课程

四川大学文学人类学博士研究生设有三门必修课程：一是"文学人类学"；二是"多民族国家的文化与文学"；三是"田野考察"。

"文学人类学"是博士一年级秋季学期课程。这门理论基础课程的教学用书，已经出版的有叶舒宪教授的《文学人类学教程》。该教程是中国社会科学院研究生的重点教材，共有四编，第一编"史与论"、第二编"文学发生"、第三编"文学功能"、第四编"研究方法"。教程中涉及多民族文学的章节有：第一章"民族文学、比较文学与文学人类学"、第四章"中国文化的构成与民族文学"、第八章第三节"傈僳族的《祭龙神调》"等。①

从目录上，就可以直观地感受到作者秉持着文学人类学的"大文学观"。从民族角度而言，该课程讨论的文学作品既有汉族的，也有其他民族的。此外，文字书写文本、口传文本、仪式、礼俗与实物图像等，亦都有涵盖。在文中，叶舒宪明确指出这本教程的特点在于：

> 从民俗文学与高雅文学、口头传承与作家书写之间的多声部呈现，让被现代性的学院制度弄得褊狭化、僵硬化的文学观念重新丰满起来，得到立体的呈现，也让形形色色的殖民霸权和帝国霸权所遮蔽所压抑的弱势的、少数的、边缘的话语，能够发出前所未有的声音来。②

在绪论部分，笔者已对叶舒宪提出的"大文学观"做过讨论。假

---

① 叶舒宪：《文学人类学教程》，中国社会科学出版社2010年版。
② 同上书，第20页。

如此前叶舒宪的"大文学观"还只是一种观念式倡导,那么,《文学人类学教程》则以四重证据的方式对文学个案进行了生动丰富的辨析。此处可以《西游记》为例做一说明。本章第一节曾谈到,《中国文学史教学大纲》选编了《西游记》,并从社会生活的复杂性角度阐释了这一作品。在《文学人类学教程》中,叶舒宪借助敦煌壁画来考察多民族中国的文学史问题。他认为敦煌壁画中的孙悟空为唐僧牵白龙马并翘首仰望水月观音的场景,给予我们的启示正在于要突破以往单一族群的封闭视角,从多元互动的视角来看待多民族国家文化与文学的交流与发展。① 从某种意义上,《文学人类学教程》的确绘制了一幅全新的文学地图,其冲破书本知识已然法典化的壁垒与单一文本资料的限制,勾勒还原出人类文学的多族群性与多文本性。

《文学人类学教程》出版后,四川大学文学人类学博士生课程中亦将其作为教学参考用书。不过,受学期教学课时的限制,有限的课堂教学时间并不能完成该教程中的全部内容。因而,四川大学文学人类学博士点的徐新建教授采取"专题"的形式讲授"文学人类学"课程,并根据课时要求制定课程大纲以完成教学。以下是四川大学文学人类学 2010 级博士生"文学人类学"课程的授课计划:

  第一讲 从《圣经 创世纪》文本看文学人类学的可能性与必要性

  第二讲 从《黄帝本纪》看汉语世界表述系统下的神话与文学

  第三讲 文学疆界与《六道轮回图》

  第四讲 乾坤卦象:前文学时代的文和学

---

① 叶舒宪:《文学人类学教程》,中国社会科学出版社 2010 年版,第 98 页。

第五讲　俄狄浦斯王：悲剧舞台的"我非我"

第六讲　青铜时代：人神杂糅的神话世界

第七讲　荷马史诗与格萨尔王：故事讲述的文化功能

第八讲　唐诗、宋词与歌谣：歌与诗的人类学

第九讲　科学的人观：进化论讲述的故事

第十讲　谁是"我们"：国民、个体与超我[①]

　　根据授课计划的需要，课堂阅读的文本既有经典的文字书写文本，如《圣经》《史记》《易经》《俄狄浦斯》《阿Q正传》《山海经》《进化论》与王维、杜甫和李白的诗歌，也有口头传唱的文本如《荷马史诗》《格萨尔王》与日常生活中的侗族大歌、土家族哭嫁歌等。此外，还有本尼迪克特的民族志《菊与刀》、弗洛伊德的心理学案例《少女杜拉的故事》、史蒂芬·霍金的《大设计》。三星堆出土的器物与《六道轮回图》亦作为文学文本在课堂加以解读。展开来看会发现，"文学人类学"授课计划的每一讲都各有中心，但同时又内在地贯穿着一个核心理念，那就是文学人类学的大文学观，这一点与《文学人类学课程》相似。比如，《圣经》作为一种有文学色彩与文学特征的宗教读本，进入文学人类学的课堂便成为探讨西方文学源头的一个引子；"乾坤卦象"一讲，提出有两个"前文学时代"。第一个"前文学时代"是西方的 literature 翻译成"文学"进入中国之前的文学时代；第二个是未有文字书写以前的文学时代。这讲的主题即以"乾坤卦象"为切入点，要求学生从中西与古今的双重视角重新反思文学观。

　　当冲破以往狭隘的文字书写至上文学观之后，再来看《文学人类学》教学大纲中所选取的文本，就会看见其中"独具匠心"。比如，

[①] 引自四川大学2010级文学人类学博士研究生课程"文学人类学"课程大纲。

《黄帝本纪》选自汉代史学家司马迁的《史记》。这一讲的核心除了讨论神话历史化之外，还涉及是否可以将历史文本视作文学文本的问题；"六道轮回图"作为图像文本的引入，将"文学是什么"的问题纵深化、扩大化。课堂上，徐新建教授由此激发大家思考"文学：世俗虚构还是神圣启迪？"的问题①。"青铜时代"探讨了"绝地天通"与话语权和叙事认知模式问题，同时还对神话与文学的分界与关联作了分析。《荷马史诗》与《格萨尔王》是史诗专题，讨论了史诗文本与史实的关系，认为史实是在史诗的文本和环境当中的集体记忆，史诗是一种集体创作或者集体生产。②此外，在讲述唐诗与宋词的时候，引入乡土村寨的侗族大歌、土家族哭嫁歌等生活情境中的"歌谣"作为对照。也就是说，这一讲将口述的、演唱的、民间的、边缘的、少数民族的文学生活正式纳入了课堂。第九讲将达尔文的《进化论》文本放置进来，探讨了科学的科学性、科学的文学性以及科学与非科学等问题。第十讲则从弗洛伊德、本尼迪克特与鲁迅的文本来谈论"我们是谁"的问题。

总体而言，四川大学"文学人类学"课程的教学尽管没有使用严格意义上的"教材"或"读本"，但教学大纲的设计整合兼顾了文本与民族的多元性，在文学人类学"大文学观"的整体视野中，呈现了中国多民族文学的丰富与绚丽。

二 "多民族国家的文学与文化"课程读本

四川大学文学人类学专业博士生的另一门必修课程是"多民族国家的文学与文化"。主讲教授徐新建根据自己多年的教学与研究，于

---

① 可参考徐新建《文学：世俗虚拟还是神圣启迪——"文学疆界"与〈六道轮回〉》，《文艺理论研究》2011年第3期。
② 引自徐新建在四川大学文学人类学2010级博士生课程文学人类学课堂上的讲解。

第三章 课程读本：多民族文学的课堂呈现

2013年编选了同名的博士生课程教学用书。虽然这个读本的所有文章都是徐新建教授一人撰写，存在个人学术经历与研究兴趣领域的局限，某种程度上不利于形成多重声部的"合唱"氛围。但在目前高校缺少合适的多民族文学课程读本的情况下，这一课程读本努力呈现文学的多民族与多文本的举措，是值得关注与称道的。这本书的主体结构与内容目录如下：

《多民族国家的文学与文化》目录①

导论　表述与被表述：多民族文学的视野与目标

第一编　国家、边界和族群

　　"长江故事"：国家地理与族群书写

　　蚩尤和黄帝：族源故事再探讨

　　"龙传人"与"狼图腾"：当代中国的身份认同

　　民族身份的再激发：丹巴藏寨及其旅游影响

　　西南视野：地方与世界

　　牧耕交映：从文明的视野看夷夏

第二编　文本、表述与民族志

　　"梭嘎"记事：关于中国首座"生态博物馆"的考察分析

　　"礼失求野"与"华夷联系"：生态、食俗与多民族表述

　　"墨尔多"之歌：多样化的文本和实践

　　从文学到人类学：关于"民族志"和"写文化"

---

① 此本课程用书所选的内容大部分为徐新建教授已经公开出版的论文，此处不一一标明其出处。该书已于2016年正式出版，参见徐新建著《多民族国家的文学与文化》，人民出版社2016年版。

> 的答问
>
> 族群表述：生态文明的人类学意义
>
> 第三编　地域、世界与跨文化对话
>
> 文明对话中的"原住民转向"
>
> "盖娅"神话与地球家园
>
> "我们"反对"我们"？评说亨廷顿的"新国族主义"
>
> 族群问题与校园政治："族群研究"在哈佛
>
> 英国不是"不列颠"：多民族国家的身份认同比较
>
> 跨文化比较："美洲印第安人博物馆"与族群自述
>
> 结语："多民族文学史观"

从目录可以看出，《多民族国家的文化与文学》既有跨文化的比较视野，又有文学人类学跨学科的人文关怀。其中所选文本有人文地理、神话故事、传说、历史、小说、歌曲与博物馆等。从多元文本可以看出，该课程读本一如前面提及的"文学人类学"教学大纲，都秉持着文学人类学"大文学观"的理念。该选本三编结构层层递进，在介绍了一国之内的边界与族群历史互动关系后，由多元文本的表述探讨多民族国家文化的多样性，最后在跨文化的比较视野中理解族群问题之于多民族国家的重要性。

以"'龙传人'与'狼图腾'：当代中国的身份认同"一章为例，除了在四川大学课堂上讨论过此章，徐新建教授还在宜宾学院文学与新闻学院以讲座的形式讲授过。这一章中的文学文本主要有姜戎的小说《狼图腾》、歌曲《龙的传人》《龙的情怀》《我们是永远的苍狼》以及芒克的诗歌等。通过这些文本的具体分析，徐新建教授力图探讨

第三章 课程读本：多民族文学的课堂呈现

多民族国家内族群的身份类型与身份认同的问题。① 从宜宾学院现场讲座的反响来看，这样的讨论可以在四川大学的博士生课程中讲解，也可以在其他高校课堂推行。这一讲的设计，对于启发学生了解多民族中国的文化与文学具有深刻的现实意义。②

其他各章所选取的文本同样丰富多元。比如"长江故事"一章，既有徐霞客的《溯江纪源》，亦有《黄河大合唱》《长江之歌》与余光中的《扬子江船夫曲》等。③ 严格来讲，四川大学文学人类学博生研究生必修课程编选的《多民族国家的文学与文化》读本，并不具有文学史清晰的历时脉络，文学文本的选取亦不够全面，还未能更好地体现国内民族的多元与文学的丰富性。但是，它力图在时空、边界与族群的互动中体现当代中国文化与文学多民族性的特征，并在文本的多元中体现"大文学观"的教学行动，在当下的高等院校文学教育中的确具有创新性。

总体来讲，四川大学文学人类学博士点这两门课程的教学大纲与课程读本各有利弊。"文学人类学"课程的教学大纲提供了论题与部分阅读材料，因学生知识结构与文化背景的差异会主动选取不同的阅读文本进来，因而课堂上对文学、多民族国家的文学、文学人类学等话题的讨论更开放。《多民族国家的文学与文化》中既有中国的个案，又有美国与英国的跨国考察，拥有较为广阔的比较视野。此外，尽管这两门课程并未有鲜明的"血缘书写"迹象，但其中讨论的文学个案大多并非单一族群的文本，而是跨越了族群边界

---

① 可参考徐新建《当代中国的民族身份表述——"龙传人"和"狼图腾"的两种认同类型》，《民族文学研究》2006年第4期。
② 宜宾学院讲座时间：2013年4月12日。
③ 徐新建：《国家地理与族群写作——关于"长江故事"的文学人类学解读》，《民族文学研究》2005年第3期。

的文学文本，对多民族文学的课堂呈现而言，的确是值得关注与借鉴的个案。

本章小结

高等院校文学专业教学大多依托文学史与文学选本展开。文学史以教材与历史的双重权威身份进入课堂，其中所选择的知识通常以"常识"的面貌出现。就多民族中国而言，文学史书写的内容若能与多民族国家的国情相符，就能在展现中华文明悠久历史的同时，形塑学生对多民族中国、多民族中国文化与文学的整体认知。

本章第一节即对新中国成立以来部分高校编写的"中国文学史"与"文学选本"进行盘点，并以"多民族文学史观"为区分，对其作了检视。令人遗憾的是，在为数众多的文学史教材中，拥有多民族文学视野的文学史实在屈指可数。

第二节以两本具有"多民族文学史观"意识的文学史为例，探讨相关文学史教材中的叙述套语如何对中国各民族文学彼此相生相长、水乳交融的关系作了描述。本研究以"血缘书写"概述这一写作方式并作了相关分析。

第三节以四川大学文学人类学博士点两门必修课程的教学大纲与课程读本为个案，探讨了它们对多民族中国文学与文化的呈现。同时，也对课程读本作了检视。

第四章　师生实践：多民族文学教育的田野考察

> 在我们这个时代，文化是一种决定性的力量。许多从表面上看来是政治性的冲突，实际上反映了文化上的深刻分歧。
> ——《多种文化的星球》①

若从 1952 年 10 月中央民族学院的少数民族语言文学系成立为标志，中国少数民族文学学科已逾 60 年。在前几章对学科建设、高校分工以及多民族文学史教材调研的基础上，本章将回到高校文学专业师生对中国多民族文学教育的"教"与"学"两个层面。目前大陆高校开设中国少数民族语言文学学科及专业的院校虽然只有 64 所，但教师与学生队伍的庞大加深了田野考察的难度。本研究对教师之"教"部分的调研，主要运用访谈法；对学生之"学"部分的考察，则主要采取问卷调查。在访谈与问卷的基础上，本章将针对其中表现出来的问题展开分析，以便对高校中国多民族文学的教学实践有所把握，从而对未来的中国多民族文学教育提供经验与教训。

---

① ［美］欧文·拉兹洛：《联合国教科文组织国际专家研究报告：多种文化的星球》，社会科学文献出版社 2004 年版，第 211 页。

第一节　高校文学教师访谈

何为教师？《说文解字》释曰："教，上所施，下所效也"；"育，养子使作善也"。因而，"教书育人"可以说既是方式，又是目的。甚至可以说是"教育领域中人们所偏爱的理想"[①]。按《中华人民共和国教师法》，"教师"即"履行教育教学职责的专业人员"，承担着"教书育人，培育社会主义事业建设者和接班人，提高民族素质的使命"[②]。作为"传道授业"之人，高校文学教师要传授予学生什么，与几个因素相关：第一是其对文学教育的理解。在绪论部分，本研究曾指出文学教育可以是关于文学知识的教育，也可以是借助或通过文学得以实现的教育。从多民族的角度而言，文学教育是关于多民族文学知识的教育与借助多民族文学得以实现的教育。第二是教师个人的多民族文学知识结构与知识储备。关于此点，受当下整个高校文学教育环境的影响，部分高校文学教师的多民族文学知识储备几乎为零。

本章试图借助对高校部分教师、专家与学者的访谈，来讨论高校文学教师在多民族文学教育实践过程中的问题、困难与出路。作为国家社科基金重大项目"中国多民族文学的共同发展研究"的子课题，本研究的访谈凭借课题组搭建的平台，于 2012 年 9 月陆续展开。彼时选取受访人员，有以下考虑：一是受访者在民族文学研究与教育领域中的影响力；二是受访者的民族身份；三是受访者所属高校或机构

---

① ［英］沃尔什：《教育：一个概念，多种用法》，李六珍译，吴棠校，瞿葆奎主编《教育学文集 第一卷 教育与教育学》，人民教育出版社 1993 年版，第 40 页。

② 《中华人民共和国教师法》（1993 年 10 月）。可参考网站：http：//www.gov.cn/banshi/2005 - 05/25/content_ 937. htm。

第四章 师生实践：多民族文学教育的田野考察

的地区差异。秉着以上三个原则，加上学术关系的各种机缘巧合，调研最终选取了7位受访者，他们分别是贵州省黔东南苗族侗族自治州凯里学院的傅安辉（侗族）、中国社会科学院民族文学研究所的汤晓青（汉族）、中央民族大学的梁庭望（壮族）、北京大学中文系的陈跃红（汉族）、暨南大学的姚新勇（汉族）、喀什师范学院的麦麦提吐尔逊·吐尔迪（维吾尔族）、四川大学文学与新闻学院徐新建教授（苗族）七位专家。这样的选取，除了考虑到受访者的民族身份外，还考虑了高校层级的不同与高校所处地区的差异。尽管如此，这7位受访者只是中国成千上万文学教师中极少的一部分，就调研的数量而言，对他们的访谈并不具有足够的代表性。然而，中国的教师队伍不正是由一个个教师所组成的吗？这几位受访者对教育、教学经历的生动叙述与深刻反思，或许能弥补调研数量不够的遗憾。

教师访谈部分，主要围绕三个问题展开：一是个人成长、生活与受教育的经历；二是走上民族文学教学与研究的契机或原因；三是对文学教育中偏重汉语言文学教育与少数民族文学教育利弊的看法与建议。提出这三个问题主要基于以下考虑：一是前两个问题是否有直接的因果联系，即多民族文学的教学、研究是否与个体成长、受教育的经历有必然的联系；二是教师对文学教育的看法如何，是否曾考虑过多民族文学教育的实践或施行。严格来说，访谈提纲中的这三个问题并不十分清晰，这种"刻意的"模糊要求受访者根据个人的理解作出回答。在具体访谈过程中，笔者又根据受访者的个人情况，进行了部分调整与补充。这就意味着，受访对象所处的情况不同，所获得的答案自然各不相同。比如，对傅安辉的访谈涉及多民族省区内民族自治州地区的高校文学教育实践，这是因为他对培养相关民族文学教学人才的问题关注较多；对汤晓青的访谈，在回顾中国社会科学院民族文学研究所成立始末的基础上，反思中国社会科学院作为独特的文学教育机构，在学位教育、民族文学公共教育平台等方面所起的作用与存在的问题[1]；对梁庭望的访谈，从文学史的书写谈起，就文学教育、文学选本与民族关系、地域文化与族群认同问题作了思考[2]；陈跃红不仅谈到个体在多民族地区共同生活的经历与文学的地域考察，还强调了多民族文学教育应回到文学产生的原初情境[3]；姚新勇结合个人在新疆成长与学习的经历，探讨了内地与边疆民族的相互认知、民族问题与多民族文学关系研究、民族认同与文化多样性、少数民族去政治化与国家政治制度民主化等问题，指出各民族文学关系研究在现代多民族中国的重要性，并强调多民族文学教育的紧迫性与必然性[4]；麦麦提吐尔逊·吐尔迪结合个人经历，谈到民族文学与文学理论、翻译介绍的关联，并强调在传统的课堂文学教育之外，应关注新疆民间存在的"麦西莱甫"等文艺活动的文学教育功能；徐新建的访谈则对当下文学教育的弊端作了深刻批评，并提出文学教育应该重新定位其目标。这些讨论，立足于受访者多年的教学经历，既谈到了高校中国多民族文学教育的必要性，又论及了其中的复杂性。他们针对教学中的现有困难，提出了诸多富有建设性的建议。对于当下高校中国多民族文学教育的推行而言，他们的见解可谓高屋建瓴，值得认真辨析。

---

[1] 访谈已刊，可参考汤晓青、付海鸿《作为文学教育、研究机构的民族文学研究所——中国社会科学院汤晓青访谈录》，《百色学院学报》2013年第5期。

[2] 访谈已刊，可参考梁庭望、付海鸿《文学、民族与教育——梁庭望教授访谈录》，《中外文化与文论》2013年第2期。

[3] 访谈已刊，可参考陈跃红、付海鸿《多民族文学教育的融合与发展——北京大学中文系陈跃红教授访谈》，《百色学院学报》2013年第2期。

[4] 此访整理后，以"民族问题、文化多样性与文学教育——暨南大学姚新勇教授访谈"为题发布在姚新勇教授博客上。可参考"天山姚新勇"新浪博客：http://blog.sina.com.cn/s/blog_60f25ed70102e7uj.html。

7位教师访谈，收集的录音资料共计569分钟，整理成文有近8万字，具体可见表4-1。

表4-1　　　　　　高校多民族文学教育教师访谈情况

	姓名	工作单位	访谈时间	访谈地点	分钟数	字数
1	傅安辉	凯里学院	2012.9.3	凯里	61	7189
2	汤晓青	中国社科院	2012.10.8	北京	105	13448
3	梁庭望	中央民族大学	2012.10.9	北京	111	14905
4	陈跃红	北京大学	2012.10.10	北京	30	7108
5	姚新勇	暨南大学	2012.10.21	喀什	51	9780
6	麦麦提吐尔逊·吐尔迪	喀什大学	2012.10.22	喀什	115	7638
7	徐新建	四川大学	2014.12.27	成都	96	19000
合计					569	79068

图4-1　梁庭望先生寓所留影（2012年10月9日，笔者摄影）

图4-2 陈跃红教授访谈现场（2012年10月10日，张颖摄影）

图4-3 汤晓青教授访谈现场（2012年10月8日，张颖摄影）

访谈目的一如前述，旨在依循受访者对个体成长经历的回忆与陈述，了解他们的生活经历、受教育情况以及他们如何获得"多民族"的认识并将其引入文学教育与研究之中。同时，针对他们就高校中国多民族文学教育相关问题的认识，本研究力图找到其中可能存在的普遍问题。根据对访谈录音的整理稿，此处拟对7位高校教师提到最多的、也是颇为重要的两大问题进行阐述。

一 环境与"出身":多民族文学观念的习得

大多数汉族地区成长与生活的人对"中国是一个统一的多民族国家"的认识,恐怕主要来源于重大节庆时电视媒体上的各类歌舞宣传节目。对于身处多民族地区的人们而言,"多民族"不是遥远而抽象的事物,而是鲜活日子里的生活点滴与事实。生活在汉地的人们如何获得"多民族"的体认呢?在访谈中,多位学者谈到自身的多元血统与多民族地区生活的经历是他们获得多民族体验的主要途径。若对血统与生活经历进行排列组合,可得出两种排列:第一种是既有多元血统又有民族地区生活的经历;第二种是二者之中仅据其一。同时,民族地区具体细分,又会涉及区域、民族与村落等其他因素,其中涵盖的问题繁复。仅就高校内的文学教师队伍而言,除了教师的民族身份、家族历史与血统构成等纵向的、先天的、无可选择的因素外,其所处的地域环境、教育经历、生活中接触的人和事以及阅读的书籍等横向的、后天的、可以选择的条件,都有可能是教师个人获得"多民族"体验与知识的决定性因素。因而,本研究根据受访者所谈及的内容,从纵向的家族历史和血缘记忆与横向的地域环境和教育背景两方面,探寻它们如何使这部分教师对"多民族"有深切的体会,以及这些因素对他们后来所从事的教学与科研工作的影响。

(一)区域环境与血缘出身

在具体讨论展开前,先来看北京大学中文系陈跃红教授在访谈中的谈话:

> 像我个人的经历吧,我虽然现在在北京工作,但是我来自于贵州。我虽然是出生在省城贵阳,但是我们这个家族和少数民族有非常密切的关系。密切到什么地步呢?就是有血缘的联系,我

身上有八分之一的彝族血统。除了这个血统的关联，当然也与我从小的经历有关，因为我从小就生活在贵州毕节地区的乌蒙山区。乌蒙山区是苗族、彝族等少数民族聚居的地方。……我的身边就有彝族、苗族，当然还有回族等少数民族，因此我天然的对他们有一种了解。也就是说，我有一种多民族共同生活的认同。①

与陈跃红教授的访谈是在北大静园中文系二楼的系主任办公室里进行的。根据访谈提纲，他首先谈及了个人的生活与学术经历。谈到这部分的时候，陈跃红的语调显得活泼、明快。"在北京工作"是他对当下身份的表述；"来自于贵阳"则是他对个体生命的一种溯源。从引文可以看出，陈跃红教授获得"多民族共同生活的认同"与两个方面的因素有关：一是多民族血缘的联系，即"混血"；二是西南地区多民族共同生活的经历。关于这两点，后来接受访谈的同样来自贵州的学者徐新建教授也有提及。徐新建的身份较为复杂，他的身份证上"民族"一栏为"汉族"。在公开发表文章时的作者简介里，他写的却是"苗族"。访谈中，他从自身血统的多源谈到了经验层面的"多民族"概念：

仔细想起来，无论是从古代文献还是现代的民族来看，真正准确的、不得有争议的就是混血性。我身上的混血性至少有三种血统，就是苗、布依和汉。……所以，要谈"多民族"，我身上就是多民族啊。……我不觉得我身上有汉族的东西，我就瞧不起少数民族。我瞧不起少数民族就等于我瞧不起我自己，瞧不起我父亲，瞧不起我母亲。如果我是一个纯粹的蒙古人，或者是一个

---

① 陈跃红、付海鸿：《多民族文学教育的融合与发展——北京大学中文系陈跃红教授访谈》，《百色学院学报》2013年第2期。

纯粹的藏族人，可能还比较麻烦。所以，我觉得我讲"多民族"有一个优势。当然这又是一个区域问题了。西南地区从百苗到百越都有这个特点，他们的民族冲突是很少的，而且汉夷交融的可能性很大。①

从引文可以看出，陈跃红与徐新建两位受访者的多民族体验有许多相通之处，他们既有血缘上的"混血"，又有区域内多民族生活的体验。唯一的不同在于，陈跃红认为这两点是他"天然"获得"多民族"体认的原因所在，徐新建认为这是他具有"多民族"认知的"优势"。

"天然"即先天的、与生俱来的意味。这或可对应前面所提的"混血"情状，主要强调血统的继承与遗传。认为某种概念是"天然"习得的，这样的说法与荣格的"集体无意识"②相近。按照陈跃红的描述，那些长年累积的"多民族"经验，能经由代代相传的血统，自然而然地、潜移默化地在某一群体的全体成员的心理上留下印记。因而，"混血"的状态意味着他能从祖先或者族群那里"遗传"到"多民族"这一概念。

与"混血"相对的是"单一血缘"。就中华人民共和国公民身份证上"民族"栏的显示而言，所有人都是"单一血缘"，混血性在其中无从体现。实际情形中，"单一血缘"指的是同一民族的父亲与母亲结合所生孩子的血缘情况。比如，汉族父亲与汉族母亲、苗族父亲与苗族母亲、藏族父亲与藏族母亲等类似情形。"单一血缘"的情况可以分为两类：一是汉族父亲与汉族母亲结合所生孩子的血缘情况。

---

① 四川大学徐新建教授访谈稿。
② ［瑞士］卡尔·古斯塔夫·荣格：《原型与集体无意识》，徐德林译，国际文化出版公司2011年版，第36页。

这种单一血缘是否会因为长久以来的中原中心主义,以致孩子"天然"地承继"大汉族主义"意识呢？二是少数民族父亲与少数民族母亲结合所生孩子的血缘情况。这种单一血缘是否会因为少数民族血缘的遗传,会"天然"地对其他少数民族及其文化拥有同情与理解呢？本研究提出以上假设与疑问,是为了避免因过分强调血缘决定论,而忽略了个体后来所受教育经历与人生经历等重要因素。同时,避免因过分强调血缘而不自觉地形成狭隘的单一民族文学观。访谈中,徐新建教授就曾提及,"如果我是一个纯粹的蒙古人,或者是一个纯粹的藏族人,可能还比较麻烦"[①]。也就是说,固守"纯粹血缘"问题,可能会破坏多民族国家文化与文学的整体认识。多民族国家内的单一血缘民族,在坚守本民族文化的时候,还应超越本民族的局限,尽可能地对其他民族的文化有所同情与认识。

若借用"单一"或"混血"的概念来看文学,诸如藏语言文学、汉语言文学、蒙古语言文学等提法,是以民族来划分文学,以民族名称命名文学。这样的分类有个弊端,容易将中国的多民族文学分解成各民族文学,导致民族的个别叙事或者自我叙事。[②] 这一点,在前述内蒙古大学的蒙古语言文学专业设置与中央民族大学中国少数民族语言文学院下的五系分立中,笔者已有讨论。徐新建亦对此种各民族文学自我叙事提出过批评。[③] 的确,如果缺失了"多民族"的角度,不能从"混血"或"多源"的视角去认识中国文学,就无法把握多民族国家文学的整体状况。从这个意义上来讲,就能明白为何陈跃红与徐新建两位受访人均会提到血统中的"混血"状态。因为正是这种

[①] 四川大学徐新建教授访谈稿。
[②] 同上。
[③] 同上。

第四章 师生实践：多民族文学教育的田野考察

"混血"的出身，不仅影响了他们对自身民族身份的多元认同，还同时使他们能从多民族的视角认识中国的文化与文学。

相较个人"天然"的多元或单一血统而言，区域环境、家庭教育、学校教育与社会教育等是个人后天习得"多民族"经验与知识的社会情境与文化情境。这些社会文化情境对个人的影响就如"母亲的怀抱"①。在《萨摩亚人的成年》一书中，玛格丽特·米德曾谈道："我们的每一个思想、每一个行动都不是种族和本能的产物，而是导源于一个人在其中接受养育的社会。"② 的确，除了来自祖先血统的遗传记忆外，社会所给予每个人的养育也应该受到人们的重视。与陈跃红的访谈中，除了强调血统天然地使他对多民族共同生活有所认识外，他还回忆了多民族地区的生活经历对他的影响。他谈道：

> 作为一种背景吧，如果一个人是生活在多民族地区，那么，他对少数民族的文化以及各民族、本民族的文化都有一种天然的理解与认同感。这是我们做多民族文化的发展研究的地域体察的一部分。如果你老是待在京城，老是待在上海，你就缺少一种切身的体会和认同，你会把它当成一种猎奇的东西，从你的文化中心主义去看别的民族文化的观点，你不可能平等地去对待它。③

引文中，陈跃红从个体的人生体验出发，将中国区域划分为多民族地区与非多民族地区。同时，他还指出在不同区域成长的人群对中

---

① 墨菲谈到"文化的差异对婴儿并非构成天涯之别，影响孩子的最初环境是母亲的怀抱"。见［美］罗伯特·F.墨菲《文化与社会人类学引论》，王卓君、吕迺基译，商务印书馆1991年版，第32页。

② ［美］玛格丽特·米德：《萨摩亚人的成年》，周晓虹、李姚军、刘婧译，商务印书馆2008年版，第14页。

③ 陈跃红、付海鸿：《多民族文学教育的融合与发展——北京大学中文系陈跃红教授访谈》，《百色学院学报》2013年第2期。

国境内各民族文化的理解与认同存在差异。陈跃红认为，多民族地区对个人的养育，能使个人去除我族文化中心主义，平等地对待其他民族的文化。而"非多民族地区"的社会环境对个人的养育则可能走向另一端，即我族文化中心主义的高傲与自负。有关不同区域对个人"多民族"体验的差异，在徐新建的访谈中有更为详尽的阐述：

> 就西南这个地区而言，它本身就是一个传统的、有很漫长历史的、多元文化的区域。在我的成长环境里面，不管是以前的无意识，还是后来的有意识，都比较容易进入并理解这个话题的文化空间。那么，反过来讲，如果我生活在上海，或者我生活在深圳，可能情况就不太一样了。……对我来讲，西南地区本身在五方完整格局里面是多元性的存在。我觉得这可能是比较重要的一个原因和影响的因素。①

徐新建教授把西南放在"五方结构"之中加以认识，认为西南的多元性存在是他认识中国文化空间多元的重要因素。这样的认识影响了他后来从事的多民族文学教学与研究工作。② 除了血统的多元性外，两位受访者都强调西南这一多民族区域是他们习得"多民族"概念的另一重要途径。何为"习得"呢？其字面意思可理解为"通过学习方可获得"。《说文解字》曰："习，数飞也。"这即意味着，唯有如鸟儿般反复地练习飞翔，才可能获得某种能力。民族地区的生活经历，某种程度上预示着不同民族身份人群的多次亲近接触，他们共享文化生活经验。日常生活中的反复接触，使他们"习得"了多民族的认

---

① 四川大学徐新建教授访谈稿。
② 具体来讲，徐新建教授后来参与组织了"中国多民族文学论坛"、在四川大学开设了"多民族国家的文化与文学"课程、指导学生研究多民族文学方面的博士与硕士论文、成为国家社科基金重大项目"中国多民族文学的共同发展研究"的首席专家等。

第四章　师生实践：多民族文学教育的田野考察

同。或正基于此，陈跃红与徐新建才会认为，长久生活于上海与深圳等东部地区的人群较易缺乏"多民族"的意识。

与前两位受访者不同，暨南大学的姚新勇是汉族人。因为父辈从内地迁往新疆维吾尔自治区，姚新勇成了新疆人。成年后，他离开家乡到外地工作，后来辗转到东部沿海地区广东暨南大学任教。访谈中，他讲道：

> 我在新疆……新疆有各个族群的人……我是50年代出生的人，我肯定是非常喜欢新疆这块地方了。你这次到了新疆也看到了，新疆很开阔，无形当中培养了你的大气。我们一直生活在这里，也没有觉得过……但是等你离开新疆以后，你就会发现，反倒自己很想家。①

从姚新勇的谈话中可以看出，他认为是新疆的地形地貌与多民族共同生活的经历培养了他的个人气质。正是这些体验使他能较早地察觉这块土地上冒出的不利于民族团结的端倪。后来发生的"3·14""7·5"事件等，促使他开始认真思考中国境内的民族关系。于是，结合自己的教学与研究，他试图通过文学尤其是对少数民族文学的关注，来了解文学背后隐藏的民族心态。② 整理访谈录音成文后，这段材料用"身体、灵魂与学术：往返于新疆与内地"作了概括。如此用意在于，学术选择与个体成长历程之间存有潜在关系。甚至可以说，民族地区生活的体验正是学者以及普通人获得多民族国家认知的基础与契机。在暨南大学，姚新勇开设南方多民族文学课程，就与早年在

---

① 姚新勇、付海鸿：《民族问题、文化多样性与文学教育——暨南大学姚新勇教授访谈》，参考姚新勇新浪博客：http://blog.sina.com.cn/s/blog_60f25ed70102e7uj.html。
② 同上。

229

新疆多民族地区生活的经历有关。

然而，在不同的多民族地区生活，人们所获得的多民族体验也会有所不同。比如，在中国西南地区成长的陈跃红与徐新建看来，西南地区各民族是"和睦共处"的；在新疆地区成长起来的姚新勇教授，对近年来"民族关系紧张"的端倪会比较敏感。导致南北方多民族地区不同生活体验的原因，与历史上南北方民族交往的不同模式有关。若以长城为界，人们的生活方式、文化习俗等差异较大。比如，西南地区的农耕是"男耕女织"。徐新建教授认为，西南地区的建筑、饮食与文化基本上大同小异。当中原文化的人迁移到西南以后，比较容易本地化。加上不断的"改土归流"，近代以后的西南地区，民族的融入性与并存性就比较明显。[①] 草原社会以及与草原相似的亚洲内陆边疆的其他地区的情况则不相同，它们更容易接受来自草原的而不是来自农耕中国的影响。[②] 草原社会历史上的这种抵抗与拒绝，会对近代以后的区域内民族关系有所影响。这可以部分解释南北方成长起来的学者为何会有如此不同的民族关系体验。

（二）教育经历与学术选择

在区域环境外，个人的教育经历是另一个不可忽视的因素。教育背景、求学过程中遇到的人和事，都可能对个体后来的学术选择有决定性的影响。

凯里学院的侗族学者傅安辉早年所学专业是中国现当代文学。尽管他所修的并不是民族文学专业，但他1990年即在凯里学院开设了"侗族民间文学"课程。傅安辉教授之所以对民族文学教学与研究感

[①] 四川大学徐新建教授访谈稿。
[②] ［美］拉铁摩尔：《中国的亚洲内陆边疆》，唐晓峰译，江苏人民出版社2008年版，第190页。

第四章 师生实践：多民族文学教育的田野考察

兴趣，主要受益于求学路上接触到的某些教师。在访谈中，他回忆道：

> 在北京读书期间，我接触到了一些优秀的侗族学者。当时在中央民族学院任教的侗族前辈杨权①先生常带领我参加北京侗族圈的活动……杨权老师常对我说："你光是做中国现当代文学的研究还不够，你最好多研究一下侗族与其他少数民族的文学"。这之后，他就介绍我到民语系去听一些少数民族文学方面的课程，当时中央民族学院有苗族、侗族、蒙古族、藏族、朝鲜族与壮族的文学课程。听了他们的课之后，我对少数民族文学的兴趣愈加强烈了。因此，我从事民族文学方面的教学与研究，杨权老师在这个方面的引导作用很大。②

比照前文会发现，贵州籍的学者傅安辉与前面提到的陈跃红、徐新建对多民族的认识并不相同。傅安辉既没有谈到血统的问题，也基本未提及多民族地区的生活经历，倒是特别提到了求学过程中杨权先生的指引以及后来旁听课程对他的影响。也就是说，傅安辉虽然成长于多民族共同生活的黔东南，但因为一直身处其中，他并没有将多民族共同生活的经验与学术追求联系起来。反倒是在离开侗乡后，在北京求学过程中所接受的多民族文学教育对他有了真正的启发。后来，他回到黔东南，借助多民族文学的课堂教学，试图将这一意识传递给他的学生们。傅安辉的个案说明，假如高校文学教师没有多元血统与民族地区生活的经历，仍然可以借助高校文学课堂获得多民族的体

---

① 杨权，侗族，1952 年毕业于中央民族学院，后留校任教。著有《侗族民间文学史》，中央民族学院出版社 1992 年版。
② 凯里学院傅安辉访谈稿。

认。与汉族学者相比，傅安辉的侗族身份会使他更容易接受多民族文学教育。

需要提醒注意的是，在民族文学的教学与研究中，还有一部分汉族学者。比如，"中国多民族文学的共同发展研究"课题组成员中，除了苗族、壮族、锡伯族、满族、彝族、藏族、维吾尔族、仡佬族的学者外，还有接受过多民族文学教育的汉族学者王立杰、安琪、罗安平、杨骊、王璐①等。就这一点而言，具有多民族认同、多民族文学史观的文学教师是多民族文学教育的关键环节。他们是学校系统的多民族文学教育传递中的施行者，决定着教学实践的深度、广度与成效。

本章内容因受访者人数有限，以上结论显得有些草率。若从教育工作者的教育叙事来看，还是具有一定的可信度与可行性。总体而言，个体生命中纵向的多元或单一血统、横向的多民族地区的生活经历与学校教育经历等社会文化情境，共同形塑了个体对多民族的认识。有无多民族认识，又决定了文学教师能否进行多民族文学的教学传授。与这一问题相关的，即是高校文学教师多民族文学知识或教学态度的评估，具体讨论将在下一小节中展开。

二 问题与出路：多民族文学教育的施行

21世纪以来，关于当下高校文学教育的讨论，在《文艺报》《文汇报》《光明日报》等影响力甚广的报刊上从未中断过。《文艺报》最近一次组织的"高校文学院院长畅谈加强和改善文学教育"系列访谈，始于2013年3月1日，持续了7个多月才告一段落。接受这次访

---

① 王立杰、安琪、罗安平、杨骊、王璐五位博士在四川大学就读期间，曾必修过多民族国家的文化与文学课程。在他们后来的教学与科研中，对多民族文学都有不同程度的关注。

谈的文学院院长来自武汉大学、吉林大学、上海交通大学、华中师范大学、复旦大学、中国人民大学等 14 所高校。① 这 14 位院长从不同层面对当下文学教育的边缘化、异化、功利化和碎片化等作了批评。在砥砺批评之声中，仍能感受到他们对文学教育寄予的厚望。他们希望文学除了滋养个体生命与灵魂外，还能继续发挥肩负民族文化传承与复兴的作用。这 14 所高校中，唯有复旦大学开设了中国少数民族语言文学专业。因而，这些文学院院长谈论的文学教育基本上还是汉语言文学的教学与写作。② 与《文艺报》组织的文学院院长系列访谈相比，本研究中的几位高校文学教师因为已有"多民族"的认识与体验，就容易从"多民族文学"的视野来谈论文学教育。他们除了关注书面文学外，还对口头文学、仪式、舞蹈等文学文本有所关注。与此同时，他们针对当前高校文学教育现状所提出的问题，也与上述文学院院长有所不同。

（一）文学教育与多民族文学教育的定位

在人们不断追逐速度与经济效益的今天，文学教育边缘化的趋势愈演愈烈。一般高校尽管保留了中文系的设置，但汉语言文学专业以往的光辉似乎已成往事。在整个文学教育岌岌可危的情况下，来谈论将少数民族语言文学纳入的多民族文学教学推广，似乎显得不合时宜。如何让文学教育从边缘化的状态中回归，让民族文学不再处于边

---

① 从 2013 年 3 月 1 日起至 2013 年 10 月 9 日止，接受《文艺报》访谈的大学文学院院长有武汉大学涂险峰、东南大学王廷信、兰州大学程金城、中南大学欧阳友权、吉林大学徐正考、上海交通大学王杰、华中师范大学胡亚敏、山东师范大学张文国、复旦大学陈思和、湖南大学郭建勋、济南大学刘传霞、深圳大学景海峰、湖北大学刘川鄂、中国人民大学孙郁。

② 这 14 位文学院院长中，唯有湖南大学的郭建勋院长在学科分类中提到了中国少数民族语言文学。罗宗宇：《文学教育要强化文学的诗性——湖南大学文学院院长郭建勋访谈》，《文艺报》2013 年 8 月 2 日第 2 版。

缘中的边缘,是当下多民族文学教育施行过程中迫切需要解决的问题。在整个文学教育环境令人失望的情况下,这些问题的解决显得驳杂与繁复。凭借多年的教学经验,几位受访教师提出的第一个问题即在文学教育再定位后,才能来谈论多民族文学教育的定位问题。

访谈中,徐新建教授提出中国当前的文学教育是"十字路口""危机潜伏",处在边缘化与异化的途中。"边缘化"在于文学的意义倒退了,缺少了"五四"以来的自我反思与自我追问。徐新建教授认为,这与改革开放以来"以经济建设为中心"的整体社会环境有关,国民心理生活的内在精神追求部分被严重地遮蔽了。文学的"异化"则表现在文学的商业化与文学院不再培养作家或有文学修养的人。也就是文学院文学教育的培养目标变得不再明确。如果以往的文学院以培养具有文学生产功能的学生为目标,那么,今天文学院所培养的潜在目标则是文学理论者、文学研究家,或者是秘书、办公室主任与书记、院长等。[①] 徐新建教授对当下文学教育的以上判断,实际隐含了他对未来文学教育的一种期盼,即文学教育在重新定位其目标后,还能延续"五四"以来"文学救国"的理想。如果说访谈中徐教授尚未为其判断举证,那么在一线教学25年之久的傅安辉谈到的相关内容,可以作为一个有力的支撑。傅安辉谈到,他所教的学生中,大部分人认为学习侗族民间文学、苗族民间文学以及其他少数民族的民间文化课程没有太大用处,还不如英语、电子技术、教学实习、就业教育、公务员考试指导、面试训练等课程重要。这些学生已经不太关注文化基础知识课程的学习了。[②] 甚至可以说,部分学生在具体学习过程中表现出的一切为就业的实用功利主义,早已让人开始怀疑文学专

[①] 根据四川大学徐新建教授访谈录音稿整理。
[②] 凯里学院傅安辉访谈稿。

业是否有存在的必要了。

在文学教育处于"十字路口"的境况下，或许凭借以往的惯性，文学教育还能在异化与边缘化的途中苟延残喘地生存下来。但若不正视高校文学教育的现状并及时重新定位，高校文学教育或许就穷途末路了。

一般来讲，高校文学教育包括两个方面的教学：一是针对全体高校大学生的文学通识课程，发挥着人文素养教育的作用；二是针对文学专业学生展开的专业课程，其目标是为培养专门的文学生产者即作家、文学教学或科研工作人员。这样的教学设定能使文学教育看起来更"实用"，甚至能对那些提出文学已经无用的人有所还击。因而，在重新定位文学教育时，若能将文学的功用往"文学救国"上回靠，无论是着眼于现代多民族中国的族群凝聚与国家认同，还是着眼于文学文本多元化对国民心灵生活的滋养与慰藉，都是有百利而无一害的。在此基础上，再来看中国多民族文学教育的定位，无论是专业课程还是通识课程教学，都需要厘清汉语言文学教育与中国少数民族语言文学的关系，从"中国多民族文学史观"与"大文学观"出发，懂得它们之间相生相长的融合关系。

简单而言，在定位中国多民族文学教育的时候，需看到其在两个方面的功用：一是借助多民族文学教育实现民族文化交流、民族团结与国家安全的作用；二是文学与文化多样性的呈现对个体生命体验的丰富。这样的定位，或能将正处在"边缘"途中的文学教育拉回中心，并为尚未在高校文学教育中立足的多民族文学教育提供最基本的支持。

(二) 展开多民族文学教育的可能方式

目前，高等院校多民族文学教育的展开方式通常有两种：一是公共课形式，具体又分为公共必修课与公共选修课两种。前者具有一定的强制性，后者则主要依靠学生的主动选择；二是具有多民族文学史观或大文学观的文学专业课程教学，主要依托文学史教材或教学参考用书展开教学。这两种方式都受到课时与场地的限制，效果并不理想。

访谈中，就具体的教学展开，几位受访人提出了自己的看法。先来看陈跃红提出的"回到文学生活的场景中去体验文学"的教学方式。他谈道：

> 我们在研究文学，对学生进行文学教育的时候，不仅要让他们阅读既有的经典文本，还应该让他们去体验产生文学生活的场景……文学教育不仅是文本的，也不仅是课堂的，它应该走向生活的社区……如此，文学教育应该就能够活起来吧。这是我在这个方面的一种体验和认知。①

这种体验式教学方式的优点在于，能让学生真切地感受多民族文学文本的丰富多元，尤其会加深学生对口传文本的理解，从而对以往的文字书写文学观有一种突破性认识。但是，对于大多数远离乡村的、位于城市的高等院校而言，这种体验式教学方式的倡导，显得太过理想化。从有限的课时来看，三五天的时间只能进入生活社区，却不能真正参与式观察体验。这样一来，倒很容易因走马观花，捕获片面的、碎片式的认识。这一点，徐新建、姚新勇与傅安辉三人都提出了类似的疑惑与反思。对这一体验式教学方式，凯里学院的傅安辉有较深的教学体会。凯里学院位于贵州省黔东南苗族侗族自治区，学校处于苗乡与侗乡的环抱之中，拥有几乎无可匹敌的、便利的多民族文

---

① 陈跃红、付海鸿：《多民族文学教育的融合与发展——北京大学中文系陈跃红教授访谈》，《百色学院学报》2013年第2期。

第四章 师生实践：多民族文学教育的田野考察

学教育环境。但是，实际教学中，因为规定课时的限制，他从未带领学生深入民族村寨去体验文学与感受生活。课堂上，为了让学生深入了解侗族民间文学，他采取了三种方式：一是自己在课堂上声情并茂地朗诵与歌唱；二是请部分热情、积极的学生在课堂上表演；三是直接用多媒体播放。[①] 在凯里学院旁听时，笔者注意到当天傅安辉主要采用了多媒体形式。他将自己拍摄的照片放入教学课件中，同时辅助以网上下载的部分视频，试图用图片与视频的方式还原侗乡的地理面貌与风俗人情，将侗族民间文学放置在饱满鲜活的、立体的场景中加以认识。在无法回到文学产生的原初场景进行文学教育的情况下，课堂上的多元教学模式的确能对此有所弥补。

需要注意的是，即便有丰富的教学视频与网络资源，有些文学文本的丰满与精彩仍是限定时空的课堂永远无法还原的。如藏族英雄史诗《格萨尔》，无论是观看著名说唱艺人桑珠、扎巴和玉梅说唱的网络视频，还是阅读阿来改写的小说版《格萨尔王》[②]，都比不上亲临藏区现场感受《格萨尔》的艺术魅力。此外，土家族婚礼现场的"哭嫁歌"也是如此，如果脱离了真实的婚礼，"哭嫁"就变成表演，"新娘"就不是新娘，而是表演者了。或正因此，在不能回到文学生活的原初场景中教学的情况下，让文学教师"带着拨浪鼓进课堂"或是邀请民间艺人进课堂，可能会成为未来多民族文学课堂教学的一种趋势。

除了"回到文学产生的原初场景进行文学教育"的倡导外，喀什师范学院的麦麦提吐尔逊·吐尔迪认为，应该在比较文学的视野下进行多民族文学教育。他谈道：

---

① 凯里学院傅安辉访谈稿。
② 阿来：《格萨尔王传》，重庆出版社 2009 年版。

我们讲汉族古代的神话作品时，会同时讲到东方与西方的神话。讲汉族小说的时候，会讨论为什么在一些草原民族和维吾尔族小说发生时间要晚于汉族。从地理位置到城市化、农业化的过程等都有涉及。在这个过程中，学生就了解了各个民族的文学状况。也就是说，用比较文学的视野，能提供一种理解文学多元的路径。①

将"比较文学视野"引入多民族文学研究的提法，并不是麦麦提吐尔逊的首创。早年，季羡林就曾主张在中国国内各民族之间进行比较文学研究。季羡林曾谈到，这种研究的好处在于在丰富中国文学史内容的同时，能增强国内各民族的相互理解，并提高人们对中华民族文学发展规律的认识，有力地增进全民族的团结。② 将比较文学视野落脚到具体的教学中，就不仅只是对各民族文学文本的比较和区分，还会涉及彼此的融合与交流。因而，就多民族国家内的比较文学研究，认同"多民族"是必要的前提。

除了前面两种教学方式，四川大学的徐新建提出应将"多民族"的理念和实践直接引入文学教育。与此同时，他提醒这种理念会对现行文学教育发起挑战。与回到文学产生的原初场景体验式教学方式不同，他将侗族大歌的传承教育与学校系统内的文学教育流程作对比，指出后者批量式的、文化快餐式的教育模式与理念在培养人上的失败。这实际又回到最核心的文学教育定位问题。③ 因而，为了避免这种失败，在贯彻"多民族"理念教学时，应该真正落实到"养心"

---

① 参考喀什师范学院麦麦提吐尔逊·吐尔迪访谈稿。
② 陈守成主编：《中国民族文学与外国文学比较·序》，中央民族学院出版社1989年版，第1—3页。
③ 根据徐新建教授访谈录音整理总结。

上。就四川大学的文学教育而言，在《多民族国家的文化与文学》课堂教学外，四川大学还不时举办"文学人类学诗会"与"四川省多民族作家文学诗歌朗诵会"等，借助文学活动营造多民族文学生活的良好氛围。

简单来讲，几位受访者就多民族文学教学实践所提出的意见，无论是"回到文学产生的原初场景"还是"比较文学视野"与"多民族文学史观"的引入，都各有利弊。比如，当下高校文学专业教学中存在规定课时与教学任务的压力、封闭的教学空间远离了文学生活场景、文学专业教师个人文学理念与多民族文学素养参差不齐等问题。多民族文学教育究竟该如何展开，还有一段路程要走，同时，也需要更多的文学教学工作者参与进来，共同探索，分享经验。

（三）被寄予厚望的"中国文学史"

本研究第三章已对部分现有的文学史教材作了梳理，但还未对该如何编写将来的文学史教材一事作具体讨论。访谈中，几位受访者不约而同地谈到要编写一本理想的中国文学史。他们期望有一本完整的多民族文学教材，能对当下文学教育"不由自主"地遗漏民族文学的教学现状做出正确的引导。

对于现有的"中国文学史"，受访者提出以下批评：

> 陈跃红：最近几十年来，我们的文学教育局限性太大……没有注意到中国的一部文学史（应该是）既有口头的文学，也有书写的文学。[①]

> 梁庭望：我们中国现在的文学史也好、文学教育也好，有两

[①] 陈跃红、付海鸿：《多民族文学教育的融合与发展——北京大学中文系陈跃红教授访谈》，《百色学院学报》2013年第2期。

大缺失：一是我们的中国文学史缺少了少数民族语言文学；二是缺少民间文学，包括汉族的民间文学。汉族有那么多优秀的民间文学作品，却进入不了文学史。①

从"大文学观"角度，陈跃红对文学史中的传统文学观作了批评。在已经确认的56个民族中，大多数民族过去并没有文字，他们的文学主要以口头文学形式存在。如果文学史书写缺少了口头文学部分，就会将这一部分民族的文学排除在外，这种文学史显然不利于多民族国家文学完整性的表达。梁庭望指出，文学史应该处理好两组关系：一是汉语言文学与少数民族文学的关系；二是民间文学与作家文学的关系。他认为当下的中国文学史对这两组关系的处理都不够完善。在此情形下，高等院校若选用这类文学史为教科书，同时担任教学的老师又正好缺乏多民族文学史观，那么，少数民族文学与民间文学则可能在高校汉语言文学专业课堂上完全消失。这就意味着，唯有中国少数民族语言文学专业、民间文学专业的学生才有机会接触这部分民族的文学。因而，高校的文学教育就始终处于这样的状况，即汉语言文学专业的学生学习汉语言文学，少数民族语言文学专业的学生学习少数民族文学，彼此互不跨界。在此情况下，一本名副其实的"中国文学史"就显得尤为重要。

现已公开出版的"中国文学史"有数百本，可谓琳琅满目。这些数量众多的"中国文学史"是否能满足各位高校文学教师的教学需求呢？访谈中，受访者认为，已有的中国文学史并不令人满意，他们提出重新编写中国文学史、中国文学选本的计划。从教学经验与教学需

---

① 梁庭望、付海鸿：《文学、民族与教育——梁庭望教授访谈录》，《中外文化与文论》2013年第2期。

第四章 师生实践：多民族文学教育的田野考察

要的角度，姚新勇谈到如果经费与时间允许，他希望找到志同道合的学者，齐心协力编一本真正的"中国现代文学史"。他说，他计划编写的文学史虽然不可能将 56 个民族的文学都包括进来，但会尽量将在现代中国多民族国家建构中牵扯较大的一些民族的文学立体地表现出来。① 也就是说，姚新勇心中理想的"中国文学史"有一个现代中国国家建构的主体框架，他会在这一框架下来体现文学的多民族性。然而，在国家建构过程中，已经识别的 56 个民族对其影响不一。因此，他会根据其影响选取部分民族的文学进入文学史。这种取舍固然有其合理性，但可能带来一些意想不到的负面效果。比如，国内人口较少民族的文学可能会被再次忽视。中国的多民族文学教育如果依靠这样的文学史教材，显然会有损其完整性呈现。

从 20 世纪 80 年代相继出版的部分民族文学选本来看，系列的文学选本编选能弥补文学史书写中的某些弊端。访谈中，梁庭望指出，"我们要有'史'，另外我们还要有理论与作品"。关于"史"，他提议重新编写一本能将民族文学与汉语言文学融为一体的中国文学史。他认为，这样的文学史教材能有效避免教学中的偏颇，完整地呈现中国文学的多民族性。关于"理论和作品"，他讲到国家民委与国家出版总署已经有所计划，准备在近年向全国读者推荐 100 种民族图书。② 在文学史外，辅以普及性的阅读物，或许能促成多民族文学教育一步步走向系统化与完整化。不过，无论是文学选本的形式，还是按民族分册的形式，工作量都异常浩繁，不是一两个学者可以完成的。同时，这样的设计假如不考虑教学的实用性，编写出来后仍有可能会被

---

① 姚新勇、付海鸿：《民族问题、文化多样性与文学教育——暨南大学姚新勇教授访谈》，参考姚新勇新浪博客 http://blog.sina.com.cn/s/blog_60f25ed70102e7uj.html。
② 梁庭望、付海鸿：《文学、民族与教育——梁庭望教授访谈录》，《中外文化与文论》2013 年第 2 期。

束之高阁。

因而，目前的状况是众人期待那本被寄予厚望的、适合教学的"中国文学史"面世，这本文学史迟至今日仍未出现。迫不得已的情况下，部分高校文学教师只好根据个人对中国多民族文学的认识与研究，自编课程教学用书以解燃眉之急。高校的中国多民族文学教育亦因缺少了"中国多民族文学史"教材而被一度拖延。如何团结一线教学工作者的智慧，群策群力，共同完成文学史的书写与文学选本的编选工作，的确应该纳入议事日程。

（四）多民族文学教师队伍的培养

除了前面三个问题，几位受访教师还谈到了多民族文学教师队伍的培养。他们认为，在文学史教材暂时无法满足众人需求的情况下，拥有一大批具有多民族文学意识的教师队伍，会促进多民族文学教育的推行。

就高校文学教师的多民族文学意识，姚新勇谈道：

> 多民族文学教育的关键并不是硬要在文学史里面加入少数民族文学，而是那些担任中国文学、古代文学、现代文学与当代文学的教师们不再片面地以为中国文学除了汉族文学就是民间文学。他们应该学着去关注多民族文化。[①]

引文中，姚新勇谈到高校文学教师的教学态度问题，即教师拥有什么样的文学观会影响他们课堂上的具体教学。最直接的影响就是教师会选择哪部分内容进入课堂教学，将哪些排除在外。目前，国内学界讨论教师多民族文学教学态度的文章并不多。除了 2010 年第七届

[①] 姚新勇、付海鸿：《民族问题、文化多样性与文学教育——暨南大学姚新勇教授访谈》，参考姚新勇新浪博客：http://blog.sina.com.cn/s/blog_60f25ed70102e7uj.html。

中国多民族文学论坛前后有过几篇文章外（可见绪论部分），再无更多可资借鉴的材料。有鉴于此，我们可以参考美国多元文化文学教学方面的讨论。《教师多元族群文学知识的评估》一文，对50位8年级的教师掌握和具体使用美国原住民文学、亚洲裔美国人文学和非洲裔美国人文学等族群文学的情况作了调查。文章指出这部分教师并不了解多元族群文学。同时，作者批评教师对族群文学在美国文化多样性表现方面的重要性认识不够。最后，作者提出应对教师进行多元族群文学方面的专业培训，从而促成多元族群文学成功地进入课堂。[①] 这篇文章最后提到的针对教师多元族群文学知识的"专业培训"，值得借鉴。中国高校文学教师若能进行多民族文学专业知识的相关培训，既是文学教师专业素质提高的要求，同时也能促进多民族文学教育的展开。当然，若要组织培训，就涉及由哪个部门来主办的问题。假如"专业培训"要在国内高等院校大范围推行，那就需要国家相关部门的决策与资金支持。

除了对高校文学教师进行多民族文学知识培训，几位受访人还提到应该有计划地培养做综合研究的文学博士与文学硕士。梁庭望先生着重谈到，要让学生掌握比较多的多民族的文学资源。[②] 因为，一旦他们掌握了这些资源，就很容易落实到他们今后的具体教学过程中。四川大学文学人类学研究中心的人才梯队培养，可以作一例证。徐新建教授以该团队的课题为依托，在各地展开多民族文学调研。他历年指导的本科生、硕士生与博士生中，有50%以上的学生毕业论文选题

[①] Thompson, D. L., & Jane Meeks Hager. (1990). *Assessing teachers' knowledge of multi-ethnic literature*. Year book of the American reading forum, pp. 21–29.

[②] 梁庭望、付海鸿：《文学、民族与教育——梁庭望教授访谈录》，《中外文化与文论》2013年第2期。

都与"多民族"相关。① 毕业的学生中，无论是留在四川大学任教，还是到其他地方高校从事教学科研工作，都会因为过去教育背景的影响，在课堂上传递多民族文学理念。他们的学生会因为学习了多民族文学知识，而对中国文学有更为完整的认识。这就形成了良性的人才培养梯队。从人才培养的持续性而言，与短期的专业培训相比，这种"成梯队"的人才培养模式更有系统。因而，不能低估教师个人多民族文学观念在教学中的影响力。

总体而言，几位受访者根据自身教学经验与观察思考，对未来的多民族文学教育实践提出的问题是多方面的。其中，不仅涉及多民族文学教育的定位与展开方式，而且还考虑了文学史教材的编写与人才队伍的培养。这些问题较为立体地呈现了多民族文学教育实践中可能面对的困难。他们对多民族文学教育的认识与建议，虽带有个人经验性，尚有待商榷与检验的地方。但是，正是他们在多民族文学教育实践中的努力，以及他们对多民族文学教育重任的主动承担，开启了中国高校多民族文学教育的艰辛道路。若能抱持"星星之火可以燎原"的乐观态度，等待更多高校文学教师的加入，中国多民族文学教育的"薪火"必能在各个高校的文学课堂亮起来。

第二节　高校文学专业学生问卷调查

广义而言，"学生"是在学校接受教育的对象。按《说文解字》："学，数飞也。""生，进也。象草木生出上上。""学生"其实处于一

---

① 根据徐新建教授访谈录音整理总结。

第四章　师生实践：多民族文学教育的田野考察

种不成熟的状态，唯有通过不断的学习才能获得进步与成长。这一点，可从系统性的教育阶段正好对应个体成长的不同时段得到说明，如幼年、少年、青年与成年对应幼儿教育、青少年教育与成人教育，或是小学、初中、高中与高等教育。就此成长时段而言，高等教育最终要展示的正是"成人"后的"作品"。从多民族文学教育的角度而言，高校文学专业学生的文学认识与授课教师的课堂引导不无关系。对学生的多民族文学知识的掌握进行评测，能在一定程度上检验多民族文学教育的实践成效。考虑到高等院校学生人数众多，本研究对学生多民族文学认知情况的评估，主要以问卷调查的方式展开。

一　多民族文学教育问卷调查的设计

为了解高校文学专业学生对多民族文学知识的了解，本研究特意设计了《关于中国高校多民族文学教育的问卷调查》（见附录3，以下简称"《问卷调查》"）。现将从两个方面作出说明。

（一）问卷设计的初衷

《问卷调查》包括三个方面的内容：一是对多民族中国国情的基本认知情况。因此，除了对学生来源地区与民族情况作调查外，还会考查他们对少数民族的认识。二是对多民族文学的了解情况，此部分有四个问题：（1）对（中国）少数民族文学作品或民间故事的了解情况；（2）对个人喜爱的作家及其民族情况的了解；（3）对本民族文学的熟知情况；（4）对中国三大英雄史诗的了解。三是对"中国多民族文学史观"的认识，此部分也有四个问题：（1）对中国文学史教材编写是否标明作家的民族身份问题的认识；（2）《红楼梦》是满族文学还是汉族文学的调查；（3）对课堂所用"中国文学史"教材的了解；（4）对"中华多民族文学史观"的理解。

在《问卷调查》的具体发放过程中，一些关注多民族文学教育的热心人士给笔者提出建议与善意的提醒①。因而，围绕以上三个中心，《问卷调查》得以不断调整完善。同时，因问卷调查对象不同，在个别问题的处理上会有差异。比如，就英雄史诗知识点的考查，在凯里学院的问卷就增加了《亚鲁王》一项；关于"《红楼梦》是满族文学还是汉族文学"的知识考查，由当时在中央民族大学少数民族语言文学系读书的硕士生汪亭存提议增设。此外，姚新勇教授提醒在考查学生的多民族中国国情时，如果仅以写出多少个民族名称作为评判的标准，可能会因为缺失横向的比较，有所偏差。在后期整理分析《问卷调查》的时候，他们的提醒与建议都被予以充分的考虑。

需要说明的是，《问卷调查》仅有汉语版，没有同时准备民族语言文字版。对汉语为第二语言的学生来讲，汉语版的《问卷调查》可能会阻碍他们顺畅地表达其对这些问题的认识。比如，在喀什师范学院、西南民族大学与中央民族大学的问卷调查中，这个问题就较为突出。在汉语版《问卷调查》中，部分学生用汉字与本民族文字交叉作答，甚至有少数几个学生直接用本民族文字作答。因此，《问卷调查》缺少了民族语言文字版，的确是一个较大的缺憾。假如能在设计问卷的时候，考虑到语言文字的问题，必然会获得更多的信息。对于这点，笔者会尽量在后续研究中，做出调整与完善。

（二）问卷发放与回收情况

本研究主要采用三种方式发放《问卷调查》：一是初期采用的网络方式，共收到来自广西、云南、湖北、广东、四川等地热心网友的

---

① 特别感谢中国社会科学院的关纪新、暨南大学的姚新勇、四川大学的徐新建、西南民族大学的罗安平、广西民族大学的马卫华、黔南民族师范学院的李本东、吉林民族宗教研究中心的汪亭存等人对《问卷调查》设计所提的意见。

第四章 师生实践：多民族文学教育的田野考察

问卷反馈 100 余份。因来源分散，被调查者专业背景不一，这部分问卷暂未作系统分析，仅供参考；二是笔者亲临现场参与的问卷填写，如西南民族大学与凯里学院的《问卷调查》就是在课堂上完成的；三是委托当地高校教师与热心研究生组织学生填写的方式。[①]

《问卷调查》集中在 8 所高校发放，即中央民族大学、西南民族大学、喀什师范学院（以下简称"喀什师院"）、东北师范大学（以下简称"东北师大"）、拉萨师范高等专科学院（以下简称"拉萨师专"）、西藏大学、凯里学院与吉林财经大学（以下简称"吉林财大"）。从院校类别来看，民族院校有 2 所；一般院校有 6 所，其中师范类院校 3 所，综合类院校 2 所，其他类院校 1 所。从所属地域来看，这 8 所高校分布于北京、吉林、新疆、西藏、贵州、四川 6 省区。其中，北京是中国的政治与文化中心；新疆、西藏是西北的民族自治区；贵州、四川是西南的多民族聚居区；吉林位于中国东北，在地理位置上来看，属于中国的北疆。因东部地区高校较少开设中国少数民族语言文学专业，所以《问卷调查》暂未在此区域展开。目前来看，若能有东部地区高校问卷的横向对比，可能会是更好的说明。

接受问卷的学生来自中国 23 个民族，其学历层次包括专科生、本科生与硕士研究生。他们的专业几乎涉及了中国语言文学学科下的各个二级学科，也有部分学生并非文学专业出身。本研究主要针对高校文学专业教学进行调查，因此，在吉林财经大学与东北师范大学所作的问卷不具有针对性，不适合作为具体个案的分析，只是作为多民

[①] 特别感谢凯里学院傅安辉与毛家贵老师、西南民族大学的郑靖茹老师与硕士研究生张海彬、广西民族大学的马卫华老师、西藏大学的谭丹同学、拉萨热心人士范杭、拉萨高等师范专科学校陈光霓老师、吉林财经大学的汪霞老师、东北师范大学的张士东老师。

族文学通识课程教学展开的参考。整个调研发放问卷共计750份，回收有效问卷共计678份。具体可查表4-2。

表4-2　《中国高校多民族文学教学问卷调查》发放情况

	校名	具体学院	学生民族	发放	回收
1	中央民族大学	少数民族语言文学系 维吾尔语言文学系 哈萨克语言文学系	汉族、苗族、彝族、蒙古族、壮族、侗族、满族、维吾尔族、哈萨克族、回族、达斡尔族	120	112
2	西南民族大学	文学与新闻学院 彝学学院 藏学学院	布依族、壮族、满族、羌族、黎族、蒙古族、哈萨克族、锡伯族、傈僳族、彝族、瑶族、藏族、回族、土家族、汉族、纳西族	150	127
3	喀什师范学院	中国语言文学系	汉族、维吾尔族、回族、蒙古族、东乡族	100	94
4	拉萨师范高等专科学校	语言与社会科学系	汉族、藏族	75	70
5	凯里学院	人文学院	苗族、侗族、汉族、彝族、水族	50	48
6	西藏大学	文学院	汉族、藏族	65	60
7	吉林财经大学	国际交流学院	汉族、满族、土家族、蒙古族、仡佬族	140	124
8	东北师范大学	外国语学院	汉族、蒙古族	50	43
	合计		23个民族	750	678

第四章 师生实践：多民族文学教育的田野考察

在整理了《问卷调查》后，本节讨论主要以西南民大与喀什师院为个案。这样的考虑主要在于：西南民大是国家民委直属的民族院校，位居西南地区使它有别于处于政治文化中心的中央民族大学，结合地方文化与族群关系能较好地了解多民族文学教育的实践成效。喀什师院是民族自治区所属的地方一般院校，位于西北边疆。从当下民族关系紧张的端倪来看，喀什师院的多民族文学教育问卷调查反映出的问题，对理解当下多民族文学教育的进展情况及其重要性都大有助益。

二 西南民族大学：国情教育与文学常识

西南民大的建校过程及其中国语言文学学科发展的情况，可参考本书第二章"高校分工西南民族大学"部分。作为"中国多民族文学论坛"的发起及参与单位之一，西南民大师生对"中国多民族文学史观"的了解与接受可谓占尽了天时地利。[①] 笔者前往该校文学与新闻学院、藏学学院与彝学学院进行问卷调查的时间是2012年年初，当时成都有一系列多民族文学活动，如西南民大承办的"中国当代少数民族文学研究会成立30周年暨第十一届学术年会"、彝学学院阿库乌雾教授的"我用母语与你对话"诗歌朗诵会以及四川大学徐新建教授主持的国家社科基金重大项目"中国多民族文学的共同发展研究"的开题报告会。可以说，西南民族大学的问卷调查，是在浓郁的"多民族文学"话语实践中展开的。

（一）多民族中国认知：从民族小学到民族大学

现代中国是统一的多民族国家，这是我们必须正视并了解的现实基础，亦是我们认识自身所处世界的起点。作为新中国的第一代领导

[①] 2007年，第四届中国多民族文学论坛在西南民族大学召开，主题即为"中国多民族文学史观"。

人——毛泽东曾特别强调，各个少数民族对中国的历史都做出过贡献，无论是对干部还是人民群众，都要广泛地、持久地进行无产阶级的民族政策教育。① 为何要进行"民族政策教育"呢？民族政策教育是多民族中国基本国情教育的基础。就学校教育来看，从义务教育阶段到高等教育阶段都涉及了"多民族"国情教育。

先来看义务教育阶段的情况。《全日制义务教育语文课程标准（实验稿）》强调，要通过语文课程的学习，达到"认识中华文化的丰厚博大，吸收民族文化智慧。关心当代文化生活，尊重多样文化，吸取人类优秀文化的营养"② 的目标。其中，"多样文化"与"民族文化"是构成"中华文化"的基础。若没有对各民族文化及其关系的正确认识，对"中华文化"的整体理解就会有偏差。义务教育阶段除了"语文"课程外，"品德与社会"、"思想品德"等课程亦从地理山河、文化遗产等角度，对多元文化作了介绍。比如，"我们都是中华儿女"单元教学就对 56 个民族作了较全面的简单阐释。③ 也就是说，从时间的延续性来看，多民族中国国情教育是较为持久的；从接受对象为义务教育阶段的全体学生来看，多民族中国国情教育又是较为广泛的。

高等教育阶段对此的延续如何？目前，《民族理论政策》等相关课程仅局限在民族院校内展开，一般院校基本没有开设该课程。一般院校若要传递多民族中国国情知识，其可借助的平台便是多民族文学课程、国情知识专题等。借助多民族文学课程的教学，能否有效地促

---

① 《论十大关系》，《毛泽东选集》第五卷，人民出版社 1977 年版，第 278 页。
② 《全日制义务教育语文课程标准（实验稿）》，参考人民出版社课程教材研究所网站：http: //www.gdcgs.sdnet.gd.cn/we/xkb1.htm。
③ 课程教材研究所：《品德与社会》（五年级上册），人民教育出版社 2010 年版，第 69—91 页。

第四章　师生实践：多民族文学教育的田野考察

进和加深文学专业学生对多民族国家文化的整体认识呢？《问卷调查》第一部分是就"多民族认知"的考察，要求被调查人列出中国56个民族的名称，同时写出自己对少数民族及地区的理解与认识。参与问卷调查学生的族别情况如下：2009级汉语言文学专业60名学生来自15个民族，分别为布依族、壮族、满族、羌族、黎族、蒙古族、哈萨克族、锡伯族、傈僳族、彝族、瑶族、藏族、回族、土家族与汉族。藏学学院35名学生中，除2名纳西族学生外，其余均为藏族。彝学学院32名学生全部为彝族。从参与问卷学生民族来源的多元来看，可以用"多民族，同学习"来描述这16个民族的127名学生在西南民族大学的学习与生活情境。这种校园环境颇类似于前述"多民族地区"的生活环境。的确，民族院校在某种程度上就是一个浓缩的"多民族社区"。尽管这个社区是临时组建的且有一定的时限，但它至少能从感性的视觉体验与理性的文化认识方面让学生获得"多民族"的概念。这是绝大多数学生都是汉族学生的一般院校所不具备的优势。那么，民族院校的学生对多民族的认识情况如何呢？

《问卷调查》第1题是"请写出您知道的中国56个民族的名称"。统计问卷调查显示：西南民大文学与新闻学院、藏学学院、彝学学院3所学院写出0—15个民族名称的学生人数分别为33人、27人与25人，共85人。若以参与问卷学生来源于16个民族之"16"为基准数，这即意味着127人中约有67%的学生对自身所处的多民族共存现实缺乏主动认识。写出16—30个民族名称的学生人数：文学与新闻学院27人、藏学学院8人、彝学学院7人，共42人。写出31个以上民族名称的学生人数为0人，即127人中没有人能够写出31个以上民族的名称。也就是说，即便是"多民族社区"的民族院校，其学生对自身所处社区人群的了解仍然不够。尽管以能否写出56个民族的名称来判断他们对多民族中国国情的认识,因缺乏横向的比较而显得有些片面,但若将民族院校学生民族来源的多元与学校组织的多种民族知识活动等因素考虑进来,能写出多少民族名称还是能折射这些学生对身边朝夕相处的、共同生活人群缺少主动的探寻与了解。

实际上,在义务教育阶段就有不少中国多民族知识的介绍。在人民教育出版社"语文课程标准实验教科书"(1—9年级)中,就提及了16个少数民族。它们分别是回族、维吾尔族、藏族、蒙古族、壮族、高山族、傣族、彝族、景颇族、阿昌族、德昂族、纳西族、白族、哈尼族、瑶族和鄂温克族。① 这个数字与西南民大接受《问卷调查》的学生民族来源数相同。这16个民族中,半数以上的民族都分布在云南省。这些民族名称主要出自三年级上册第一课《我们的民族小学》。文中提道:"有傣族的,有景颇族的,有阿昌族和德昂族的,还有汉族的……不同民族的小学生,在同一间教室里学习"。② 在课后"资料袋"中,还有几幅穿着鲜艳民族服饰的傣族、景颇族、阿昌族、纳西族和白族的青年男女的图片。从多民族的角度而言,各民族学生共同学习的"民族小学"这一课文可谓"多民族共同生活"的启蒙教育。经由启蒙教育到高等教育阶段,"多民族"认知能否成阶梯状有序发展呢?

西南民族大学地处多民族聚居区,在校全日制学生来自全国56个民族,有2.6万余人。③ 比照"民族小学",这所"民族大学"的学生在多民族问题上的认知如何呢?问卷统计结果显示,尽管接受问

---

① 参考黄胜、巴登尼玛《人教版语文课程标准试验教科书(1—9年级)中少数民族文化要素分析》,《课程·教材·教法》2009年第2期。
② 《我们的民族小学》,《义务教育课程标准实验教科书》(语文三年级上册),人民教育出版社2006年版,第2—5页。
③ 资料来源见西南民族大学官方网站:http://www.swun.edu.cn/swun/xxgk/index.php。

第四章　师生实践：多民族文学教育的田野考察

卷调查的学生来自16个民族，但"67%"的学生不能写出16个以上的民族名称。这个数据折射出西南民大的文学专业学生缺乏对自身多民族环境的主动了解。"67%"这个调查数据可能并不够准确，可能有学生嫌字数太多，不愿意认真作答，只是随便写了几个；可能有人记忆力衰退，暂时性遗忘。不可否认的是，大多数人对多民族中国国情的了解不多，甚至可以说怀着漠视的态度。若高校大学生尚且如此，普通民众对多民族国家基本国情的认识又会如何呢？若不能对各民族有所了解，如何来谈论学习多民族中国文学呢？

《问卷调查》的第4题是"请写出您对少数民族的认识与评价"。问卷结果中提及最多的词语有三类：第一类是对少数民族地区人文与地理环境的描述，如风景秀丽、地处偏远、民风淳朴等；第二类是有关少数民族性格的描写，如热情好客、粗犷豪放、开朗大方、心地善良、讲信用、讲义气、勤劳勇敢等；第三类是有关少数民族才能的词语，提及次数最多的是"多才多艺"与"能歌善舞"两个词语。总体来看，三类表述都过于感性，甚至可以说接受问卷调查的学生对少数民族的认识已经模式化了。这种模式化显露出不易察觉的偏见。什么是偏见呢？偏见源自刻板印象（一种过度分类而固执不变的看法），偏见若发展为具体行动，则会成为歧视。① 比如，文学与新闻学院的一位羌族学生认为"少数民族淳朴善良，同时又野蛮与未开化"。这位学生用"野蛮与未开化"来描述包括自己民族在内的55个少数民族，将少数民族放在"文化进化论"的底端，这种观念中隐藏着文化自卑感。另一位彝族学生指出："少数民族有自己的文化、饮食与生产生活习惯，但现在很多民族已被'汉化'，文化交流并不是双向

---

① 谭光鼎、林君颖：《族群关系与国小社会科教学——一个多元文化课程的设计与实验》，《教育研究资讯》2001年第4期。

的。"这份彝族学生的问卷显示出,部分少数民族学生对本民族文化已有自觉性。除了这位彝族学生担忧少数民族会被"汉化"外,一些汉族学生亦对此表示担忧。将这两份问卷放在一起来看,它们代表了学生中存在的两种倾向,即一方面对少数民族存在认知隔阂,另一方面为打破隔阂提出双向交流的需求。如何实现真正意义上的多民族认知,或可参考邓小平1950年7月21日在欢迎西南地区的中央民族访问团大会上的讲话:

> 我们中华人民共和国是一个多民族的国家,只有在消除民族隔阂的基础上,经过各族人民的共同努力,才能真正形成中华民族美好的大家庭。①

这就意味着,消除民族隔阂是多民族国家安定团结的重要基础和保障。对多民族国情的认识深浅,一方面能影响民族院校校园内的族群关系与安全,另一方面也会深化对多民族文学的理解与认识。在关于综合性高等院校开设民族理论与多民族文学课程的文章中,中国社会科学院的关纪新亦由此出发,提出"只有不同文化背景的民族,彼此了解与尊重,才是排解与消除相互芥蒂的最佳途径"②。唯此,各民族学生才能真正在民族学校里友爱地共同生活、共同学习,也才能正确认知多文学。

(二)多民族文学认知:民族多元与文学多元

在考查学生对多民族国家国情的了解后,《问卷调查》对学生掌

---

① 邓小平:《关于西南少数民族问题》,《邓小平文选》第一卷,人民出版社1994年版,第162页。
② 关纪新:《综合性高等院校应普遍开设民族理论及多民族文学课程》,《探索与争鸣》2010年第6期,第73—74页。

第四章 师生实践：多民族文学教育的田野考察

握多民族文学专业知识的情况进行了考察。

关于"多民族文学"，徐新建教授曾谈及：

> "多民族文学"的含义即在于强调"多文学"，也就是在民族多元的基础上体现出的文学多样性。这意味着对什么是文学，不能仅从一个民族、一种形态来限定。①

这段话或可理解为"多民族"是认识"多民族文学"的基础，同时"多民族文学"又是多民族文化的多样呈现。张炯先生亦强调"承认我们的文学是多民族的文学，就会使我们认识到中华民族的文学是丰富多彩的"②。此二者都强调了"多文学"理念。理念的倡导与树立是关键，而没有"多文学"教育的实践，恐怕也只能是空中楼阁。

就"多民族文学认知"部分，《问卷调查》主要从两个方面展开：一是具体文学知识点考查；二是少数民族作家及文学作品熟知状况。

《问卷调查》以"世界上最长的史诗与中国'三大英雄史诗'"为题，考查学生对多民族文学的认知。为何以中国"三大英雄史诗"作为考查点呢？从文学知识的角度来讲，这其实与李白、杜甫是唐代诗人一样，属于文学常识的范畴。中国一度因为少数民族史诗在中国文学史册中的缺席，让国外研究者误以为中国没有史诗。少数民族史诗填补了汉族文学中史诗文类的缺失。③《格萨尔王传》得到过"当

---

① 徐新建：《"多民族文学史观"简论》，《民族文学研究》2007年第2期。
② 材料来源于张炯先生2011年11月13日在四川大学文学与新闻学院的讲座，讲座题目为《中国文化与文学再认识》。
③ 有关中国没有史诗的说法，可能与《剑桥中国文学史》中将"Chinese"（汉语）翻译成"中国"一样，是指中国的汉族没有史诗。吕豪爽：《书写多元一体的中华民族文学史——对少数民族文学融入现当代文学史的思考》，《西南民族大学学报》（人文社会科学版）2010年第6期。

今世界唯一活着的最长史诗"与"东方《伊利亚特》"的褒奖①。一般来讲,中国的"三大英雄史诗"在受到国外学界的关注与研究后,国内学界自然不应落后于它们,国内的文学专业教学亦应对此做出及时的回应与调整。那么,高校文学专业学生对此文学常识的掌握如何呢?关于世界上最长的史诗知识考查结果,具体可见表4-3。

表4-3 西南民族大学关于"世界上最长的史诗"问卷情况

单位(人)	《荷马史诗》	《格萨尔王》	其他
文学与新闻学院(60)	21	18	21
藏学学院(35)	4	30	1
彝学学院(32)	9	12	11
合计(127)	34	60	33
百分比	26.8%	47.2%	26%

上表127名学生中,选择《荷马史诗》的学生约占27%,这个数据反映出文学专业学生所接受的文学教育知识体系的更新速度较慢。选择《格萨尔王》的学生有60人,约占47%。在这60人中,有一半以上的学生是藏学学院的藏族学生。这一方面反映出藏族学生对本民族文学与文化的熟知程度,另一方面也显示出高校开设多民族文学教学取得了一定的实践效果,其他民族学生对多民族文学知识的吸纳程度已经慢慢提高。

---

① 《〈格萨尔王传〉和〈岭·格萨尔〉》,见新浪新闻:http://news.sina.com.cn/e/2002-07-10/1515631471.html。

第四章 师生实践：多民族文学教育的田野考察

正确作答目前国内学界公认的"中国三大英雄史诗"为《格萨尔王》《江格尔》与《玛纳斯》的情况如何呢？问卷结果显示出，文学与新闻学院60人中仅有8人、藏学学院35人中有12人、彝学学院32人中有17人。即127名学生中，唯有37人约29%的学生知晓中国"三大英雄史诗"的存在。从数字上可以看出一些差距，即文学与新闻学院学生主要接受的是汉语言文学知识，因而对民族文学知识的了解不如藏学学院与彝学学院这部分主要学习少数民族文学知识的学生。这与"文学与新闻学院"不关心少数民族语言文学有关。少数民族语言文学系与文学院几乎彼此各自为政，互不搭界。

就"英雄史诗"的知识来源，接受问卷调查的学生提到了课外阅读、民族知识竞赛与民间文学课教师讲授三种途径。"课外阅读"体现出学生的主动选择行为，西南民族大学图书馆的民族类图书资源是学生接触了解民族文化与知识的主要途径；"民族知识竞赛"在民族院校较为常见，这是校园文化活动为展现多民族文化与文学提供的另一种"公共课堂"；"民间文学课教师讲授"凸显文学教师课堂教学的重要性。三种方式中，后者因为有教师的引导，知识结构可能会较为有系统。同在一所学校读书，同是文学专业学生，接受和接触多民族文化与文学的机会为何有如此差距呢？是否可以说，这部分学生既没有主动了解民族文学与选择民间文学课程的动机，又没有参加课外知识竞赛等活动的兴趣呢？因此，他们就只好从有限的文学课堂中获得多民族文学知识了。当然，前面对多民族中国国情的调研早已说明问题，大多数学生对中国国情尚缺乏足够的认识，又如何能保证他们能对中国文学有整体的认识呢？

关于少数民族作家作品的熟知情况，《问卷调查》结果显示：文学与新闻学院 60 名学生提及最多的前 5 位少数民族作家是：阿来（37 次）、仓央嘉措（7 次）、老舍（4 次）、吉狄马加（4 次）与罗庆春（3 次）。提到少数民族题材文学作品次数较多的前 5 部是：阿来的《尘埃落定》（28 次）、霍达的《穆斯林的葬礼》（12 次）、阿来的《格萨尔王》（5 次）、杨志军的《藏獒》（5 次）与何马的《藏地密码》（3 次）。

在学生提到的上述作家作品中，《藏獒》的作者杨志军是出生于青海西宁的河南籍汉族人。同样，《藏地密码》的作家何马是汉族人。他们两人因为以藏族题材写作，常被称作"藏地作家"。"藏地作家"不同于"藏族作家"。结合这一背景来看，部分学生对民族文学的评定标准并不明确。有关民族文学定义的争论，有内容决定论、形式决定论、形式内容决定论、创作主题加内容决定论和创作主体决定论 5 种。在诸多讨论之中，吴重阳、赵志忠和梁庭望等绝大多数学者都比较赞同"创作主体决定论"，认为应该以作者的民族出身作为划分民族文学归属的主要标志。[①] 此外，从《民族文学》期刊只刊登少数民族作家的文学作品来看，"创作主体决定论"基本上被学界广为接受。因而，西南民大文学与新闻学院学生提及的前 5 部作家作品，反映出的问题有：一是以"内容决定论"来判定哪些作品是少数民族文学作品，对民族文学的定义模糊不清。二是 5 部作品中，《穆斯林的葬礼》与《尘埃落定》是第三届、第五届茅盾文学奖获奖作品，《藏地密码》是造就了"出版神话"的畅销书[②]。也就意味着，国内的相关文

[①] 可参考梁庭望、汪立珍、尹晓琳主编《中国民族文学研究 60 年》，中央民族大学出版社 2010 年版，第 28—34 页；吴重阳《中国当代少数民族文学简史》，中央民族学院科研处，1984 年，第 11 页；赵志忠《民族文学论稿》，辽宁民族出版社 2005 年版。

[②] 姜妍：《畅销书〈藏地密码〉推出大结局》，《新京报》2011 年 4 月 26 日。转引自凤凰读书：http://book.ifeng.com/yeneizixun/detail_ 2011_ 04/26/5990595_ 0. shtml。

学评奖与出版业的推动对学生的阅读接受影响较大。三是提到次数较多的前5位作家中，四川本地的就有3位，其中罗庆春（彝名：阿库乌雾）是西南民大彝学学院的教师。这可能与本地区民族文学发展与宣传情况有关。

藏学学院学生问卷中提及的少数民族作家有阿来、伊丹才让、老舍、李乔、扎西达娃、李纳、觉乃·云才让；提及的作家文学作品有《尘埃落定》《穆斯林的葬礼》《格萨尔王》《鼓乐》《西藏生死书》《藏地密码》《阿妈啦》《角受伤的牦牛》。《西藏生死书》和《藏地密码》的出现，与前述文学与新闻学院学生对民族文学定义的模糊情况相同。藏学学院的学生都是藏族人，他们列出这两本作品，同时还意味着他们对这两本以藏族文化为题材的作品的接受。彝学学院学生提到的少数民族作家大多数都是彝族作家，如罗庆春、吉狄马加、巴莫曲布嫫、依乌、降边嘉措、李纳、李乔、阿雷、普飞；提到的作家文学作品有阿来的《尘埃落定》、张承志的《黑骏马》与霍达的《穆斯林的葬礼》。

从这三所学院的学生提到的作品来看，相差并不是很大。阿来、张承志与霍达的作品都有提到。分析《问卷调查》结果显示，他们的区别主要在于藏学学院与彝学学院学生提到的作家中，大多数都是本民族的作家。这与他们对本民族文学的了解有关，其中可能还有部分民族自豪感，同时也暴露出藏学学院与彝学学院的文学教育存在以本民族文学为主要讲授内容的局限性。这一点正印证了四川大学徐新建教授所担忧的状况，即这种教学很容易把多民族文学分割成各个民族的文学。①

---

① 参考徐新建教授访谈资料。

对多民族文学知识点的考察显示出，西南民大文学与新闻学院、藏学学院、彝学学院三所学院在"多民族文学"教学实践中，各有偏重。可以说，文学与新闻学院几乎等同于汉语言文学系，藏学学院、彝学学院关注的基本上是本民族的文学。针对这种现象，该校文学与新闻学院副院长杨荣曾就民族院校汉语言文学专业学科建设提出以下建议：

> 在坚持完成汉语言文学专业普通教学计划的前提下，拓宽对民族文化、民族文学以及民族交融有关知识的了解与认识；增加对中国文学和文化介绍的完整性和准确性，即重视过去被忽略的各少数民族代表性文学作品和许多保留在汉字文献中的少数民族作品。[①]

此建议显然是教学中践行"多民族"与"多文学"的一种举措，据悉西南民大开设了民间文学的相关选修课程。实际选修情况如何呢？在文学与新闻学院60名学生中，仅有19名，即不到1/3的学生选修了这门课程。以选修课的形式[②]践行与呈现对"多民族文学"教育固然有积极作用，但此举并非最有效的方式。值得庆幸的是，四川大学文学人类学专业博士研究生培养将"多民族国家的文学与文化"作为必修课程，取得了良好效果；暨南大学文学院自2009年起设立中国少数民族语言文学专业，并在硕士研究生课程——中国现当代文

[①] 杨荣：《民族院校汉语言文学专业学科建设的思考》，《中国成人教育》2009年第4期。

[②] 陈永春在《关于高等院校汉语言文学专业开设少数民族文学课的建议——以内蒙古大学教学实践为例》中亦提出将少数民族文学课程作为选修课开设起来的建议。参见《民族教育研究》2010年第5期。

学与中国古代文学的教学中，强调多民族文学及文化关系。① 此类教学意义重大，可视为高等院校在主干课程中真正践行中国多民族文学的一次有益尝试。

（三）文学的多元共存

在高校文学专业课堂教学中，如何共同展示多民族文学早已为前辈学者讨论过。从 20 世纪 60 年代何其芳先生对中国文学史名不副实的质疑②到 1997 年《中华文学通史》（十卷本）的出版③，已近 40 年。2004 年，由老中青高校文学教师参与发起的"中华多民族文学论坛"提出"多民族文学"理念，某种程度上会在教学中对学生发生潜移默化的作用。作为教学主体另一方的文学专业学生，对该论坛及 2007 年所提出的"中国多民族文学史观"了解如何呢？如果前两个方面的问卷设计是具体的知识点考查，这一部分则是"多民族文学"宏观理念认识情况的考查。

此部分，《问卷调查》仅有"您认为'中国多民族文学'提法指的是"一题。

西南民大文学专业学生对"中国多民族文学"的理解，其结果可查看表 4-4。

---

① 暨南大学中国少数民族语言文学研究方向有：中国现当代多民族文学及文化关系研究、中国南方少数民族语言研究、中国古代多民族文学及文化关系研究以及少数民族语言资源与应用技术方向。

② 何其芳：《少数民族文学史编写中的问题——一九六一年四月十七日在中国科学院文学研究所召开的少数民族文学史讨论会上的发言》，《文学评论》1961 年第 5 期。

③ 张炯、邓绍基、樊骏主编：《中华文学通史》（十卷本），华艺出版社 1997 年版。

表4-4 西南民族大学关于"中国多民族文学所指"问卷调查表

单位（人）	少数民族文学	汉族与少数民族文学	各个民族的文学	其他	未作答
文学与新闻学院（60）	1	17	39	1	2
藏学学院（35）	1	1	8	0	25
彝学学院（32）	0	4	21	0	7
总计（127）	2	22	68	1	34
百分比	1.6%	17.3%	53.5%	0.8%	26.8%

  127份问卷中，约53.5%的学生认为"中国多民族文学包括中国各个民族的文学"；另外约17.3%的学生的理解是"中国多民族文学是汉族与少数民族的文学"，这样的表述有二级学科分类的痕迹，但也不排除受到平时教学"汉语言文学与少数民族语言文学"二分的影响；约26.8%的学生此题未作答。"其他"一栏是文学与新闻学院学生根据自己的理解所填写的内容。有位学生认为"中国多民族文学是指汉族与其他几个人数相对较多的、文学成就较好的少数民族的文学"。这句话隐含的信息有：一是该生将人口较少民族的文学排除了，这可能与其平时较少接触到这部分文学相关。笔者在第二章第二节曾就高校文学专业中人口较少民族文学有过讨论。二是该生强调了文学成就的高低问题。学界对民族文学成就的评价标准不一，以哪种标准来衡量是比较困难的事情。因为许多民族的口传文学或作家文学，脱离了场景性，又被翻译成汉文，在汉语情境下用汉语文学的审美鉴赏来评判民族文学，就很可能因失去作品原本的韵味与魅力而无法做出公允的评价。

第四章 师生实践：多民族文学教育的田野考察

西南民大对外宣称自己是"多民族统一的社会主义祖国大家庭的缩影"①。在这个"祖国大家庭"中，其家庭成员对彼此的身份认识会影响他们对多民族文学与文化的认识。西南民大学生在《问卷调查》中反映出来的问题，不禁令人对多民族文学教学的实践效果与推行情况感到担忧。如果从 2004 年"中国多民族文学论坛"设立算起，多民族文学的理念已在学界推行 10 年之久，并已取得一定成效。但是，长久以来的学科壁垒和传统文学观念的影响，阻碍了它在中国高等院校的普遍推广。中国高等教育事业的目标是"实施科教兴国战略，促进社会主义物质文明和精神文明建设"②，假若我们的高等教育培养出来的文学专业学生连本国的文化与文学认知都有问题，那么，上述目标的实现恐怕会遥遥无期。就此，关纪新先生曾特别强调：

> 中国的知识阶层，特别是今后培养出来的大批新型知识分子，都应当拥有中华民族多元一体的历史观与文化观。没有确立科学的中华多民族文化史观的人，不能算是一个合格的、真正懂得基本国情的中国知识分子。③

由此可见，提高大学生对当代中国是统一的多民族国家、中国文学是多民族的文学的认知，的确迫在眉睫。就此意义而言，从对多民族文学教育实践成效的简单测评来看，当下高校培养出的文学专业"新型知识分子"尚不是真正懂得中国国情的、合格的知识分子。高

---

① 参考西南民族大学网站：http://www.swun.edu.cn/swun/xxgk/index.php。
② 《中华人民共和国高等教育法》，见教育部门户网站：http://www.moe.edu.cn/publicfiles/business/htmlfiles/moe/moe_619/200407/1311.html。
③ 关纪新：《综合性高等院校应普遍开设民族理论及多民族文学课程》，《探索与争鸣》2010 年第 6 期。

校文学教育急需在"多民族文学"教学上多下功夫,以便及时做出调整与改变。

三 喀什师范学院:民族认知与身份表述

喀什师范学院始称喀什师范专科学校,初建于 1962 年。1978 年,学校由专科升格为本科院校后,更名为喀什师范学院。2015 年初,喀什师范学院又更名为喀什大学。喀什师院的地理位置较为特殊,若以首都北京为地理中心,它算得上中国最西部的高校;若以喀什为地理参照物,它又称得上是中亚文化交汇地带的中心。随着 20 世纪 80 年代民族冲突露出端倪,喀什成为反对民族分裂与维护国家统一的敏感区域。在喀什一度流传着"中国的稳定看新疆,新疆的稳定看喀什,喀什的稳定看师院,师院的稳定看中文系"[①] 的说法。地区的特殊性对喀什师院的定位有一定的影响。在喀什师院的官网上,学校自称这是一所"多民族、多学科、多形式的高等师范院校"。这个"多民族"既指喀什本地区多民族杂居的情形,同时也指明本校学生的多民族身份。因而,喀什师院为多民族共同居住的南疆的民族教育发展与社会安定起着不可估量的作用。[②]

喀什师院人文系(原名为"中文系")创立于1962 年,建校之初便开设了维吾尔语文学与维吾尔语语言两个专业。1977 年恢复高考后,才新增加了汉语言文学专业。与其他一般院校中国语言文学学科"先有汉语言文学专业,后有中国少数民族语言文学专业"不同,喀什师院是先有民族文学专业,后有汉语言文学专业,这是较为特殊的。这种特殊性正体现出民族地区高校对本区域内主体民族文化与文

[①] 罗浩波:《喀什师范学院人文系简史》,参考《喀什师范学院人文系建系 50 周年》,第112 页。

[②] 可参考喀什师范学院网站:http://www.kstc.edu.cn/xygk1/xxjj1.htm。

第四章　师生实践：多民族文学教育的田野考察

学的自觉性，同时又对其他民族文学的教学表现出主动性。此外，有别于部分高校民族文学与汉语言文学分属各系，这两个专业都设在人文系下。这样的系部设置类似于前述民族类院校中的"共一学院型"。

本研究在该校人文学院进行《问卷调查》的时间集中在2012年10月。彼时，人文系庆祝建系50周年并承办了第九届中国多民族文学论坛。论坛上，除了各地关注多民族文学教学与研究的专家、学者与学生到场，喀什师院还邀请了获得"少数民族文学骏马奖"的本地维吾尔作家亚森江·斯迪克到场，分享他的文学创作经验与对文学的认识（见图4-4）。笔者在喀什师院的调研，正是在此多民族话语背景中展开的。

图4-4　维吾尔族学者姑丽娜尔·吾甫力与维吾尔族作家亚森江·斯迪克[1]

调研是在喀什师院热心师生的帮助下完成的。[2] 接受问卷的学生是该校中国语言文学系2009级与2010级的94名本科生与硕士生，其

---

[1] 维吾尔族作家亚森江·斯迪克的长篇小说《诸王传》获得2012年少数民族文学骏马奖。2012年，第九届中国多民族文学论坛在喀什大学召开，会议邀请亚森江·斯迪克到现场分享文学创作经验。姑丽娜尔教授作现场翻译。图片为笔者于2012年10月20日拍摄。
[2] 感谢喀什师范学院人文系的罗浩波老师、姑丽娜尔教授与卫婕同学。

民族来源有汉族、维吾尔族、回族、蒙古族与东乡族。其中，有 66 人来自新疆维吾尔自治区，其余 28 人分别来自山东菏泽、吉林公主岭、江西上饶、河北任丘、陕西咸阳与宝鸡、山西临汾、湖南岳阳和河南南阳、信阳、甘肃定西、黑龙江哈尔滨 10 个省市。喀什师院虽然不是民族院校，但是汉族学生在该校的比例较少，是当地的"少数民族"。对喀什师院的个案分析，本研究将集中讨论：一是对少数民族及其形象的认识；二是作家民族身份的去留。喀什师院《问卷调查》中，学生对这两个问题的讨论具有一定的代表性，反映出中国多民族文学教学中的几个具体问题。

（一）少数民族形象认识："阿凡提"与"刘三姐"

为了解学生对少数民族的认识，《问卷调查》设计了"您心目中的少数民族是……"一题，这个题目似乎极不明确，很难一下子给出准确的答案。这种不明确使《问卷调查》获得的结果有些"五花八门"。不过，看似杂乱的答案正好揭示了接受问卷调查的大学生对这个问题的直观认识。在西南民大的个案分析中，笔者对这部分调查有所讨论，但就大学生如何获得少数民族"刻板印象"这一问题，还未做出具体的分析。喀什师院人文系学生对这个问题的理解与回答，相较其他接受问卷的高校学生而言，答案更为多元，反映的问题也更为深刻。以下笔者将先对喀什师院学生的回答进行简单归类，然后再作具体分析与比较。

从《问卷调查》的结果来看，第一类是对少数民族性格与特长的描述，提到最多的词语有"能歌善舞""热情好客""善良淳朴"与"乐于助人"。其他类似的词语还有温和、大方、多情、豪迈、耿直等。认为少数民族"能歌善舞"的往往是在汉族地区生活的学生，他们大多数人没有到过少数民族地区，缺乏深入民族地区生活的经历。

"能歌善舞"印象的得来，与媒介的宣传有极大联系。从影响甚广的历年春节联欢晚会"歌舞类"节目到全国民族体育运动会开、闭幕式，几乎每一个有少数民族的场景，他们都身着鲜艳的服饰做着同一件事情——载歌载舞。这样的宣传，很容易让民众误以为少数民族生活在"真空"里。同样不可忽视的还有人教版小学语文教科书对少数民族的介绍，书中那些"载歌载舞"的图片，时刻影响着人们的认识与判断。经年累月，在大多数人心目中，"能歌善舞"就等同于"少数民族"了。《问卷调查》中，甚至有学生直接以"阿凡提"与"刘三姐"这两个民间文学里面的人物来概述他们对少数民族的认识。与此同时，问卷中出现的贫穷、落后、粗悍、彪悍、鲁莽、易冲动、思想保守等词语，又反映出他们对少数民族认识的另一面。

这些印象从何而来呢？同样与媒体的宣传报道和学校的教育不无关系。关于少数民族"贫穷"的认识，人教版语文教科书《日记二则》一文，可能是学校教育中较早的"启蒙"。课文讲述了这样一个故事：一个家住贵州山区的苗族小姑娘阿英，没钱读书，"我的妈妈"寄钱给她，她才没有失学。[①] 这篇课文隐藏的片面认识即苗族地处"边远"的山区，所以生活贫穷落后；因为没钱读书，所以需要人帮助。这篇课文初衷是要显示"我的妈妈"对少数民族地区的帮助。但是，课文没有告诉学生，少数民族地区有丰富的自然资源，这些资源很大一部分被输送到东部地区，少数民族地区的人们却没有获得等值的经济补贴。从经济发展的角度而言，东西部之间确实存在着较大的差异。然而，这种不加判别与说明的知识传授，可能让汉族学生从小拥有一种没来由的经济优越感，同时让少数民族学生从小就被动地接

[①] 人教版语文二年级上册第24课《日记二则》。

受他人所粘贴的"贫穷"标签。这两组相反的词语，恰好说明媒介叙事与义务教育中出现的罅隙与片面。这种弊病所带来的最坏结果将是误解、偏见与歧视，甚至带来武装暴力冲突。即便这些学生后来有机会接受高等教育，但这些根深蒂固的认识仍然会左右他们的判断与理解。

就喀什师院的培养目标来看，作为南疆唯一的本科院校，它肩负着为南疆培养民族教育人才的重任。如果这些学生对构成多民族中国的基本人群之认识都有偏差，那么该区域未来的国民教育与社会稳定可能会危机重重。

第二类是从民族文化、风俗习惯的角度来定义少数民族。其中提到最多的是"身着艳丽的民族服装""有自己的语言、文字、饮食和信仰""民族风俗风情浓郁""有自己的风俗习惯与文化传统"。与"能歌善舞"类刻板印象相比，从风俗习惯与民族文化的角度做出区分的确更进了一步，但"风情浓郁""艳丽服饰"的表述，夹杂着对"异域文化"与"他者"的多种想象。此种接近于旅游者式的认识是如何得来的呢？除了当下旅游业的兴起外，亦与我们的教育有着千丝万缕的关系。就义务教育阶段的语文教科书内容来看，分单元教学中仅对傣族泼水节、彝族火把节、藏族雪顿节[①]等民族节日作了介绍。教科书缺少日常生活中的少数民族文化事象。这种节日化、仪式化、庆典化少数民族文化与生活的课程教学，传递给学生的将是片面化、碎片化的信息，容易误导学生的认识，让他们以为少数民族只生活在过去与仪式中。就这一点，美国学者德尔曼（Derman·Sparks）曾就如何在课堂上讲授美洲原住民的文化，提出要避免"旅游者课程"。

[①] 可参考人教版语文二年级下册第11课与六年级下册第9课。

第四章 师生实践：多民族文学教育的田野考察

也就是说，以往课堂中主要讲述节日庆典、传统食物和艺术的单元方式，不注重整体而仅强调异域差异，仅注重特殊事件却不关心日常。这样的课程不利于学生对一个民族或族群文化形成整体认识。[1] 从多民族文学教育的角度而言，这就意味着在选取文学文本的时候，既要注重文本的形式，同时也要关注其中所包含的内容。如此，或可通过高等教育阶段的深化学习，提高高校文学专业的学生对少数民族的整体认识，避免旅游者式的断章取义与异域想象，并在未来的教学与生活中对他人的认识发生积极的影响。

第三类是通过与汉族对比来认识少数民族。最常见的表述有："除了汉族以外的少数民族""与汉族有着不同的语言与生活习惯""与汉族的习俗和文化不相同的""汉族之外的其他民族"。在中央民大的问卷调查结果中，也有"少数民族是汉族的兄弟姐妹"之类的表述。以汉族为区分坐标，如此表述里隐藏着长久以来"汉与非汉"二元认识结构的痕迹。该认识反映出的问题是：若不以汉族为认识的基点，似乎就无法确认少数民族。在中央民大的问卷调查结果中，部分学生还作了"少数民族是中华民族的重要组成部分""是中华大家庭的一分子"的表述。这些说法避免了"汉与非族"的二元区分，而是从"中华民族多元一体"的角度做出更为准确和理性的判断，这可能与中央民大这类民族类院校开展了"民族理论政策"课程的教学有关。

除了前三类，还有部分学生对少数民族提出"要求"。如"少数民族要有大局意识，能维护民族团结和地区稳定""少数民族应该重视自己的民族习俗，懂自己的文学，了解自己的文化""要懂得本民族最基本的文化""要掌握自己的母语与民族文化，并学会国语"等。

---

[1] Derman-Sparks, Louise. (1989). *Anti-bias curriculum: tools for empowering young children*. Washington, DC: National Association for the education of young children. p.135.

从这些"要求"可以看到，他们既顾全国家安全，又担忧民族文化传承。学生给出这类答案，是《问卷调查》设计之初始料未及的。提出此类要求的学生来自不同的民族，因而这个问题就更加有意味。若是少数民族学生，这些要求可视为民族文化自觉性的体现；若是汉族学生，这些要求排除自恃文化优越感外，还可能认为少数民族理应守卫祖国边疆，因此"居高临下"地提出"要求"。

在喀什师院所作的《问卷调查》反映的问题说明，高校文学专业学生对少数民族的基本认识存在片面化、类型化与简单化的特点。在大学生对一国之内共同生活的人群都缺乏最起码的认识的教育环境中，借助多民族文学阅读与教学或许能弥补与缝合这种类型化认识所带来的偏差，同时培养出一批能客观全面地认识多民族文学与文化的教育工作者与社会精英。不过，《问卷调查》结果表明，要顺利进行多民族文学的教育实践并获得理想效果，还有一段较长的路要走。

（二）作家民族身份去留的讨论

《问卷调查》第8题是："有人认为'中国文学史教材编写中，没有必要标明作家的民族身份，只需注明诗人或者作家的名字即可'。您是否同意这样的说法？是否同意标明作家民族身份，为什么？"在国内的两次学术会议上，这个问题曾被学者拿出来讨论过。一次是2010年的"第七届中国多民族文学论坛"，另一次是2011年的"中国当代少数民族文学研究会成立30周年暨第十一届学术年会"。提出"不应该标注作家民族身份"的学者认为，一旦标注了民族身份就有降低作家艺术水平的嫌疑[①]。这位学者的说法中包含了两个信息：一

---

① 2010年的信息来源于与会者西南民族大学副教授罗安平的介绍；2011年的会议，笔者在会场所见所闻，提出此建议的是洛阳师范学院的一名教师。

是文学水平的判定标准问题，这与其所持的文学观有关；二是少数民族问题是否去政治化的讨论，这与对多民族中国基本国情的认识有关。

就"作家民族身份去留"问题，喀什师院人文系学生给出了肯定与否定两种答案。

1."应该标注作家民族身份"

参与问卷的 94 名学生中，有 67 人认为应该标明作家的民族身份。他们列出的原因可归纳为两类。

第一类是从多民族文学关系角度出发，认为标注作家身份具有积极作用。主要观点有：

> 中国文学指的是多民族文学共存的、丰富多彩的文学。民族区别是长期存在的问题。所有中国文学中每个民族的作家都有独特的民族特性，所以应该标注；
>
> 标明身份有助于多民族文学的发展，有助于各民族优秀文学作品被大家认知；
>
> 标明身份更能让广大读者群体和师生了解文学史的发展脉络，从中探讨各民族文学的相互影响和深入了解各个民族，促进民族团结；
>
> 有利于民族书籍分类，从而有利于对各民族文学进行研究。[①]

从引文可见，"各民族文学"与"多民族文学"在《问卷调查》中出现的频率较多。与其他高校《问卷调查》结果相比，喀什师院的大部分学生能从多民族文学关系角度提出标注作家民族身份的重要

---

① 喀什师范学院"中国高校多民族文学教育现状"问卷调查汇总。

性。产生这种差异的原因何在呢？早在"中国多民族文学论坛"成立以前，部分新疆学者就开始关注本地区的多民族文学关系问题。比如，2002年，国家社科基金项目"新疆当代多民族文学"立项。其结题成果《新疆当代多民族文学史》①后来成为新疆部分高校文学教学参考的首选书。多民族共同生活的环境加深了他们对多民族文学共生共长的理解。与此同时，区域内的多民族文学教育为他们理解中国多民族文学打下了良好基础。此外，在喀什师院作《问卷调查》期间，他们正在举办"第九届中国多民族文学论坛"，聆听论坛上本校老师与外地学者的讨论，也会促使学生将本地区多民族文学知识概念扩展至对整个中国多民族文学的认识。因而，这种"多民族文学"认识的形成是多种文学实践与文学教学活动的结果。

第二类是从"作家民族身份有助于理解文学作品"来谈的。主要观点有：

> 了解作家的民族身份，有助于读者更清晰深入地理解其文学作品中所透露出的民俗风情，更好地理解文章中所涉及的文化，抓住主旨；
>
> 注明民族身份显示少数民族族别，让读者理解作者的隐性知识，是对民族作家的认同与融合，绝无歧视之意；
>
> 民族身份有时候能够帮助认识文学体裁，便于分文别类。②

期冀借助作家民族身份背景把握作品的内涵，这是接受《问卷调查》的高校学生普遍持有的观点。引文所提缘由既涉及文学知识的扩展，又含有借助文学以实现各民族文化沟通与交流之意。有意味的

---

① 夏冠洲：《新疆当代多民族文学史》，新疆人民出版社2006年版。
② 喀什师范学院"中国高校多民族文学教育现状"问卷调查汇总。

第四章 师生实践：多民族文学教育的田野考察

是，其中"绝无歧视之意"正好是对部分认为"标明作家民族身份就降低了作家文学成就"的学者的批评。① 这种说法内隐着一种观点，即"民族文学的艺术水平与成就不如汉语言文学"，这可以说是对民族文学的一种赤裸裸的"歧视"。这种隐晦的表达被部分学生敏感地捕捉到并鲜明地表达了对这种观点的否定。

除了前面两类原因之外，还有部分学生认为"标明作家民族身份是对少数民族作者与文化的尊重"。与故意模糊作家民族身份的举措相比，"尊重"显示出理解与认同。此外，认为"标明作家民族身份有利于少数民族文学的发扬光大、有利于保护少数民族文学"的看法，又与尊重文化多样性的认识有关。

2."不必标明作家民族身份"

喀什师院人文系接受《问卷调查》的学生中，有27人认为没有必要标明作家民族身份。他们提出的原因主要有两类。

第一类是"我们都是中国人"与"文学不分民族"。先来看《问卷调查》中的回答：

> A. 我们同属于中华民族，同属于炎黄子孙，没有民族重大差异可言，是统一的民族；
>
> B. 因为56个民族都是一家人，每个民族都是中华民族的一部分，应平等对待；
>
> C. 作品是作家的、民族的，也是全国人民的，所有中国人都有权利享受，所以没有必要标明；

---

① 2012年11月在西南民大"中国当代少数民族文学研究会成立30周年暨第十一届学术年会"上，洛阳师范学院一位与会教师的发言。

D. 文学是不分民族，不分国界，不分区域的。①

从引文列举的原因来看，这部分学生主要从"中华民族"及其成员关系出发，并以统一的多民族国家内各民族平等为支撑，提出不必区分作家的民族身份。同时，他们认为文学不分民族与国界。

先来看 A 回答中提到的"炎黄子孙"。"炎黄"的文本叙述，可以追溯至汉代司马迁的《史记》。中华文明是由多个民族的文化传统所构成的。因而，在谈论"炎黄"的时候，不能忽略其他祖先的历史叙事。顾颉刚曾谈及："古人说自己是'三皇''五帝'生出来的，是黄帝的子孙。这是不对的。"② 近代对"黄帝"的再造固然有国族重构的需要，但在今天仍然无视历史事实的话，便算不上值得称道的事了，因为即便在《史记》的叙述中，除了"黄帝""炎帝"，还有"蚩尤"。1998 年，"中华三祖堂"在河北涿鹿的建立，就不仅祭奠了黄帝和炎帝，还有蚩尤。认同多元的始祖，实际是对多民族文化传统的认可。如果说"中华三祖堂"还属于社会生活实践的范畴，那么徐新建对"蚩尤"与"黄帝"的族源叙事展开的学术讨论，就是结合社会生活事件所作的理论思考。文中，徐新建讨论了"黄帝战蚩尤"故事在不同历史时段中引起的后果与回应，审思"蚩尤复活"对于当代多民族中国的意义。③ 除了这些讨论外，叶舒宪所著的《熊图腾：中国祖先神话探源》与畅销书《狼图腾》的出现④，按道理应会对高校文学专业学生的文学常识有所冲击。从学生问卷来看，他们在后面

---

① 喀什师范学院"中国高校多民族文学教育现状"问卷调查汇总。
② 顾颉刚：《中国史学入门》，北京出版社 2002 年版，第 1—2 页。
③ 徐新建：《"蚩尤"和"黄帝"：族源故事再检讨》，《广西民族大学学报》（哲学社会科学版）2008 年第 5 期。
④ 姜戎：《狼图腾》，长江文艺出版社 2004 年版；叶舒宪：《熊图腾：中国祖先神话探源》，上海锦绣文章出版社 2007 年版。

第四章 师生实践：多民族文学教育的田野考察

虽然谈到了"统一的（多）民族"问题，但没有认识到多民族国家的"统一"并不是以取消差异和忽视差异为基础的，而是在承认差异基础之上的统一，也就是我们常说的"求同存异"与"不同而和"。因而，A类回答所强调的"同"是以牺牲各民族文学异彩纷呈的差异为代价的，这样的处理并不可取。

B和C的分析则对什么是"民族平等"和为什么要实行"民族平等"政策的理解不够。有关"民族平等"的界定，可以《中国的少数民族政策及其实践》中的文字作说明：

> 在中国，民族平等是指：各民族不论人口多少，经济社会发展程度高低，风俗习惯和宗教信仰异同，都是中华民族的一部分，具有同等的地位，在国家和社会生活的一切方面，具有同等的地位，在国家和社会生活的一切方面，依法享有相同的权利，履行相同的义务，反对一切形式的民族压迫和民族歧视。[①]

这段文字主要对各个民族拥有的平等义务和权利作了说明。除在各个民族享有平等权利与义务之外，在白皮书《中国的少数民族政策及其实践》和《中国的民族政策与各民族共同繁荣发展》中，都特别谈到少数民族在经济社会发展方面与汉族之间的差距，并指出少数民族公民不仅平等地享有宪法和法律所规定的所有公民权利，还同时依法享有一些特殊的权益保障。[②] 但是，部分人对"特殊的权益保障"持有疑义。比如，在吉林财经大学会计专业某位汉族学生看来，少数

[①] 中国国务院新闻办公室白皮书：《中国的少数民族政策及其实践》，人民出版社2009年版，第99页。

[②] 中国国务院新闻办公室白皮书：《中国的民族政策与各民族共同繁荣发展》，人民出版社2009年版，第15页。

民族是"有特权的、高考加分、特殊录取"的人群①。部分汉族学生对民族地区学生高考加分的"特权"愤愤不平，却全然看不见民族地区教育条件与发达地区教育条件之间的差距、授课内容的局限、高考答题选用语种的限制等"教育公平"问题。对于生活在民族地区、讲民族语言的学生而言，义务教育和公立大学的教学与选拔机制给予少数民族学生加分，实际是按国家"宪法"规定，对少数民族在文化权利上所作的补偿。这种"特殊性"正是贯彻"民族平等"政策的一种体现。

因此，若不能对此加以区分和考虑，简单地认为"民族平等"就是整齐划一，这种做法显然有些粗暴。甚至可以说，若不能在政策上对少数民族文化加以特殊对待，才是"不平等"的行为。在此基础上，再来看借用"民族平等"概念来谈论文学作品是否该标明作家民族身份，就会发现其模糊了"多元（民族文学）"和"一体（中国文学）"之间的构成关系。多民族中国文学的整体性是由各个民族的文学所构成的。这种不加区分地对待多民族国家的作家文学，表面看起来是在执行国家民族平等政策，实际却是反其道而行之。

D类回答认为"文学是不分民族，不分国界，不分区域的"。这类回答借用"民族""国界"和"区域"的知识分类来划分文学，同B和C类一样，看起来颇有道理，却忽视了文学的创作主体生存于不同民族、不同国界和不同区域，高校体系内的文学教育亦是在国别文学、地域文学和民族文学的门类区分中展开的。假如民族、国界和区域都不值得特别关注，那么有关作家信息和作品背景的一切资料是不是都毫无介绍与研究的必要呢？当然，学生做出这样的回答，有可能

---

① 参考吉林财经大学"中国多民族文学的共同发展研究"调查问卷。

第四章 师生实践：多民族文学教育的田野考察

与他们受到"新批评"的影响有关，他们只需要去关注作品本身而不必纠结作家是谁、来自哪里等问题。从文学史的角度而言，近代出版的"中国文学史"因为彼时"中国"还不是"统一的多民族国家"——中华人民共和国，因此基本不讲作家的民族身份。对于1949年以后的中华人民共和国的文学史，若不讲作家的民族身份，这个作家往往会被"默认"为汉族作家。这样一来，少数民族文学作品就会被湮没在为数众多的汉语言文学作品中。就像以前文学史不讲曹雪芹的满族身份，致使许多人认为曹雪芹是清代的汉族作家。1979年出版的《满族简史》一书，算是国内较早提到曹雪芹满族身份的书籍。①随后李广柏发出"曹雪芹是满族作家吗？"的质疑，才将曹雪芹民族身份问题的讨论放在公共空间中。尽管李广柏以"旗人不等于满族""曹家是汉人"为由质疑曹雪芹的满族身份，但他讨论的出发点还是值得关注。李广柏认为：

> 曹雪芹，是我们中华民族的骄傲。无论他当时属于国内哪个兄弟民族，都不影响他在人类文化史上的地位，也不影响我国各族人民对他的感情。不过，他究竟是什么族，还是应该准确、如实地予以说明。这不仅是为了尊重历史，也有利于正确理解他的身世、思想和创作。②

从李广柏的引文可以看出，作家民族身份问题的落实关系到是否尊重历史事实。从1979年《满族简史》出版到2014年《红楼梦学刊》刊出的文章，在过去的35年里，学界对曹雪芹满族身份的讨论还在继续，尚未达成一致的认同。较近的一篇讨论是樊志斌的文章。

---

① 《满族简史》编写组：《满族简史》，中华书局1979年版，第95页。
② 李广柏：《曹雪芹是满族作家吗？》，《红楼梦学刊》1982年第1辑。

他认为曹雪芹是内务府正白旗汉人，认为满族是近代民族国家概念的产物，不适用于曹雪芹的身份表述。①樊志斌的文章忽略了满洲包衣旗人与汉军旗人不同及其已经"满化"的事实。这一点可以查看关纪新的文章。②对于多民族中国的文学而言，曹雪芹民族身份的讨论，不仅是文学范畴的话语讨论，还涉及能否形成开放、多元的国民教育体系。因此，假如大多数学生都不假思索地默认曹雪芹为汉族作家，必然会抹杀文化与文学多样性存在的事实，也不利于民族文化的理解与交流。

综合来看，B、C和D三类观点还内隐着一种担忧，即害怕民族身份的标注会强化本民族意识，这与近年来马戎提出的"少数民族问题去政治化"相似。马戎认为应该把新中国成立以来在族群问题上的"政治化"趋势改变为"文化化"的新方向。也就是着重培养和强化民族—国民意识，逐步淡化族群意识。③刻意强化国民或公民意识的行为，表面上看来是为国家安全的终极目的，实际却是对"中华人民共和国是统一的多民族国家"这一现实国情的否定。在喀什师院问卷调查中，提出上述缘由的除了汉族学生外，还有其他民族的学生。若是少数民族学生提出这种看法，作为中华民族的一员，他们表达出希望得到同样程度的、公正的待遇与认同的愿望；作为中国文学的一部分，他们希望民族文学能得到同样程度的关注与评价。从此意义而言，多民族国家的文学史若能体现作家多元民族身份和多元地域特

---

① 樊志斌：《满洲、包衣、旗人、满族：曹雪芹"身份表述"中的几个概念》，《红楼梦学刊》2014年第5辑。
② 关纪新：《一梦红楼何处醒——假如启动满学视角读〈红楼梦〉又将怎样》，《满学论丛》第1辑，2011年。
③ 马戎：《理解民族关系的新思路——少数族群问题的"去政治化"》，《北京大学学报》（哲学社会科学版）2004年第11期。相关讨论可参考谢立中主编《理解民族关系的新思路——少数族群问题的"去政治化"》，社会科学文献出版社2010年版，第2页。

第四章 师生实践:多民族文学教育的田野考察

征,会有效地摆脱"大汉族主义"的长久影响。

第二类观点认为,若刻意将文学作品与作家的民族文化背景关联起来,会束缚人们对作品的理解。因此,不标明作家民族身份,会更有利于对作品做出多重解读。《问卷调查》中提到的原因有:一是"标明作家民族身份,容易形成定式,会将一个作家的作品当作是那个民族的作品";二是"作家可以根据自己的见闻与知识进行文学创作,可以对任何一个民族的相关内容进行创作,因此没有必要标明"。[①] 这与"了解作家民族文化背景有利于理解作品"恰好相反,他们认为应该让作品本身而不是作家来说话。此外,从作家创作题材的选择来看,的确可能既涉及本民族题材又同时选取其他民族的题材。但作家对本民族文化的书写与其他民族作家对其民族文化的书写显然会因表述者身份的不同,而有所不同。这一点同样不可忽视。

简单来讲,喀什师院人文系的《问卷调查》对"是否标注作家民族身份"的回答,反映出这个问题的多面性。学生各执一端,看起来各有其理。不过,他们忽视了在一个汉族人口占绝大多数的国家里,汉族文学长久以来在中国文学史中占主流位置,不标注作家民族身份往往并不意味着取消民族,而是会将这些作家理所当然地视作汉族作家。作家多民族身份的呈现涉及政治、文化权力、国家政策等层面,推行多民族文学教育不可能避开作家民族身份这一话题。

总体而言,西南民大与喀什师院的《问卷调查》结果表明,这两所身处多民族地区的高校开设了中国少数民族语言文学专业,具有开展多民族文学教育的有利条件。这两所学校文学专业学生对多民族、多民族文学认识参差不齐,多民族文学教育的实践虽取得了一定的成

---

① 喀什师范学院"中国高校多民族文学教育现状"问卷调查汇总。

效，但并不十分理想。汉语言文学专业教学与少数民族语言文学专业教学基本上仍各守阵地，还未能从"多民族文学"理念角度做出有效整合。因此，这种教学容易导致文学专业学生对中国文学的整体理解片面化。从借助文学教育延续近代以来"文学救国"式的理想而言，当下的文学教育还未真正发挥其功用。如何借助多民族文学教育增进大学生对当代中国的人群与民族文化的理解，亦未得到应有的关注。

本章小结

在探讨了中国语言文学学科的设置、高校多民族文学教育分工以及多民族文学史教材后，本章主要对中国高校多民族文学的教学实践进行考察分析。

第一节试图通过七位教师的访谈了解高校文学专业教师对多民族文学教育的认识。教师在教学中选用什么样的文学教材、讲解哪些文学篇目、介绍哪些作家作品，与其所持的文学观有密切联系。倘若高校文学教师有多民族共同生活的体验，或者在过去的学习中接触过多民族文学，那么，这些体验可能使他们比较容易接受"多民族文学"的概念，从而在文学课堂上主动讲解中国各个民族的文学。当然，在具体的教学中，多民族文学教育还面临着文学教育再定位、多民族文学教材缺乏以及人才队伍梯队培养等诸多难题。尽管如此，多民族文学教育已经起步并蹒跚前行。

第二节针对高校文学专业学生进行了"中国高校多民族文学教育的问卷调查"。问卷分别在几所高校进行，并最后选择西南民族大学和喀什师范学院两所学校为个案。西南民族大学的《问卷调查》分析了该校文学与新闻学院、藏学学院、彝学学院三所学院学生对多民族国情认知、多民族文学认知与多民族文学史观的认识。喀什师范学院的问卷主要在该校人文系学生中散发，并集中分析了他们对少数民族的认识、文学史是否应该标明作家民族身份这两个问题的看法。分析结果显示，尽管这两所高校都身处多民族地区，其不同民族来源的学生对多民族中国国情、中国多民族文学的理解仍让人不甚满意。这样的文学教育，无论是从文化与文学的多样性对学生专业知识的丰富与人文素质的培养来讲，还是从借助文学教育培养合格的国民而言，都亟须做出调整与改变。高校多民族文学教育如何通过教学实践实现其教学相长的目的，还需要更多的教师与学者参与进来一起解决。

结 论

2015年2月19日，农历羊年大年初一这天，法国导演让·雅克·阿诺执导的电影《狼图腾》在全国各地影院上映。这部电影改编自姜戎于2004年出版的同名小说《狼图腾》。一时之间，当年的"旷世奇书"再度进入国民的视野，人们围绕"狼究竟是不是蒙古族的图腾"这一话题，展开了有关蒙古族文化的广泛讨论。参与讨论的不仅有蒙古族作家郭雪波、喇西道尔吉，学者陈岗龙，还有达斡尔族作家一澜以及曾到内蒙古"下过乡，插过队"的刘小萌知青。[①] 与此同时，微信圈内各种转载与评论此起彼伏。

在本研究结束之际，有关小说版与电影版《狼图腾》的讨论还在继续。这部作品能引发如此广泛的争议，说明即便是虚构的文艺作品，一旦涉及现实生活中的具体人群，它就无法回避族群文化、历史事实与族群身份表述等问题。尤其是对于多民族中国而言，不同的民

[①] 陈岗龙：《先了解图腾理论，再讨论蒙古人有没有狼图腾》，参考"多兰的奶茶与咖啡"新浪博客：http://blog.sina.com.cn/s/blog_5f0834030102vasp.html。一澜：《"狼图腾"源于中原人对蒙古人入侵者的记忆》，参考搜狐网：http://mt.sohu.com/20150226/n409167274.shtml。刘小萌：《关于〈狼图腾〉的发言》，参考搜狐网：http://mt.sohu.com/20150226/n409180218.shtml。

结　论

族在族源叙述与身份认同方面各有差异。在当代"龙传人"的身份表述外,"狼图腾"作为"满载自由憧憬的个人图腾"①,因为有意要"引狼入史",无意中却忽视了对蒙古族文化的真实还原。就族群身份的表述主体而言,"狼图腾"实际是汉族作者姜戎对蒙古族文化的一种"他表述"。也正是因为这种表述未能对蒙古族文化进行还原,以至蒙古族作家郭雪波笔书中宣部,谴责电影版的《狼图腾》严重歪曲了蒙古民族历史文化并且存在政治理念错误等问题,认为这影响了民族团结与国家的安定团结。② 这些历史真实与文学虚构、农耕文化与游牧文化、龙传人与狼图腾、蒙汉关系的讨论,正是一场国民广泛参与的族群身份与民族关系表述的生动社会实践。《狼图腾》亦是多民族中国的文学教育中值得深入探讨的文本。

有关《狼图腾》的讨论,实际上将多民族中国的文学教育问题推向前台。如何借助文学作品来理解多民族国家的历史、文化、族群和边界,增进国民对自己生活其间的多民族国家国情的了解,促进民族间的相互理解与文化的交流共享,已然成为当代中国文学教育无法回避的问题。

本研究即以当代中国高等院校的多民族文学教育为研究视域。在统一的多民族国家,中国的多民族文学教育至少包含两个层面:一是借助多民族文学实现的教育,除了人文素养、陶冶性情与审美需求的满足外,这种文学教育还是多民族国家国民身份培养的基本途径;二是关于多民族文学本身的教育,即在文学专业知识的传授中,在以往精英的、文字书写的文学外,还关注民间的、口头传承的文学。多民

---

①　喇西道尔吉:《满载自由憧憬的个人图腾　对于电影〈狼图腾〉不得不有话说》,参考共识网: http://www.21ccom.net/articles/culture/wenyi/20150225121345_all.html。
②　郭雪波:《血腥的饿狼,绝不是蒙古人的图腾——我的一封信,一份声明》,参见郭雪波新浪博客: http://blog.sina.com.cn/s/blog_4dcda3030102va7m.html?tj=2。

族文学教育的这两个方面，既涉及了民族的多元，同时又兼顾了文化的多样性。因而，作为本研究讨论的核心词汇，"多民族"至少有两重指向，一是"多民族国家"，二是"多民族文学"。也就是说，这是关于一国之内多民族人群的、多民族文学的教育问题的探讨。

民族平等与文化权利。中华人民共和国成立以来，一直注重兑现并落实当初"民族平等"的承诺。各民族除了在政治上与经济上享有平等的权利和义务外，在文化上也是如此。20世纪50年代初期，就少数民族文艺在统一的多民族国家中的地位，张寿康先生曾有过这样的描述："少数民族的文艺是中国文艺中不可少的一部分。因为我们是一个多民族的国家。谁要是把少数民族的文艺推在中国文艺的大门之外，那他就是否认祖国伟大现实的人。"[①] 这段话意思十分明显，笔者不再赘述。长久以来，现代学校系统的文学教育中并没有少数民族文学的位置。沿用张寿康先生的说法，学校文学教育是否将少数民族文学纳入，反映出的则是不同高校对"民族平等"政策落实程度的不同体现。

从"学科建构"的讨论来看，中国语言文学学科下设二级学科虽几经变动，但中国少数民族语言文学学科作为二级学科的地位依然巩固。也就是说，多民族中国在文学学科的结构中，亦力图对国内各民族文学都有呈现，即在学科制度层面兑现民族平等并保障各民族的文化权利。然而，因为"汉族中心主义"的知识等级划分与"文字书写至上"文学观念的偏狭，尽管学科结构的完善为少数民族文学进入公共知识空间提供了一个"合法的"平台，但少数民族语言文学并未因此得到应有的、普遍的正视。与中国少数民族语言文学学科相关的专

---

① 张寿康主编：《少数民族文艺论集》，北京建业书局1951年版，第2—3页。

结 论

业建设，亦聚集在民族高校、民族自治区与西部多民族地区的高校。这样的教学现状，很容易导致一个恶性循环的怪圈，即少数民族文学只在特定的地区与人群中作为公共知识传授，东部地区的大多数高校文学教育仍固守于传统的汉语言文学教育，对中国 55 个少数民族文学的知识充耳不闻、视而不见。部分高校甚至以"民间文学"课程中有部分少数民族民间文学内容为借口，为自己缺省了中国少数民族语言文学学科作开脱。需要注意的是，民间文学与少数民族文学提法的区分在于民间文学对应的主要是精英文学，而不是构成多民族国家的各个民族的文学。民间文学的确包含了少数民族文学的部分内容，但却不能因此替代或遮蔽"中国少数民族语言文学"这一术语在多民族中国的意义。

此外，人口较少民族和以口传文学为主的民族的文学基本上在高校文学教育系列中集体"缺席"。从政策与制度的层面而言，无论是国内的宪法与《扶持人口较少民族发展规划》《中国的少数民族政策及其实践》，还是联合国的《世界文化多样性宣言》《保护世界文化与自然遗产公约》等，都为人口较少民族的文化发展提供了有力的法律与制度保障。这部分文学的"缺席"，除了前面提到的狭隘文学观与"大民族主义"的影响外，最关键的原因在于，中国的多民族文学教育还处于自在、自发的状态，缺少宏观调控这一环，无法对多民族中国内部的空间、人群与文化布局做出整体的把握。因而，体现在文学专业的具体设置上，各个民族的文学本来都拥有一张"入场券"，但却因为上述诸种原因未能"真正入席"。

"汉语言文学与少数民族语言文学"vs"多民族文学"。对于多民族国家的社会团结而言，学校教育在国民身份的培养中扮演着异常重要的角色。高等院校的文学教育亦不例外。以往的"夷夏之防""华夷之辨",长久以来影响着人们对人群的划分。如何避免"汉与非汉"的二元对立模式,从多元的层面展开文学教育,无疑是多民族国家国民身份培养中的现实难题。

　　就中国语言文学学科的结构而言,55个民族的文学被捆绑在一起放在"中国少数民族语言文学"二级学科下,以至多民族文学在学科结构中的呈现不过是"汉语言文学+少数民族文学",而不是"56"个民族的文学。尽管"少数民族"这一术语的提出有特定的历史与政治原因,但学术研究与具体的文学教育,却不该固守此种狭隘的阈限。除了学科结构,这种二分的文学现状还表现在高校文学专业课堂教学上。大多数文学史教材与文学选本中,几乎全部是汉语言文学内容。在少数几部具有多民族文学史观的文学史里,少数民族文学以单元模块的形式补缀其中。合理地编选出符合"统一的多民族国家"文学实情的课程用书,是新中国成立以来从未间断的事业之一。若从20世纪50年代算起,在过去的60余年里,各个民族的文学艺术的确取得了长足的进步,但那本适合高校教学的、令人满意的、涵盖了各个民族文学的"中国文学史",始终没有出现。究其原因,自与中国文学有着悠长的历史有关,文学作品数量的庞杂与丰富延缓了这一进程。然而,最根本的原因或许正在于,书写"包括各个民族文学的文学史或概况"的意愿从一开始就是"自上而下"的国家决策。其与高校一线教学的联系,尚只限定于为数有限的几所高校。其他为数众多的高校,因仅专注于汉语言文学教育,可以说对这个"包括各个民族文学的文学史或概况"的主动需求几乎为零。因而,缺乏对高校贯彻"国家决策"执行的监督,加上低需求无法刺激市场运营,导致了学科建设、专业建设与教材建设的层层脱节。

　　就高校文学专业教师的角度而言,其所持的文学观念会在很大程

结　论

度上影响其教学实践。选择哪种类型的文学教程与哪部分文学作品进入课堂，会直接影响学生对"中国""中国文学"的认知与评判。这一点，在第四章的学生问卷中就可找到佐证。高校文学教育的基本状况表现为：大多数汉语言文学专业的学生只知道汉语言文学，不了解少数民族语言文学；大多数少数民族语言文学专业的学生除了学习少数民族语言文学，还会掌握部分汉语言文学。这种状况的出现，既与严格的学科专业界限有关，也与汉语言文学专业的自满有关。在学生的问卷调查中，文学常识部分所揭示的问题，亦暴露了他们对多民族国家文学的多民族性与文本多样性的认识，早已严重"失明"。与此相关的还有，学生身处多民族国家，却对生活其中的民族及其文化不了解、不关心，甚至认为毫无必要。联系到20世纪90年代以来，东西部经济差距增大的过程中，社会上发生的影响安定团结的民族关系的几件挑衅事件，就不得不担忧这种"失明"可能给国家安全带来无法承受的恶果。

　　中国多民族文学教育的推行，尽管已有国家法律的支持与学科的保证，但文学观念与教育理念的抱残守缺，严重地阻碍了文学教育发挥其在国情教育、身份认同、文化交流与民族凝聚等方面的作用。打破传统的文学观，培养一大批具有"大文学观"与"多元文化整合教育"理念的、拥有不同民族身份背景的教师队伍，应是高校推行多民族文学教育实践的第一步。不过，与前述文学专业的宏观调控一样，教师队伍的培养仍需要国家政策层面的统筹规划与资金支持。与此同时，还应跟进文学课堂所需的多民族文学教材建设。唯其如此，方能在各个环节的良性互动中，寻求通往中国高校多民族文学教育的光明之路。

附录1

美国高校课堂里的中国多民族文学教育
—— 以俄亥俄州立大学为个案的实证考察

2013年8月至2014年7月,笔者有幸获得国家留学基金委"西部人才特别培养项目"资助,前往美国俄亥俄州立大学东亚语言文学系访学。访学期间,主要关注美国多元文化文学的教育情况。同时,笔者也对美国高校课堂里中国文学教学的展开进行了部分调查。调查发现,美国著名的高等学府威廉姆斯大学、达特茅斯学院、俄亥俄州立大学等在教学中,都有不少课程与中国少数民族语言文学有关。笔者以俄亥俄州立大学东亚语言文学系开设的相关课程为例,对其展开的中国多民族文学教学状况进行考察分析,期冀由此个案,为国内高等院校多民族文学教育的展开提供借鉴。

一 "重新定义美国文学史"与多元族群文学教学

作为多元族群国家,美国学界提出"重构文学史"与20世纪60年代的民权运动有直接关系。民权运动提高了人们对少数族群的关注,同时也引发学界思考如何认识文学艺术中的族群关系问题。1965年,一位5岁的黑人小女孩对其阅读的儿童绘本提出质疑:"为什么他们总是白人孩子？（Why are they always white children?）"① 文学阅读物如何真实反映美国族群与文化的多元构成，成为迫切需要解决的问题。与文学读物情形相类，此时的美国当代语言协会会议上也只见白人学者，其他美国原住民学者、亚洲裔美国学者与拉丁裔美国学者甚少出现。1973年，该协会中的部分学者组织成立了美国多族群文学研究学会②，此事件象征着美国人开始审视美利坚合众国并非良好定义的同质性社区，而是多元社区与多元意识的重要世界。③ 随后，该协会出版了大量有关少数族裔作家的文学作品与批评著作。如《少数族群语言与文学：回顾与展望》④（1977）、《非洲裔美国文学：知识重构》⑤（1978—1979）、《三个美国文学：奇卡诺文学、美洲原住民文学与亚洲裔美国文学——"美国文学教师用书"》⑥（1982）等。《三个美国文学》可以说是美国最早的多元族群文学教师参考用书。

就"重新定义美国文学史"而言，以美国多元族群文学研究学会为例，其1981年的会议主旨即强调有必要重新反思美国文学的历史。该协会确信：

> 一本充分的美国文学史应该是基于多元族群与多元种族的，

---

① Larrick, Nancy, "The all white world of children's books", *Saturday Review*, September 11, 1965, pp. 63 – 65.
② The Society for the Study of the Multi - Ethnic Literature of the United States, 简称 MELUS, 其官方网站：http://www.melus.org/.
③ Amritjit Singh, Joseph T. Skerrett, Robert E. Hogan. Eds. (1994). *Memory, Narrative and Identity: New Essays in Ethnic American Literatures*. Boston: Northeastern University Press, p. 1.
④ Dexter Fisher. ed. (1977). *Minority Language and Literature: retrospective and perspective*. New York: The Modern Language Association of America.
⑤ Dexter Fisher. ed. (1978). *Afro - American Literature: The reconstruction of Instruction*. New York: The Modern Language Association of America.
⑥ Houston Baker. ed. (1982). *Three American Literatures: essays in Chicano, Native American, and Asian - American literature for teachers of American literature*. New York: The Modern Language Association of America.

而不是基于欧洲的文化理论。创建新的美国文学史框架与新范式，需要追问文学与国家认同之间的关系。重新定义文学史意味着扩大规则，熔铸新的批评视角并审视基于文化与意识的各种假设。①

因而在其1990年出版的《重新定义美国文学史》中，涉及了美国的口头文学、非洲裔美国文学、美洲印第安文学、亚洲裔美国文学、墨西哥裔美国文学、美国波多黎各人文学、西班牙裔美国文学等少数族群的文学。在此前后，《哥伦比亚美国文学史》②《希斯美国文学选集》③等对美国文学具有变革意义的书籍相继出版。"多元族群与多元种族"成为追问美国文学与其国家认同关系的基本出发点，亦成为美国文学史重构的基础。

与此同时，美国的多元族群文学教育在20世纪80年代以来得到拓展。大学课程改革与适合课程教学的文学史与文学选本编纂、中小学课堂内外多元文化阅读教材、师资队伍的培养与具体的课堂教学标准等，结合具体的教学实践展开。就《当代文学中的多元文化声音：教师用书》为例，该书选取了39位来自美国不同族群的当代作家，他们中有墨西哥裔美国人、美国黑人、犹太裔美国人、非洲裔美国人、纳瓦霍人、中国裔美国人、美国苗族人、韩国裔美国人等。其中中国裔美国人有5位④。"族群"划分成为美国文学叙事与教学实践的

---

① A. La Vonne Brown Ruoff and Jerry W. Ward, Jr. eds. (1990). *Redefining American Literary History*. New York: The Modern Language Association of America. p. 2.

② Emory Elliott, et al., eds. (1988). *Columbia Literary History of the United States*. New York: Columbia University Press.

③ Paul Lauter, et al., eds. (1990). *The Heath Anthology of American Literature*. Lexington, Mass.: D. C. Heath.

④ Frances Ann Day. ed., (1994). *Multicultural voices in contemporary literature: a resource for teachers*. Portsmouth, N. H.: Heinemann.

重要单位。①

在美国学界对其文学史进行重构的同时，有学者也对中国文学史做出反思。以《哥伦比亚中国文学史》为例，其扉页编者致辞："送给中国人——他们是汉族人与非汉族人、他们能书写或不能书写，每个人都以他们的方式做出贡献，得以形成今天的中国文明。"其文学史书写将少数民族的口传、仪式等文本纳入范畴②，突破汉族中心主义的壁垒，试图打通精英文字书写与民间口头文学，体现出以整体的眼光看待多民族中国的文学新视角。《哥伦比亚中国文学史》一书的"少数民族文学"部分由马克·本德尔教授③（Mark Bender，以下简称"马克"）编写，正是在上述多元族群文学背景中，他在俄亥俄州立大学东亚语言文学系展开了中国多民族文学的相关教学。

二 俄亥俄州立大学的多元族群及其文学教育

俄亥俄州立大学位于美国中北部的俄亥俄州哥伦比亚市。俄亥俄（OHIO）一词取自北美印第安怀安多特人语（Wyandot），意为"伟大的、宽广的"。也与易洛魁语"O-Y-O"相关，指美丽的河流④。1803年，该地成为美国第十七个州。俄亥俄州境内现有居民为白人、黑人与非裔美国人、拉丁裔美国人、亚裔美国人、印第安原住民、太平洋岛民以及其他混血种族；州内语言多样，有英语、德语、西班牙语、汉语、阿拉伯语、索马里语等，可以说是美国族群多元、文化多

---

① 相关讨论可参考梁昭的《族群单位与文学建构："美国文学"的"族群化"趋势及特点》，《中外文化与文论》2013年第2期。

② Victor H. Mair. ed.，（2001）. *The Columbia History of Chinese Literature*，New York：Columbia University Press.

③ 马克·本德尔（1955—），美国俄亥俄州人，俄亥俄州立大学东亚语言文学系教授，现任系主任。主要研究方向：中国少数民族文学、民间文学。特别感谢马克老师对此次调研的支持。

④ 参考维基百科：http://en.wikipedia.org/wiki/Ohio.

样的州之一。

俄亥俄州立大学创始于1870年，其前身是俄亥俄农业与技术学院。该校教职员工与学生族属多样、种族多元。以2012年秋季入学的63058名学生来看，其中亚洲裔美国学生、非洲裔美国学生、西班牙裔美国学生、原住民美国学生共9173人，约占14.5%。[①] 多元的学生与教职员工构成，为其多元文化教学的开展创造了有益的氛围。就多族群文学教育而言，非洲裔美国人与非洲研究中心、比较研究中心以及东亚语言文学系等系部开设了几十门相关课程。以得益于20世纪60年代黑人自由运动而成立于1972年的非洲裔美国人与非洲研究中心（Department of African and African Studies）为例，该中心2013—2014年就开设了"黑人女性作家：文本与本文""美国文学中的非洲裔美国人声音""黑人女性传记：复兴的声音""非洲裔美国文学中的特殊话题"等17门文学课程，介绍非洲文学的概要、非洲裔美国文学概要以及相关文学批评。此外，该中心还提供了大量非洲语言课程的学习培训，如斯瓦西里语、祖鲁语、索马里语等。其对口传文学、多元宗教、仪式展演、黑人女性作家等的关注与探讨，与"重新定义美国文学"[②] 以及从多元文化的角度反思其多族群文学教育的相关学术实践有关。关于美国多元族群文学教育的具体情况，笔者将另撰文展开讨论。

三 东亚语言文学系的开放课堂

俄亥俄州立大学东亚语言文学系作为系部成立于1970年，其前身是1962年成立的东亚语言文学部。该系部致力于对东亚的中国、

[①] 参考俄亥俄州立大学印：2013/2014 "visitor guide" 第3页。
[②] A. La Vonne Brown Ruoff and Jerry W. Ward, Jr. eds. (1990). *Redefining American Literary History*. New York: The Modern Language Association of America.

日本与韩国三个国家的语言、文学与文化知识之研究与传播。早在1969年，东亚语言文学部就有中国文学的博士学位点。如今，该系开设有多门与中国文学相关的课程，如邓腾克（Kirk Denton）教授开设的"现代中国小说""鲁迅研究""翻译中的中国现代文学"等课程。就中国多民族文学的教学而言，主要围绕马克教授所设课程展开。早在1998年，马克教授就在其开设的"中国诗学""中国的说唱文学"等课程中注重"多民族"的视角，尽力将中国众多的少数民族文学与文化在课堂上呈现。除前面两门课程，马克教授还开设了"中国民间文学"①"中国的表演传统""中国的生态文学""东亚民俗""中国的民族文学与文化"等课程。在这些课程中，东亚语言文学系尤其注重将"多民族"的理念融入其中，并从跨文化的视角让学生理解中国的文学并非仅仅是汉语言文学，还包括其他少数民族丰富多样的口头文本。

（一）"东亚民俗"与"中国的生态文学""中国的民族文学与文化"课程

1. "东亚民俗"课程里的中国多民族文学教育

"东亚民俗"（East Asian Folklore）课程开设于2004年，主要面向全校本科生，每周4个学时，共11至12周。该课程主要介绍东亚的中国、韩国与日本的民间文学与传统文化。其不仅关注民间文学的动态发展过程，还注意选取各个国家主体民族的地方文化以及其他少数民族的文化个案。通过民族志式的纪录片、文本阅读等方式理解东亚3个国家的民俗生活，以扩大学生的认知视野并以开放的心态认识世界文化的多元。

---

① 因"中国民间文学"课程内容大部分与"东亚民俗"重合，因此本书不作分析。

该课程由主讲教师根据专题设计内容。以 2013 年秋季的"东亚民俗"为例,马克教授列出的阅读材料有《活着的民俗:对人及其传统的介绍》①《虎迹:阿库乌雾彝语诗歌与汉语诗歌选》②《走出女儿国》③《欲望的替换:中国的旅游与大众文化》④《蝴蝶妈妈:贵州苗族创世史诗》⑤ 等。从参考用书可见,这门课程重点关注的是中国西南的少数民族文化与文学。作为比较,该课程还介绍了印度东北地区的传统文化。该课程的专题安排与课堂内容见表附 – 1。

表附 – 1　　　　　　　　东亚民俗课程内容安排

周次	内容	阅读材料与课堂活动
第一周	东亚民俗:理论与历史视角	课堂活动:在地图上标示感兴趣的民族
第二周	东亚民俗简况	电影讨论:《岩手县的走向:还是地方文化吗?》 涉及内容:首尔的国家民俗博物馆、一个韩国民俗村的活态博物馆、日本阿依努人的歌曲与舞蹈、中国的萨满仪式

---

① Sims, Martha (2005). *Living Folklore*: *An Introduction to the Study of People and Their Traditions*. Provo: Utah State University Press.

② Aku Wuwu and Mark Bender, eds. (2006). *Tiger Traces*: *Selected Nuosu and Chinese Poetry of Aku Wuwu*. Columbus: Foreign Language Publications.

③ Yang Erche Namu and Christine Mathieu (2004). *Leaving Mother Lake*: *A Girlhood on the Edge of the World*. New York: Back Bay Books/Little Brown and Co.

④ Notar, Beth (2006). *Displacing Desire*: *Travel and Popular Culture in China*. Honolulu: University of Hawaii Press.

⑤ Bender, Mark, trans. (2006). *Butterfly Mother*: *Miao* (*Hmong*) *Creation Epics from Guizhou*, *China*. Indianapolis: Hackett Publishing Company.

附录1　美国高校课堂里的中国多民族文学教育

续　表

周次	内容	阅读材料与课堂活动
第三周	民间舞蹈：与阿诗玛共舞	电影讨论：《与阿诗玛共舞》 视频观看：印度东北卡西族舞蹈 文本阅读：《走出女儿国》 课堂参与：撒尼民间舞蹈
第四周	民族服饰	文本阅读：《七妹与蛇郎》 课堂讨论：日本与韩国的发型象征意义 手工制作：民族服饰手绘简图
第五周	中国南方与北方的民歌传统	视频赏析：汉族民歌、苗族飞歌、侗族大歌、彝族民歌与韩国阿里郎论辩 课堂参与：《蝴蝶妈妈》对唱
第六周	社会制度与西部大开发	文本阅读：纳西族、摩梭人、普米族与拉祜族传统 电影观看：《没有父亲与丈夫的世界》 课堂讨论：《走出女儿国》
第七周	旅游与民族民间文化	视频观看："云南大理古城的生活" 课堂讨论：旅游发展与民族传统文化
第八周	藏族传统与《格萨尔王传》	文本阅读：云南及其他地区的藏族传统 电影观看：《藏族婚礼》 课堂参与：《格萨尔王传》节选
第九周	中国西南与印度东北的民间文学	文本阅读：《虎迹》 视频观看：印度民俗生活
第十周 第十一周	学生期末课堂报告	海报陈述 文章撰写

从此表来看,"东亚民俗"课程 9 周共 36 个授课学时中,中国的民俗占据了近 2/3。在这 2/3 中,大部分又与中国西南民族有关。这对以往在王朝叙事中的边远之地西南民族及其文化而言,具有重要的意义:一是对钟敬文先生早年"多民族的一国民俗学"[①] 的回应;二是赋予民族民间文化平等进入大学课堂教学的权利与机会,有助于还原并展现多民族中国的文化与文学的整体面貌。

这门课程每期的学生实践活动内容丰富、形式多样。据马克教授介绍,学生对中国少数民族文化的研究与关注产生了浓厚兴趣。如一位美国学生期末提交的课程汇报是自己缝制的满族女性服饰;另一位美国学生主要研究苗族银饰图案的象征意义。其他亦有对中国民间剪纸艺术、中国茶艺的关注。"东亚民俗"课程扩大了学生认识多民族中国的文化视野,其课程实践更是让学生在参与中领悟多民族中国的文化与文学如何与当地民众的生活密切关联。

2. "中国的生态文学"课程里的中国多民族文学教育

"中国的生态文学"(Eco – Literature in China)课程由马克·本德尔教授 2008 年秋季学期首次开设。这门课程的开设与环境的恶化、资源的枯竭以及全球气候变暖等问题给人类未来生活所带来的挑战有关。马克教授试图以目前占世界人口 1/4 的中国为个案,了解过去的几千年中中国人是如何处理人与自然的关系的,今天的中国人是如何看待这一情状并提出解决方案的。反过来,环境问题又是如何影响了文学、民俗、民族性、行为习惯以及中国的文化表述形式等问题。因此,这门课程选择了与环境或环境话题相关的文学文本,试图探讨从古至今文学艺术中所呈现的环境意识。

[①] 参考周星《"多民族的一国民俗学"及其他》,《民俗研究》2000 年第 1 期。

附录1 美国高校课堂里的中国多民族文学教育

该课程的预期目标是提升学生对中国环境与人类关系的问题意识，熟悉与自然和环境相关的中国文学、哲学、民俗与大众文化等。通过中国对环境问题的反应，期望学生能更好地理解并评估中国、亚洲乃至全球的环境问题。① 该课程每周4学时，共15—16周。2012年秋季学期的课程内容安排见表附-2所示。

表附-2　　　　　　　　"中国生态文学"课程内容

周次	授课内容	阅读文本
第一周	导论	田野实践：校园"镜湖"考察
第二周	生态文学与中国的环境问题	王维的诗
第三周	区域生态主义与民族	《狼图腾》（姜戎）
第四周	《狼图腾》、狼与人类	《狼图腾》（姜戎）
第五周	青藏高原：魔幻现实主义与环境	《西藏，系在皮绳扣上的魂》（扎西达娃）
第六周	阿来的"红罂粟"与高行健的"灵山"	《尘埃落定》《灵山》
第七周	云南佤族与哈尼彝族的口头与书面诗歌	《白鹇鸟》与其他
第八周	中国西南民族口头诗歌传统中的动物	《蝴蝶妈妈》《勒俄特依》及其他
第九周	诺苏彝族史诗、当代诗歌与西部大开发	吉狄马加、阿库乌雾、鲁娟等的诗歌

① 参考马克·本德尔教授撰写的"中国生态文学"课程大纲。

续　表

周次	授课内容	阅读文本
第十周	阿库乌雾的彝语诗（1）	阿库乌雾的诗歌
第十一周	阿库乌雾的彝语诗（2）	阿库乌雾的诗歌
第十二周	长江下游平原与台湾	第三届生态翻译学国际会议
第十三周	印度东北的跨边境民族与生态诗歌	Temsula Ao 诗歌节选
第十四周	学生期末汇报	组织学生开展实践活动
第十五周	学生期末汇报	组织学生开展实践活动

从表附－2可见，"中国生态文学"专题探讨主要与中国少数民族文学有关，其文本亦着重于少数民族作家的文学作品与少数民族民间口头文学文本。该课程每个专题都设计有项目挑战，激发学生参与课堂实践。如第一周"导论"学习，带领学生考察校园内的镜湖，使其了解镜湖的历史及其与俄亥俄州立大学师生生活的关系等。其他各周的项目挑战设计，则根据民族、地域的不同，让学生关注其地理空间、人群结构、文化习俗，要求其用板报的形式完成挑战。可以说，"中国生态文学"课程在强调人类所生存的环境之于文学的丰富特质与意蕴的同时，更是让学生通过少数民族口头与书面的多文本，认识少数民族传统文化中的生态常识在当下生态危机中的重大意义。

3. "中国的民族文学与文化"课程

"中国的民族文学与文化"（Ethnic Literature and Culture in China）

是面向研究生的课程，主要以工作坊（workshop）的形式展开。每周4学时，共14—15周。该课程主要涉及新中国成立以来的文化与社会文本，注重少数民族文学作品的理论动向相关话题研究。课堂阅读文本包括现代作家作品、传统书写作品以及口头文学。

以 2013 年春季学期的课程为例，主讲教授马克在课程说明里指出，"民族"本可以指中国境内的所有民族，但它通常所指的是与汉族相对的少数民族。自从 20 世纪 50 年代以来，中国少数民族的口头与书面文学得到出版并成为文学批评研究的对象，在 80 年代更是得到拓展。[①] 而今，在飞速变迁的文化中如何展开民族文化的保护已然成为当下的首要问题。这门课程期望通过系列文学作品（包括口头的与书面的）让学生了解中国各少数民族的文学与文化。2013 年春季课程内容见表附–3。

表附–3　　　　"中国的民族文学与文化"课程内容

周次	授课内容	阅读文本
第一周	关键词：少数民族、口头与书面文学	
第二周	族群、组织、社会的转型与保护	《中华民族多元一体格局》《中国民族学史》
第三周	工作坊1：散文翻译	阿来《尘埃落定》阿库乌雾《招魂》
第四周	扎西达娃与其他藏族作家	扎西达娃作品

[①] 参考马克·本德尔教授撰写的"中国的民族文学与文化"课程大纲。

续 表

周次	授课内容	阅读文本
第五周	工作坊2：诗歌翻译	生态人类学诗：凉山诗派与中国西南
第六周	工作坊3：多线翻译：最终的"他者"	布饶依露与佤族诗；莫独与哈尼诗
第七周	口头文学：《江格尔》与北方史诗	《江格尔》与其他
第八周	诺苏史诗与口头叙事诗	《阿诗玛》及其他
第九周	工作坊4：口头文学翻译	苗族古歌与"亚鲁王"
第十周	春假	
第十一周	工作坊5：文章评论	撒尼《指路经》
第十二周	"伊玛堪"及其他濒临消亡的东北传统	赫哲族"伊玛堪"相关文本
第十三周	地方书写系统中的民间文本	壮族"刘三姐"
第十四周	学生期末汇报	组织开展实践活动
第十五周	学生期末考试	全体同学期末考试

从表附-3可见,尽管"中国的民族文学与文化"与前面两门课程的内容有部分重合,但其作为一门独立的课程,将中国各少数民族的口头文学与书面文学正式纳入美国高校的课堂,的确具有重要的意义。除继续关注西南各少数民族的作家文学与口头文学外,这门课程将人口较少民族的赫哲族之口头说书"伊玛堪"、民间文本"刘三姐"等进行专节介绍,拓展了学生了解中国少数民族文学及其文化的视窗,呈现的不是"少",而是丰富的"多"。

(二)"中国的表演传统"课程里的中国多民族文学

1. 课程简介

"中国的表演传统"(Performance Traditions of China)是东亚语言文学系面向全校学生开设的课程,每周4课时,共14—15个教学周。2007年开课至今已有大量来自不同专业背景、不同学历层次、不同族群的学生选修。该课程的主要教学语言为英语,课堂上汉族方言、彝语、苗语、蒙古语及其他语言常在例证、表演中出现,就语言的多样性而言,其从一个侧面展现了中国多民族文化与文学的丰富与多元。

课程宗旨。"中国的表演传统"课程旨在介绍中国口传的或与口传相关的表演传统的全貌。课程从民俗学、通俗文化、表演研究、民族志诗学、翻译研究等跨学科的视角探索中国的专业说书、叙事诗、史诗吟唱、民歌、仪式与地方戏剧等传统。据该课程开设者马克教授介绍,该课程开设之初就秉持多民族的视角,认为中国的文学并非只是单一的"汉族"文学,而是现代中国边界内存在或存在过的各种民族的文学。它们偶有相似之处,但更多呈现的是其各自的多样性与独特性。①

教学用书。课程开设之初，因没有适用的相关教材，主要由马克教授根据专题需要为学生提供资料。目前，该课程的授课内容主要依据2011年出版的《哥伦比亚中国民间文学与通俗文学选集》而定。该书的主编梅尔（Mair）教授谈到该书的孕育过程：

> 早在1980年代早期，我在宾夕法尼亚大学任教中国文学课程的时候，就经常感到缺少对民间文学和通俗流派的全面收集。1990年代，大量主流诗歌、散文、小说以及戏剧出现在不少精湛的文集与参考著作中，在那个时期及之前，我就强烈地感到需要编选一个比较集中的文本，不仅介绍汉族这个主要民族的民间文学与通俗文学，而且要呈现被称为少数民族群体的口头的、书写的文学。②

梅尔教授将少数民族口头的、书写的文学编选入文集并在美国的大学课堂讲授的理念与行动，就面向国外那些对中国文学有兴趣的人而言，材料来源的多样性与族群的多元性提供的是比以往更加全面的方式认识中国文学，即现代中国的文学是包括汉族与少数民族的整体文学，是包括文字书写与口头传统的文学。"中国的表演传统"课程的主讲教授马克·本德尔是《哥伦比亚中国民间文学与通俗文学》的主编之一，他谈道：

> 编选这个文集最重要的动机是为课堂教学服务，作为课堂教

---

① 根据与马克·本德尔教授的访谈录音与课程大纲整理。因笔者全程旁听了这门课程，故重点叙述。
② Victor H. Mair and Mark Bender, eds. (2011) *The Columbia Anthology of Chinese Folk and Popular Literature*. New York：Columbia University Press，pxiii.

附录1 美国高校课堂里的中国多民族文学教育

学的参考书。除了对中国口头文学传统的多样性及本质特征作全面的介绍外,我们还试图通过在每一章节前的简介,使本书能够更方便于教学。①

因此,《哥伦比亚中国民间文学与通俗文学选集》作为教学参考用书,为美国高校课堂讲授中国多民族文学提供了文本,意义重大。此外,"中国的表演传统"课程也涉及国内外相关学者的著作,如《表演悲伤:中国农村新娘的哭嫁歌》② 等。除了阅读书写文本,课堂讲授还涉及其他相关田野影音视频与讲座。

2. "中国的多民族文学"教学

以2013年秋季的"中国的表演传统"课程为例,课程安排与课前阅读如表附-4所示。

表附-4　　　　"中国的表演传统"课程内容

周次	授课内容	课堂内外阅读文本
第一周	导论、北方民间故事	吉林人参传说;达斡尔族的民间故事
第二周	民间故事、民族志诗学与结构主义	西双版纳傣族民间故事;云南洛人葬礼挽歌歌词中的民间故事
第三周	中国的专业说书	北方的韵体散文;《车王府曲本》里的"花木兰子弟书";昆明评书

---

① Victor H. Mair and Mark Bender, eds. (2011) *The Columbia Anthology of Chinese Folk and Popular Literature*. New York: Columbia University Press, p11.

② McLaren, Anne E. (2008). *Performing Grief: Bridal Laments in Rural China*. Honolulu: University of Hawaii Press.

续　表

周次	授课内容	课堂内外阅读文本
第四周	苏州评弹与说书	《梁山伯与祝英台》；女性弹词
第五周	扬州评话、木鱼等	扬州评话"武松打虎"；杭州说书 靖江讲经；木鱼歌；云南白族大本曲
第六周	视频录制、中期考试	在线视频（中期）
第七周	史诗传统	《格萨尔王》节选；蒙古族《江格尔史诗》节选 彝族史诗节选；土族《格萨尔王》史诗
第八周	苗族史诗	苗族口头史诗节选；《亚鲁王》节选
第九周	《密洛陀》史诗	瑶族创世史诗
第十周	地方戏剧	布袋木偶戏；陕西皮影戏；秧歌戏；"目连戏"
第十一周	民间仪式 嘉宾讲座	朝鲜族农历新年驱鬼仪式；满族萨满歌；佤族招魂曲；拉祜族婚礼祈祷歌；云南楚雄彝族自治州彝族吟唱；贵州傩戏
第十二周	民间歌谣	中国西北的"花儿"；哈萨克族婚礼哀歌 清代山歌；江苏民歌；香港盐水歌（saltwater） 闽东畲族人歌谣；广西柳州的山歌；撒尼彝族歌谣 侗族大歌；土族山歌
第十三周	专业说书	《沉香宝卷》；北京大鼓；山东快书
第十四周	学生课堂报告	学生表演
第十五周	考试	考试

附录1　美国高校课堂里的中国多民族文学教育

从表附-4可见，该课程在多民族文学教育方面的意义主要表现在两个方面：一是课程文本选择的类型主要是口头或与口头相关的地方说唱文学（主要为长江走廊的专业说书）、神话与史诗、民间故事、民歌对唱、地方戏剧以及仪式，其所选文本正是对"文学人类学"所致力打通的口头与书面、民间与精英的"总体文学"①的课堂教学践行；二是其课堂内外阅读内容不仅包括汉族地区的口头文学文本，同时还涵括了达斡尔族、苗族、藏族、蒙古族、侗族、哈萨克族、畲族、彝族、满族、土族、拉祜族、朝鲜族、佤族等多个少数民族的民间口头文本。该门课程容纳与呈现如此情状的多民族文学面貌，其开放性、多元性、包容性不言而喻，它能够从多民族的视角扩大学生认识与了解中国多民族文化与文学的视野与路径。

要让大部分未到过中国的学生从多民族的视角理解中国的多民族文学，较为完整的课程内容设计只是关键之一，另一关键则是具体的课堂教学安排。以"北方民间故事"为例，如何让学生理解达斡尔族民间故事发生的情境呢？马克教授主要以图片的形式来再现当地文化的整体情境。课堂上，他提供了30余幅图片，涉及当地地貌、房屋、饮食、身着民族服装的达斡尔族男性与女性、仪式上的人们以及日常生活中的达斡尔族人。图片的方式能够加深学生对达斡尔族生活情状的了解，有利于对其民间故事的理解。史诗专题的讲解除了部分图片的呈现，马克教授还在课堂上与学生分享了他参加"中亚史诗国际研讨会"（2013年，蒙古国）期间拍摄的说唱艺人的史诗表演。此外，为让学生了解中国汉族的民间仪式，课程邀请了在东亚语言文学系学

---

① 徐新建：《中国多民族文学研究的意义和前景》，《中外文化与文论》2013年第2期；叶舒宪：《中国文化的构成与"少数民族文学"：人类学视角的后现代观照》，《民族文学研究》2009年第2期。

习的博士生分享自己在山东洪洞体验的"接姑姑"仪式，引发课堂上大家对仪式与信仰、遗产之间关系的激烈探讨。

经过该课程的学习，大部分学生对文化的多样性与中国的多民族文学有了比较全面的了解。一位从江西某高校来访学的老师旁听了此门课程后，感慨道："在国内的时候，我都不知道中国的文学原来是这么丰富！这门课程让我了解了很多中国的少数民族及其文学。"① 该课程课堂上分享的大量图片与影音资料几乎都由马克教授本人拍摄，其在指出亲身参与田野调查经历有助于理解与还原中国多民族文学的生发情境之同时，强调了口头的或与口头相关的文学传统并非只是存在于课堂阅读的纸质文本中，也并非只是舞台上的表演。"云南洛人葬礼上的挽歌""哈萨克族婚礼哀歌""朝鲜族农历新年驱鬼仪式"等是少数民族人民生动的日常生活事实，是中国多民族文学的重要构成，更是人类文化多样性的所在。

3. 学生课程报告

2013年秋季，全校来自东亚语言文学系、教育系、音乐系的共15名学生选修了"中国的表演传统"课程。除了课堂上的相关专题讨论，该课程还引导学生以多种方式展开调查与实践。学生中有本科生、硕士研究生与博士研究生，学习程度与研究能力不一。马克教授针对该课程的特点，要求学生以4种方式提交期末学习报告：文本翻译、论文写作、口头表演与纪录片拍摄。学生可以根据自己兴趣爱好，选择其中的一种或者两种方式提交期末课程报告。各项报告的要求与学生完成情况如表附－5所示。

---

① 为尊重该访问学者的意见，故略去其姓名及其学校。该学者参与了"中国的表演传统"课程2013年秋季整个学期的学习。

附录1　美国高校课堂里的中国多民族文学教育

表附-5　　　　"中国的表演传统"课程学生报告①

报告项目	报告要求	学生报告个案
文本翻译	与中国的表演传统相关话题的文本翻译。要求15—30页	易飞永：《三笑姻缘》节选 徐一纯：《游园惊梦》节选 Mary：一首民歌的翻译
论文撰写	与"中国的表演传统"相关话题的学术论文或文本翻译。要求15—30页，至少25个学术参考文献	沈云：《原生态歌曲与民族音乐比较》 Alexandra：《"怪物"的生死：外部灵魂的历史实例》 石佳：《关于诗歌、民谣、鼓与音乐的音乐会——〈在古代〉》 Matthew：《中央电视台春节联欢晚会的兴起与发展》 Amy：《母亲：一个中国音乐家及其美国之旅——从女儿的视角》 Stefanie：《苗族口头传统与民间歌曲分析》 Brianna：《川剧中的"变脸"》 Dominic：《闹鬼山：鬼神在中国和阿巴拉契亚民间故事的比较研究》
口头表演	"中的国表演传统"的表演，时间5—10分钟，包括中文或英文的介绍，可以包括民歌演唱、口头说书或者小戏剧	文敏：阿库乌雾《招魂》诗朗诵 Stefanie：演唱《天蓝蓝》 Dominic：表演说书 杨方彦：演唱 古风歌曲 John：山东快书表演
民族志纪录片	自己拍摄的录像、照片或其他与中国公共表演传统相关的记录。同时提交10—12页的论文支撑，至少10个学术参考文献	Zec："北京幼儿京剧班片段"，附：《京剧表演的民族志分析》 Marklin："彝族大学生歌曲演唱"，附：《少数民族的文化表述与保护策略》

---

① 该报告中的学生姓名均为化名。

从课程报告来看，15位学生中有4位同学以民族志纪录片、论文撰写和口头表演3种方式表现出对中国少数民族文学与文化的关注。美国学生Stefanie的论文《苗族口头传统与民间歌曲分析》以她在课堂上演唱苗族歌唱家宋祖英的歌曲《天蓝蓝》为例，在对歌词的音韵进行分析后，从宋祖英表演时不着民族服装，而为其伴唱的人穿苗族传统服饰出发，从用汉语演唱、服饰选择、演唱手法等角度探讨苗族民间歌曲与其传统文化的相关与背离。Stefanie当天用标准的汉语与精湛的演唱完成了《天蓝蓝》一歌的表演，她感叹道："当我挑战这首歌曲的时候，整个学习与表演的过程，的确打开了我对音乐与表演的新的视听方式，同时让我不仅对苗族的传统文化有更好的认识，也让我对其他文化，包括我自身所处的文化有新认识。"[1] 另一位美国学生Marklin在课堂上播放了她到四川成都西南民族大学学习交流期间拍摄的短片，短片上是7位彝族大学生在教室里演唱彝语歌曲。她认为彝族文化在全球化与工业化时代，正面临着如何通过民间故事与神话讲述来表述自己的挑战。她从夏威夷人在20世纪80年代开始以民族文化资本开展旅游业以来所遭遇的问题以及他们将夏威夷语进入学校课堂教学的经验，认为其可能为彝族以及中国其他少数民族在民族旅游方面提供借鉴。[2] 可以看出，这门课程为美国学生认识中国多民族文学的整体性提供了一种路径，也为学生打开了认识自我与他者的视窗。

选修这门课程的中国留学生有6位，其中有两位课程报告与中国少数民族文化与文学相关。在内蒙古长大的汉族学生沈云在其《原生

---

[1] Stefanie：《苗族口头传统与民间歌曲分析》，2013年"中国的表演传统"课程报告。

[2] Marklin：《少数民族的文化表述与保护策略》，2013年"中国的表演传统"课程报告。

态歌曲与民族音乐比较》中，主要分析了彭丽媛的民族唱法与"青歌赛"中"原生态唱法"的异同，关注少数民族文化的生存现状与发展。①沈云对贵州的侗族大歌尤其热爱，在"民间歌谣"专题课上，他与同学石佳主动上台模拟表演了侗族大歌。在东亚语言文学系就读硕士一年级的文敏在 2013 年 11 月 21 日的课堂报告中，特意身着从马克教授那里借来的彝族女性传统服饰，用英文声情并茂地表演了彝族诗人阿库乌雾的诗歌《招魂》。文敏在表演后谈道："阿库乌雾是用彝语表演这首诗歌的，我能够感觉到他在这首诗歌上倾注的感情。彝语诗歌的节奏与翻译成英文的听起来不太一样。马克老师翻译的英文版的美妙在于诗行长度的平行。"②课后，文敏将她表演《招魂》的视频分享到了 Facebook 上，无形中对中国的多民族文学起到了宣传与教育的作用。文敏的硕士论文主要为贵州彝族的彝文文献研究。

其他课程报告的多文本性值得提及。如对中央电视台《春节联欢晚会》的仪式分析、对个人生命史民族志式的关注、鬼神与外部灵魂世界的探讨、通俗歌曲与流行歌曲的演唱等，都证明"中国的表演传统"课程增强了学生对多民族中国多元文化现象的了解与关注，并激励他们从跨文化比较的角度去思考分析这些问题。

四 余论

俄亥俄州立大学东亚语言文学系对中国少数民族文学的重视，除了上述相关课程的课堂教学之外，还注重让学生从各个方面了解中国多民族的文学生活。如邀请国内少数民族学者前来讲学，目前已邀请了彝族学者巴莫曲布嫫、彝族诗人阿库乌雾、蒙古族学者朝戈金、苗

---

① 沈云：《原生态歌曲与民族音乐比较》，2013 年"中国的表演传统"课程报告。
② 根据与文敏的访谈录音整理。

族学者吴一方等以诗歌朗诵、学术报告等形式呈现中国多民族的文学面貌。此外，图片展览也是一种途径。马克教授将自己前往中国西南田野考察期间收集的少数民族服装、饰品等展出。这些方式扩大了学生了解多民族中国文化与文学的视野。而马克教授近几年暑期带领学生前往西南民族大学、四川凉山等地的交流学习，更是让学生在多民族中国的具体生活情境中，去理解并还原中国多民族文学的整体面貌。

概括而言，俄亥俄州立大学东亚语言文学系的"中国多民族文学"理念贯穿于诸多课程的教学中，其对中国少数民族口头文学、民间仪式与书面文学等的关注及其试图在文学产生的原初语境中理解中国多民族文学的努力与实践，值得身处多民族中国的各高等院校学习借鉴与反思。

附录2

"中国少数民族文学史"部分著作列表

序号	书名	编者	出版社	出版年
1	《中国少数民族文学》	毛星	湖南人民出版社	1983
2	《中国少数民族文学》	杨亮才 陶立璠 邓敏文	人民出版社	1985
3	《中国当代少数民族文学简史》	吴重阳	中央民族学院科研处	1984
4	《中国当代少数民族文学史稿》	李鸿然	长江文艺出版社	1986
5	《中国现代少数民族文学》	王保林	广西人民出版社	1989
6	《中国少数民族文学》	桑吉扎西	商务印书馆	1991
7	《中国少数民族文学》	中国社会科学院民族研究所	中国藏学出版社	1991
8	《中国少数民族文学史》	马学良 梁庭望 张公瑾	中央民族学院出版社	1992 2001

续　表

序号	书名	编者	出版社	出版年
9	《中国现代少数民族文学概论》	吴重阳	中央民族学院出版社	1992
10	《中国少数民族当代文学史》	特·赛音巴雅尔	漓江出版社	1993
11	《少数民族文学》	智川	中央民族大学出版社	1994
12	《中国少数民族民间文学概论》	赵志忠	辽宁民族出版社	1997
13	《中国少数民族文学概论》	梁庭望	中央民族大学出版社	1998
14	《中国少数民族文学》	刘达成	民族出版社	1998
15	《中国少数民族文学》	梁庭望、黄凤显	山西教育出版社	2003
16	《20世纪中国少数民族文学编年》	赵志忠	辽宁民族出版社	2006
17	《20世纪中国少数民族文学编年史》	梁庭望	辽宁民族出版社	2006
18	《少数民族文学史》	李穆南	中国环境出版社	2006
19	《中国少数民族文学》	赵五星	五洲传播中心	2008
20	《中国少数民族文学基础教程》	钟进文	中央民族大学出版社	2011

附录3

"中国少数民族文学作品选"部分书目

序号	书名	编者	出版社	出版年
1	《少数民族诗人作品选》	中央民族学院汉语言文学系选编组	四川民族出版社	1980
2	《中国少数民族文学作品选》五册		上海文艺出版社	1981
3	《中国少数民族民间文学作品选讲》	吴重阳	云南人民出版社	1984
4	《中国少数民族民间文学作品选》	赵志忠	民族出版社	2003
5	《中国少数民族古代近代文学作品选》	李陶、钟进文	民族出版社	2005
6	《中国少数民族现当代文学作品选》	李云忠	民族出版社	2005

续　表

序	书名	编者	出版社	出版年
7	《新中国成立60周年少数民族文学作品选》	中国作家协会	作家出版社	2009
8	《中国当代少数民族文学翻译作品选》	中国作家协会	作家出版社	2009
9	《新时期中国少数民族文学作品选集》	中国作家协会	作家出版社	2013

附录 4

《关于中国高校多民族文学教育情况的问卷调查表》

亲爱的老师/同学：

您好！我是四川大学文学与新闻学院文学人类学专业博士生付海鸿。因国家重大社科基金"中国多民族文学的共同发展研究"（批准号：11ZD&104）项目的开展，拟在贵校进行文学教育情况的调研，以期推进多民族文学教学。非常感谢您的合作！

个人信息部分　您的名字：

您所在的大学：　　　　　　　　您所在的系部：

您所修的专业与所在的年级：

您的年龄：　　　　　性别：　　　　民族（必填）：

您的邮箱或联系方式（选填）：

问卷部分

1. 请写出您知道的中国 56 个民族的名称：

2. 您家乡所在的地区在＿＿＿＿＿，是（　　）：

（1）少数民族聚居区　（2）多民族杂居区　（3）汉族聚居区

3. 您现在就读的学校所处地在_____，是（　　）

（1）少数民族聚居区　（2）多民族杂居区　（3）汉族聚居区

4. 请写出您对少数民族的认识与评价：

5. 除了《荷马史诗》，您知道中国的"三大英雄史诗"以及新近在贵州麻山发现的苗族史诗吗？请您写出来：

（1）_____（2）_____（3）_____（4）_____

您是如何知道这些信息的：

6. 您了解的少数民族作家有：_____

您读过的少数民族文学作品有：_____

您获知的来源：（　　）

（1）兴趣爱好　（2）老师课堂讲授　（3）其他，请写出：_____

7. 您就读的学校开设的民族文学课程有：（　　）

（1）民间文学　（2）某个少数民族的文学　（3）汉语言文学

其中选修课是：_____必修课是：_____

您学了其中的：_____

8. 有人认为"中国文学史教材编写中，没有必要标明作家的民族身份，只需注明诗人或者作家的名称即可"，您是否同意这样的说法？是否同意标明作家民族身份？

（1）同意及其原因：

附录4 《关于中国高校多民族文学教育情况的问卷调查表》

（2）不同意及其原因：

9. 有部分学者提到：目前中国高校使用的绝大多数《中国文学史》实质是一部汉族文学史，对中国少数民族文学提及较少，而中国语言文学系几乎等同于汉语言文学系，中国文学教育还未真正体现其多民族国家文学的特性。请谈谈您的看法：

10. 您对自己民族的文学熟知情况如何：（   ）

（1）很熟悉   （2）一般熟悉   （3）基本了解   （4）基本不了解

原因：

11. 您认为"中国多民族文学"提法指的是（   ）

（1）仅指中国少数民族的文学   （2）包括中国各个民族的文学

（3）指汉族与少数民族的文学

如您有其他理解，请写出：

参考文献

历史文献

1. （汉）司马迁：《史记》，中华书局1982年版。
2. （汉）许慎撰，（清）段玉裁注：《说文解字注》，上海古籍出版社1988年版。

中文专著

1. 《四川大学史稿》编审委员会：《四川大学史稿》（第一至二卷），四川大学出版社2006年版。
2. 《西南民族学院院史》编辑室：《西南民族学院院史 1951—1991》，四川民族出版社1991年版。
3. 白静源编：《周恩来同志对民族问题与民族政策论述选编》，中央民族学院民族研究所1981年印。
4. 曹顺庆主编：《比较文学》，四川大学出版社2004年版。
5. 曾毅：《中国文学史》，泰东图书局1915年版。
6. 陈独秀：《陈独秀著作选》第一卷，上海人民出版社1993年版。

7. 陈岗龙、额尔敦哈达编著：《奶茶与咖啡：东西方文化对话语境中的蒙古文学与比较文学》，民族出版社 2005 年版。

8. 陈平原：《作为学科的文学史》，北京大学出版社 2011 年版。

9. 陈守成主编：《中国民族文学与外国文学比较》，中央民族学院出版社 1989 年版。

10. 陈思和：《中国当代文学史教程》，复旦大学出版社 1999 年版。

11. 代云红：《中国文学人类学基本问题研究》，云南大学出版社 2012 年版。

12. 戴燕：《文学史的权力》，北京大学出版社 2004 年版。

13. 邓敏文：《中国多民族文学史论》，社会科学文献出版社 1995 年版。

14. 邓小平：《邓小平文选》第一、二卷，人民出版社 1994 年版。

15. 方克强：《文学人类学批评》，上海社会科学院出版社 1992 年版。

16. 费孝通：《费孝通民族研究文集》，民族出版社 1988 年版。

17. 费孝通主编：《中华民族多元一体格局》，中央民族大学出版社 1999 年版。

18. 傅安辉：《侗族口传经典》，民族出版社 2012 年版。

19. 高歌编著：《伟大祖国的内蒙古自治区》，新知识出版社 1955 年版。

20. 关纪新：《20 世纪中华各民族文学关系研究》，民族出版社 2006 年版。

21. 广西民族学院：《广西民族学院工作经验汇编》，1962 年印。

22. 广西民族学院：《广西民族学院三十年 1952—1982》，1982 年印。

23. 国家民委教育科技司、教育部民族教育司编：《蓬勃发展的中国民族院校：全国民族院校工作会议文件材料汇编》，中央民族大学出版社 2006 年版。

24. 哈经雄、滕星主编：《民族教育学通论》，教育科学出版社 2001 年版。

25. 郝时远：《中国共产党怎样解决民族问题》，江西人民出版社 2011 年版。

26. 和钟华、杨世光主编：《纳西族文学史》，四川民族出版社 1992 年版。

27. 洪子诚：《中国当代文学史》，北京大学出版社 1999 年版。

28. 胡适：《白话文学史》（1929），东方出版社 1996 年版。

29. 华中师范大学中国语言文学系编著：《中国当代文学史稿》，科学出版社 1962 年版。

30. 季羡林：《比较文学与民间文学》，北京大学出版社 1991 年版。

31. 刘毓盘：《中国文学史》，古今图书店 1924 年版。

32. 金炳镐编：《民族纲领政策文献选编》，中央民族大学出版社 2006 年版。

33. 李桂林主编：《中国现代教育史参考资料》，人民教育出版社 1987 年版。

34. 李鸿然主编：《中国当代少数民族文学史稿》，长江文艺出版社 1986 年版。

35. 李陶、徐建顺等：《中国少数民族古代近代文学概论》，辽宁民族出版社 2001 年版。

36. 李陶、钟进文编：《中国少数民族古代近代文学作品选》，民族出版社 2005 年版。

37. 李晓峰、刘大先：《中国多民族文学史观及相关问题研究》，中国社会科学出版社 2012 年版。

38. 李晓峰：《被表述的文学：20 世纪中国文学史书写中的民族文学》，中国社会科学出版社 2013 年版。

39. 李怡、郑家建主编：《鲁迅研究》，高等教育出版社 2010 年版。

40. 李云忠：《中国少数民族现代当代文学概论》，辽宁民族出版社 2006 年版。

41. 李云忠：《中国少数民族现代当代文学作品选》，民族出版社 2005 年版。

42. 梁启超著，夏晓虹编：《梁启超文选》下集，中国广播电视出版社 1992 年版。

43. 梁庭望、汪立珍、尹晓琳：《中国民族文学研究 60 年》，中央民族大学出版社 2010 年版。

44. 梁庭望、张公瑾主编：《中国少数民族文学概论》，中央民族大学出版社 1998 年版。

45. 刘大先：《文学的共和》，北京大学出版社 2014 年版。

46. 刘大先：《现代中国与少数民族文学》，中国社会科学出版社 2013 年版。

47. 鲁迅：《鲁迅全集》第一卷，人民文学出版社 2005 年版。

48. 罗岗：《危机时刻的文化想象——文学·文学史·文学教育》，江西教育出版社 2005 年版。

49. 罗庆春：《灵与灵的对话——中国当代少数民族汉语诗论》，天马图书有限公司 2001 年版。

50. 罗义群：《苗族民间诗歌》，电子科技大学出版社 2008 年版。

51. 罗志田：《再造文明的尝试：胡适传》，中华书局 2006 年版。

52. 罗中枢：《四川大学：历史 精神 使命》，四川大学出版社 2009 年版。

53. 马学良、梁庭望、张公瑾主编：《中国少数民族文学史》上、中、下册，中央民族学院出版社 1992 年版。

54. 马学良主编：《中国少数民族文学作品选》，上海文艺出版社 1981 年版。

55. 马越编著：《北京大学中文系简史（1910—1998）》，北京大学出版社 1998 年版。

56. 玛拉沁夫主编：《中国新文艺大系》（少数民族文学集，1976—1982），中国文联出版公司 1985 年版。

57. 毛星主编：《中国少数民族文学》，湖南人民出版社 1983 年版。

58. 毛泽东：《毛泽东选集》（第五卷），人民出版社 1977 年版。

59. 内蒙古大学中国语言文学系编印：《内蒙古自治区文学史》，1960 年版。

60. 内蒙古乌兰夫研究会编：《乌兰夫论民族工作》，中共党史出版社 1997 年版。

61. 欧阳哲生主编：《傅斯年全集》第三卷，湖南教育出版社 2003 年版。

62. 彭兆荣：《文学与仪式：文学人类学的一个文化视野》，北京大学出版社 2004 年版。

63. 钱理群主编：《走近北大》，四川人民出版社 2000 年版。

64. 瞿葆奎主编：《教育学文集》，人民教育出版社 1993 年版。

65. 荣仕星：《中央民族大学五十年》，中央民族大学出版社 2001 年版。

66. 十三所高等院校《中国文学史》编写组：《中国文学史》，江西人民出版社 1979 年版。

67. 史忠义、户思社、叶舒宪主编：《国际文学人类学研究》，百花文艺出版社 2006 年版。

68. 舒新城编：《中国近代教育史资料》，人民教育出版社 1985 年版。

69. 苏秉琦：《中国文明起源新探》，生活·读书·新知三联书店 2000 年版。

70. 唐德刚：《胡适杂忆》，华文出版社 1990 年版。

71. 滕星：《文化变迁与双语教育——凉山彝族社区教育人类学的田野工作与文本撰述》，教育科学出版社 2001 年版。

72. 王富仁：《中国文化的守夜人》，人民文学出版社 2002 年版。

73. 王明珂：《英雄祖先与弟兄民族：根基历史的文本与情境》，中华书局 2009 年版。

74. 文化部外联局编：《联合国教科文组织保护世界文化公约选编》，法律出版社 2006 年版。

75. 闻一多：《闻一多全集》第三卷，生活·读书·新知三联书店 1982 年版。

76. 吴同瑞、王文宝、段宝林编：《"纪念北京大学〈歌谣〉周刊创刊七十周年暨文学学术研讨会"文集》，北京大学出版社 1994 年版。

77. 吴重阳、陶立璠主编：《中国少数民族民间文学作品选讲》，云南人民出版社 1984 年版。

78. 吴重阳：《当代少数民族文学作品选》，中央民族学院科研处 1984 年印。

79. 吴重阳：《中国当代少数民族文学简史》，中央民族学院科技处 1984 年印。

80. 夏冠洲：《新疆当代多民族文学史》，新疆人民出版社 2006 年版。

81. 谢立中主编：《理解民族关系的新思路——少数族群问题的"去政治化"》，社会科学文献出版社 2010 年版。

82. 徐其超、罗布江村主编：《族群记忆与多元创造——新时期四川少数民族文学》，四川人民出版社 2001 年版。

83. 徐新建：《民歌与国学：民国早期"歌谣运动"的回顾与思考》，巴蜀书社 2006 年版。

84. 徐新建：《西南研究论》，云南教育出版社 1992 年版。

85. 徐新建：《多民族国家的文学与文化》，人民出版社 2016 年版。

86. 严家炎：《二十世纪中国文学史》三册，高等教育出版社 2010 年版。

87. 晏阳初：《晏阳初全集》一，湖南教育出版社 1992 年版。

88. 杨亮才、陶立璠、邓敏文主编：《中国少数民族文学》，人民出版社 1985 年版。

89. 杨义：《重绘中国文学地图》，中国社会科学出版社 2003 年版。

90. 姚新勇：《观察、批判与理性》，文化艺术出版社 2005 年版。

91. 叶舒宪：《神话——原型批评》，陕西师范大学出版社 1987 年版。

92. 叶舒宪：《文学人类学教程》，中国社会科学出版社 2010 年版。

93. 叶舒宪主编：《文化与文本》，中央编译出版社 1998 年版。

94. 游国恩、王起、季镇淮、费振刚主编：《中国文学史》，人民文学出版社 1963 年版。

95. 余冠英等主编：《中国文学史》，人民文学出版社 2001 年版。

96. 袁行霈主编：《中国文学史》，高等教育出版社 2003 年版。

97. 张海洋：《中国的多元文化与中国人的认同》，民族出版社 2006 年版。

98. 张炯、邓绍基、樊俊主编：《中华文学通史》十卷本，华艺出版社 1997 年版。

99. 张炯：《新中国文学五十年》，山东教育出版社 1999 年版。

100. 张诗亚：《祭坛与讲坛》，云南教育出版社 1992 年版。

101. 张寿康主编：《少数民族文艺论集》，建业书局 1951 年版。

102. 章培恒、骆玉明主编：《中国文学史》，复旦大学出版社 2005 年版。

103. 赵志忠：《中国少数民族民间文学概论》，辽宁民族出版社 1997 年版。

104. 赵志忠：《中国少数民族民间文学作品选》，民族出版社 2003 年版。

105. 中国国务院新闻办公室白皮书：《中国的民族政策与各民族共同繁荣发展》，人民出版社 2009 年版。

106. 中国社会科学院少数民族文学研究所编：《中国少数民族文

学史编写参考资料》，1984年印。

107. 中华人民共和国教育部学生管理司编：《1980年高等院校招生专业介绍汇编》，1980年印。

108. 中南民族学院《中国当代少数民族文学史稿》编写组：《中国当代少数民族文学史稿》，长江文艺出版社1986年版。

109. 中央教育科学研究所编：《中华人民共和国教育大事记》（1949—1982），教育科学出版社1984年版。

110. 中央民族学院汉语文学系：《少数民族诗人作品选》（1949—1979），四川民族出版社1980年版。

111. 中央民族学院少数民族语言文学三系暨少数民族语言研究所编：《民族语文专业教学经验文集》，贵州民族出版社1990年版。

112. 钟进文：《中国人口较少民族书面文学研究》，民族出版社2012年版。

113. 钟进文：《中国少数民族文学基础教程》，中央民族大学出版社2011年版。

114. 钟敬文主编：《民间文学概论》，上海文艺出版社1980年版。

115. 朱栋霖、丁帆、朱晓进主编：《二十世纪中国文学史》，文史哲出版社2000年版。

中文期刊论文

1. 巴莫曲布嫫、朝戈金：《民族志诗学》，《民间文化论坛》2004年第6期。

2. 曹顺庆、罗安平：《"多元一体"还是"华夏中心"：关于中国高校推进多民族文学教学的思考》，《贵州社会科学》2012年第11期。

3. 曹顺庆：《三重话语霸权下的少数民族文学研究》，《民族文学研究》2005年第3期。

4. 陈平原：《"中文教育"之百年沧桑：写在北大中文系百年诞辰之际》，《文史知识》2010年第10期。

5. 陈平原：《文学如何教育》，《中国教育报》2013年5月14日。

6. 陈学金、滕星：《全球化时代"三种认同"与中国民族教育的使命》，《广西民族大学学报》（哲学社会科学版）2013年第3期。

7. 陈永春：《关于高等院校汉语言文学专业开设少数民族文学课的建议》，《民族教育研究》2010年第5期。

8. 陈跃红、付海鸿：《多民族文学教育的融合与发展：北京大学中文系陈跃红教授访谈》，《百色学院学报》2013年第2期。

9. 楚小庆：《文学教育必须走出凝固化模式：东南大学文学院院长王廷信访谈》，《文艺报》2013年3月13日。

10. 代艳芝、杨筱奕：《蛮夷戎狄称谓探析》，《思想战线》2009年S1期。

11. 丁国旗：《回归作为艺术教育的文学教育》，《文艺报》2011年6月13日。

12. 丁一清：《〈回族文学〉课程开发与实践》，《甘肃高师学报》2012年第4期。

13. 房福贤：《文学教育应当回到文学教育自身》，《文艺争鸣》2012年第7期。

14. 费孝通：《促进东西部均衡发展 实现各民族共同繁荣》，《群言》2000 年第 9 期。

15. 关纪新：《创建并确立中华多民族文学史观》，《民族文学研究》2007 年第 2 期。

16. 关纪新：《老舍研究个案与中华多民族文学史观》，《福建论坛》（人文社会科学版）2009 年第 2 期。

17. 关纪新：《综合性高等院校应普遍开设民族理论及多民族文学课程》，《探索与争鸣》2010 年第 6 期。

18. 何其芳：《少数民族文学史编写中的问题：一九六一年四月十七日在中国科学院文学研究所召开的少数民族文学史讨论会上的发言》，《文学评论》1961 年第 5 期。

19. 胡昌平：《文学史观的转变与多民族文学教学》，《教育与教学研究》2010 年第 8 期。

20. 胡谱忠：《母语文学创作》，《中国民族》2013 年第 1 期。

21. 黄胜、巴登尼玛：《人教版语文课程标准试验教科书（1—9 年级）中少数民族文化要素分析》，《课程·教材·教法》2009 年第 2 期。

22. 姜妍：《畅销书〈藏地密码〉推出大结局》，《新京报》2011 年 4 月 26 日。

23. 降边嘉措：《民族大团结从此开始：记毛主席书写"中华人民共和国各民族团结起来"题词的经过》，《民族团结》2000 年第 6 期。

24. 郎樱：《多元一体 中华民族文学史的体认与编纂》，《民族文学研究》2009 年第 1 期。

25. 乐黛云：《多民族文化研究的广阔前景》，《读书》1993 年第 12 期。

26. 乐黛云：《为中国文学研究开创历史新纪元》，《中外文化与文论》2013年第2期。

27. 李冰：《繁荣发展少数民族文学事业》，《文艺报》2011年1月14日。

28. 李菲：《民族文学与民族志：文学人类学批评视域下的民族文学》，《民族文学研究》2009年第3期。

29. 李建宗：《多民族文学史观中人口较少民族的口头文本：以裕固族民间故事为研究个案》，《民族文学研究》2009年第6期。

30. 李晓峰：《"不在场的在场"：中国少数民族母语文学的处境》，《北方民族大学学报》（哲学社会科学版）2012年第1期。

31. 李晓峰：《各民族母语文学跨语际传播困境原因初探》，《云南民族大学学报》（哲学社会科学版）2010年第2期。

32. 李怡：《少数民族知识、地方性知识与知识等级问题》，《民族文学研究》2010年第2期。

33. 李怡：《我们为什么接受了这样的文学格局：文学史教育与多民族文学问题》，《北方民族大学学报》（哲学社会科学版）2010年第3期。

34. 李长中：《"创伤"记忆与族群身份的寓意化想象——以人口较少民族文学为中心的考察》，《青海社会科学》2012年第6期。

35. 李长中：《空间的伦理化与风景的修辞——以当代人口较少民族文学为中心的考察》，《中南民族大学学报》（人文社会科学版）2013年第6期。

36. 李忠：《近代中国"教育救国"与"实业救国"的互动》，《西南大学学报》（社会科学版）2011年第7期。

37. 李宗刚：《文学教育与大学的文学传承》，《文艺争鸣》2011年第4期。

38. 梁庭望、付海鸿：《文学、民族与教育：梁庭望教授访谈录》，《中外文化与文论》2013年第2期。

39. 梁昭：《族群单位与文学建构——"美国文学"的"族群化"趋势及特点》，《中外文化与文论》2013年第2期。

40. 梁昭：《从"母语文学"看少数权利和文化认同》，《中外文化与文论》2014年第1期。

41. 刘大先：《作为文化动力的多民族母语文学》，《文艺报》2014年4月16日。

42. 刘大先：《民族文学研究所成立始末》，《中国社会科学院院报》2007年3月20日。

43. 刘克敌：《教育的使命与文学的使命：从〈文学兴国策〉说起》，《书屋》2005年第3期。

44. 刘守华：《困境中挣扎的民间文学学科》，《文艺报》2002年1月19日。

45. 刘锡诚：《为民间文学的生存——向国家学位委员会进一言》，《文艺报》2001年12月8日。

46. 刘锡诚：《保持一国两制好——再为民族文学学科一呼》，《社会科学报》2004年8月12日。

47. 刘新锁：《当前大学文学教育何为：兰州大学文学院院长程金城教授访谈》，《文艺报》2013年8月9日。

48. 刘绪义：《一百年前的"文学兴国梦"》，《二十一世纪》网络版 2002 年 12 月号。

49. 罗宗宇、章小梅：《中国现当代文学课程教学中普及与强化中华多民族文学史观的思考》，《民族文学研究》2011 年第 2 期。

50. 罗宗宇：《文学教育要强化文学的诗性——湖南大学文学院院长郭建勋访谈》，《文艺报》2013 年 8 月 2 日。

51. 吕豪爽：《书写多元一体的中华民族文学史：对少数民族文学融入现当代文学史的思考》，《西南民族大学学报》（人文社会科学版）2010 年第 6 期。

52. 吕微：《中国少数民族文学史研究：国家学术与现代民族国家方案》，《民族文学研究》2000 年第 4 期。

53. 马戎：《理解民族关系的新思路：少数族群问题的"去政治化"》，《北京大学学报》（哲学社会科学版）2004 年第 11 期。

54. 纳张元：《文学教育与民族凝聚力》，《文艺报》2011 年 5 月 20 日。

55. 彭兆荣：《首届中国文学人类学研讨会综述》，《文艺研究》1998 年第 2 期。

56. 彭兆荣：《文学人类学叙事的形式实体》，《吉首大学学报》（社会科学版）2002 年第 6 期。

57. 钱理群：《现当代文学与大学教育关系的历史考察："二十世纪中国文学与大学文化"丛书序》，《中国现代文学研究丛刊》1999 年第 1 期。

58. 庆格勒图：《绥远省与内蒙古自治区的合并及其历史背景》，《内蒙古大学学报》（哲学社会科学版）1994 年第 2 期。

59. 邵宁宁：《中华多民族文学教学中的一些观念问题》，《民族文学研究》2011年第2期。

60. 孙浩：《北方民族大学为非母语学生开设少数民族语言选修课》，《中国民族》2011年10月17日。

61. 谭光鼎、林君颖：《族群关系与国小社会科教学：一个多元文化课程的设计与实验》，《教育研究资讯》2001年第4期。

62. 汤晓青：《比较文学视阈下的中国各民族文学关系研究》，《新疆大学学报》（哲学人文社会科学版）2006年第1期。

63. 滕星：《"多元文化整合教育"与基础教育课程改革》，《中国教育学刊》2010年第1期。

64. 万明钢：《从"差异"走向"承认"的多元文化教育》，《教育研究》2008年第11期。

65. 王泉根：《评教育部〈学科专业目录〉中有关文学学科设置的不合理性》，《学术界》（双月刊）2004年第2期。

66. 王泉根：《学科级别：左右学术命运的指挥棒?》，《中华读书报》2007年7月4日。

67. 王海：《〈五指山文艺〉与黎族作家文学的起步》，《三亚文艺》2014年第1期。

68. 王鉴：《多元文化教育：西方少数民族教育的实践及其启示》，《广西民族教育》2004年第1期。

69. 王璐：《从"文本中心"到"本文探求"——文学人类学研究范式讨论》，《西南民族大学学报》（人文社会科学版）2011年第1期。

70. 王孝廉等：《关于叶舒宪等"中国文化的人类学破译"丛书的笔谈》，《海南大学学报》1995年第4期。

71. 吴思敬：《中国文学史研究的一座丰碑：评〈中国文学通

史〉》，《人民日报》2014年2月25日。

72. 吴晓东：《我们需要怎样的文学教育》，《北京大学学报》（哲学社会科学版）2003年第5期。

73. 武书连：《再探大学分类》，《中国高等教育评估》2002年第4期。

74. 徐新建、梁昭：《多民族文学的高校教育：以四川大学团队教学为个案的实证考察》，《中外文化与文论》2013年第2期。

75. 徐新建、唐启翠：《表述问题：文学人类学的理论核心——上海交通大学人文学院徐新建教授访谈》，《社会科学家》2012年第2期。

76. 徐新建：《"多民族文学史观"简论》，《民族文学研究》2007年第2期。

77. 徐新建：《历史就是被表述》，《文艺理论研究》2014年第3期。

78. 徐新建：《民间仪式与作家书写的双重并轨：从"普洱誓盟"看现代中国的"民族表述"》，《民族文学研究》2012年第4期。

79. 徐新建：《中国多民族文学研究的意义和前景：国家社科基金重大项目开题报告》，《中外文化与文论》2013年第2期。

80. 徐新建：《族群问题与校园政治："族群研究"在哈佛》，《思想战线》2006年第4期。

81. 晏杰雄：《当前大学文学教育何为：兰州大学文学院院长程金城教授访谈》，《文艺报》2013年3月22日。

82. 杨荆楚：《民族团结的光辉典范：纪念"彝海结盟"六十周年》，《民族研究》1996年第1期。

83. 杨荣：《民族院校汉语言文学专业学科建设的思考》，《中国成人教育》2009年第4期。

84. 姚新勇：《追寻的轨迹与困惑："少数民族文学性"建构的反思》，《民族文学研究》2004年第1期。

85. 叶舒宪：《"学而时习之"新释：〈论语〉口传语境的知识考古学发掘》，《文艺争鸣》2006年第2期。

86. 叶舒宪：《本土文化自觉与"文学""文学史"观反思》，《文学评论》2008年第6期。

87. 叶舒宪：《后现代知识观有助于重构多元文化理念和历史观》，《中国民族报》2009年7月10日。

88. 叶舒宪：《口传文化与书写文化："民族志诗学"与人类学的表现危机》，《广东社会科学》2001年第5期。

89. 叶舒宪：《再论文本与田野的关系互动》，《辽宁大学学报》（哲学社会科学版）1998年第4期。

90. 叶舒宪：《中国文化的构成与"少数民族文学"：人类学视角的后现代观照》，《民族文学研究》2009年第2期。

91. 张艾力：《东西部差距对民族关系的负面影响》，《呼伦贝尔学院学报》2004年第3期。

92. 张炯：《中国文化与文学再认识》，《贵州社会科学》2012年第11期。

93. 赵红：《"回族民间文学"校本课程的基本构想》，《宁夏师范学院学报》（社会科学版）2009年第2期。

94. 赵红：《"回族民俗文化"地方课程开发的思考》，《宁夏大学学报》（人文社科版）2008年第6期。

95. 钟进文：《书写我们自己的历史与未来——人口较少民族的

书面文学掠影》,《中国民族》2004 年第 6 期。

96. 周少青:《我们为什么坚持这样的民族政策》,《中国民族报》2012 年 2 月 24 日。

硕博学位论文

1. 金真迪:《解放后韩朝中国朝鲜族文学教育比较研究》,博士学位论文,中央民族大学,2004 年。

2. 栗永清:《学科 教育 学术:学科史视野中的中国文学学科》,博士学位论文,复旦大学,2010 年。

3. 秦春:《中国文学教育历史轨迹及价值反思》,博士学位论文,苏州大学,2009 年。

4. 孙华泽:《晚清民初"现代文学教育"的发生》,博士学位论文,东北师范大学,2014 年。

5. 王璐:《民国时期西南民族志研究》,博士学位论文,四川大学,2013 年。

外文译作

1. [加]乔治·曼纽尔、迈克·波思兰斯:《第四世界:印第安人的现实》,蒋瑞英译,董天民校,时事出版社 1987 年版。

2. [加]许美德:《中国大学 1895—1995:一个文化冲突的世纪》,许洁英译,教育科学出版社 1999 年版。

3. [美]James A. Banks:《文化多样性与教育:基本原理、课程与教学》第五版,荀渊等译,华东师范大学出版社 2009 年版。

4. [美]昂利·拜尔编:《方法、批评及文学史:朗松文论选》,徐继曾译,中国社会科学出版社 1992 年版。

5. ［美］本尼迪克特·安德森：《想象的共同体：民族主义的起源与散布》，吴叡人译，上海人民出版社 2005 年版。

6. ［美］杜维明：《儒家传统与文明对话》，彭国翔编译，河北人民出版社 2006 年版。

7. ［美］费正清、费维恺主编：《剑桥中华民国史》（1912—1949 年 下卷），中国社会科学出版社 1994 年版。

8. ［美］海登·怀特：《元史学：19 世纪欧洲的历史想象》，陈新译，译林出版社 2004 版。

9. ［美］洪长泰：《到民间去：1918—1937 年的中国知识分子与民间文学运动》，董晓萍译，上海文艺出版社 1993 年版。

10. ［美］华勒斯坦等编：《学科·知识·权力》，刘健芝等编译，生活·读书·新知三联书店、牛津大学出版社 1999 年版。

11. ［美］林乐知：《〈文学兴国策〉序》，《万国公报》1896 年第 88 期。

12. ［美］罗伯特·F. 墨菲：《文化与社会人类学引论》，王卓君、吕迺基译，商务印书馆 1991 年版。

13. ［美］马丁·N. 麦格：《族群社会学：美国及全球视野下的族群关系》，华夏出版社 2007 年版。

14. ［美］玛格丽特·米德：《萨摩亚人的成年》，周晓虹、李姚军、刘婧译，商务印书馆 2008 年版。

15. ［美］迈克尔·W. 阿普尔、L. 克里斯蒂安·史密斯主编：《教科书政治学》，侯定凯译，袁振国审校，华东师范大学出版社 2005 年版。

16. ［美］迈克尔·W. 阿普尔：《教育与权利》，曲囡囡、刘明堂译，谢维和审校，华东师范大学出版社 2006 年版。

17. [美] 迈克尔·W. 阿普尔：《意识形态与课程》，黄忠敬译，袁振国审校，华东师范大学出版社 2001 年版。

18. [美] 欧文·拉兹洛编著：《联合国教科文组织国际专家研究报告：多种文化的星球》，社会科学文献出版社 2004 年版。

19. [美] 孙康宜、宇文所安编：《剑桥中国文学史》，刘倩等译，生活·读书·新知三联书店 2013 年版。

20. [日] 森有礼编著：《文学兴国策》，[美] 林乐知、任廷旭译，上海广学会 1896 年初版，上海书店出版社 2002 年版。

21. [瑞士] 卡尔·古斯塔夫·荣格：《原型与集体无意识》，徐德林译，国际文化出版公司 2011 年版。

22. [英] 埃里克·R. 沃尔夫：《欧洲与没有历史的人民》，赵丙祥、刘传珠、杨玉静译，上海世纪出版集团 2006 年版。

23. [英] 傅兰雅：《求著时新小说启》，《万国公报》1895 年第 77 期。

24. [英] 傅兰雅：《时新小说出案启》，《中西教会报》1896 年第 2 卷第 3 期。

25. [英] 雷蒙·威廉斯：《关键词：文化与社会的词汇》，刘建基译，生活·读书·新知三联书店 2005 年版。

外文专著

1. Ruoff A. La Vonne Brown and Jerry W. Ward, Jr. eds. *Redefining American Literary History*, New York: The Modern Language Association of America, 1990.

2. Astrov, Margot(ed.) , *The Winged Serpent: An Anthology of American Indian Prose and Poetry*, New York: The John Day company, 1946.

3. Austin, M. C. , and Jenkins, E. *Promoting World Understanding through Literature, K – 8*, Littleton, CO: Libraries Unlimited, 1973.

4. Cai, Mingshui. *Multicultural literature for Children and Young Adults: Reflections on Critical Issues*, Westport, Connectinut: Greenwood Press, 2002.

5. Derman – Sparks, Louise. *Anti – bias curriculum: tools for empowering young children*, Washington, DC: National Association for the education of young children, 1989.

6. Elliott, Emory, et al. (eds.) , *Columbia Literary History of the United States*, New York: Columbia University Press, 1988.

7. Fisher, Dexter(ed.) , *Minority Language and Literature: retrospective and perspective*, New York: The Modern Language Association of America, 1977.

8. Guibernau, Montserrat. *Nationalisms: The Nation – State and Nationalism in the Twentieth Century*, Cambridge: Policy Press, 1996.

9. Harris, V. (ed.) , *Teaching Multicultural Literature in Grades K – 8*, Norwood, MA: Christopher – Gordon, 1992.

10. Hymes, Dell(ed.) , *"In Vain I tried to tell you": Essays in Native American Ethnopoetics*. Philadelphia: University of Pennsylvania Press, 1981.

11. Lauter, Paul, et al. (eds.) , *The Heath Anthology of American Literature*, Lexington, Mass. : D. C. Heath, 1990.

12. Lindgren, M. V. (ed.) , *The Multicolored mirror: Cultural Substance in Literature for Children and Young Adults*. Fort Atkinson, WI: Highsmith, 1991.

13. Mair, Victor H(ed.), *The Columbia History of Chinese Literature*, New York: Columbia University Press, 2001.

14. Mair, Victor H. and Bender, Mark(eds.), *The Columbia Anthology of Chinese Folk and Popular Literature*, New York: Columbia University Press, 2011.

15. Maitino, John R and Peck, David R. (eds.), *Teaching American Ethnic Literatures: Nineteen Essays*, Albuquerque: University of New Mexico Press, 1996.

16. Norton, D. E. *Through the eyes of a Child: An introduction to Children's Literature*(5th ed.), Columbus, Ohio: Merrill, 1999.

17. Quasha, George and Rothenberg, Jerome(eds.), *America, A Prophecy, : a new reading of American poetry from Pre – Columbia Times to the present*, New York: Random House, 1973.

18. Rothenberg, Jerome(ed.), *Technicians of the Sacred: A Range of Poetics from Africa, America, Asia, Europe & Oceania*, New York: Doubleday Anchor, 1968.

19. Rothenberg, Jerome(ed.), *Shaking the pumpkin: Traditional Poetry of the Indian North Americas*. Garden City, N. Y. , Doubleday, 1972.

20. Rothenberg, Jerome and Rothenberg, Diane(eds.), *Symposium of the whole: a range of discourse toward an ethnopoetics*, Berkley and Los Angeles and London: University of California Press, 1983.

21. Shumway, David R. . *Creating American Civilization: A Genealogy of American Literature as an Academic Discipline*, Minneapolis: University of Minnesota Press, 1994.

22. Tedlock, Dennis and Peynetsa, Andrew and Sanchez, Walter

(eds.), *Finding the Center: Narrative Poetry of the Zuni Inidans*, New York: Dial Press, 1972.

23. Viswanathan, Gauri. *Masks of Conquest: Literary Study and British rules in India*, New York: Columbia University Press, 1989.

外文期刊

1. Dasenbrock, R. W. "Intelligibility and meaningfulness in multicultural literature", in *PMLA*, Vol. 102(1), 1987.

2. Fisher, John H. 1979 – 80. "Nationalism and the study of literature", in*The American Scholar*, Vol. 9.

3. Harris, V. "No invitation required to Share Multicultural Literature", in*Journal of Children's Literature*, Vol. 20(1), 1994.

4. Hoskin, Keith W., and Macve, Richard H. "Accounting and the examination: a genealogy of disciplinary power", in *Accounting, Organization and Society*, Vol. 11(No. 2), 1986.

5. Larrick, Nancy. "The all white world of children's books", in *Saturday Review*, September 11, 1965.

6. Rothenberg, Jerome & Tedlock, Dennis. *The Journal of Alcheringa: Ethnopoetics*, Vol(1), 1970.

7. S, Neal Marilyn. "Using African – American Literature to increase Ethnic Understanding", in*Childhood Education*, Vol. 69, 1992.

8. Sarafian, Arpi. "Ethnic literature in the classroom: the inclusion of ′Voyages′into the course Introduction to Fiction", in *PMLA*, Vol. 114 (n2), 1999.

9. Tawake, Sandra Kiser. "Multi – ethnic Literature in the Classroom:

Whose Standards?" in *World Englishes*, Vol. 10(3), 1991.

10. Thompson, D. L. & Hager, JaneMeeks. "Assessing teachers' knowledge of multi – ethnic literature", in *ERIC Document Reproduction Service*, No. ED 328916, 1990.

11. Thompson, D. L., & JaneMeeks Hager. "Assessing teachers' knowledge of multi – ethnic literature", in *Year book of the American reading forum*, 1990.

12. Viswanathan, Gauri. "The beginnings of English Literary Study in British India", in *The Oxford Literary Review*, Vol. 9(1&2). 1987.

原博士论文后记

今年 3 月，我终于完成了博士论文初稿的写作。我还记得 5 年前的 3 月，我坐了 3 个多小时的火车从重庆到成都参加入学考试。那个时节，铁路沿线是一大片一大片金黄的油菜花。我坐在车里，看着窗外的油菜花应接不暇地送到我眼前，有时我会想想未来，有时什么都不想。如今翻检抽屉，拾掇出厚厚一沓火车票，看着火车票上的"重庆"与"成都"，我忍不住感叹了一番。

我的博士求学之路有些坎坷。我能继续走在学术研究的道路上，首先要感谢我的硕士导师李怡教授的悉心教导。当我第一次考博失败时，我有些沮丧。李怡老师特意打来电话，语重心长地安慰我，叫我不要放弃。如果没有李怡老师当初的鼓励，我可能不会那么坚定地再次考博。如果没有当初的坚持，也许我的人生就会走上另外一条道路。当然，我也就不会有机会在四川大学再次聆听老师的教导……

我的博士生导师徐新建教授治学严谨。无论是读书练笔、外出开会、田野考察，还是日常事务的处理，我都能从老师身上学到治学、为人与生活的道理。我生性愚钝，又不善表达，常无意中冒犯老师，老师对此总是摇头叹息，然后耐心劝解。正是在老师父亲般的严厉与宽容下，5年来，我按照自己的节奏缓慢地成长着。我的博士论文写作就是一个例证，从开题到完成初稿，我用了3年时光。翻看当初与老师讨论写作的文件夹，单大纲的版本就有数十名记录。如果没有老师的陪伴与指导，不知道我的论文写作要何时才能完成。

2012年，我有幸得到国家留学基金委"西部人才特别培养计划"的资助，得以于2013年前往俄亥俄州立大学东亚语言文学系访学。我的导师马克本德尔（Mark Bender）教授对中国少数民族文学所倾注的时间与精力，让我十分敬佩。每个星期，老师都要与我聚谈一次，要么与我分享他的阅读和思考，要么为我推荐书籍。他针对我的博士论文写作，亦慷慨地提出了许多富有创造性的建议。俄亥俄州立大学图书馆里那些我不知道名字的工作人员，为我查阅资料提供了诸多便利。如果没有这段愉快的访学时光，我的论文写作可能还会拖延更长时间。

我的论文写作，还得到厦门大学的彭兆荣老师、西南民族大学的罗庆春老师、四川大学的段玉明老师与李祥林老师的指导。在论文开题答辩与预答辩上，老师们对我的论文提出了许多诚恳的批评与建议。我的论文写作，与他们当初的要求与期待相差甚远，这让我感到十分惭愧。

在四川大学读书的时光，因为同级学友刘曼、张颖、龙仙艳与张洪友的友谊而显得更加珍贵美好。几年来，我们在课堂上相互砥砺，在生活上彼此关怀。我们在文科楼，在研究生院，在图书馆，在江安校区湖畔，在望江公园，在百花潭公园……一同留下了许多深深浅浅的足迹。那段我们一起读书的时光，我愿意终生铭记。

很多个星期五的晚上，我们在文科楼的251室开读书会。我得以有机会与学姐梁昭、李春霞、李菲、王立杰、安琪、罗安平、王璐、杨骊以及学长银浩、马卫华等交流学习，正是因为他们毫无保留地表达自己对学术的见解与热爱，才让我保持了学习的热情。其他学友朱丽晓、叶荫茵、余如波、赵靓、李国太、余红艳、郭明军、吴怔彪、向虹瑾、史芸芸等，也以他们的聪慧、敏捷、真诚与善良，为我这几年的学习生活增添了诸多乐趣。

在论文写作期间，我与好友高博涵每日相互鼓励，共同度过了一段难忘的时光。陶永莉学妹也在论文写作之余，给了我诸多有益的意见。东八舍的徐琳、蔡丹与钟敏，在我读书期间，给予了我许多生活上的照顾。吉林省民族宗教研究中心的汪亭存，耐心细致地帮我校对论文。他们无私的帮助让我常感喜悦幸福。

论文调研期间，我得到中国社会科学院关纪新老师与汤晓青老师的大力支持与鼓励。中央民族大学的梁庭望老师、北京大学的陈跃红老师、暨南大学的姚新勇老师、喀什师范学院的姑丽娜尔老师与麦麦提吐尔逊老师、凯里学院的傅安辉老师亦真诚地接受我的访谈，给我的论题研究提出真诚的建议。老师们谦虚治学、无私鼓励后辈的精神，让我深受鼓舞。凯里学院的毛家贵老师、西南民族大学的郑靖茹老师与硕士研究生张海彬、广西民族大学的马卫华老师、西藏大学的谭丹同学以及拉萨的热心人范杭、拉萨师专的陈光霓老师、吉林财经大学的汪霞老师、东北师范大学的张士东老师、喀什大学的卫婕，以及许多我不知道名字的热心师友在我问卷调查的过程中，给予了许多无私的帮助，他们的深情厚谊，让我感恩不已。

读书期间，重庆城市管理职业学院的领导与同事，最大限度地为我提供宽松的环境，让我能安心求学与写作。如果没有他们的支持，我不可能顺利完成学业。

在整个求学过程中，挚友曹兴平与周宇给了我许多精神上的支持与陪伴。兴平活泼聪明，周宇幽默风趣，我们常打趣未来要整合彼此的资源，成立一个三人研究团队。如今想来，这些单纯天真的小愿望就像是黑夜里闪亮的星星，温暖着我，让我面对学业时，能更加从容与愉悦。

  我的父母是世界上最疼爱我的人，在我求学途中，他们以无限的爱与宽容扶持着我。这本粗糙的拙作是献给母亲的 60 岁生日礼物，尽管这样的礼物让我十分汗颜。

付海鸿

2015 年 5 月 6 日于四川大学东区八舍

出版后记

在完成博士论文写作后，因为忙于各种事务，在近乎两年的时间里，我都没有心思再打开论文。为什么不打开看看并试着修改它呢？这其中最重要的原因，恐怕是自己都不太愿意承认的胆怯，要面对自己论文写作中的太多不足，的确需要鼓足勇气。

我最终决定将博士论文修改出版，主要原因是中国多民族文学教育话题的重要性并未得到学界与教育界的重视。与此同时，普通民众对这个话题更是不知从何谈起。在我修改论文期间，好友万方带着女儿来探望我。万方是汉族人，她的丈夫是贵州仡佬族人。从血缘的角度来讲，他们的女儿就是汉族与仡佬族的混血。万方见我在修改论文，很好奇我的研究，在仔细翻看一番后，她说她以前根本就不会思考文学教育中的多民族问题，因为女儿的出生，她才会想到如何向孩子普及仡佬族与其他少数民族的文化。万方激动地问我："你做了这个研究后，有什么打算呢？难道你没有进一步推进的想法吗？"万方说的推进，是要我协同学界的有志之士编选一系列多民族文学读本，希望我从多民族文学教育的理论探索转向多民族文学教育的实践环节。

出版后记

　　围绕编选适合孩子阅读的多民族文学读本的话题，我与好友万方有一段长长的畅想与讨论。老实说，以我目前的学术能力与学术影响力，根本无力胜任多民族文学系列读本的编选工作。但我仍然感到振奋，因为假如这本拙作能够引起一部分家长的教育反思，能够在学界与教育界激起哪怕一朵微小的浪花，就算得上是对多民族文学教育的一种推进。

　　我的老师徐新建先生一直关心多民族文学教育问题，他多次敦促我修改博士论文。作为我论文的指导老师与第一读者，徐老师也提出了他的疑问与要求：假如我们认可多民族文学教育的考察与研究，接下来我们又该如何前行呢？我想，我应该把这个问题抛出来，让更多热心文学教育的人士参与进来，集思广益，协作前行。

　　走笔至此，我要感谢本书的责任编辑郭晓鸿女士。我与她很有缘，我的第一本专著《青海三江源生态移民的文化变迁与身份认同研究》也是在她的热心编辑下出版的。尽管我们未曾面对面交谈过，但我感觉我们已经是相识许久的老朋友。

　　本书是在博士论文基础上修改而成的，书中尚有诸多不足与浅陋之处，恳请各位专家学者批评指正。

付海鸿
2017 年 8 月 4 日
于贵阳阳明祠